茅盾研究
八十年書系

錢振綱・鍾桂松◎主編

鍾桂松◎著

40

茅盾傳

花木蘭文化出版社

國家圖書館出版品預行編目資料

茅盾傳／鍾桂松 著 — 初版 — 新北市：花木蘭文化出版社，
2014〔民 103〕
目 2+302 面；19×26 公分
（茅盾研究八十年書系：第 40 冊）
ISBN：978-986-322-730-4（精裝）
1. 沈德鴻 2. 傳記
820.908   103010459

中國茅盾研究會《茅盾研究八十年書系》編委會

主　編：錢振綱 鍾桂松

副主編：許建輝 王中忱 李　玲

特邀顧問：

邵伯周 孫中田 莊鍾慶 丁爾綱 萬樹玉 李　岫

王嘉良 李廣德 翟德耀 李庶長 高利克 唐金海

茅盾研究八十年書系
第四十冊

ISBN：978-986-322-730-4

茅盾傳

本書據東方出版社 1996 年 7 月版重印

作　　者　鍾桂松
主　　編　錢振綱　鍾桂松
總 編 輯　杜潔祥
副總編輯　楊嘉樂
編　　輯　許郁翎
出　　版　花木蘭文化出版社
社　　長　高小娟
聯絡地址　235 新北市中和區中安街七二號十三樓
　　　　　電話：02-2923-1455 ／傳眞：02-2923-1452
網　　址　http://www.huamulan.tw 信箱 hml 810518@gmail.com
印　　刷　普羅文化出版廣告事業
初　　版　2014 年 7 月
定　　價　60 冊（精裝）新台幣 120,000 元

茅盾傳

鍾桂松 著

作者簡介

鍾桂松，浙江桐鄉人，高級編輯，中國茅盾研究會副會長，中國作家協會會員。曾任浙江電視臺臺長，浙江省新聞出版局局長。長期業餘研究現代文學，已經出版茅盾、豐子愷、陳學昭、錢君匋、沈澤民、徐肖冰、侯波等人傳記和研究著作 20 多種。

提　要

　　《茅盾傳》是作者爲茅盾誕生 100 周年而奉獻的一部傳記。也是作者幾十年茅盾研究的成果之一。在這一部《茅盾傳》中，作者充分利用自己天時地利的有利條件和自己幾十年的材料積累，將茅盾的生活往事放在歷史中敘述，將茅盾對時代的偉大貢獻放在時代中考察，在這部傳記中，作者注重茅盾在新中國成立之後的生活經歷和政治才能的介紹，這是這部傳記的創新之處；還有作者不爲尊者諱，對過去茅盾研究沒有公開的私人生活，也作了實事求是的適度介紹；從而寫出了一個有血有肉的文學家茅盾。

目次

茅盾故居原貌

青年時期的茅盾

茅盾與夫人孔德沚

茅盾在延安講課

茅盾夫婦和女兒沈霞、兒子沈霜（韋韜）

茅盾在埃及金字塔前

五十年代的茅盾

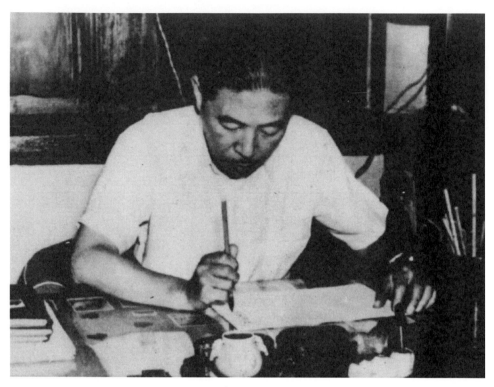

茅盾在工作

晚年的茅盾

茅盾與周揚在第四次文代會主席台上

茅盾與吳印咸（1980年9月）

沒有青山，卻有水鄉靈秀。

古往今來，風流人物盡風宜。

水鄉、古鎮，近百年來最爲輝煌的文化帶狀上的一顆明珠！

文豪的出現，是自然的事，是意中事；新星遲早要升起。

第一章　地靈人傑

　　茅盾，1896 年 7 月 4 日誕生在浙江省桐鄉縣烏鎮一個姓沈的家庭裡。取名德鴻，字雁冰，小名燕昌。「茅盾」是他寫作《蝕》三部曲時用的筆名，也是他 120 多個筆名中使用頻率最高的、有國際知名度的筆名。

　　一顆種子降落在地上的時候，因土地肥瘦的緣故，往往影響以後的生長和果實的成熟。所幸的是，茅盾降生在一個有文化底蘊、物產豐富、較早具有開放意識的地方。這個地方，人傑地靈！茅盾自己也頗自豪：「我的故鄉向來是一個魚米之鄉。」

　　烏鎮，地方不大。但以它獨特的地理位置，鑄成了它那獨特的文化背景和豐厚的文化底蘊。在茅盾出生時，烏鎮爲兩省（江蘇、浙江）三府（湖州、蘇州、嘉興）七縣（烏程、歸安、石門、桐鄉、秀水、吳江、震澤）的錯壤之地。所以當地方志上講它是「鎮雖一隅，實三郡六邑之屏藩也。」烏鎮又是杭州到蘇州的水路中間，距上海嘉興也不過是半天的路程。因此，這個水鄉小鎮，卻常能得大都市的風氣之先。近代資本主義萌芽、開放的風氣，較早地在烏鎮萌發，規模也日漸大起來，到上世紀初，這個小鎮，已經頗具規模，全鎮東西長 7 華里，南北也有 7 華里。一條市河（其大名叫車溪）由南而來，穿

鎮而過，浩浩蕩蕩北去。河東叫青鎮；河西稱烏鎮。茅盾家在青鎮，但習慣上統稱烏鎮。當時在商品經濟並不發達的杭嘉湖平原，水鄉小鎮的繁榮，都是靠附近農村來支撐的。所以烏鎮的「鄉腳」特別遠，十里之內，趕集進鎮都到烏鎮。而附近鄉里，又是魚米之鄉，絲綢之府，水稻和蠶桑成了烏鎮農村裡的主要支柱產業。這些物產源源不斷地運往鎮裡，又換回農村必需的日用品，從而活躍了鎮上的經濟。千百年來，年年歲歲，歲歲朝朝，慢慢使烏鎮這個小鎮，變成有文化有歷史的水鄉古鎮，成為江浙交界的一個重鎮。

悠悠歲月，滌去塵埃，留下的是豐厚的文化積澱；歷史的進步和開放，也使茅盾祖輩和先賢十分崇尚知識和文化，形成了良好的氛圍。鎮上，除了穿鎮而過的市河外，還有兩條名字很典雅的河，繞鎮而過，一條叫瀾溪塘，一條叫紫雲塘，與鎮內的市河一水相連。鎮內小河縱橫蜿蜒曲折，臨河而起的水閣木樓，綽影幢幢，河面不大，小橋輕臥，垂柳依依。濃鬱的水鄉風味，在烏鎮發揮到極致。後來茅盾走遍大半個中國，對水鄉這種獨特的風韻，無限依戀，他曾說：「住在西北高原的人們，不能想像江南太湖區域所謂『水鄉』的居民生涯，所謂『暮春三月，江南草長，雜花生樹，群鶯亂飛』，也還不是江南『水鄉』的風光。缺少那交錯密佈的水道的西北高原的居民，聽說人家的後門外就是河，站在後門口（那就是水閣的門），可以用吊桶打水，午夜夢迴，可以聽得櫓聲欸乃，飄然而過，總有點難以構成形象的罷？」

特殊的地理條件，溫和而又四季分明的氣候，吸引了不少文人學士，尤其是宋南渡以後，一大批來自中原的皇親國戚和飽學之士，來江浙一帶擇地落戶，加速這一地區文化經濟的發展。何況烏鎮這個地方，早在梁朝，就有昭明太子在烏鎮苦讀成大器的記載。南宋著名詩人、政治家陳與義（簡齋）在紹興五年出任湖州知府時，特地在烏鎮芙蓉浦上築室讀書，並取名「南軒」。兩年後，他又到烏鎮，並與烏鎮葉天經、高僧大、圓洪智三人過從甚密。因此，陳與義在《簡齋集》中有不少詩是與天經、智老贈與之作。後人為了紀念陳與義等三人的友誼和文學上的貢獻，特地在「南軒」旁修築了「三友亭」。在烏鎮先賢中，一個叫嚴辰的人是咸豐九年（1859 年）的進士、授翰林院庶吉士，後因為文章中用了「女中堯舜」四個字，觸怒慈禧太后，嚴辰便辭歸故里。回烏鎮辦學堂，修橋鋪路，行善濟貧，修縣志。嚴辰這種傳統的儒家風範，在烏鎮為人傳頌和仰慕。在 18 世紀到 19 世紀初之間，乾隆開「四庫全書」館，烏鎮一個叫鮑廷博的藏書家，專門進獻孤本藏書，深得清朝政府

嘉許。後世刊印的「知不足齋叢書」就是這位茅盾故里先賢所奉獻。

這些故里先賢，可以說在國內都是有一定知名度的人，也給小鎮添了不少文化色彩。因此，小小水鄉古鎮，也很時髦地定八景之類的東西，如曾定：古山雲樹，雙塔凌雲，文石流觴，雙溪皓月。自然，這些都是文化人的雅事。也正因為文化經濟的發達，鎮上也添了不少私家園林，據不完全統計，有 50 多處。有唐代的丞相裴休府、宋代安定郡王趙伯府、秦申王檜園、太師何恭敏鑄宅、安撫王彥宅、尚書顧岩宅、節度丁勝宅、詩人丁南宅、沈知丞宅、沈左藏宅、六杉園、尚書莫澤宅、東皋園、張掄宅；元代的員外顏旒宅；明代的竹深處、橫山堂、桂月軒、春暉樓、寶峴樓、聽風樓、少司寇沈應龍宅、眞君子第、參議王隆德宅、琪園、靈水居；清代的師儉堂、高節寒香圃、寶敕樓、副憲徐世峰宅、蠡勺園、宜園、半畝園、給諫陸秉樞宅、同知張廷杰宅、蕭家花園、孝廉李日曦宅、翰林第、頤園、庸園；及近現代，又有適園、梅花館、柯亭別墅，以及丁家花園等。這一大堆園林，在歷史滄桑中，毀興更替，留下的，卻是豐厚的文化底蘊。

自然，豐厚的文化氛圍，也留下不少帶有儒家風骨和愛國風範的故事和傳說。鎮上有一棵唐代銀杏，留下一個悲壯的故事。唐代憲宗元和年間，浙江刺史李琦步安祿山後塵，舉兵叛亂稱霸，結果把富庶的江浙一帶搞得民不聊生，苦不堪言。朝廷派烏贊將軍帶兵討伐，一路殺來，打得叛軍鼠竄，打到烏鎮時，叛將李琦突然要求休戰求和。不料，當夜李琦乘風高月黑，偷襲烏贊將軍營寨，烏贊將軍披衣迎戰，跨上他那南征北戰的戰馬青龍駒，追到市河邊，突然青龍駒長嘯一聲，跌進李琦設置的陷阱，並被李琦亂箭射死。後來，援兵趕到，殺退李琦，重葬烏將軍和戰馬青龍駒，這棵銀杏，就是從烏贊將軍墳上長出來的。為紀念烏將軍和那戰馬青龍駒，這個地方也就叫作烏青鎮，後來一直傳下來。自然，這是一個悲壯的傳說。還有一個勤奮好學的故事，也在烏鎮流傳著。梁朝昭明太子少年時，曾隨師沈約在烏鎮苦讀，小小年紀，便通知古今，終日誦書不輟，在文學上終有成就。後人為紀念這位勤學的太子，特在烏鎮闢讀書館，並立牌坊：「梁昭明太子和沈尚書讀書處」，至今仍在。

茅盾降生的故鄉，就是這麼古老，這麼神秘，這麼富有文化！彷彿歷史注定烏鎮這個地方，會出現一代文豪和大家。然而，茅盾呱呱墜地時，小鎮依然是那樣平靜，河水依然是往浩淼的太湖靜靜地流去。

茅盾出生時，位於觀前街的沈家還是一個中等生活水平的家庭，曾祖父沈煥在外地闖蕩大半輩子後，晚年捐官在梧州府供職，祖父是個秀才，兄弟間有開店經商的，只是生意不大。父親是個中醫郎中，母親則是烏鎮名醫的千金，知書達禮。祖父子女六個，此時還生活在一起。因此，茅盾的家庭裡，幾代婆媳、叔侄共同生活在一起。而操持這個大家庭的，不是茅盾的祖父，而是茅盾的祖母——一個來自烏鎮農村的勤勞的女性。

茅盾的出生，給沈家帶來歡樂。茅盾的父親沈永錫給遠在廣西梧州府供職的祖父去信，報告這一喜訊：沈家長房又添長子。茅盾的曾祖父沈煥，字芸卿，早年在寧波安記山貨行當伙計，學習經商，負責採購和推銷。時常在漢口、天津、保定等地來往，待稍有積蓄以後，便與寧波安記合股經營山貨，後來寧波安記老闆退休，沈煥便獨立經營山貨行，這「山貨行」也由安記改為「沈記」。晚年，沈煥覺得自己經商精力日衰，又無後繼之人，便出資捐個廣東候補道。在廣州閒居候補，三年後赴任廣西梧州府同知。茅盾出生時，這位老太爺還在廣西梧州任上。沈煥有三子一女，茅盾的祖父沈恩培，是其長子，茅盾還有二個叔祖父和一個姑祖母，此時大概都還在一個大家庭裡生活。「老三房」還未分家。而茅盾祖父膝下，除茅盾父親以外，還有三個兒子，兩個女兒，所以這是個名副其實的大家庭。

然而，這個大家庭並不富裕。在烏鎮這個小鎮上，也算不上富裕，有錢的富戶在烏鎮有的是，這些大戶一般有田地、有工廠、有商店，在上海等地還有公司。而茅盾一家，除了曾祖父沈煥在梧州任上有些積蓄外，沈煥的兒孫們都不會作賺錢的買賣。從磨難中出來的人，自然要瞻前顧後，沈煥稍有積蓄，便匯款給兒子讓兒子在烏鎮開兩爿店，一爿是京廣雜貨店，主要經營日用品之類；一爿是「泰興昌」紙店，主要是針對桑蠶用品的桃花紙，蠶花等。但這個店開始還有些生意，後來由於兩個兒子都不善經營，就漸漸清淡起來。對此，老太爺沈煥十分不滿，認為兒子「沒有出息」。但茅盾祖父是個樂天派，對父親的訓斥和不滿，並不放心上，依然故我，我行我素。每天玩牌，喝茶，聽唱崑曲，義務幫鎮上一些人家寫對聯等。因他是秀才出身，無心功名，而字卻寫得很好。沈恩培娶烏鎮農村高家橋的一個地主的女兒為妻，高氏嫁到沈家以後，依然十分勤勞，不忘農村風情，春來桑樹發芽後，便開始撢掃屋子，弄來蠶種，養春蠶，率兒女們開始飼蠶，她以為這是個根本。她看到有米泔水等，便在後邊院子空地上，搭個豬棚，買來一頭小豬，正正

經經地養起豬來。

茅盾的一個二叔祖生性耿直，是個不善理商的人。但他與街坊鄰里關係不錯，後來也在鎮上做些公益事業。茅盾的四叔祖沈恩增，字吉甫，小名阿海，他比茅盾父親沈永錫還小兩歲，毛筆字寫得十分漂亮，因而老太爺沈煥在廣西梧州任上時，將這個小兒子接去，代寫書札信函。

在沈恩增上面，有一個姐姐，叫沈恩敏，即茅盾的姑祖母。這個姑祖母後來出嫁給本鎮盧家，爲盧福基的繼室，盧福基與元配所生的兒子即是盧學溥，就是茅盾的盧表叔。盧家本是烏鎮望族，在縉紳中有一定的社會地位，因而茅盾祖輩中，也與縉紳結上這一層姻緣，躋身縉紳這一層社會關係裡。

但是，經濟地位決定社會地位。沈家的經濟並不寬裕，這也決定了沈家在烏鎮社會地位也有限度。曾祖父在廣西任上，要考慮自己任滿後的生活，不可能給家裡寄很多錢，在烏鎮開的兩爿店，卻因經營無方而僅微利。另外沒有田租、又沒有地租，因而家庭的經濟開支只好由祖母精打細算了。幸好她很勤儉，把這個大家庭操持得有條有理。

此時，清政府日愈腐敗，甲午一戰，軍事上的敗北，連許多有識之士的心也都散了。政治無能和腐敗，軍事落後和貧弱，使廣大有識之士覺得中國要強大，必須發展實業，以壯大國力。自然這些願望是善良的，想法是初步的、改良的。16 歲中秀才的茅盾的父親沈永錫和烏鎮其他一些秀才們一樣，滿腹抱負。一種世紀末的悲愴，一種救國拯民的理想，和家庭、社會強烈反差，深深地刺激著他。和茅盾母親訂婚後，他便到岳父——一個馳名杭嘉湖的婦科名醫陳我如那裡學習中醫。這，既作爲今後謀生手段，又保持傳統的士大夫風範，以便在老太爺那裡取得同意。但內心深處，這個年青的秀才十分崇尚實業救國。他訂閱上海的報紙，關心國家大事；自學數學、聲、光、化、電，以期在國家強大過程中施展自己的抱負。自然，這代表了底層一批知識分子的心態。這種心態，在史學中稱爲「維新思想」。在茅盾的父輩朋友中，有不少富有才華、勤奮好學，又富有維新思想的人，如盧學溥、沈聽蕉、徐晴梅等這些人後來都成爲茅盾的老師。茅盾的父親沈永錫去岳父那裡學了幾年中醫以後，回家開個小小門診。但烏鎮的中醫郎中太多了，沈永錫雖是陳我如的正宗徒弟，又是名醫的女婿，儘管這樣，求診者還不如老中醫郎中的多。據說，沈永錫還在門上貼上「僧道無緣」四個字，以示自己篤信唯物和敬業。

茅盾的母親陳愛珠和沈永錫志同道合。她出生在中醫世家，只不過到茅盾外祖父時，陳家已是從輝煌到沒落了，陳愛珠出生時，陳家尚興旺，求醫求治者接踵而至，甚至有專門供陳我如出診用的轎子和船，轎有轎夫，船有船家，子弟七八個人，煞是熱鬧。茅盾母親 4 歲時，因陳老先生看病事多且煩，便託一個姓王的連襟代為管教。這個連襟是個秀才，很會教育孩子，又有知識，因陳愛珠小小年紀，十分聰明，學會了讀、寫、算，還念了不少古書，跟姨母學會做菜和縫紉。當陳我如向連襟打聽女兒情況時，這個連襟很自豪很自信地回答：如果朝廷開女科，我這個姨外甥女肯定能考取秀才。於是陳老先生精力日衰時，便將 14 歲的女兒陳愛珠接回來，讓他管理陳家這個亂鬨鬨的家庭。很快，他發現了女兒的才幹和治家的本領。所以，1894 年陳愛珠與沈永錫結婚以後，陳我如仍讓女兒回娘家幫助照看這個家庭內外事務。茅盾出生以後，沈永錫夫婦覺得沈家住房囂鬧擁擠，不如西柵陳家廳寧靜和寬敞，因而常常住在陳家。

烏鎮的水依然那樣忙碌地往太湖流去，年年不息；唐代銀杏春枝發芽、長葉，依然蒼勁和有力；鎮上農曆三月初三開始的「遊西寺」——香市，年復一年地進行著，只不過一年不如一年，連振興市面的願望，也遠遠達不到了。

農曆五月底邊了，天氣日漸炎熱，沈永錫快信寄到梧州，報告老太爺，重孫已經出世，並十分敬重地請老太爺給這個剛出世的孩子取名。

沈煥看到家信，十分高興，忽又想起梧州百姓反映近幾天燕子特別多，是個吉祥的好兆頭。沈煥捋了捋鬍鬚，心中升起一陣欣喜。對小兒子說：「給伯蕃（茅盾父親）去封信，沈家這個長房長孫長子，叫燕昌吧，名字麼，讓他們按我們沈家譜裡金木水火土的要求給取一個吧。」

於是，沈永錫的長子起名德鴻，小名燕昌。自然，沈家添個男孩子的喜悅，沒有幾天，就過去了。因為沈家不乏男孩子，茅盾的幾個叔祖和茅盾父親一般大，而茅盾的幾個叔父，也僅僅分別比茅盾大 4 歲、8 歲和 10 歲，因此添個男孩子，對經濟狀況並不好的沈家來說，欣喜僅是一陣子而已。

太陽已經升起，新的一天又在這古老而神秘的小鎮上開始。匆匆忙忙的人們，走在觀前街這石板小街上，發出的篤篤的響聲，沿街店裡的小伙計也在吆喝著，招呼著每一個相識或不相識的顧客；認識的人，在相互打招呼，相互探詢，問候。而當時，誰也沒有注意到，觀前街這幢臨街樓上，已經誕生了一個男孩子，同樣，誰也沒有料到他日後會成一代文豪。

本世紀初，烏鎮上的一個瘦弱的孩子，貌不驚人。

老師卻為他作了肯定的預言：

小學老師：「小子可造」，「勉成大器」。

「生於同班年最幼，而學能深造，前程遠大，未可限量！」

中學老師：「是將來能為文者」。

第二章　學生時代

幼年的茅盾，大部分的日子是在外祖父家裡度過的。母親陳愛珠雖然嫁到沈家，但娘家的事還要她去操勞。此時，茅盾的外祖父年老且忙，無暇顧及家裡的一切應酬；外祖母錢氏因身體有病，時而亢奮，時而消沉，也無法料理家務；而茅盾的舅父陳長壽尚小，體質孱弱。所以陳愛珠只好帶著兒子回娘家去住，好在都在一個小鎮上，來往方便，走過市河，穿過一片桑地，一會兒功夫就到了。

在外祖父家裡，幼年的茅盾受到一種歧黃氛圍的薰陶。高大寬敞的廳屋，夏天涼風習習，柱上寫著對聯：「自南渡以來，岐黃傳世。……」屋後的那一片竹林、桑園，也成了茅盾眼中的樂園。自然，幼年的茅盾生活在外祖父一家的岐黃氛圍裡，養成了他愛整潔的習慣，也受到中醫世家中那勤奮好思對人負責習慣的影響。

1900 年 6 月 23 日，弟弟沈德濟出生時，茅盾虛歲是 5 歲。弟弟的出生，茅盾彷彿自己長大了許多。父母親也在商量，是否可以給茅盾啟蒙了，「讓誰來給兒子啟蒙呢？」茅盾父母頗費心思，但想來想去，還是認為自己來啟蒙

最合適。於是，茅盾在 5 歲那年，由父母啓蒙，開始認字和寫字。教材是父親沈永錫自己挑選的，有《字課圖識》、《天文歌略》、《地理歌略》等，由母親來施教。所以，茅盾自己稱：「我的第一個啓蒙老師是我母親。」

其實，當時茅盾家裡人多，「老三房」聯合起來，在自己家裡辦個家塾，茅盾的三個叔父及二叔祖家的幾個孩子拉在一起，由茅盾祖父沈恩培教授。但茅盾祖父教書並不認眞，有時學生來了，他自己卻出門打牌或會友去了，丢下兒子、侄子不管，而且教的是《三字經》、《千家詩》一類書，所以茅盾父母怕茅盾進家塾，會養成一個不好的習慣，便自己動手動口來教育兒子。

後來，茅盾祖父沈恩培以茅盾父親行醫並不忙爲由，讓茅盾父親來擔當教家塾的事。茅盾父親不好意思推辭，只好接受了下來，並把兒子茅盾也帶進家塾。但茅盾學的課本，乃是新學，其他叔輩孩子仍學《三字經》一類書。茅盾父親教書十分認眞，對兒子也概莫能外，他每天親自節錄課本中四句，要年僅 5 歲的茅盾讀熟，並對茅盾說：「慢慢加上去，到一天十句爲止。」幸好茅盾天資聰穎，一經教授，便記住了。

不到一年，茅盾父親病倒了，四處求醫無效，躺在床上，無法再教私塾了，只好將茅盾送到本鎭一個親戚王彥臣辦的私塾裡去，並叮囑王彥臣，要給茅盾講新學。當時這個私塾裡，同學年齡都比茅盾大，只有王彥臣的女兒王會悟的年齡和茅盾的差不多。王彥臣雖和茅盾父親既是親戚又是有維新思想的年輕秀才，思想很合得攏，但他怕麻煩，沒有給茅盾單獨講授新學。茅盾父親知道後，也不好再說什麼。

在茅盾幼年，沈家似乎衰落得特別快。在廣西梧州做官的沈煥在茅盾出生後第二年，即 1897 年告老還鄉。見過世面的老太爺回到烏鎭一看，十分失望，覺得孫輩都沒有達到他所期望的那樣有作爲，連開店、造房子都沒有替他辦好！因此老太爺終日悒悒寡歡，足不出戶。據說在烏鎭那麼多青年人當中，他最看得上的只有盧學溥，認爲他有出息。這樣過了兩年後，經商做官的一些積蓄也花得差不多了，他於 1900 年秋天逝世。

茅盾的曾祖父去世以後，曾祖母王氏便出面主持分家，茅盾祖父分到一爿泰興昌紙店，仍居住在觀前街。她見分家已定，便召集兒子兒媳，當場宣布：「現在手頭還有現金不到三千，老太爺遺命給長子長孫一千，現在就給了完事。餘款作爲老太爺除靈和葬費，包括我自己的後事。」說完，停了一下，

又接著說：「你們做兒子，就盡這二千兩光景辦吧，你們願意辦得好看些，行；願意省儉些，也行；有餘錢，你們三房分了吧。」王氏是個知書達禮、辦事果斷的人，為沈家上下所敬重。她在丈夫沈煥死後第二年，也撒手西歸。自此，沈家經濟上也日愈困頓。

在沈家發生變故前後，茅盾外祖父一家也急劇衰敗，老中醫外祖父陳我如在茅盾 3 歲時去世，頓使陳家大廈失去一柱，一下子冷落起來，經濟來源只能靠幾畝桑地和幾間房租。在茅盾曾祖母王氏逝世的第二年，即 1902 年，茅盾唯一的親舅舅陳長壽也病逝。這一聯串親人逝世，使茅盾父母陷入手忙腳亂之中。

世俗的眼中，沈家還是陳家，已經敗了。原先熱熱鬧鬧的沈家大家庭，分家以後，各歸各，自顧自；茅盾祖父又不善經營，父親病倒，生活更為艱難，吃肉也只能選擇日子了。據說只有在初一、初八、十六、二十三才吃肉，而且用小碗，只有薄薄幾片！而陳家原來是人來人往，船來轎來，請老生先診治，老先生一去世，徒弟星散，立刻車馬稀少，少人問津。這些，給茅盾父母刺激不小，年幼的茅盾彷彿也嘗到了人間冷暖的滋味。

茅盾在王彥臣那裡讀了半年光景，在維新運動的影響下，觀前街立志書院由盧學溥一班年輕人改造，創辦起一所立志小學，專門按新式教育方式教學。病懨懨的茅盾父親便讓茅盾從王彥臣那裡回來，到隔壁的立志小學，成為立志小學的第一班學生。

立志小學剛開學，分甲班乙班，年紀大一些的分到甲班，年紀小的分到乙班。後來上了一個星期課以後，把成績好的分到甲班。茅盾年紀最小，成績卻好，也就轉到甲班。立志小學聘的教師都是些年輕、有維新思想的知識分子。甲班有兩個老師，一個是茅盾父親的朋友沈聽蕉，教國文、修身和歷史。國文課本是《速通虛字法》和《論說入門》；修身課本是《論語》，歷史課本是沈聽蕉自己編寫的。教算學的姓翁，是盧學溥從鄰鎮聘來的。

經濟上困頓的事，由大人撐著；而茅盾父親病倒在床上，卻直接連累童年茅盾。茅盾曾回憶說：「那時候，父親已臥床不起，房內總要有人侍候，所以我雖說上了學，卻時時要照顧家裡。好在學校就在我家隔壁，上下課的鈴聲聽得很清楚，我聽到鈴聲再跑去上課也來得及，有時我就乾脆請假不去了。母親怕我落下的功課太多，就自己教我，很快我就把《論語》讀完了，比學校的進度快。」也許是天資的緣故，茅盾這樣既要回家侍候父親，又要去上

課，一心二用，功課仍然比年紀大的同學還好！每月的考試，發榜以後，茅盾都能得到獎賞；每周的一篇史論文章，使茅盾居然在立志小學出了名。每次發榜和得獎，茅盾拿回家給日愈消瘦的父親看。30多歲的父親，瘦得活像一個50多歲的老人，撐起病體，苦澀地笑了笑，鼓勵幾句，又拿來看看，還給茅盾。病魔折磨得他十分痛苦，臉色蠟黃，消瘦。只有兒子得獎回家，他臉上才浮起笑容。有一次，茅盾獨自在樓上侍候父親看書。忽然，父親把書朝床角落裡一丟，忿忿然說，「不看了！」正專注地替父親翻書的茅盾嚇了一跳，「怎麼？」「拿把刀來。」茅盾起身把桌上那把西瓜刀拿來給父親。「刀，做什麼？」茅盾有些怯生生地問，眼神裡露出天真的驚訝。「唉，剪指甲。」茅盾父親拿著刀看了半天，嘆口氣，放下。「去將你媽媽叫來。」茅盾不明白父親的用意，忙下樓去喊媽媽上樓，還在河邊洗衣服的母親聽得兒子說，忙上樓去侍候丈夫。茅盾則回學校去上課了。這天放學回來，茅盾上樓去見父母，見母親坐在父親的病榻邊垂淚，眼睛紅腫著。父親則閉著眼，疲倦地躺著，臉色蠟黃。事後，母親偷偷告訴茅盾，那天他父親要刀，原來想自殺。後來經母親勸說，他才打消了自殺的念頭。茅盾聽說，心裡著實一驚，在幼小的心靈裡留下不可磨滅的印象，直到晚年，依然鮮明地記著父親想自殺這件事。

在茅盾10歲那年，茅盾父親沈永錫病逝了。那時，弟弟沈德濟6歲。茅盾母親擔起撫育兩個兒子的責任，望著丈夫的遺像，淚如斷了線的珍珠滾下臉頰，她含淚恭寫了一副長聯，表明自己的心志：

> 幼誦孔孟之言，長學聲光化電，憂國憂家，斯人斯疾，奈何長
> 才未展，死不瞑目；良人亦即良師，十年互勉互勵，電碎春紅，百
> 身莫贖，從今誓守誓言，管教雙雛。

母親的一片苦心堅志宏願，在茅盾昆仲兒弟心裡，印下了深深的烙印。茅盾父親逝世後，茅盾依然在立志小學讀書。有一次，因為學校教算學的老師病了，學校提前放學，這時一位大同學要拉茅盾去玩，茅盾卻急於回家。於是那個大同學追過來，結果自己不小心絆了跤，擦破點表皮。那個大同學知道茅盾母親管教嚴厲，便拉著茅盾到隔壁茅盾家裡，反咬一口，說是茅盾絆了他一絞。茅盾母親見狀，安慰那個同學，並給他幾十個制錢，說是醫治他那個早已血止的手腕。這時，茅盾那位最愛挑剔的二姑母說了幾句譏諷茅盾母親的話，母親臉色鐵青，拉著茅盾上樓，關上門，拿起戒尺，便要打茅盾。

茅盾滿腹委屈，見母親受屈要打自己，便奪門而逃，奔下樓去。背後傳來母親那忿恨聲：「你不聽管教，我不要你這兒子了。」這事驚動了茅盾祖母，祖母讓叔莊（茅盾三叔）去找，三叔回來說沒有找到。一時全家人急得團團轉。茅盾在街上走了一會兒，覺得還是回校請沈聽蕉替自己辯誣。沈聽蕉聽了茅盾訴說，就陪茅盾回家。進門後，沈先生站在天井裡，朝樓上喊，請茅盾母親出來說話。茅盾母親開了房門，走到窗口，卻不下樓。沈聽蕉就站在天井裡對茅盾母親說：「大嫂，這事我當場看見，是那孩子不好，他要追德鴻，自己絆了跤，反誣告德鴻。怕你不信，我來作證。」茅盾母親堅強的性格和知書達禮、辦事果斷的作風，在烏鎮青年中是出名的，深得大家的敬重。沈聽蕉把情況說了以後，又想起剛才德鴻出走之事，又說：「大嫂知書達禮，豈不聞孝子事親，小杖則受，大杖則走乎？德鴻做得對。」茅盾母親在樓窗口聽了，默然片刻，說了句「謝謝沈先生。」回房去了。沈聽蕉後面這句話，茅盾母親是聽懂的，沈先生引用孔子的話，來讚揚茅盾奪門而逃的舉動。古人有「父慈，子孝，非謂子當孝而父可以不慈也。夫義，婦順，非謂婦當順而夫不義也。晏子曰『君爲社稷死則死之。』孔子曰『小杖則受，大杖則走』。」但這個出典，茅盾祖母聽不懂，見沈聽蕉說了幾句後，茅盾母親便進房去了，以爲媳婦的氣還未消，於是送走沈先生後，便親自拉著茅盾上樓去。推門進去，見茅盾母親背窗而坐，祖母忙讓茅盾跪在媳婦面前，茅盾知道今天的事傷了母親的心，跪著哭道：「媽媽，打吧。」茅盾母親轉過身來，扶起茅盾，淚如雨下，只說了句「你的父親若在，不用我……」哽咽著說不下去，拉過兒子，摟在懷裡，淚水滴在兒子的臉上。

這一件事，在童年茅盾的心靈裡，留下了創傷，他第一次自己直接感受到社會的險惡，也直接體會母親哺養兩個兒子的艱辛。

1907 年，茅盾從立志小學畢業，升到烏青鎮高等小學繼續讀書，後來更名爲植材小學，地點在北宮。校舍是由道教場所改建的。這個學校當時除講授古文外，還開設英語、數學、物理、化學等課，英語採用《納氏文法》爲教材，所聘教師，大都是從上海、日本進修回來的高材生。教國文的是王彥臣和張濟川，及本鎮兩個老秀才。植材小學是 1907 年 3 月 27 日開學，茅盾便進了植材小學讀書。或許由於家境日愈衰落的緣故，茅盾對悲壯歌曲印象特別深，對憂國憂民的英雄特別崇拜。同時，茅盾的作文也大有長進，步入少年時代的茅盾，心底裡萌生出救國拯民的進步思想，也萌生出成名成家以

報答父母的願望。

有一次，植材小學上音樂課，老師教唱一首叫《黃河》的歌，少年茅盾一聽，覺得整個身心都沉浸在這首歌裡，騁馳在祖國曠遠大漠之中，昂揚悲壯，很有民族風骨，與茅盾思想一唱即合，這首歌詞是這樣的：

> 黃河、黃河，出自崑崙山，遠從蒙古地，流入長城關。古來聖
> 賢，生此河干。獨立堤上，心思曠然。長城外，河套邊，黃河白草
> 無人煙。思得十萬兵，長驅西北邊，飲酒烏梁海，策馬烏拉山，誓
> 不戰勝終不還。君作饒吹，觀我凱旋。

這首歌的歌詞是楊度所寫，沈心工譜曲，是當時的一首校園歌曲。沈心工，名慶鴻，號叔逵，字心工，上海市人，生於 1869 年。1903 年曾東渡扶桑，考察教育，回國後一邊在南洋公學執教，一邊創作了大量校園歌曲，為當時學校傳誦一時。這首歌，反映出來的氣勢，十分契合茅盾當時的心態，但少年茅盾對歌詞內容卻不甚了了。於是放學回家，他去問母親，請母親作詳細解釋。

幾乎和在立志小學時一樣，茅盾的作文仍名列前茅，深得老師的賞識。他在作文《武侯治蜀王猛治秦論》中，老師稱讚他「思想深沉」，認為他寫此文「確是史論正格」。在作文《宋太祖杯酒釋兵權論》中，老師在批語中稱讚少年茅盾「好筆力，好見地，讀史有眼，立論有識，小子可造。其竭力用功，勉成大器」。在《祖逖聞雞起舞論》中，老師給予評語是：「慨祖生不遇其主，壯志莫酬，確有見地，行文之勢，尤蓬蓬勃勃，真如釜上之氣。」在作文《秦始皇漢高祖隋文帝論》中，老師的評語是：「目光如炬，筆銳似劍，洋洋千言，宛若水銀瀉地，無孔不入。國文至此，亦可告無罪矣！」這些史論作文，大都是寫有作為的英雄；而這些英雄，又大都是從磨難中來。因此，當少年茅盾瞭解了這些史事以後，同情，感慨，仿傚，構成了少年茅盾內心世界的一部主旋律，形成了一種奮發向上的力量。所以老師對他寄以厚望。在議論《學部定章學生畢業以學期為限論》中，老師興奮無比，評價茅盾「生於同班年最幼，而學能深造，前程遠大，未可限量！急思升學，冀著祖鞭，實屬有志。」

在史事議論中，對時事也十分感慨，其中一篇《青鎮茶室因捐罷市平議》道出了少年茅盾對清王朝政府的不平和不滿，這篇作文是這樣寫的：

> 警察，有益之事也；茶室，消耗之所也。以消耗無謂之錢，辦

有益地方之事，亦其宜也。吾青鎮茶室，因捐罷市，論者洶洶，以
爲茶室乃無謂空費之地，本應出捐以助公款，何其無良狡猾，一至
於此？然余以爲茶室業小資薄，一日所賺之錢幾何，既擔任城鎮學
堂之捐，今再益之以警察費，宜其不能任其職矣。且加一捐，其茶
之價亦必增一倍，吾恐吸茶少而益致虧矣。吾故謂警察之抽茶捐，
事出苛求，而茶室之罷市不從，不得謂以私念而敗公事。且辦警察
非一二千元不能，則區區茶捐，何足敷用？況警察非所以衛大商及
富家耶，則此款宜大商家出之，又何必與小民纏擾不已哉？（眉批：
不錯！不錯！）

老師在文後批語道：「辦地方之事，必寬以籌之。作者謂與小民纏擾不已，至
論至論！」當時學校裡的民主空氣由於受老師維新思想的影響，還是非常濃
厚的。因此，針砭時事能有此深刻，實屬難得。有一次，盧學溥主持烏鎮各
學校的童生會考，題目是老氣橫秋的《試論富國強兵之道》，茅盾覺得這個題
目正好抒發自己的宏願大志，最終以「大丈夫當以天下爲己任」結尾。盧學
溥見了，十分認眞，立刻批語「十二歲小兒，能作此語，莫謂祖國無人也。」
生發一番自己的感嘆。

茅盾在植材小學時，不僅對史事作文嫻熟深刻，而且對記敘述事也已十
分老到，這期間寫的《選舉投票放假紀念》、《悲秋》兩篇作文，無論敘事狀
物言情，都達到生動和新穎的水平，不能不說其文學天才初露端倪，這裡不
妨把這兩篇作文輯錄下來以共賞：

其一是《選舉投票放假紀念——四月十五日浙江諮議局初選舉投票日
期》：

四月十五日，天晴氣朗，風氣宜人。有紳士數輩，奔走慌忙。
往來之人，皆喜色滿面，歡聲雷動。嘻！今日何日，而士民之喜若
是？今日乃諮議局初選舉投票日也。學堂某門洞開，龍旗高懸，學
生出入，問之，則放假日也。問何以放假？則亦因選舉投票而然也。
有學生數人，晤言一室之內，談論雄豪，其興轉濃，春風滿面而喜
氣揚，歡溢眉宇而談愈雄。移時一學生自外來，舉手道喜曰：「恭喜
今日資議成立矣！今日諮議局之成立，即他日我黨享自由之幸福，
敢爲諸君賀。」於是眾人益喜，互相慶賀。有曰：「今日實行預備立
憲，選舉投票，實乃我國四千餘載未有之盛舉。從此我國民可以脫

離苦海，而跳出專制範圍，享自由之福，可慶！可慶！」有曰：「恭喜！恭喜！我國黑暗已至極點，而近日實行預備立憲，乃我儕所額手相賀。今日之放假，乃選舉投票之紀念。」一時慶賀之聲，不絕於耳，良久始各散去。余睹此情狀，不覺大悅。深念近日之諮議局，即他日之議院可知。如是，則民情可張，輿論必重矣！思已更喜，時已至家，乃默坐復思，愈覺可喜。乃援筆記之，以爲紀念。

這一篇記述烏鎮選舉的作文，寫得活靈活現，神態畢至。狀物狀情，已相當嫻熟了。

其二是《悲秋》：

紫燕去，鴻雁來，寒蟬互噪，秋蟲淒切，衰草遍野，木葉盡脫。悲夫！何秋聲秋色之傷懷歟？憶夫！艷李紅桃，芳草綠蔭，春光明媚，藻麗可愛之際，忽焉秋風蕭蕭，荔丹蕉黃。曾幾何時，萬物肅殺之秋至矣。嗚呼！人孰無情，誰能遣此！而況萬里長征，遠客他鄉，又何能禁秋風雨之感其懷抱。（眉批：語可動人）傷矣哉！秋之爲秋也。夫秋，天地肅殺之氣也。故國家行刑，而草木殘凋，雷始收聲，陽氣日衰，天道循變，人亦何悲乎秋乎？然萬物寂寥，滿目淒楚，對此秋日，能不傷懷？雖然，人生過客耳！幻夢耳！有悲於懷者，豈惟秋哉！秋之悲，其小焉者也！

這篇作文顯示了少年茅盾把握狀情摹景，生發感慨的本領。其中的謀篇佈局，立意引題，都顯示出一般少年無法達到的水平。茅盾小學時的同學沈志堅曾回憶說：當時植材小學老師張濟川看了茅盾作文後，曾拍著茅盾的項背鼓勵道：「你將是個了不得的文學家呢！好好地用功吧。」有一次，茅盾和沈志堅兩人互訴抱負，茅盾表示，將來能著一偉大小說，成一名家，於願足矣。沈志堅也表示同感。

1909 年冬，茅盾從植材小學畢業。畢業後去哪裡升學？茅盾母親頗費思量。杭州、湖州、嘉興都有中學。就當時的家境，街坊熟人曾勸茅盾母親，讓他去念杭州的師範，那裡不收食宿費，還發制服，但畢業後得回鄉當教員。茅盾母親覺這樣一來，錢是省了不少，但茅盾父親曾有遺囑，讓茅盾兄弟倆念工科，學實業，如果念師範，有悖於沈永錫遺願了。所以，茅盾母親決定讓茅盾念中學，正好一個姓費的親戚在湖州中學堂念書，便讓茅盾去湖州讀中學，插班三年級。

1910 年春，茅盾第一次離家，去湖州過寄宿生生活。母親、弟弟沈澤民、舅母陳寶珠都到小火輪碼頭為他送行。舅母是個聰慧而又十分漂亮的少婦，在其夫陳長壽逝世後，一直與茅盾母親共同陪奉婆婆，並視茅盾兄弟倆為兒子一般，常常幫助茅盾母親教育茅盾兄弟倆。陳寶珠美貌而善良的形象，深深地印在少年茅盾的腦海裡，直到晚年，還清晰地記得陳寶珠那音容笑貌。茅盾在小火輪艙窗口，望著自己的母親、弟弟及舅母陳寶珠，小火輪離岸了，茅盾的雙眼有些濕潤。

突突突的小火輪把茅盾送到湖州。原想插班中學三年級。結果到校經過插班考試，他的算術完全做錯了，只好插入二年級。從此開始了他的中學生生涯。

湖州府中學堂坐落在市中心，這所中學堂建於 1902 年，利用原來的愛山書院舊址改建。於同年 6 月 17 日開學。到茅盾進校讀書時，先後有姚學仁、朱廷燮、王樹榮、俞宗濂、沈譜琴等擔任過校長。茅盾進湖州府中學堂時，校長是沈譜琴。校長是清末舉人，又是秘密的同盟會會員，與孫中山等人有交往。由於校長有革命思想，所聘的教師也都有學問，其中國文教師楊笏齋，給少年茅盾很大影響。楊老師特別推崇恣肆汪洋的莊子，常對學生說，「莊子的文章如龍在雲中，有時見首，有時忽現全身，夭矯變化，不可猜度。」對《莊子》，茅盾受楊笏齋老師感染，覺得讀過以後，天地頓時開闊，明亮。除國文課以外，茅盾在湖州府中學堂裡，對地理課也感興趣起來。原來，地理老師善於把自然地理和歷史人物、名勝古蹟糅合在一起向學生講授，因此聽起來生動有趣、易記。所以，在湖州府中學堂裡，茅盾的國文成績名列第二，僅次於一個叫陳輔屏的同學。當時，楊笏齋給茅盾他們講授中國文學史，講解《漢魏六朝百三家集》，從此茅盾開始接觸許多古典名著，如《楚辭》、《昭明文選》，也知道了建安七子，知道了陸機、陸雲兩弟兄，知道了嵇康、傅玄、鮑照、庾信、江淹、丘遲等文學史上有名的人物及其作品。而且，茅盾在楊笏齋的指點下，練習寫駢體。楊笏齋老師向學生灌輸「書不讀秦漢以下，文章以駢體為正宗」的觀點。楊老師的做法，使茅盾得到了系統的學習。茅盾有一次用駢體寫一篇作文，題目叫《記夢》，講自己回家去，見了寶姨和母親，寶姨考茅盾一副對聯。正考問之中，外祖母在堂上叫「來吃西瓜。」於是寶姨拉了茅盾跑去，在門檻上絆了一下，就跌醒了。此時「檐頭鵲噪，遠寺晨鐘。同室學友，鼾聲方濃。」這篇有情節有人物，有對話的習

作，可以看出茅盾作爲小說大家的端倪。楊笏齋給予「構思新穎，文字不俗」的評語。

　　在湖州府中學堂，茅盾向同學學習篆刻，操刀弄筆，陶冶性情。尤其給少年茅盾產生影響的，是錢念劬先生來湖州府中學堂臨時任校長後，親自教茅盾他們作文課。錢念劬先生學識淵博，清末曾隨薛福成出使歐洲，先後在倫敦、巴黎、柏林、彼得堡等使館任職，因而深受西方文化影響，在教育上倡導平等自由。這時，他返故里湖州小住，沈譜琴便恭請他代理校長，於是他當起臨時府中校長，並走進課堂，親自執鞭教學生作文。其時，作文大都是命題作文，而錢念劬先生教作文，只叫大家就自己喜歡做的事，或想做的事，或喜歡做怎樣的人，寫一篇作文。一時，班上做慣史論的同學都茫然不知所措，而茅盾想起用寓言體，寫了《志在鴻鵠》的作文，五六百字，藉鴻鵠自訴抱負。錢念劬先生在茅盾作文後面寫了「是將來能爲文者」的評語。大概錢老先生從茅盾的作文中，看出茅盾的文學天才。預言成了事實。這恐怕連錢老先生都沒有想到吧。錢念劬先生代理校長期間，還邀請茅盾等同學去陸家花園遊玩，並給這些莘莘學子觀賞他自己出使外國的照片。這些，給茅盾大開眼界，感到在錢念劬先生面前，有一種平等感。而錢念劬先生聘來教茅盾的錢夏先生，年紀很輕，但膽子很大，親自教茅盾他們史可法的《答清攝政王書》，教《太平天國檄文》，教黃遵憲的《臺灣行》及梁啓超的《橫渡太平洋長歌》，灌輸反清思想，使茅盾他們這些學生感到天地爲之一新！也十分興奮。

　　在湖州府中學堂，茅盾不僅接觸了大量文學史上的名作名著，也直接感受到反清力量的影響，一種革命的萌芽，在湖州府中學堂裡悄然生發。1910年秋天沈譜琴組織師生去南京參觀中國最早的博覽會——南洋勸業會。在南京，茅盾又一次感受到實業救國思想的教育，領悟到父輩們的苦心和真誠。也知道了故鄉浙江的名產名物。這個在南京舉辦的「南洋勸業會」於 1910年 6 月 25 日開館以後，參觀者空前。內容有教育館、工藝館、農業館、美術館、衛生館、武備館、機械館、通運館、水族館等，而且各省也布出 16 個省館，專門介紹本省特產，浙江館除絲綢織品外，也展出紹興黃酒，金華火腿，杭州剪刀，天竺筷等。所以，當初南洋勸業會轟動全國，不少地方，尤其是學校，專門組織學生去參觀。茅盾看過展館，大開眼界，「大爲驚喜。」

　　在湖州府中學堂，最為少年茅盾頭疼的功課是體育，因為沈譜琴把府中作為他反清革命行動的據點，因而他有意強化學生的體育課，列隊、操練、遠足，都是有意為之的活動。但身體單薄的茅盾，無法適應學校這種強度很大的體育訓練，鬧了許多笑話。但更使茅盾煩惱的是，比茅盾遲一個學期進校的一個姓張的新生，因為與茅盾友善，而遭到其他同學的奚落。這個新生年紀比茅盾大，但聲音似乎尚未發育一般，女腔音很重，所以與別的同學難相處，而與寡言少語的茅盾卻投機。因而連累了茅盾，使茅盾在學習上有分心，十分苦惱。

　　後來，茅盾與母親商量，決計轉學嘉興。1911 年暑假，茅盾轉學嘉興，進嘉興府中學堂，插入四年級繼續讀書。嘉興位於杭嘉湖平原腹地，地處滬杭鐵路中間，物產豐富，風光旖旎。城南有湖名「南湖」，又名「鴛鴦湖」，風景之美，與杭州西湖、紹興東湖相媲美。沿湖垂柳依依，秋風掠過，婀娜多姿，十分嫵媚；寬闊的湖面，碧水紅舟，粼波蕩漾；時而，一對浮在碧波裡的鴛鴦驚水而起，傳來啪啪啪的擊水聲。宋代大詩人蘇東坡過嘉興時，曾作詩：「鴛鴦湖邊月如水，孤舟夜傍鴛鴦起。」詩人吳梅村也有「柳葉亂飄千尺雨，桃花斜帶一溪煙」的詩句讚美南湖。湖中有島，島上有建於五代的煙雨樓，樓上紅棟飛檐，樓旁古樹參天，顯得靈秀而幽靜，是江南名勝之一。乾隆皇帝六下江南，每每不忘到此小憩，留下「六龍曾駐」的匾額和兩塊鐫刻著他題詩的御碑。從此，南湖名聲大振。

　　嘉興府中學堂坐落嘉興城裡小西門內，規模有百畝之大，分南北兩院，南院為舊鴛鴦湖書院故址，北院為舊秀水縣署故址，當時學堂宿舍在一河對岸，中間有一石橋，名「齊雲橋」。嘉興府中學堂校長方青箱，年輕有為，早年在上海中西書院畢業後，曾遊歷美國、加拿大、日本，受世界潮流影響，秘密加入光復會，立志反清革命。他所聘教師，也都年輕和有學問，並都傾向革命。當時的國文教師朱希祖、馬裕藻、朱蓬仙，教數學的計仰先、體育老師范蒲英等，都成了方青箱校長的「同志」。但是，這些國文教師，雖是校長「同志」，並不像湖州府中學堂的國文教師那樣，公開教反清課本，而是仍教一些舊書，如朱希祖教《周官考工記》和《阮元車制考》；馬裕藻教《春秋左氏傳》；朱蓬仙教修身，教材自編，通篇是集句。另一位不是革命黨的教師朱仲璋，是桐鄉人，也是茅盾父親生前的朋友，雖不是革命黨卻不反對革命，常常關心茅盾在嘉興府中學堂的學業。

　　嘉興府中學堂除了教師陣容強大外，對數學特別看重。茅盾從看重文科的湖州轉到嘉興以後，大家知道他的數學沒有學好，都主動幫助他補課。新來剛到的他，感到了一種新的氣息。但是，這種同學溫暖時間不長。1911 年10 月 10 日，震撼世界、震撼中國幾千年歷史的辛亥革命爆發了。辛亥革命的槍聲，也使嘉興府中學堂熱鬧和動蕩起來，此時校長帶領同學投身光復杭州，嘉興的戰鬥了，朱希祖老師回老家海鹽當民事長（縣長）去了，學校處在無序狀態之中，只好放假各自回家。

　　當辛亥革命勝利，杭州、上海、嘉興都光復之後，學堂來通知，重新上課了。結果到校一看，原來熟識的、革命黨教師都走了，連校長方青箱也榮任嘉興軍政分司了。校務由新來的學監陳鳳章負責。陳鳳章在辛亥革命後復課時，強調要整頓校風，並親自巡視自修室，規定學生自修時，不准談笑。自由慣了的同學，很為此而忿忿不平，認為革命成功了，反而失去了以前曾經有過的自由，於是幾個膽大的同學去找陳鳳章評理，結果這幾個學生受到記過處分。茅盾也十分不滿這個學監，他拾來一隻死老鼠裝進信封，在信封上寫上《莊子》裡的一段話：「南方有鳥，其名為鵷雛，子知之乎？夫鵷雛，發於南海，而飛於北海；非梧桐不止，非練實不食，非醴泉不飲，於是鴟得腐鼠，鵷雛過之，仰而視之曰：『嚇！』今子欲以子之梁國而嚇我邪？」寫畢，封好，悄悄地塞進陳鳳章的辦公桌抽屜裡。茅盾這種書生氣的反抗，得到的，同樣是記過處分。後來幾個同學在大考之後結伴上南湖喝酒，喝得酩酊大醉，然後咒罵陳鳳章。又乘酒興回校內砸告示牌，幾個滿面通紅的同學還趕到陳鳳章家裡質問。茅盾雖未動手砸告示牌，也未去陳鳳章家裡質問，因在其中附和，也在寒假裡收到學校的「除名」通知。

　　一場久盼的革命卻給茅盾帶來了失望和失學的結果，這是當時少年茅盾萬萬沒有想到的。怎麼辦？茅盾母親感到十分為難，回湖州？不可能。回嘉興？剛剛除名，也沒有辦法可想。茅盾在嘉興府的反抗和不滿，並不是不願讀書，而對學監那種專制作風的不滿，是渴望在自由氣氛下讀書！所以，茅盾母親問清情況後，沒有追究下去。但茅盾一連幾天，愁眉苦臉。最後在母親的支持下，去杭州考插班，結果，茅盾考進杭州私立安定中學，並於 1912年春到杭州，修完中學階段的功課，1913 年夏畢業。在杭州私立安定中學裡，茅盾依然如饑似渴地學習，興趣從古文、數學轉到詩詞知識的學習上。當時，私立安定中學當局把杭州學問最好的人都聘來教書。其中有一個叫張相的先

生，詩詞底子特別好，人稱「錢塘才子」。他教茅盾他們作詩、填詞。而且作詩填詞都從基本功做起，並示範給學生看，又布置學生作業練習，然後自己給予修改。茅盾晚年還記得張相先生，「他常常寫了上聯，叫同學們作下聯，做後，他當場就改。」張相先生絕頂聰明，博聞強記，他能將昆明大觀樓的長聯一字不漏地在黑板上寫下來，並以此為例，向學生講解如何欣賞長聯，又信手拈來杭州風景名勝的名聯，作詩詞範本，有肯定、有批評，十分引人入勝。因而茅盾十分敬佩這位老師。其實，茅盾佩服的張相先生，在身世上和茅盾有許多相同之處。張相早年家境貧寒，父親早故，全靠母親替人家縫縫補補的收入來撫養。張相天分很高，初涉試場即中秀才，後來潛心研究舊學。不久又受維新思想影響，悉心自學日語，曾譯《十九世紀外交史》，為當時時人所推崇。後來，他在安定中學、杭州府中學堂、宗文學堂擔任文史講席，成為杭州城裡有名的才子。

　　在私立安定中學裡，茅盾打下扎實的詩詞基礎知識。後來茅盾創作並流傳下來的 150 多首詩詞，皆源於此。另外，在美麗的西子湖畔，還夯實了記憶的基本功。當時，安定中學有一個教國文的老師姓楊，楊老師教中國文學發展史，比湖州府中學堂裡那位楊笏齋先生更有系統性，從詩經、楚辭、漢賦、六朝駢文、唐詩、宋詞、元雜劇、明前後七子復古運動、明傳奇，直至桐城派以及晚清的江西詩派之盛行，都作系統的介紹。但他的教學方法也特別，在黑板上只寫人名、書名，每日講一段，叫學生做筆記，然後批改筆記。因此，茅盾乾脆上課時專心聽講硬記，課後把楊老師所講的內容默寫出來，久而久之，竟然把自己訓練出來，增強了自己的記憶能力。故後來茅盾能背《紅樓夢》的傳說，大概也得益於此時的訓練。

　　1913 年夏，茅盾畢業於杭州私立安定中學，離開西子湖畔，回到烏鎮。他的母親告訴他，憑手頭的錢，茅盾還可以去讀三年書。並告訴茅盾，盧學溥表叔在北京，希望他能考北京大學。說完，把一張刊登北京大學招生廣告的《申報》遞給茅盾。茅盾一看，《申報》有「北京直轄各校招生一覽表」，招生分「大學預科、法政專科、工業專門、醫學專門」四類，其中北大預科又分第一類和第二類，各招 80 名；考試科目有歷史、地理、國文、英文、數學、理化、博物、圖書。學制三年。但考第一類，「理化、博物、圖書」三門中免試二門。茅盾和母親商量，決定報考北京大學預科第一類。

　　1913 年 8 月 11 日，茅盾到上海澄衷學堂赴考，三天之內，考了歷史、

地理、國文、英文、數學、圖書等六門功課。考完後，茅盾即返烏鎮，等候錄取通知，不久，《申報》登載錄取名單，竟沒有沈德鴻，只有一個叫沈德鳴的人，把全家嚇了一跳，茅盾母親猜想是報館印錯了的緣故。幸而沒有幾天，正式書面通知也寄來了。茅盾母親笑著對茅盾說：「果然是報館印錯了。」

9月，茅盾風塵僕僕地去北京大學求學。當時，北京大學的校長由湖州人胡仁源代理，預科主任是留美歸來的沈步洲先生。茅盾這一屆預科新生約200餘人，宿舍在譯學館樓上。當時教師中中外合璧，古今通用，教師思想觀念十分雜亂，真可謂新舊兼容。教史、地的是桂蔚丞和陳漢章；教國文的是年輕而又思想進步的沈尹默、朱希祖、馬幼漁和沈兼士等，這些教師都是浙江人。因而被世人稱為北大文科浙江人取代桐城派而興盛。然而，一些教師個性怪癖，也給茅盾留下了深刻的印象。如教本國地理的教師桂蔚丞，以古代今講地理，並用考證方法講授，他一襲長衫，一壺茶，一隻煙袋，依照大清一統志，參考各省府、縣志，乃至《水經注》自編地理講義，他在言談中，視學生為私塾弟子，編講義的參考書從來秘不示人。所以茅盾講他「可謂用力甚勤，然而不切實用。」教歷史的陳漢章亦是北大一個有名人物，他是浙江象山人，是俞曲園的弟子，也是章太炎的同學。他早就在京師大學堂教授，因為當時京師大學堂的章程中有畢業後欽賜翰林，於是他放棄教席，寧作學生，期望得個翰林。辛亥革命後，他的翰林夢打破了，改北大後仍聘他為教授。他表面看來落拓不羈，但內心依然十分困惑。他講授歷史時，自編講義，別出心裁地從先秦諸子的作品中搜羅片段，證明歐洲近代科學所謂聲光化電，在我國早已有之。還煞有介事的告訴學生，歐洲的飛機，在我國先秦就有了，《列子》上說的飛車，便是明證，還自豪地說，「那時候，現在的歐洲列強還在茹毛飲血的原始時代呢。」滿堂學生常常聽得瞠目結舌。但後來陳漢章因茅盾當面說他是「發思古之幽情，揚大漢之天聲」，而和茅盾作過一次推心置腹的長談，他對茅盾說：「我明知我編的講義，講外國現代科學，在二千年前我國都已有了，是牽強附會。」「但為什麼要這樣編寫呢！揚大漢之天聲，說對了一半。你可知道，鴉片戰爭以後，清廷畏洋人如虎，士林中養成一種崇拜外國的風氣，牢不可破，中國人見洋人奴顏婢膝，實在可恥！忘記我國是文明古國，比洋人強得多。我要打破這個風氣，所以編了那樣的講義，聊當針砭。」一席話，茅盾聽得肅然起敬，佩服這位老師

的骨氣。

在北京大學預科的三年中，茅盾在外籍老師的輔導下，較爲系統地閱讀了外國文學，學習了世界歷史，如司各特的《艾凡赫》、狄福的《魯賓遜飄流記》及莎士比亞的戲曲等，使茅盾的外國文學作品理論有一個全新的接觸，茅盾感到眼界大開。

因爲北京離烏鎮太遠，茅盾母親去信關照茅盾，寒假不必回家。正在財政部當公債司司長的盧學溥熱情地邀請茅盾住到他的公館裡。並在盧表叔的指導下，研讀二十四史。當時，盧學溥十分器重茅盾，鼓勵茅盾研讀二十四史，告訴茅盾，這二十四史是中國的百科全書，因而引起茅盾的興趣。在北京的寒暑假中，茅盾一頭鑽進盧公館，認眞系統地讀二十四史，收穫不小。

然而，轉眼春暖花開時，京城的謠言四起，說袁世凱不惜和日本背城一戰，因而許多人都離開京城，遠走他鄉，以避戰火。茅盾的一些同學也離開北京了。面對這些情況，茅盾心神不定地找到盧表叔，把聽到的、見到的情狀述說一遍。盧學溥笑道：「可惜總統年老，不是當年小站練兵的時候了。」茅盾一聽，恍然大悟，袁世凱用了「將要與之，必先取之」的方法在愚弄京城百姓！茅盾懸著的心，又放下了。

茅盾在北京大學預科的最後一次考試時，袁世凱死了。在袁世凱死之前，袁世凱稱帝不成，便把原先打算登基時用的廣東焰火拿到社稷壇放掉，茅盾曾和同學在夜裡翻過宿舍的圍牆去觀看，看到焰火中有「天下太平」四個字，十分新奇。

茅盾在北京三年，完成了全部學業，於 1916 年 7 月返回家裡。但日後工作、生活怎麼辦？對茅盾來說，眞的一點預感都沒有。

涉世不深，卻把世相看得一清二楚；

一封信引出一個機遇。

身居大都市，漸入佳境。

人們至今還在說，假如他在烏鎮，

晚年至多是個縣政協委員；

機遇——天賜奮鬥的人

第三章　為新文學奠基

　　從北京大學畢業以後，生活之舟駛向那裡？年青的茅盾還十分茫然！回鄉當教師，還是託盧表叔在銀行界做事，如果像茅盾這樣年青、有知識的大學畢業生，欲進銀行界，捧金飯碗，真易如反掌！比茅盾稍大的二個叔父及烏鎮幾個親戚的孩子，都由盧學溥薦進銀行界做事，何況一向受盧表叔器重的茅盾。

　　茅盾離開北京後，盧學溥接連收到茅盾祖父和母親的信，希望盧學溥給茅盾安排個工作。當時茅盾的富有遠見的母親陳愛珠，在給盧學溥信中，特地提到不要在官場和銀行界給茅盾介紹工作。所以茅盾回到家後，母親與他商量職業事情，並告訴茅盾，耐心等待盧表叔的回音。其時，正在財政部任公債司司長的盧學溥，正受商務印書館北京分館的巴結，商務印書館北京分館經理孫伯恆希望公債司的公債券能在他手下的京華印書局承印。如果爭取到這筆生意，那將是一筆可觀的利潤。所以，盧學溥打算將茅盾推薦到上海商務印書館，那裡既可以作學問，又是知識人才薈萃之地。商務印書館北京

公館孫伯恆一聽，一口應承下來，並立即去信上海，把茅盾推薦給上海商務印書館總經理張元濟，並說明這是盧學溥推薦的。7 月 27 日，張元濟收到孫伯恆信以後，立刻覆信，答應可以「試辦」，「月薪 24 元，無寄宿。試辦後彼此允諾再設法。」孫伯恆收到張元濟的信以後，立刻交盧學溥，並囑早日去滬面見張元濟。

茅盾在烏鎮收到盧學溥從北京寄來的信並附孫伯恆函後，便徑直去上海找商務印書館總經理張元濟。張元濟是浙江海鹽人，出生於名門望族，本人又是翰林出身，知識淵博，愛才惜才，同時又受維新思潮影響，思想進步、開明，是中國近現代史上一個極有作爲的文化企業家。茅盾後來成名，也得益於當時張元濟的開明。所以茅盾曾評價張元濟：「在中國的新聞出版事業中，張元濟確實是開闢草萊的人。他不但是個有遠見、有魄力的企業家，同時又是一個學貫中西、博古通今的人。」

初進商務印書館，茅盾一介年輕書生，碰到了令人啼笑皆非的趣事，使年輕茅盾有一種既新鮮又陌生的感覺。求見張元濟時，門口門衛拉住茅盾反覆盤問，連一句「燕雀安知鴻鵠之志」的話都不曾聽過說的人，竟然在總經理門口負責登記。當茅盾掏出北京分館經理的介紹信，在這些人面前一抖，他們立刻換了一副笑臉，恭謙有加了。這些世態，茅盾忽然想起自己家庭在失去父親以後的遭遇，何乃相似！但初見張元濟，雙方，起碼在茅盾心中，留下了很好的印象：

> 我見這間總經理辦公室前面一排窗，光線很好，一張大寫字台旁坐著一人，長眉細目，滿面紅光，想來就是張元濟了。兩旁靠牆都有幾把小椅子（洋式的、圓形，當時上海人稱之爲圈椅，因爲它的靠背只是一道木圈），寫字台旁也有一張。張元濟微微欠身，手指那圈椅說：「坐近些，說話方便。」我就坐下。張先問我讀過哪些英文和中文書籍，我簡短扼要地回答了，他點點頭，然後說：「孫伯恆早就有信來，我正等著你。我們編譯所有個英文部，正缺人，你進英文部如何？」我說：「可以」。張又說：「編譯所在閘北寶山路，你沒有去過罷？」我表示不知道有什麼寶山路，張拿起電話。卻用很流利的英語跟對方談話。我聽他說的是：「前天跟你談過的沈先生今日來了，一會兒就到編譯所見你，請同他面談。」打完電話，張對我說：「你聽得了罷？剛才我同英文部長鄺博士談你的工作。現在，

你回旅館，我馬上派人接你去寶山路。你住在哪個旅館？」我把旅
館名和房間號碼都說了，張隨手取一小張紙片記下，念一遍，又對
我說：「派去接你的人叫通寶，是個茶房，南潯鎮人。你就回旅館去
等他罷。」說著他站了起來，把手一攤，表示送客。我對他鞠了躬，
就走出他的所謂辦公室。

這就是茅盾走出校門要見的第一個人！張元濟的音容笑貌，深深地印在茅盾
的腦海中。在以後漫長的歲月裡，茅盾一如既往地敬重張元濟，視爲師長。

茅盾第一個就業的部門——編譯所英文部，部長是鄺富灼，是個華僑，
原籍廣東，是在國外讀大學，得了個博士學位，此時也只有 40 多歲。茅盾進
英文部時，正巧英文部開辦一個「英文函授學校」，函授的學生把作業寄來，
而茅盾則改學生寄來的作業，所以，剛進編譯所，茅盾的工作並不繁重。但
在與同事接觸熟悉過程中，他也瞭解了商務印書館內部的內幕，瞭解了學術
機構內部的派系，知道了社會的複雜。商務印書館實際也是不是官場的官場。
他向母親，向盧表叔寫信，訴說了進商務印書館的工作感想，一方面感到這
個地方是個做學問的地方；另一方面又感到商務印書館是個變相的官場，處
處講資格，講人情，「幫派」壁壘森嚴。盧表叔給茅盾來信，告誡他：只要有
學問，何愁不立事業；藉此研究學問是正辦。

商務印書館編譯所有個圖書館，叫「涵芬樓」，藏書十分豐富。星期天，
茅盾常在那裡度過。由於平時的工作很輕鬆，因而他常常可以在宿舍裡看書
看到深夜；在編譯所，茅盾英語水平也大有長進，特別是口語訓練。英文部
有個不成文的規矩，在辦公室裡，同事之間的交談基本上是英語。因而在這
樣的氛圍裡，茅盾的英語水平大有長進。

有一天晚上，茅盾回到宿舍，見同宿舍裡的辭典部謝冠生那裡有一本新
出的《辭源》，很厚，引起茅盾的興趣，茅盾向謝冠生借來，在燈下讀起來。
忽然，茅盾發現這種作爲商務印書館重點產品的書，裡面謬誤百出，不足之
處顯而易見。血氣方剛的茅盾此時心血來潮，閃念之間，冒出何不給總經理
寫封信，把想法告訴他的念頭。於是，在更深夜靜的時候，茅盾提筆向張元
濟寫了一封信，信中闡述了自己的看法，認爲出版這樣規模的辭書，商務在
出版界開風氣之先；但對條目引出處，有認錯娘家的，而且引書只注書名，
不注篇名，對於後學不方便；同時，認爲《辭源》所收新詞不多，跟不上時
代的發展等。信，第二天上午交茶房送去。

　　茅盾將信送出，也就過去了。這對青年茅盾來說，實在是一時衝動而已。他並非認真對待這件事。不料，當天晚天，同宿舍的謝冠生悄悄告訴茅盾：「德鴻，你那封信，總經理已批交辭典部同事看後請編譯所長高夢旦核辦了。」茅盾一聽，大吃一驚，一封平常的信，會引起總經理那麼大的注意？

　　其實這封信在茅盾文學創作生涯中，起到非同一般的作用。成為青年茅盾在商務印書館嶄露頭角的一個轉機！因為這封信，青年茅盾的才識引起商務當局的注意和重視！

　　第二天上午，編譯所長高夢旦約見本在一起辦公的茅盾，並開門見山地對茅盾說：「你的信很好，總經理同我商量過，你在英文部，用非其材，想請你同我們所裡一位老先生，孫毓修，合作譯書，你意下如何？」茅盾表示同意，並特地去向鄺富灼告別，感謝鄺富灼一個多月的關照。於是，茅盾離開那機械的改卷子工作的英文部，與孫毓修合作譯書。直接歸編譯所長高夢旦管轄。

　　50多歲的孫毓修起初瞧不起20出頭的青年茅盾，認為這個桐鄉小青年稚嫩，根底淺。然而，當茅盾很快將《人如何得衣》（卡本脫著）譯完以後，孫毓修自負之氣矮了一半，因為茅盾的譯文無論如何要比孫譯得好。而且當孫毓修徵求茅盾如何在譯作上署名意見時，茅盾表示可以不署名。孫毓修對這個年青小伙子有了好感。當後來發現茅盾在看《困學紀聞》時，他又吃了一驚，考問茅盾讀過那些書？茅盾答道：「我從中學到北京大學，耳所熟聞者，是『書不讀秦漢以下，文章以駢體為正宗。』涉獵所及有十三經注疏，先秦諸子，四史（即《史記》、《漢書》、《後漢書》、《三國志》）、《漢魏六朝百三家集》、《昭明文選》、《資治通鑑》，《昭明文選》曾通讀兩遍。至於《九通》，二十四史中其他各史，歷代名家詩文集，只是偶然抽閱其中若干章段而已。」一席話，孫毓修聽得瞠目結舌。過了好一會兒，又問：「你的令尊在何供職？」「家父早已去世。」茅盾恭恭敬敬地回答。「那你……」孫毓修更驚訝了。「主要得之於家慈的教育。」茅盾又說。孫毓修不再問了。他的名士派頭收斂了。從此，對青年茅盾另眼相看。

　　隨後，茅盾用三個多月時間，完成美國卡本脫的有關衣、食、住三本書的翻譯，這是茅盾最初譯著工作。但這三本書的真正出版，是在1918年4月，作為「新知識叢書」，由商務印書館出版和發行。在譯完衣、食、住以後，已是年底。老先生孫毓修找到茅盾，問茅盾下一步有何打算？茅盾想了一下，

知道老先生孫毓修是中國編譯中國童話的開山祖師，便說，「是否可以編幾本童話或少年叢書？」孫毓修一聽，搖了搖頭，「我們要編一本開風氣的書：中國寓言。但編此書須對古書有研究的人，你正合式。」孫毓修也覺得茅盾是個人才，因而覺得這個選題正可發揮茅盾的才能。向來謹慎、尊重人的茅盾也表示同意，因爲藉此可以系統閱讀先秦諸子，兩漢經史子部之書。後來，茅盾用半年多時間編成《中國寓言初編》，孫毓修作序，1917 年 10 月出版。在動手編纂《中國寓言初編》之前，茅盾抽空翻譯科學幻想小說《三百年後孵化之卵》，並刊發於《學生雜誌》第四卷第 1～4 期，這是茅盾公開發表的第一篇譯文。

　　正當茅盾埋首於古書舊著之時，母親從烏鎮來信，告訴茅盾，沈澤民已從省立三中畢業，投考何校，讓茅盾在暑假回烏鎮一道商議。因此，7 月的一天，茅盾冒著酷暑，趕回烏鎮。見弟弟也從湖州省立三中畢業回來了。弟弟把畢業的成績單拿來給茅盾看，茅盾一看，發現澤民的成績，尤其是數理化，在全校名列前茅。澤民還告訴茅盾：他想報考剛開辦的河海工程專門學校。因爲這個開辦於 1915 年的河海工程專門學校，是專門培養工程技術人才。兄弟倆的想法向母親講了以後，茅盾母親想了想後說：也好。這樣，你們兩個當中，有一個當工程師，一個學文，也許符合你們父親的心願。於是，澤民專門赴南京去考試，不久便被錄取。

　　河海工程專門學校開學時，茅盾和母親決定陪澤民去南京。兄弟倆也正好陪母親遊覽一下上海和古城金陵。那時，烏鎮到南京，只有轉道上海，因爲烏鎮到上海有小火輪，上海到南京則有火車。茅盾偕母親、弟弟澤民先到上海，遊覽了上海城隍廟、外灘。茅盾母親是第一次到上海，也覺得新鮮，但最爲茅盾母親所吸引的，是商務印書館發行所的書，她買了林譯小說 50 種，買了四大本《西洋通史》，二卷本《西史紀要》以及《東洋史要》、《清史講義》等，茅盾母親年輕時受其丈夫的影響，對中外歷史一直懷有興趣。在上海遊玩幾天後，母子三人才乘火車送沈澤民去南京。回上海時，茅盾母親想坐輪船回上海，也可欣賞中國第一大河的風采。於是，茅盾選了一艘幾千噸的豪華的大客輪，並定了個官艙。輪船航行在浩蕩的長江裡，茅盾扶著母親到甲板上散步，這時，江風習習，大江東去，浩浩蕩蕩，遠處白帆點點，茅盾見母親遙望江天，神色凝重。忽然很有感觸地回過頭來對茅盾說：「你父親一生只到過杭州，我今天見的世面比他多了。」說到這裡停了一下，又慨然說：「他

的遺囑我盡力做到了，你兄弟二人還算有出息，他死而有知，大概也是快活的。可惜一個人死了沒有鬼，他再也不知我們現在幹什麼，將來還要幹什麼。」茅盾望著母親，聽了那番肺腑之言，感動萬分，忙扶著母親，安慰道：「媽媽放心，我們會記著爸爸的。」

茅盾送母親到烏鎮，回到上海，知道自己的工作有些變化。原來，編《教育雜誌》、《學生雜誌》、《少年雜誌》的朱元善向編譯所所長高夢旦提出，要茅盾去他那個部門工作，協助他編雜誌。因此，高夢旦找孫毓修商量，孫卻以茅盾還要編《中國寓言續編》而不肯放，結果只好由高夢旦出面協調，讓茅盾半天協助孫毓修編《中國寓言續編》，半天協助朱元善編《學生雜誌》。從此，茅盾邁出編輯生涯的第一步。

《學生雜誌》，1914 年 7 月創辦，是一本以增長中學生課外知識為主的刊物。茅盾接手後，朱元善放手讓他編輯，當時編了幾期後，正巧《新青年》雜誌打響新文學運動的第一槍，胡適《文學改良芻議》、陳獨秀的《文學革命論》相繼在《新青年》上發表，在中國文學界引起熱烈反響；善觀風色，勇於趨進的朱元善便打算在《學生雜誌》小試改革，並和茅盾商量，先從《學生雜誌》開始，而《學生雜誌》則從「社論」開始。因而朱元善操著濃重的海鹽方言的上海話，讓茅盾動手寫一篇不同於該雜誌以往社論的短文，作為社論，發表在《學生雜誌》1917 年 12 月號上，題目為《學生與社會》，文章從探索德國興起之原因談起，借德人的話說：「學生為一國社會之種子，國勢之強弱，因以社會之良窳為準，而社會之良窳，又以其種子之善否為判。」文章最後要求「學生時代，精神當活潑，而處事不可不慎；處世宜樂觀，而於一己之品行學問，不可自滿，有擔當宇宙之志，而不先事驕矜、蔑視他人，尤須有自主心，以造成高尚之人格，切用之學問，有奮鬥力以戰退惡運，以建設新業。」文章對封建主義的治學思想進行猛烈的抨擊。朱元善對青年茅盾的這篇社論十分滿意，又鼓勵他再寫一篇社論。於是，茅盾又寫了一篇，題目為《一九一八年之學生》，發表在 1918 年 1 月 5 日的《學生雜誌》上，這篇文章，比上期的文章更進一步，大膽地議論起時政來了，倡導革新思想，奮鬥自立，並大聲呼籲學生「翻然覺悟，革心洗腸，投袂以起」，並要求學生「革新思想」，「創造文明」和「奮鬥主義」。其實，茅盾的這些思想並非創造，而是受《新青年》的啟發，從而把《新青年》中一些思想融會到自己的文章裡，而文章又緊緊聯繫當時學生的實際，進而引起一般讀者的興趣，也得到

朱元善等人的關注。青年茅盾也在靜靜的氣氛中，悄悄地嶄露出來。從 1917年到 1921 年，茅盾以沈雁冰、佩韋、雁冰、Ｙ‧Ｐ 等名發表的作品中，有包括創作、作家傳記、文藝論文、漢譯文藝作品、科學、實用工藝及社會運動等方面。所以從某種意義上看，《學生雜誌》是茅盾爲營造新文學而進行操練的地方。

少年時代的生活磨難，深深地刺激著茅盾，也深深地激勵著茅盾，「將相本無種」，促使青年茅盾加倍刻苦和努力，雖在花花世界的上海灘，卻無暇去閒逛，整天埋首於工作之中，爲商務印書館工作十分賣力。表現了青年茅盾自強不息的個人奮鬥精神。因此，他在編《學生雜誌》時，十分看重地位低卑，經過奮鬥而出人頭地的故事。在《學生雜誌》上，茅盾從涵芬樓豐富的藏書中，擷取材料，編寫一些從低微的鞋匠、裁縫變成名人的故事。從這些篇什中，反映了茅盾崇尚奮鬥、力倡革新的思想，他在《履人傳》前言中，表明自己的心願：「吾願其效卡萊之好學，百折不回；學喬治之束身，不爲眾涅。效蕭物爾之見義忘生，約翰之貧而好善，……。」和茅盾自己的經歷不無關係。茅盾晚年回憶往昔崢嶸歲月時，曾說：「《履人傳》和《縫工傳》都是讚美大丈夫貴自立，這與《一九一八年之學生》論文所提倡的革新思想，奮鬥自立的精神是呼應的。」其實，這是和茅盾當時思想相一致的。

在編輯《學生雜誌》過程中，受《新青年》的影響，茅盾從故紙堆中抬起頭來，把目光投向社會，投向世界，尤其注意十月革命後的蘇俄。他如飢似渴地尋覓著蘇俄材料，包括各類文學雜誌。發表在 1919 年 4 月《學生雜誌》上的《托爾斯泰與今日之俄羅斯》是茅盾第一篇文學論文，在這篇文章中，茅盾預言「今俄之 BOLSHEVISM，已彌漫於東歐，且將及於西歐，世界潮流，澎湃動蕩，正不知其伊何底也。而托爾斯泰實其最初之動力。」一種青年人特有的雄心壯志，和《新青年》遙相呼應。這篇富有鼓動、煽動性的文章發表後不久，北京爆發了偉大的五四愛國運動。北京的知識分子上街遊行，火燒趙家樓，痛打章宗祥以及陸宗輿等革命行動，但對遙遠的上海震動不大；直到北京師生南下宣傳，茅盾才從編譯所裡跑出來，去聽演講。但儘管如此，五四浪潮波及全國時，青年茅盾也受到震撼，章宗祥、陸宗輿都是杭嘉湖一帶的人，陸宗輿的家鄉海寧縣舉行全縣人民公決大會，開除賣國賊陸宗輿的海寧縣籍，並在縣城立碑存志。這些舉動，茅盾在《申報》上都看到了。湖州也舉行大會，聲討章宗祥的賣國罪行。茅盾猛烈地感覺到：時代在變，思

想觀念也將發生變革。

在五四運動的影響和推動下，茅盾開始作深層的思考，開始專注於文學，翻譯和介紹了大量的外國文學作品。在為中國新文學的發展，作實際的奠基工作。尤其可喜的是，青年茅盾不再局限在《學生雜誌》等刊物上發表文章，開始向《時事新報》的副刊《學燈》投稿，也開始翻譯外國小說，契訶夫的短篇小說《在家裡》就是他翻譯的第一篇小說，也是在五四運動影響下，第一次用白話翻譯的小說。

同時，茅盾受五四運動的影響，接觸大量西方社會科學，馬克思主義、無政府主義、工團主義等各種學說都有接觸，茅盾曾回憶那時候：「是一個學術思想非常活躍的時代，受新思潮影響的知識分子如饑似渴地吞咽外國傳來的各種新東西，紛紛介紹外國的各種主義、思想和學說。」在這樣的大背景，大時代裡，茅盾受時代使命感的驅使，閱讀大量西方哲學，社會學著作，並在對眾多諸學說比較之後，選擇了馬克思主義，此時已是 1919 年年底。

在這之前，受《新青年》和五四運動影響，茅盾和弟弟沈澤民、同鄉蕭覺先、王敏台、楊朗垣、曹辛漢等發起成立「桐鄉青年社」。這個青年社成員都是桐鄉籍的知識分子，他們成立這個社團的宗旨，是宣傳新思想，抨擊惡勢力。並出版《新鄉人》雜誌，在家鄉桐鄉縣內及鄰近地區發行，成為浙江省五四運動以後第一個宣傳新文化社團。在桐鄉青年社內，茅盾是主要骨幹。後來由桐鄉青年社出面，曾在桐鄉、屠甸、烏鎮等地組織過暑假講習會之類活動，也曾在嘉興南湖開過大會。興旺時，達到五十多人的規模，後來因為內部思想分歧而自動解散。作為在商務印書館前程看好的茅盾，曾在桐鄉青年社辦的《新鄉人》雜誌上發表短小的文章，如《我們為什麼讀書》、《驕傲》等，宣傳新文化，倡導新思想。顯示了青年茅盾的熱情。

1919 年的下半年，中國文化在《新青年》的推動下，經過艱難的發軔，開始從封閉走向開放，一個文學革命態勢已經形成，並開始衝擊那些封建、守舊文化觀念和文化雜誌。北方出現魯迅的白話小說，胡適、沈尹默、劉半農的新詩，這使死氣沉沉的中國文學開始新生，開創 20 世紀新文學的新紀元。這些文化現象，使上海文化界出版界當權者感到一種從未有過的危機感。但出路何在？一些有識之士也認為，只有施行改革，才能使一些文化企業的刊物走出老路和困境。這一年的 11 月，商務印書館主編《小說月報》的

王蒓農找到茅盾，說《小說月報》打算改革，並用三分之一的篇幅提倡新文學，並新闢一個欄目，叫「小說新潮」，請茅盾來主持這個欄目。但茅盾此時正同孫毓修搞《四部叢刊》，又幫助朱元善編《學生雜誌》，現在又冒出個王蒓農來，拉著茅盾去編創作的專欄，茅盾心裡還沒有底，便問道：

「是看稿子，並決定取捨麼？」

「也要出題目。」王蒓農回答。

「出什麼題目，那個方面的？」

「比如要翻譯什麼作家的作品。就要出題目給作者譯者。」

「噢。那麼創作怎麼樣？」茅盾又追著問。

「這個小說新潮專欄專登翻譯的西洋小說和劇本。」王蒓農又回答。

這時，茅盾覺得這樣去接手，未免太沒有意思了。沉思一會兒，便推託說：「王先生，我現在手裡的事太多，抽不出時間幫忙。」王蒓農一笑，說：「知道沈先生事多，我已和孫毓修老先生商量好了，《四部叢刊》的事可以不管。」「我在《學生雜誌》也還有點事。」茅盾繼續推託。不料王蒓農又說：「我也和朱元善先生商量，請你分心照顧我這裡一下。」說完，望著茅盾，眼睛裡露出一種期待的目光，等著茅盾回應。「那好吧，不過我還得跟孫老先生和朱先生說一下。」茅盾再不好意思推託了，便答應下來。

時間十分緊迫，此時已是 11 月了，要在明年第一期作改革，必須立刻動手，才能趕上排印。於是，茅盾在兩個星期之內，設想了《小說月報》中「小說新潮」欄的改革框架，寫了《小說新潮欄宣言》和《新舊文學平議之評議》。前者講「小說新潮欄」的設想和要求，並按照王蒓農所謂「出題目」的要求提出急須翻譯的外國文學名著共 20 位作家的 43 部作品。並把欲介紹的作家分出二步來，第一步介紹寫實派自然派的作品，第二步介紹問題著作。最後，茅盾認為，把國外的作品拿來，「然後我們創造自己的新文藝有了基礎。」

從茅盾接手《小說月報》的「小說新潮」欄進行改革，使得十年之久的《小說月報》作為頑固派堡壘，已被打開一個缺口，成為茅盾改革舊文學的「試驗田」，並立即在上海文壇引起注意，引起讀者的熱烈反映。後來茅盾成為打開舊文學堡壘缺口的先鋒！因而同時他也成為頑固派文人的對頭。這也是事實。因為《小說月報》是商務印書館主辦的一本文學月刊，它創刊於 1910 年，距今已有十年，在舊派文人和市民階層中有一定影響，先後有惲樹珏，

王莼農任主編，而這些主編本身都是舊式文人，像王莼農是無錫人，南社社員，懂英文，善駢文、詞曲。因而用的稿件，大都是林琴南的譯文，包天笑等仰合小市民興趣愛好的「鴛鴦蝴蝶派」的小說，及「東方福爾摩斯探案」之類的偵探小說。「小說新潮」欄一改革，青年茅盾彷彿找到了用武之地，他在上面親自撰寫倡導新文學的文章，翻譯蘇俄作品，引起了廣泛注意。不久，茅盾主持的這個專欄，便一舉成功，慢慢地，連整個《小說月報》用稿，也在悄悄地發生變化了。

但是，總體上看，茅盾這一時期的吸收和寫作，是比較龐雜的。有講文學思潮，文學作品，作家生平的，也有講社會思潮問題，婦女問題、學生問題的，但一個總的目標似乎很明確，就是此時的青年茅盾，在求新求變上作努力。自然，在新文學的倡導中，談何容易，阻力很大，許多舊文人認為這個青年侵佔了他們的地盤，冒犯了他們的利益，因而他們感到憤怒；商務當局中某些守舊人物，卻覺得非常為難，雜誌發行量在下降，直接影響利潤，青年茅盾又得罪了許多有名的文人。王莼農這種折中做法，進入了兩面都不討好的窘境！王莼農感到無能為力了。

此時，新文化運動的衝擊和商務印書館一些刊物銷路的下降，如《小說月報》銷路已跌至二千。引起商務當局的嚴重關注。張元濟、高夢旦商量後，決定北上走訪文學界和學術界，尋求商務印書館新的發展機遇。張元濟在 1920 年 10 月 6 日到達北京，4 天後高夢旦也隨後而去，張元濟先生拜訪在京的同鄉著名軍事家、文學家蔣百里。蔣百里則向張元濟推薦鄭振鐸、周作人。並說這些文學青年準備辦文學刊物，成立文學社團等。高夢旦到京後，便去北京大學拜訪胡適，胡適也熱情地讚同高夢旦他們的做法，並推薦文學研究會成員來負責編輯《小說月報》。此時，張元濟、高夢旦又多次和鄭振鐸、耿濟之等接觸，磋商。張、高等商務當權者，都希望鄭振鐸去上海主持《小說月報》的編務，此時鄭振鐸與茅盾雖未聯繫，卻從文章中知道沈雁冰的才識學問。鄭振鐸因尚在北京鐵路管理學校讀書，學業未滿，不能去滬上辦刊物，便竭力推薦沈雁冰（茅盾）出任《小說月報》主編，並說他主時的「小說新潮」很有起色，是可勝任此職。

正當張元濟、高夢旦在北京物色人才時，王莼農覺得自己再撐下去，已沒有什麼意思了，在高夢旦回滬後，便向當局辭職。此時，張元濟、高夢旦心裡已有底，雖然去北京沒有請到人才，卻發現了身邊一位青年。因此，商

務印書館准許王蒓農辭職。同時在 11 月下旬的一天，專門找茅盾談話，想讓茅盾出任《小說月報》主編。同時與高夢旦一起和茅盾談話的，還有高的同鄉陳愼侯。高夢旦告訴茅盾，王蒓農辭職，王原任《小說月報》、《婦女雜誌》兩個雜誌的主編，當局考慮後請他擔任。茅盾則表示，自己年輕，只宜擔任一個雜誌，即《小說月報》的主編，而《婦女雜誌》則不能兼任。高夢旦也同意了，又問：「全部改革《小說月報》的具體辦法如何？」茅盾答道：「讓我去瞭解《小說月報》存稿情況以後，再提辦法。」開明而自信的高夢旦望著眼前這位貌不驚人的青年人，連聲讚同。

他當時說：

「我不要伊，別人要伊麼？」

「解放了伊，做個『人』！」

他後來說：

「我那時全神貫注在我的事業上，老婆認字問題，覺得無所謂」。

命運的安排，新式、舊式，都是緣分。

第四章　當新郎

　　茅盾在文學事業上，是名副其實的新文化戰士；但他的婚姻卻是傳統的，也是名副其實的父母之命，媒妁之言。這種情況，在茅盾那一代倡導新文化的青年人中間，並不鮮見。魯迅與朱安，胡適與江冬秀，都是這樣的情況。因此，茅盾與孔德沚的婚姻，在那個時代裡屬於正常。從深一層看，茅盾受母親教育、訓導，對母親敬愛到言聽計從的地步。同時，從小學中學至大學，茅盾所受教育，也是傳統的，基本上是儒家那一套。只不過是程度深淺而已。因此，儒家的傳統文化，在青年茅盾潛意識裡起了很大作用。

　　而更為傳統得令外人咋舌的是，這個新文化戰士的婚姻，還在他幼年時，就為祖父、父母們所「欽定」！事情的原委，還得從兩家世誼講起。

　　茅盾沈家與妻子孔家，都在一個小鎮上，雙方的祖輩早就稔熟。那時，茅盾祖父沈恩培和茅盾妻子的祖父孔繁林倆人常到東柵錢隆盛南貨店喝茶聊天。開南貨店的錢家與茅盾的四叔祖是親戚（錢家是茅盾祖父沈恩培弟媳的娘家）。所以，久而久之，沈恩培和孔繁林很談得來。有一年初夏，溫和江南

暖烘烘的，百花競開，萬物競長。午後，沈恩培背著 5 歲的孫子茅盾，照例去錢隆盛聊天，正和店主錢春江閒聊的時候，東柵孔繁林抱著僅 4 歲的孫女來了。兩個孩子在店堂裡玩耍，三個大人卻在有一搭沒一搭地說笑著，說著說著，店主錢春江忽然看著兩個在店堂裡玩耍的孩子，對沈恩培和孔繁林說：「這兩個孩子真般配，你們兩家本來是世交，定個親吧，門當戶對的。」孔繁林和沈恩培聽罷，相視而笑，連連說：「好，好。」大家又說笑一陣，然後各自回家去了。

當沈恩培抱著孫子回家，與兒子說了在錢隆盛店裡，錢春江作媒，孫子和東柵孔繁林的孫女訂親，並說自己已經答應。茅盾父親一聽，沉吟一會兒，說，「也好。不過此事還要同愛珠商量商量。」茅盾父親同意了，後來與茅盾母親陳愛珠商量這件事。茅盾母親一聽，搖搖頭說：「現在兩邊都小，長大以後是好是歹，誰能預料？」表示不同意。

茅盾父親聽了以後，笑一笑，斂起笑容，解釋說：「正因為年紀小，定了親，我們可以作主，要女方不纏足，要讀書。」並向茅盾母親講了藏在他心裡的一件往事：他在和陳家訂親以前，曾有媒人拿了孔繁林的女兒的庚帖來說親，不料請鎮上有名的看相家排八字，竟說女方剋夫，因此不成。這時，他也已經十六七歲，並中了秀才。女方也已十五六歲。聽說自己命中剋夫，覺得永遠嫁不出去，心頭悒結，不久成病，終於逝世。茅盾父親講完十多年前的一樁往事，看了茅盾母親一眼，嘆口氣，覺得欠了人家一筆債似的，心裡覺得愧疚。茅盾母親知道丈夫有償債心態，覺得有道理，口氣也軟了下來，但仍擔心地問：「如果這次排八字不對，又是相剋，怎麼辦？」「此事由我作主，排八字不對頭，也要訂親。」茅盾父親心情沉重而又堅決地說。茅盾母親不再多說了。於是，茅盾祖父在趁去錢隆盛店喝茶時，才正式給個回音。不久，女方孔家送來庚帖，茅盾祖父仍請鎮上那個老星相家去排八字，結果竟是大吉！後來茅盾才知道孔家已將女兒的八字都改過了。

孔家與沈家聯姻訂親以後，茅盾的父親讓錢春江傳話過去，要孔家不要給女兒纏足，要讓女兒念書。但此時孔家還十分古板和守舊，孔繁林經商有方，有些積蓄以後，便整修荒圮已久的孔家花園，它的雅號叫「庸園」，園內有「壺隱廳」，有假山「美女峰」，美女峰上有人壽樓，樓上掛有太史公俞樾手書「花好月圓人壽」的橫匾，園中還有「放鶴亭」、「魚樂池」、「皓皓軒」、「養性居」、「步矩亭」等景亭軒。因而孔家這個大家庭（比茅盾老三房時代

還人多），十分封建，他們老輩人還認爲「女子無才便是德」，念什麼書？而纏小腳也是爲你們好，現在你們沈家大人說不纏腳，將來孩子長大後，認爲大腳難看，這不又出一道難題了麼？孔家老輩人聽了沈家要求，思忖道：才不上你們沈家的當呢！纏足、照纏；念書，不念。把沈家要求當作耳邊風！而茅盾父母親以爲講過後，孔家會重視並照辦的。不料後來一打聽，仍沒有讓孩子上學。後來茅盾父親一死，沈家的意見更不被重視了。

茅盾進中學，上大學，進商務印書館工作，後來在上海嶄露頭角。此時，茅盾母親牽掛的，正是兒子的婚事。唯恐兒子在上海灘這個十里洋場沾上壞習氣、軋壞道，把自己的苦心培養付之東流。因此，母親在茅盾 1917 年春節回家時認眞地盤問他，「你有女朋友麼？」茅盾靦腆地說：「沒有。」「眞的沒有？」茅盾母親又緊逼著問。「眞的沒有。」茅盾坦然地答。停了一會兒，茅盾母親說：「女家又來催了，我打算明年春節前後給你辦喜事。」說到這裡，茅盾母親停了一下，看了一眼紅著臉、靦腆的兒子，又說：「從前我料想你出了學校後，不過當個小學教員至多中學教員，一個不識字的老婆也還相配，現在你進商務印書館編譯所不過半年，就受重視，今後大概一帆風順，還要做許多事。這樣，一個不識字的老婆就不相稱了。所以要問你，你如果一定不要，我只好託媒人去退親。不過對方未必允許，說不定要打官司，那我就爲難了。」

當初茅盾聽了母親這番肺腑之言，十分體諒母親的苦處和難處。在母親面前，茅盾絕對是個孝子。自然，花花世界的時髦女性，對青年茅盾來說，並非沒有吸引力。但此時的茅盾，似乎一心撲在作學問上，還沒有多餘時間去想個人婚姻大事。爲了替母親分憂，分擔一些勞累，茅盾向母親表示，識字不識字，也無所謂，嫁過來後，孔家管不著了，母親可以教她識字，也可以讓她進學校。茅盾聽罷兒子的訴說，頷首贊同。

婚禮是在 1918 年春節後舉行。茅盾母親嫌觀前街老屋太小，騰不出一間像樣的房間，因而與茅盾四叔祖商量，租借四叔祖家餘屋作新房，此時四叔祖家住在烏鎮北花橋東塊的北港，與王會悟家爲鄰，洞房在樓上。結婚儀式完全是舊式的，花轎、嫁妝一路從東柵抬來，迎親、拜見長輩等一應繁瑣禮節後，又開始宴會和鬧洞房。此時青年茅盾雖說在上海嶄露頭角，但對小鎮上這些禮節，似乎也並不太認眞。幾個親戚家的小客人追著他要糖吃，他便躲進床裡，扮著和尚打坐狀，逗引得表弟陳瑜清等小客人笑彎了腰。

　　茅盾見新娘子生得並不漂亮，卻十分健壯。見了茅盾家那些從未見過面的親戚客人，也不怯生，而是談笑自如，很大方。但新婚第二天，卻發生一樁使茅盾母子都驚訝、又不便直說的事。原來，茅盾母親對孔家情況，雖然在一個鎮上，卻並不瞭解。所以她問了新娘子的一些情況，包括新娘子讀過那些書，認得那些字，會不會寫信等等。結果，這位剛嫁給中國文壇青年驍將的新娘子，只認得一個「孔」字和 1～10 的數目字！閒談中，新娘知道茅盾曾去北京念書，現在又在上海工作，便問北京離烏鎮遠呢，還是上海離烏鎮遠？問得茅盾母親目瞪口呆，想不到孔家如此閉塞守舊！沈家幾次三番傳話給孔家，讓女孩子去讀書，結果沈家的這些要求，竟都成了耳邊風了。但茅盾母親沒有再說什麼，覺得新娘子是無辜的，責任在孔家長輩身上。此時，聰明的夫人覺得自己沒有念書，在丈夫和婆婆面前矮三分，心情十分沉重。茅盾望著夫人淳樸的面龐，聰明而渴望知識的眼神，陷入了沉思：中國婦女解放的任務是多麼艱鉅呀！現在，茅盾切身體會到在中國，婦女解放的迫切性。所以，他後來發表的一系列婦女解放的文章中，竭力主張「把躐在地下的女子扶起來，一同合作，向前猛進。」並提出「提高女子的人格和能力，便和男子一般高，便成促進社會進化的一員，那便是我們對於女子解放的理想的大標幟。」並提出婦女解放的新理想標準：「就是要把女子看作和我們完全一樣，我們要尊重伊們的意志，我們要還伊們自由，同時我們也要把從伊們那裡攬來的責任歸還伊們。」茅盾在自己的婚姻生活中，深深感到婦女解放運動的緊迫性和嚴重性。

　　按烏鎮婚嫁習俗，茅盾結婚三日後，偕新娘去岳父家拜見長輩，因岳父無心鋪張，儀式相當簡單，只是見個面，略備茶點招待，盤桓半天後，即偕新娘回家。在岳母家裡，茅盾卻發現新娘治家有方，兩個調皮弟弟見她十分聽話，心中暗喜。但回家後，茅盾母親便發現新娘子兩眼紅腫，便究問起來，才知道新娘子回娘家與她母親吵架了，埋怨母親不讓她念書。害得她在婆家成了十足的鄉下人！茅盾母親便開導她，用蘇老泉的例子激勵她可以重新學習。並表示，只要新娘子肯學習，她願意教她識字讀書。並又讓茅盾為新娘子取名為「德沚」。

　　新婚的日子似乎過得特別快。茅盾想到編譯所還有不少事要等他去做，想早點回上海，以免耽誤那邊的事情。他對母親講了自己的想法後，母親表示：「你回去吧，德沚，我來教她。」此時，在舊俗氣氛十分濃鬱的小鎮上，

有新婚一月不能空房，空房則不吉的說法。茅盾母子卻不信這個俗理。但茅盾去岳母家向岳母辭行時，卻遭臥病在床的岳母的反對，「該過滿月才走。你們新派也太新了。」茅盾只能點頭安慰幾句，沒有再解釋。

茅盾回家鄉過年並舉行婚禮後，沒有度完蜜月，便匆匆坐船回到上海。而夫人則由母親教識字教寫字。每天上午、下午各寫兩個小時字。這樣學了一兩個月，孔德沚倒識了五六百字。但茅盾母親發現兒媳一個人在讀書時，心神不定。問其故，也無結果。有一天茅盾的二嬸譚譜生來串門，與茅盾母親聊天時，說到德沚讀書，譚譜生告訴茅盾母親：石門（離烏鎮二十里路）豐斛泉的大女兒在辦一個小學，專收女生，叫振華女校，如果德沚能進學校，和同學一起聽課，效果就不一樣了。於是茅盾母親託譚譜生去石門商量一下，像德沚這樣年紀，學校能收否。後來，振華女校答應接收孔德沚去那裡讀書。在振華女校，孔德沚讀了一年半，認識了張琴秋（後來成為她的妯娌）、錢青等年紀比她小的同學。

此時茅盾在上海，參與《小說月報》的改革，並日夜用心在工作上。後來因岳母病重，孔德沚只好休學回家侍候母親，再加上她對校長的態度看不慣，便乾脆輟學回烏鎮，再不去石門讀書了。茅盾母親沒有辦法，只好再由自己教兒媳。孰料，孔德沚識字漸多以後，心思也活了。正在湖州湖郡女校讀書的鄰居姑娘王會悟回烏鎮時，向孔德沚宣傳湖州那所學校如何如何好，也勸孔德沚去那所教會辦的學校念書。孔德沚在烏鎮住得發慌，也正想去外地讀書，和王會悟的建議不謀而合。孔德沚不等與婆婆、丈夫商量，便答應去那裡。茅盾知道後寫信給母親，請母親勸孔德沚，不要去那種學校讀書。固執而求知心切的孔德沚還是去了。茅盾母親覺得沒有辦法，只好讓她去試試。

可是，沒有多久，孔德沚自己逃回家來，原來這湖郡女校因是教會辦的，學校裡都講英語，孔德沚因從未學過，自然無法上課，啞巴一般無法交流了。因而自己大呼上當，忙逃回烏鎮。

這時，茅盾母親覺得兒媳一人在烏鎮寂寞，不如早點讓她搬到上海，與兒子團聚。於是私下寫信對兒子講了自己的想法。並讓兒子在上海找住房。其實此時，茅盾母親還有一個沒有說出口的想法：常常看報紙的茅盾母親知道，許多新文化運動倡導者，常常鼓吹戀愛自由，婚姻自由等，也發現許多年輕人以搞「家庭革命」為時髦，拋棄糟糠之妻，另尋新歡。因而她擔心兒

子在上海這花花世界，會出什麼事。所以，茅盾母親希望兒子在上海找好房子，和媳婦團聚，也好讓她放心。

茅盾和孔德沚的婚姻，因為當時茅盾還沒有出名，因而顯得十分平常，無論在商務印書館，還是在烏鎮這樣的小鎮上，都沒有引起特別的注目和議論。後來孔德沚一生和茅盾風雨同舟，默默地奉獻了自己的一生。而茅盾在人生道路上，雖偶然有過閃失，但綜觀其一生，道德文章，也堪稱楷模！

青年文人的銳氣得革命家的關注；

日夜奮鬥竟忘了母親的關照，果是如此，還是別有原因。

「鍾英」小姐的故事，更具有神秘性，他難以說清。

第五章　參與建黨

正當茅盾為妻子讀書、識字的事而被敬愛的母親「逼」得來不及招架時，他又被商務選為對《小說月報》進行改革的最佳人選。所以，那天高夢旦等找茅盾談話後，茅盾答應瞭解一下《小說月報》存稿情況後再說。當局同意了。於是茅盾先向王蓴農瞭解《小說月報》的存稿情況，發現王蓴農已買下了而尚未刊出的稿件，足夠用一年，而且全是禮拜六派的稿子。茅盾又問了其他一些情況後，心想，「要改，就順應時代潮流，徹底改，否則不如不幹」。茅盾在向高夢旦、陳慎侯回話時，提出改革《小說月報》的三條原則意見：

一是現存稿子（包括林譯）都不能用；二是全部從四號字改用五號字；三是館方應當給全權辦事，不得干涉主編的編輯方針。

商務當局高夢旦等人研究後，同意茅盾意見，但要求 1921 年的第一期，按新方針及時發稿，不能延誤出版。因此，茅盾完全處於高度緊張之中，連家裡的信也忘了回，全身心地投入了篩選稿件、編輯《小說月報》第十二卷第一期的工作。

在編第一期《小說月報》時，一個偶然機遇，茅盾認識了鄭振鐸。並通過鄭振鐸得到周作人、冰心、葉紹鈞、許地山、瞿世英、王統照等作家的大

力支持。同時，又逢在北京發起的文學研究會的成立。因此正當《小說月報》編就時，鄭振鐸又將文學研究會的章程、名單等寄來，這猶如一縷春風，給《小說月報》注入了清新、活潑的風采。稿件編就，茅盾挑燈撰寫《〈小說月報〉改革宣言》，提出革新辦法，表明革新之心志，介紹新欄目等，立論氣勢，都顯出虎虎生氣。他在「宣言」中提出：爲了研究，「對於爲藝術的藝術與爲人生的藝術，兩無所袒。」而對寫實主義，雖在世界範圍內「已見衰歇之象」，但在中國，「寫實主義在今日尚有切實介紹之必要；而同時非寫實的文章亦應充其量輸入。以爲進一層之預備。」同時認爲「一國文藝爲一國國民性之反映，亦唯能表見國民性之文藝能有真價值，能在世界的文學中佔一席地。」在這個改革宣言中，茅盾對舊文學也不絕對否定，認爲「中國舊有文學不僅在過去時代有相當之地位而已，即對於將來亦有幾分之貢獻。」所以，綜觀宣言全文，茅盾的銳氣十分強烈，傾向也十分明朗，但總體上還是比較公允。因爲刊物畢竟還屬於商務當局主辦的。改革後的第十二卷第一期《小說月報》除了兩頁彩插，三幅銅版紙精印的圖片外，內容上完全是全新的感覺。茅盾撰寫的《改革宣言》，用四號字排了兩頁多，緊接著是兩篇論文：周作人的《聖書與中國文學》和沈雁冰的《文學與人的關係及中國古來對於文學者的身份的誤認》，在《創作》專欄裡，有冰心的《笑》、葉紹鈞的《母》、許地山的《命命鳥》、慕之的《不幸的人》、潘垂統的《一個確實的消息》等等。在《譯叢》專欄裡，有果戈理的《瘋人日記》、托爾斯泰的《熊貓》、泰戈爾的詩等，還有劇本、海外文壇消息等，可謂蔚爲大觀，給人於耳目一新。因此，第一期一出版，立即在上海及全國讀者中引起轟動。《時事新報》、《學燈》立即發表文章，評介革新後的《小說月報》，一時，商務印書館各地分館紛紛向上海總館來電，要求《小說月報》下期多發。結果，第一期 5000 冊，第二期發行上昇到 7000 冊，到年底竟翻到一萬冊。茅盾在改革《小說月報》中，一炮打響。

在這之前，因茅盾當時編《小說新潮》欄時，尚有餘暇，便寫了大量文章，在《東方雜誌》、《學燈》、《解放與改造》、《新青年》上發表，引起北京陳獨秀等人的注意。他們發現茅盾思想進步、敏銳，是新文化運動中湧現出來的先進份子。因此，1920 年初，陳獨秀到上海以後，約見滬上有關人士，秘密會談。陳獨秀住在法租界環龍路漁陽里二號，同時被陳獨秀約見的除了茅盾外，還有陳望道、李漢俊、李達等人。茅盾久聞陳獨秀其人，覺得是個

了不起的大人物。但進屋見到其人，卻發現四十多歲的陳獨秀，頭頂微禿，舉止隨便，說話和氣，竟沒有一點大人物的派頭。大家談了一陣後，茅盾便告辭。陳獨秀給茅盾留下了一很好的印象。

　　1920 年 7 月，上海成立了共產主義小組，發起人是陳獨秀、李漢俊、李達、陳望道、沈玄廬、俞秀松。並秘密辦了個刊物《共產黨》，專門宣傳和介紹共產黨的理論和實踐，以及第三國際、蘇聯和各國工人運動的消息。主編是李達。同年 10 月，茅盾和邵力子去法租界環龍路漁陽里二號拜訪陳獨秀，當時第三國際代表威庭康斯基也在座。陳獨秀徵求邵力子、茅盾關於成立中國共產黨組織的意見，茅盾表示贊同。於是，茅盾由李漢俊介紹加入共產主義小組。邵力子也同時加入共產主義小組。

　　加入共產主義小組後，在《共產黨》雜誌任主編的李達，立即向茅盾約稿。此時，茅盾儘管因編《小說月報》忙得焦頭爛額，但對政治熱情仍十分高，既然加入組織，那應該為組織辦事，而且藉此也可研究馬克思主義，從政黨理論上提高自己的政治水平。因此，李達約稿，茅盾便欣然允諾，一口氣翻譯了《共產主義是什麼意思》、《美國共產黨黨綱》、《共產黨國際聯盟對美國 IWW 的懇請》、《美國共產黨宣言》四篇譯文發表在 1920 年 12 月 7 日出版的《共產黨》雜誌第二期上。後來，又陸續翻譯了《共產黨的出發點》等文章，發表在秘密刊物《共產黨》雜誌上。為中國共產黨早期理論建設，作了不可磨滅的貢獻。

　　12 月 16 日，陳獨秀應廣東陳炯明的邀請，去廣東辦教育。臨行，茅盾和李漢俊等都去送行。而陳獨秀則把《新青年》的編務交給陳望道。陳獨秀走後，上海共產黨小組李漢俊等人，開始籌備起中共第一次全國代表大會的事務來。因此，當時上海共產黨小組在秘密狀態下，活動異常頻繁。此時，茅盾又剛接手《小說月報》，千頭萬緒的事務和寫作編務，真的無暇顧及妻、母了。母親在烏鎮連連來信，責問茅盾為何遲遲沒有找到房子？是不是……。一定要茅盾在上海找房子，她也好將兒媳孔德沚帶來團聚。茅盾不能向母親、妻子明說自己的政治活動，三言兩語也講不清自己編《小說月報》的忙碌，接到母親幾次來信後，茅盾托編譯所宿舍的管理人員福生，去外面尋租。結果，三個月後，即 1921 年 2～3 月間才在鴻興坊找了一座帶過街樓的房子。經過裝修後，茅盾才把母親、妻子接來，又雇了一個專管洗衣買菜的佣人。妻子孔德沚則進愛國女校讀書。茅盾母親到上海新居一看，茅盾兩只大書架

上放滿了洋裝書，知道兒子忙在學問上，以前的疑慮，頓時冰釋。一個小家庭，在忙碌中總算安定下來了。但茅盾的社會活動，此時卻有增無減。1921年7月，中共一大在上海和嘉興召開。茅盾、陳望道等都不是代表，均未到會。「一大」以後，根據會議通過的中共黨綱規定，凡有黨員5人的地方，可建立地方委員會。「一大」還選舉陳獨秀爲中共總書記。但陳一直在廣州，於是在上海的第三國際代表馬林力主陳回滬負起總書記的責任。同年9月，陳獨秀回上海。不久。根據中共一大黨綱規定，中共上海地方委員會成立，陳望道任書記，茅盾爲委員。

自陳獨秀回上海後，商務當局爲了招徠名流，讓茅盾去設法聘請陳獨秀爲館外名譽編輯。此事正中陳獨秀下懷。於是，陳獨秀定居上海環龍路漁陽里二號。當時商務印書館的支部會議就在黨領導總書記陳獨秀家裡召開，每週一次，主要討論分析形勢，發展黨員，發展工人運動及加強馬克思主義的修養等，參加的人中，有邵力子、楊明齋、陳望道、張國燾、俞秀松等。大都是年輕人。因這些人白天都有工作，因而每次開會，都在晚上8時以後，直至半夜。這在過去，茅盾是毫無問題的，熬夜本來是茅盾家常便飯。但此時，茅盾已舉家遷滬，妻子、母親及剛出世的女兒都在身邊，而自己除了《小說月報》大量編務外，還要從事共產黨的秘密活動、參加支部會議，而這種秘密活動是有很大風險的，甚至有生命之虞。對當時情景，茅盾有一段很平白的回憶：

> 我去出席漁陽里二號的支部會議，從晚8時起到11時。法租界離閘北遠，我會後到家，早則深夜12點，遲則凌晨1時。如果我不把眞實事情對母親和德沚說明，而是假託是在友人家裡商談編輯事務，一定會引起她們的疑心。因此，我對母親說明我已加入共產黨，而每週一次的支部會議是非去不可的。母親聽了就說：「何不到我家來開呢？」我說，如果這樣，支部裡別的同志就也要像我那樣很遠跑來，夜深回去，這也不好。所以，暫時仍舊是我每星期一次去漁陽里二號開會，深夜回來時都是母親在等門，德沚渴睡，而且第二天要去讀書，母親體諒她，叫她早睡。

茅盾除了每週有一晚上秘密活動外，還要每週參加一次白天的政治學習。除過學習馬列主義書籍外，還請從蘇聯回來的楊明齋、經濟學家李達等講課。自然，這一切都是在秘密進行。但共產黨的這些活動，頻繁地出出進進漁陽

里二號，引起法國捕房的注意。後來在一次小聚會時，陳獨秀高君梅夫婦和包惠僧、楊明齋、柯慶施等被法國捕房拘捕，後經營救，才以罰款了結。

茅盾的弟弟沈澤民在 1920 年暑假前，因言論激烈而受當地軍閥的注意，幸而校長惜才，讓他和張聞天逃出南京，然後一道東渡日本。半年以後，即 1921 年 1 月返回國內，走其胞兄的路：一方面從事小說創作和文學研究，另一方面從事政治活動。1921 年 4 月，茅盾在自己家裡召開的支部會上，介紹沈澤民加入共產黨組織。中共中央考慮到茅盾在商務印書館的有利條件，便決定由茅盾擔任中共中央的交通員，負責與全國各地黨組織的聯絡。外地黨組織人員到上海找共產黨中央，先找茅盾，然後由茅盾報告中央後，再通知來人去某處匯報工作。因而，商務同人看來，年青的茅盾活動能力很強，人緣很好，外地朋友也特別多。同樣，外地黨組織向中央送報告，也不直接送給總書記，而是寄到茅盾那裡，信封上寫著「沈雁冰先生轉鍾英小姐玉展」，然後由茅盾轉送中共中央。這些來信一多，引起商務印書館同事的注意，這位「鍾英小姐」是誰？是不是茅盾的情人？同事都摸不透內情，去問茅盾，茅盾總是支支吾吾，避而不答。因此大家便覺得蹊蹺。一天，剛進商務印書館不久的鄭振鐸見郵差送來一封「沈雁冰先生轉交鍾英小姐玉展」的信，見茅盾不在，便偷拆開來看，因為他想抖開這個「情人謎」。哪知道拆開來一看，嚇了一跳，原來是共產黨福州地方委員會給中央的報告。「鍾英」乃「中央」之諧音。鄭振鐸等幾位同事都是茅盾的朋友，彼此都十分信任。現在內情既已窺破，大家都替茅盾保守秘密。從此，編譯所內再也沒有人議論茅盾的這些信了。茅盾在編譯所工作時，擔任中央聯絡員（交通員）一直持續到 1925 年春天。

當時，年輕的茅盾精力充沛，像一頭牛那樣，不知疲倦地工作著，一心一意撲在事業上。但是家中事務，卻無暇顧及，全仗母親料理。1921 年女兒沈霞出生，給這個小家庭帶來了生氣。1921 年 10 月間，陳獨秀和當時的中共中央宣傳主任李達提議創辦一所旨在培養婦女幹部的學校，這樣，既可培養中共婦女幹部，又可安排中共黨員家屬，為地下機構掩護。陳獨秀、李達他們的設想，得到中央的批准，並要李達及其新婚夫人王會悟具體籌辦。後來這所學校，就是平民女校。李達任校長，有學生約 30 人，文化程度參差不齊，設高級和初級兩個班，一個工作部。高級班有蔣冰之（丁玲）、王一知、王劍虹、傅戎凡、傅一星、王醒銳 6 人；李達夫人王會悟、陳獨秀夫人高君曼為

高級班的旁聽生，同時兼初級班教員。此時，正忙得不可開交的茅盾，又被拉去平民女校教書，一星期去 3 個晚上。其他，陳獨秀、陳望道、邵力子、沈澤民等都去講課。此時，茅盾夫人孔德沚的一個在家鄉石門振華女校的同學張琴秋也來了上海，進平民女校讀書，她在這裡與沈澤民相識，後來和沈澤民結婚，成為茅盾的弟媳。

1922 年，茅盾講了半年課後，因李達去湖南自修大學教書了，平民女校的日常工作交給蔡和森和向警予，但由於人少，經費少等原因，平民女校便很快結束了。恰在這時，國民黨打算把上海原東南高等師範改名為上海大學，並讓國民黨元老于右任當校長。中共中央認真分析後，決定讓「上大」成為培養共產黨幹部的學校，於是大量共產黨人進入這所學校，並成為這所學校的中堅。如邵力子實際負責，鄧中夏負責擔任總務長，瞿秋白從蘇聯回來後，也被聘來擔任教務長兼社會學系主任，陳望道聘為中國文學系主任，只有英國文學系何世楨是國民黨右派。但教員中的共產黨員更多，像茅盾、沈澤民、蔣光慈、侯紹裘等都去上大任教。此時，茅盾內弟孔令俊從烏鎮到上海來，投奔姐姐和姐夫，茅盾見他聰明，思想也很進步，便介紹他進上海大學中文系。從此，茅盾一家又多一個革命者。

隨著共產黨組織的擴大，投身中國革命的人也越來越多，1923 年 7 月 8 日，上海全體黨員開會，傳達中共三大會議精神，決定國共合作，各地共產黨員以個人身份參加國民黨。會上並成立上海地方兼區執行委員會，取代原上海地方委員會。職權除上海外，兼管江蘇、浙江兩省發展黨員，成立小組及開展工人運動等。會上，對組織也進行調整和改選，選出徐梅坤、沈雁冰、鄧中夏、甄南山、王振一五人為執行委員，張國燾、顧作之、郭景仁三人為候補委員。7 月 9 日，執委召開會議，王荷波、羅章龍、彭雪梅也來列席會議，會議決定鄧中夏為兼區委員會委員長，徐梅坤為秘書兼會計，王振一、甄南山為勞動運動委員、沈雁冰為國民運動委員。全上海分四個小組：上海大學為第一組，其中有瞿秋白、張太雷、鄧中夏，施存統、王一知、許德良、林蒸等，林蒸為組長；商務印書館為第二組，其中有董亦湘、徐梅坤、沈澤民、楊賢江、沈雁冰、張國燾、糜文溶、黃玉衡、郭景仁、傅立權、劉仁靜、張秋人、張人亞，董亦湘為組長；第三組是上海西門，其中有林伯渠、邵力子、雷晉笙等。第四組是虹口區，其中有甄南山、王荷波等。因此，投身實際鬥爭中的茅盾，忙得不可開交，以前是白天搞文學，晚上搞政治，而現在連白

天都搞政治!

在上海地方兼區執行委員會第六次會議上,茅盾見到了年輕的中共領導人之一毛澤東。毛澤東給他留下了深刻的印象。幾年後,他還和毛澤東在廣州共事過。

由於中共初期締造者思想認識上的差距,在行動上也出現了不一致。邵力子、沈玄廬、陳望道等因不滿陳獨秀的家長制作風而先後退黨。中央指定茅盾去做工作,勸他們不要退黨。結果,除邵力子外,都沒有勸過來。這些具體而又具體的黨務工作,茅盾始終無怨無悔地埋頭苦幹著。他信仰共產主義,信仰馬克思主義。相信中國的解放,要用馬克思主義來指導,因而在人生追求上,表現了一種理性的自覺;而同樣,在文學追求上,也是那樣執著和自覺!

《小說月報》的改革打響之後。

商務當局是開明，還是拜倒孔方兄面前。

學者王雲五更多的是官氣。

三國烽火：多方論戰，傷了感情，但也明瞭是非。

他走出商務印書館大門，走向社會，卻未能成為宣傳鼓動家，這也
    許是天意。

第六章　文學驍將

　　五四以後中國的文壇上，新舊文化的鬥爭，隨著時間的推移，也日愈白
熾化。但在最初，茅盾與商務印書館同仁胡愈之等倡導新文化的戰士們，面
對洶湧而根深蒂固的舊文學，自己寫白話文還不敢用真名呢，而是寫了以後，
用筆名投到《時事新報》副刊《學燈》和《民國日報》副刊《覺悟》等報刊
上發表。當時五四的旋風，上海似乎鋒面並不大，對舊文化的衝擊，也沒有
北京那班文人那麼有闖勁和鋒芒畢露。那時，商務印書館那些整天與書打交
道的人，都以為這是一場政治事件，與文化無關。後來，當北京南下宣傳五
四的演講隊到上海宣傳鼓動時，向來不喜歡走動的茅盾也去聽演講，事後茅
盾感覺到這「講演空空洞洞，思想性不深刻，只是反覆喊著幾句富有煽動力
的話，例如反對軍閥混戰，要求結社、言論自由，要求有示威遊行的自由等
等，沒有反帝，反封建的口號，而當時上海一般學生也不懂什麼叫反帝、反
封建。但是應該承認，他們起了鼓動人心的作用。」這應該是當時上海那些
新青年們共同的心態。所以茅盾在「五四運動」熱火朝天時，並未積極投入，

而眞正投入這個洪流，是在兩年以後。

在這場文學革命中，茅盾不僅在上海嶄露頭角，而且還結識了不少新文學戰士，並成爲戰友，共同在這條戰線上奮鬥。在改革《小說月報》時，茅盾通過文學研究會發起人周作人，與魯迅（周樹人）相識，兩人信往稿來十分密切。魯迅不時向茅盾提供作品，或推薦，或自撰，從作品上支持茅盾改革《小說月報》；而茅盾對魯迅的作品推崇備至，當魯迅的《阿Q正傳》在1921年12月4日以巴人筆名在《晨報》副刊上連載以後，立刻引起轟動，而茅盾以深刻的審美目光讀了前四章以後，立刻評論道：「……《晨報》副刊所登巴人先生的《阿Q正傳》，雖只登到第四章，但以我看來，實是一部力作。你先生以爲是一部諷刺小說，實未爲至誨。阿Q這人，要在現社會去實指出來，是辦不到的，但是我讀這篇小說的時候，總覺得阿Q這人很是面熟。是呵，他是中國人品性的結晶呀！」茅盾的這個評論，爲《阿Q正傳》評論史上，開了先河。以後不少論者，都以此爲藍本。在茅盾主持改革《小說月報》的1921年，從4月份開始，茅盾和魯迅直接通信，到年底，兩人書信往還50餘次，平均5天就通一次信！在新文學共同的使命中，開始了兩人的友誼！

如果說，茅盾和魯迅在滬京兩地頻繁書信往來，加深友誼的話，那麼，茅盾與鄭振鐸，則直接共同戰鬥在上海商務印書館《小說月報》等文學陣地上。茅盾在《小說月報》改革之初，就得到鄭振鐸的支持，當時鄭振鐸還在北京讀書，知道上海沈雁冰希望北京新文學界朋友支持時，立刻代爲約稿，趕在《小說月報》1921年第一期發稿前，給茅盾寄去冰心、葉聖陶、許地山、瞿世英、王統照、周作人及耿濟之等人的小說和譯文，給茅盾的改革最有力的支持。不久鄭振鐸從學校畢業，分配到上海鐵路西站當見習。茅盾把鄭振鐸推薦給《時事新報》、《學燈》當編輯。5月11日，鄭振鐸進了商務印書館，籌辦《兒童世界》雜誌，從而兩人朝夕相處，共同在新文學這個園地辛勤耕耘，成爲文學研究會在上海的台柱子。另外如葉聖陶等友人，也堅決地和茅盾站在一起，並肩戰鬥。因此，20年代初的上海文壇，新文學的崛起，挖了舊文學頑固派的祖墳，引起盤踞上海文壇的那些文人的憤怒和不滿，《小說月報》一出版，就受到上海鴛鴦蝴蝶派出版的《紅玫瑰》，《快活》等刊物的圍攻，當時商務印書館的名流陳叔通，慍怒茅盾革新後的《小說月報》，將照例寄給他的《小說月報》原封不動地退回編輯部，表示不滿。尤其《小說月報》

在改革宣言中，開宗明義地表示要倡導爲人生的文學，給那些消遣、無聊的鴛鴦蝴蝶派，禮拜六派（《禮拜六》是個雜誌名稱）文人以致命打擊。此時，商務印書館編譯所所長高夢旦深感到西學東漸的形勢下，在新舊文學鬥爭日趨激烈的情況下，自己因不懂外文而日感緊迫，甚至無法再駕馭商務印書館編譯所這樣一個學術機構，覺得在東西、新舊夾縫中，實在很累。於是他徵得張元濟同意，親自去北京請年青的名人胡適來擔任所長，胡適答應先到上海編譯所看看。1921 年 7 月 16 日胡適到達上海，就將編譯所一間會客室作爲辦公地點，並輪流「召見」編譯所高級職員。茅盾是 18 日、22 日兩次被「召見」，胡適問了茅盾的一些工作情況後，就改革後的《小說月報》上提倡「新浪漫主義」、「表象主義」等問題，發表意見，他告訴茅盾：「創作不是空泛的濫作，須有經驗作底子。」並勸告茅盾「不可濫唱什麼『新浪漫主義』」，指出「西洋的新浪漫主義的文學所以能立腳，全靠經過一番寫實主義的洗禮。」向來說話辦事謹慎的茅盾一邊回答胡適的一些詢問，一邊靜靜地聽胡適發表自己的看法，並不表示什麼。

不料，在商務印書館呆了一個多月後，胡適向商務印書館表示自己不幹了，卻把自己當年在中國公學讀書時的老師王雲五推薦給商務，說自己是個書呆子，不善於應付人事關係，而王雲五則有學問，也有辦事能力，比他強。因爲是胡適推薦，商務當局不敢怠慢，高夢旦帶了鄭貞文一起去請王雲五「出山」，擔任編譯所長。1922 年 1 月王雲五正式取代高夢旦任編譯所所長。王雲五其人，當時商務印書館的新文學人士，稱其爲官僚與市儈的混合物。因此，王雲五的上台，給茅盾等新文學倡導者們，添了不少意想不到的麻煩。

1922 年 7 月，也就是王雲五上台半年時，茅盾針對鴛鴦蝴蝶派一年多來對《小說月報》的攻擊以及他們的許多荒謬的論點，發表了《自然主義與中國現代小說》，從鴛鴦蝴蝶派，禮拜六派的文學思想、創作思想、方法及社會效果，給予義正詞嚴的評論和批判。此文沒有他們攻擊茅盾、攻擊《小說月報》時所用的謾罵的方法，引起許多讀者的關注，因此禮拜六派通過各種關係，向商務當局施加壓力。王雲五等商務保守派認爲這是個時機，這樣可以教訓教訓茅盾等新文學戰士了。當時，王雲五派了一個姓李的人專門去找茅盾：「沈先生，《小說月報》銷路很好，影響也大，這次第七期上您的大作《自然主義與中國現代小說》反響也大，尤其是《禮拜六》聽說他們準備提起訴

訟，告《小說月報》破壞它的名譽。」說到這裡，李某停了停，看看茅盾沒有答腔，又說：「這件事，雲五先生也擔心，弄得不好，我們要吃虧，名聲也不好，從商務利益考慮，是否請沈先生再寫一篇短文，表示對《禮拜六》道歉如何？」

年輕的茅盾一聽，氣不打一處來，斷然拒絕寫文章道歉的要求，對來人嚴正地說：「李先生，你也應該知道，不是我破壞它們的名譽，而是禮拜六派先罵《小說月報》和我個人，足足有半年之久，你們不吭一聲；如今，我才從文藝思想的角度批評了禮拜六派，你們就那麼『重視』？如果說要打官司，倒是商務印書館早就應該控告他們了！況且文藝思想問題，北洋軍閥還不敢來干涉，禮拜六派是什麼東西？敢做北洋軍閥還不敢做的事情？」來人陰險地一笑，「沈先生言重了，言重了，我也是替沈先生著想。」茅盾一聽，更氣了，連瞧都不瞧來人一眼，氣憤地說：

「我要把這件事原原本本，包括商務的態度，用公開信的形式，登在《新青年》以及上海、北京四大副刊上，喚起全國的輿論，看『禮拜六』還敢不敢打官司？」

那個姓李的人一聽，嚇壞了，他知道此時的茅盾完全能做到這一點，知道年紀不大的茅盾在全國文學界的影響，因而連連說：「沈先生，此事不可鬧開，不鬧大。」說完便灰溜溜地走了。

由於茅盾態度堅決，王雲五等人也只好變換手法，通過內部審查的方式，控制《小說月報》。這件事被茅盾發覺後，十分氣憤。正式向王雲五提出抗議，指出當初接編《小說月報》時，曾有條件是館方不干涉我的編輯方針，現在你們既然背約，只有兩個辦法，一是館方取消內部檢查，二是我辭職。茅盾的這個「抗議」，對新上任的保守派王雲五來說，這真是求之不得的好事。於是，商務當局研究後，同意茅盾辭去《小說月報》的編輯工作，但又考慮《小說月報》的銷路，決定由鄭振鐸繼任。同時，商務當局又堅決挽留茅盾在編譯所工作，因為商務當局怕茅盾走出商務另辦刊物，影響商務利益。茅盾將商務印書館情況向中央黨組織匯報後，共產黨中央覺得如果茅盾離開商務印書館，一時難以再找一個合適的中共中央交通員，陳獨秀也勸茅盾留在商務，以便更好地為中央工作。當茅盾知道商務當局同意他從十四卷（即 1923 年）起辭職後，又向商務當局提出，在主編十三卷內任何一期內容，館方不能干涉，不得用「內部審查的方式抽去或刪改任何一篇，否則，我仍將在上海與

北京的四大報紙副刊上用公開信揭發商務當局的背信棄義，及其反對新文學的頑固態度。」王雲五聽了，沉吟一會兒，表示同意。

茅盾在主編最後幾期《小說月報》過程中，對禮拜六派的反擊，更加猛烈。在《小說月報》十三卷十一號的社評欄裡，發表了《真有代表舊文學舊文藝的作品麼》的短評，借北京《晨報》的文章，抨擊禮拜六派。文章說：「北京《晨報》副刊登著子嚴君的一段《雜感》說：這些《禮拜六》以下的出版物所代表的並不是什麼舊文化舊文學，只是現代的惡趣味──污毀一切的玩世與縱慾的人生觀，這是從各方面來看，都是很重大而且可怕的事。」「『禮拜六』（包括上海所有定期通俗讀物）對於中國國民的毒害，是趣味的惡化。」「『禮拜六派』的文人把人生當作遊戲，玩弄，笑謔；他們並不想享樂人生，只把它百般揉搓使它污損以為快，……這樣下去，中國國民的生活不但將由人類的而入於完全動物的狀態，且將更下而入於非生物的狀態去了。」「英人戈斯德在《善種與教育》上稱英國的壞人為『猿猴之不肖子』。」「我們為要防止中國人都變為『猿猴之不肖子』……，有反抗『禮拜六派』運動之必要；至於為文學前途計，倒還在其次。因為他們的運動在本質上不能夠損及新文學發達的分毫。」茅盾把這激烈的話寫進自己的文章裡，商務當局也無可奈何。另外還有題為《反動？》也是批評「禮拜六」的，他登在同一期《小說月報》上。茅盾自己認為，「同一期的《小說月報》連載兩篇《社評》都正面抨擊『禮拜六派』，可以說是我在離職前對王雲五及商務當權者中間的頑固派一份最後的『禮物』。」

在茅盾及其他新文學戰友和商務當局頑固派及鴛鴦蝴蝶派、禮拜六派等開展激烈鬥爭之時，側面又受到友軍郭沫若，郁達夫，成仿吾等人主持的創造社突然襲擊。創造社也是五四新文學運動中創立起的新文學團體，稍晚於文學研究會成立，主要成員有郭沫若、郁達夫、成仿吾、張資平等一批作家詩人組成，1922 年辦《創造》季刊，接著又出《創造週報》、《創造日》、《洪水》、《創造月刊》等刊物，藝術主張中有為藝術而藝術的傾向，倡導積極浪漫主義。同時，又表現出濃厚的對舊社會的反叛精神。1922 年 5 月 1 日《創造季刊》上發表了郁達夫的《藝術私見》和郭沫若的《海外歸鴻》，公開批評文學研究會茅盾、鄭振鐸等人「黨同伐異」和壓制「天才」。其實當時茅盾對郭沫若等人還是十分欽佩的，認為郭沫若詩集中公然說自己「願意成個共產主義者」，「在當時還沒第二人。」《女神》中作者的熱情奔放，昂首天外的氣

魄,「在當時也是第一人」,並稱《女神之再生》爲「空谷足音」,因此,茅盾和鄭振鐸一見這兩篇文章,大吃一驚,感到十分委屈,於是憤而起來答辯,寫了《「創造」給我的印象》,一場持續 3 年的兩個新文學團體的論爭,拉開了帷幕。

這場論爭,雙方都是年青氣盛的青年理論家,青年作家,青年詩人。因此,激烈程度也非常,但平心而論,這場論爭,對促進新文學的繁榮,歷史地來看,也不無積極意義。但如果仔細考查,這種論爭,實際上是這兩家代表五四時期大多數新作家共同主要氣質的兩個互相關聯的方面,這是一種自我與社會互相交織的人本主義的氣質,但經常以強烈的感情主義的方式表現出來。在文學研究會方面,這種人本主義氣質較多地從社會和人道主義的方面表現出來,而創造社方面則集中於自我傾向。所以事後,茅盾和郭沫若都非常寬容地回憶這場論爭。茅盾說:「文學研究會與創造社論戰的原因,主要是對文學與社會的關係有不同的看法。換言之,我們所爭的是:作品是作家主觀思想意識的表現呢,還是社會生活的反映?創作是無目的無功利的,還是要爲人生爲社會服務?」茅盾還認爲,「文學研究會和創造社是一條路上走的人,應當互相扶持,互相容忍,……。」郭沫若也說:「我們當時主張,在現在看起來自然是錯誤,但在當時的雁冰和振鐸也不見得有正確的認識。文學研究會和創造社並沒有什麼根本不同,……所以在我們現在看來,那時候的無聊的對立只是在封建社會中培養成的舊式的文人相輕,……。」

文學研究會和創造社的論戰,一直持續了 3 年,直到 1924 年 7 月 20 日,茅盾和鄭振鐸首先掛起「免戰牌」,表示「本刊同人與筆墨周旋,素限於學理範圍以內,凡涉於事實方面,同人皆不願置辯,待第三者自取證於事實」。今後「郭君及成君等如以學理相質,我們自當執筆周旋,但若仍舊差無佐證謾罵快意,我們敬謝不敏,不再回答。」

在與創造社論戰的同時,茅盾和鄭振鐸、魯迅、葉聖陶、沈澤民等人,還要和南京《學衡》雜誌的論戰。刀來槍抵,十分激烈。「學衡派」是南京東南大學的胡先驌、梅光迪、吳宓等教授,以出版《學衡雜誌》而得名,這些留過洋的教授,在五四以後,來反對新文學,提倡復古,標榜「國粹」,攻擊白話文和新文化運動。他們在《學衡》雜誌上發表文章,反對文學進化論,白話不能代替文言,言文不應合一,主張摹倣古人等。由於南京「學衡派」的倒行逆施,當時出現一股「四面八方的反對白話聲」的逆流。針對這股逆

流，茅盾奮起抨擊，先後寫了《評梅光迪之所評》等七、八篇文章，給予復古勢力有力的抨擊。其時，茅盾的胞弟沈澤民 1921 年回國後，加入中國共產黨，投身新文學運動。在反對學衡派復古的鬥爭中，他和胞兄並肩戰鬥，撰寫了大量筆意銳利的論文，反擊學衡的復古。在其中一篇《文言白話之爭底根本問題及其美醜》文章中，深刻而又明瞭地闡述了白話代替文言、言文合一的必要性和必然性。指出「因為文字是傳達國民思想情感的工具，所以必須包具幾個要點：一、是與日常生活最密切的；因而二、是容易普及，容易為全體國民所瞭解的；因而三、是最適宜表出現代的思想和情感的。就這三點看來，文字就有採用日常用語之必要。所以我們主張廢止文言改用白話。」茅盾昆仲共同為營造新文學大廈所作的努力功不可沒。

在反擊「學衡派」的過程中，魯迅也揮槍上陣，撰寫《估學衡》，深刻地揭露了學衡派們的淺薄與無知，他說：「學衡派」自己還沒有弄通古文，卻自謂肩負捍衛古文的重任來教訓新文學者，這是不知羞恥。還說「夫所謂《學衡》者，據我看來，實不過聚在『聚寶之門』左近的幾個假古董所放的假毫光；雖然自稱為『衡』，而本身的稱星尚且未曾釘好，更何論於他所衡的輕重的是非。所以，決用不著較準，只要估一估就明白了。」與此同時，鄭振鐸也和茅盾、魯迅等聯袂，對「學衡派」進行駁斥和批判。不久，「學衡派」在新文學者的批判下，便敗下陣去，成為中國現代文學史上的一個插曲。

茅盾在與創造社論爭，反擊學衡派的鬥爭過程中，仍在百忙中為《小說月報》寫稿，編海外文壇消息，同時，大量中國共產黨內部黨務工作，又亟待茅盾去處理。此時的茅盾，工作幾乎是連軸轉。但是，紛繁的事務，複雜的鬥爭，茅盾仍沒有忘記譯介國外弱小民族和被損害民族的作品。

還在 1921 年時，茅盾在編《小說月報》過程中，發現中國在倡導新文學過程中，亟待引進國外民族作品，以作為中國文學發展的借鑒。於是，他發起組稿編輯兩期專號，一期「被損害民族的文學」專號，專門介紹歐洲等少數民族國家的文學作品，吸納不少新文學作家翻譯家共同關注這種新文學奠基工作，茅盾自己則寫了《〈被損害民族的文學專號〉引言》、《被損害民族的文學背景的縮圖》兩文，刊於專號。不久，茅盾又主持編輯了《小說月報》號外「俄國文學研究」，把十月革命勝利後的新鮮的文學作品及十月革命前反映俄國底層勞動人民生活狀況的作品，介紹給國人。其中茅盾不僅主持編輯，而且還親自動手，翻譯俄國文學作品，如他在號外中，發表了《失去

的良心》、《看新娘》、《蠢人》、《殺人者》、《伏爾加與村人的兒子米苦拉》、《孟羅的農民英雄以利亞和英雄斯維亞多哥爾》及《赤俄小說三篇》的前言等，充分反映了茅盾當時那種對新文學忘我的奉獻精神和對社會使命感、責任感。

1923 年，茅盾爲反抗王雲五違約而辭去《小說月報》主編後，在譯介、標點外國文學的同時，又給《國學小叢書》編選《莊子》、《楚辭》、《淮南子》等，因而，茅盾能以深厚的古文基礎，在倡導新文學的前沿，立於不敗之地。

這一年的暑假，茅盾應侯紹裘的邀請，專門去松江私立景賢女中講演，講題是《什麼是文學──我對於現文壇的感想》。這是茅盾繼上年暑假與鄭振鐸在寧波四明暑假教育講習會之後，又一次外出講演，宣傳新文學。去年去寧波之前，也曾去松江景賢女中講演《文學與人生》。因爲茅盾在上海新文學界，名氣如日中天，所以，外地邀請他參加公開的社會活動也多了，茅盾乘這機會，宣傳新文學。

與此同時，茅盾的社會活動也日愈頻繁。1923 年 11 月 27 日，在上海的浙籍人士陳望道、茅盾（沈雁冰）、楊賢江等致電浙江省省長、教育廳長，抗議浙江省議員羅織罪名提出查辦省立五中校長案。同年 12 月上海成立東方藝術學校，聘定陳望道爲教務長兼美學教授，茅盾爲現代文學教授，甚至在中華書局編輯程本海 1924 年 3 月 3 日下午的婚禮上，茅盾也應邀出席並發表演說。1924 年春，茅盾、楊賢江等人發起，成立閘北市民外交協會，反對外人擴大租界。7 月 18 日，召開全體代表大會，將閘北市民外交協會改名爲上海市民對外協會，並聘請惲代英等爲協會顧問。這些活動，也反映了青年茅盾既是一個在新文學疆場上馳騁的驍將，而且又是一個社會活動的積極參與者。從而使他的革命和文學活動，和中華民族，和人民群眾緊緊地聯在一起了。

血與火的洗禮；

走向街頭，直面民眾怒潮，他感慨萬端；

《公理日報》討還公理；

商務印書館罷工浪潮裡他唱主角，但出了個意外的插曲。

第七章　在罷工洪流中

　　1923 年 8 月 5 日中共中央委員毛澤東出席上海地方兼區執行委員會舉行的第六次會議，這是茅盾第一次見到毛澤東。1924 年春，作爲上海國民運動委員會的委員長的茅盾，直接參與和策劃組織上海工人紀念京漢鐵路「二七」大罷工的大會。

　　在這之前，茅盾的胞弟沈澤民，於 1921 年從日本回國以後，以飽滿的熱情、旺盛的鬥志，投身新文學運動和民族解放的革命運動，立志當革命家和文學家，先後奉黨組織命令去安徽蕪湖五中任教，並在那裡發展革命同志，組織蕪湖學社，創辦《蕪湖》半月刊；後來出席中國社會主義青年團第一次代表大會，並當選爲團中央委員。1923 年 8 月，中共派沈澤民到南京建鄴大學任教，並要求他們到南京以後，負有發展中共組織的使命，不久，組成南京黨小組（直屬上海第六組）。在南京期間，沈澤民與同鄉張琴秋有更多的接觸和聯繫，兩人志趣相投，終於在 1924 年結爲伉儷。在這期間，茅盾除了政治活動工作之外，仍創作、譯編了大量作品。他研究希臘神話，1924 年 9 月發表了《普洛米修偷火的故事——希臘神話之一》，至 1925 年 1 月先後發表了十篇研究編譯文章，在《兒童世界》上發表，之後，茅盾又開始研究北歐

神話，1925 年 2 月發表《喜笑的金黃頭髮──北歐神話之一》，至 4 月已發表《為何海水味鹹──北歐神話之六》，但後來因為五卅運動的爆發，沒有能像研究希臘神話那樣，一篇一篇地寫下去，只好戛然而止。

在五卅運動前後，有一篇反映茅盾文藝思想的文章，也因五卅運動的爆發，而分兩段來完成。這篇文章就是《論無產階級藝術》。這篇長文的寫作起因，是因為 1924 年鄧中夏、惲代英、沈澤民等人提出革命文學口號，沈澤民連續發表《我們需要怎樣的文藝》和《文學與革命的文學》兩篇文章，指出「所謂革命的文學，並非是充滿著手槍和炮彈這一類名辭，並非像《小說月報》所為標語的血和淚，」「革命，在文藝中是一個作者的氣概的問題和作者的立腳點的問題。」但是，茅盾在這場激烈的討論中，沒有在前幾年與創造社論爭時那麼尖銳和衝動，而是在一邊思索，一邊觀察，一邊讀書。當時，茅盾「翻閱了大量英文書刊，瞭解十月革命後蘇聯文學藝術發展的情形。」經過一段時間的思考和消化，茅盾覺得有必要對無產階級藝術的各個方面試作一番探討。同時，也覺得有必要清理一下自己過去曾熱烈鼓吹過的文學主張，以便用「無產階級的藝術」來充實和修正「為人生的藝術」的觀點。於是，《論無產階級藝術》這個長篇論文的前半部分，發表在五卅運動前的《文學週報》5 月 10、17、31 日，後半部分發表在 10 月 24 日《文學週報》上。

這篇文章發表後，當時在新文學界成了「曠野的呼聲」。這是我國現代文學史上第一篇用馬克思主義的立場、觀點、方法、系統全面地論述無產階級文藝的論文。文章分 5 節，首先從西方文藝發展史中探討無產階級藝術的歷史形成，其次論述了無產階級產生的條件，提出一個藝術產生的公式：「新而活的意象＋自己批評（即個人選擇）＋社會的選擇＝藝術。」令人耳目一新，並第一次提出在階級社會，社會的選擇又是階級的選擇這樣的觀點；第三節探討了無產階級藝術的範疇。詳盡地分析無產階級藝術與農民藝術的不同，明確提出「無產階級藝術非即所謂革命的藝術，」「非舊有的社會主義文學」，作了界定和縷析。第四節以蘇聯文藝現象為藍本，探討無產階級藝術的內容；最後一節中，茅盾又分析探討無產階級藝術的形成，以及文藝的歷史繼承等問題。這篇論文，既是茅盾在五四運動以後對自己文藝思想、文藝理論的一次清理，又是他往後發展的一個新起點。但現實給茅盾的系統思考的時間非常吝嗇，剛寫完一半，一場震驚中外的五卅反帝愛國運動爆發了，茅盾只好

放下筆，投身於五卅洪流。

1925 年年初，上海工人運動在中國共產黨的組織指揮下，開始湧動，出現一種山雨欲來風滿樓的政治氣氛。尤其是外商在中國開廠並嚴重剝削工人等情況，引起廣大工人的強烈不滿。1925 年 2 月 2 日清晨，上海內外棉第八廠發生日本領班毒打一個女童工的事，引起該廠男工的憤憤不平，他們據理同日本領班爭論。不料，老闆把粗紗間值班的 50 個男工全部開除。於是這個廠的日班男工自動罷工，抗議廠方的處理。當時滬西工友俱樂部主持人劉華出面調停，結果廠方又沒收工人工資，勾結捕房逮捕工人代表。2 月 9 日，內外棉第八廠全廠工人開始罷工，接著是第五廠、七十二廠的工人也跟著罷工，燃起上海工人運動的烈火。當時，茅盾與鄧中夏、楊之華一道，組織工人罷工大會，在譚子灣廣場上，有萬人參加。

萬人大會以後，上海迅即有 22 個日本紗廠響應，罷工人數達 35000 多人。並成立罷工委員會。聲勢浩大的罷工運動，經過十多天的較量，迫使日本資本家接受罷工條件。於是，內外棉各廠工人開會慶祝罷工勝利。這場罷工運動，為稍後的五卅運動，積累了經驗。

中共上海地下黨組織分析了當前的形勢，認為第二次全國勞動大會以後，成立了中華全國總工會，工人運動有了堅強的組織保證，自從 2 月的罷工以後，上海工人大批參加了工會，工人的鬥志更堅強了。同時，也分析了日本帝國主義軟硬兼施的兩手，企圖扼殺尚在搖籃中的革命形勢，他們要求取締工會，並揚言如果工人罷工，立即關閉工廠。與此同時，日本資本家大批開除工會的活動分子，逮捕工人代表。於是，內外棉十二廠的工人首先罷工，十二廠是紗廠，是一些織布廠的前道廠，因而影響到一些織布廠。由於十二廠的罷工，5 月 15 日七廠（織布廠）的夜班工人去上班，工廠卻緊閉大門，宣布：沒有紗，工人統統回家去。工人據理力爭，但廠方不理。於是，顧正紅帶領工人撞開廠門，夜班工人湧進廠內，與看守廠門的日本人發生衝突，此時，內外棉的總大班和七廠的大班帶領許多打手，手持武器，趕來現場。看見帶頭的正是他們久已注意的顧正紅，便朝顧連開四槍，顧正紅當即倒在血泊中，第二天下午傷重不治而光榮犧牲。

「顧正紅事件」激起上海工人的極大憤怒，16 日，內外棉五、七、八、十二等廠一萬餘工人全部罷工，並組織罷工委員會、設立糾察隊、交際隊、演講隊、救濟隊等，提出「懲辦兇手，承認工會」等八項要求。5 月 24 日，

在潭子灣舉行顧正紅烈士追悼大會。會後，進入擴大宣傳，組織全市的罷工罷市罷課的「三罷」準備階段。

事態的發展，激起全市人民的憤怒，茅盾既是組織領導者之一，又是直接上街參與者。一浪高於一浪的罷工浪潮，終於在 5 月 30 日全面爆發了，30 號下午罷工的工人，罷課的學生從四面八方會合在南京路，東一堆，西一堆地在演講宣傳，都大喊「打倒帝國主義」。一時間，南京路成了一片反帝的海洋，濤聲四起。茅盾和夫人孔德沚及鄰居瞿秋白夫人楊之華從閘北順泰里趕到南京路，在先施公司門前，忽然聽得前面傳來「砰、砰、砰」的槍聲，南京路上示威的人也從前邊潮水似地退下來，茅盾忙問退下來的人：「怎麼回事？」幾個學生模樣的人憤怒地把：「巡捕開槍了！」演講隊有幾個人被捕房抓進去，工人學生湧到捕房，要求放人。結果，捕房的巡捕開槍，打死上大學生執行委員何秉彝、交大學生陳虞欽。這時，先施公司已經拉上鐵柵門，把茅盾他們關在公司門裡，出不去。正在焦急時，楊之華認出一個熟悉的先施公司的小職員，由這個小職員帶路，從後門走了。

當天晚上，茅盾和陳獨秀、蔡和森、李立三、惲代英、王一飛、羅亦農等在閘北寶興里開會，研究對策，決定發動全市的三罷運動，並研究擬定要求：租界須承認此次屠殺的罪行，負責善後；租界統治權移交上海市民；廢除不平等條約如帝國主義各國在中國的領事裁判權等。並立即組織上海總工會，並由上海總工會、全國學生總會和上海學生聯合會、上海總商會和各馬路商界聯合會共同組織工商學聯合會，為這次「三罷」領導中心。至於罷市，決定由總工會、學生聯合會、各馬路商界聯合會出面，與總商會談判罷市問題，並派婦女群眾包圍總商會所在天后宮。

會議一直開到深夜。茅盾拖著疲憊的身子，兩眼布滿血絲，回到家剛睡了一會兒，天已大亮，此時又接到通知，「十二點鐘出發，齊集南京路。」這天中午春雨瀟瀟，開始是小雨漣漣，不久雨點越來越粗，飄飄灑灑。南京路上的群眾熱鬧異常，成千上萬的青年學生、工人，散發、張貼標語，發表演講，抗議帝國主義的暴行，茅盾夫婦和楊之華也冒著危險，躋身於遊行隊伍。

6 月 1 日，上海實現了「三罷」，各階層人民的反帝鬥爭達到高潮，但帝國主義的血腥鎮壓也更加瘋狂，他們任意搜捕群眾，解散學校，槍殺無辜，引起全市人民更強烈的憤怒。也引起全國各大城市的聲援響應，北京、天津、

漢口、長沙、南京、濟南、青島、杭州、福州、鄭州、開封、九江、南昌、鎮江、汕頭、廣州等地，也紛紛示威遊行，發動抵制英日貨的運動，聲援上海。6月4日下午，茅盾等30餘人，發起成立上海教職員救國同志會，並在小西門立達中學召集籌備會，會後發表宣言。6日，茅盾、楊賢江、侯紹裘三人對外發表談話，聲明成立教職員救國同志會的目的、任務。後來，教職員救國同志會藉中華職業學校舉行講演會，一共定了8個講演題，茅盾也親自去講演了《「五卅」事件的外交背景》。

茅盾正在忙著不可開交時，烏鎮的表兄陳蘊玉找到茅盾家裡來，他在烏鎮看到《申報》上關於五卅運動的報導後，發現一個叫陳虞欽的人犧牲了，他以為自己的胞弟出事了，便心急火燎地趕到上海，原來是個誤會。茅盾有個表弟，叫陳瑜清，此時正在上海立達念書，所以表兄在烏鎮見到報導，便以為是陳瑜清出事了。送走表兄，茅盾又投入為《公理日報》的寫作中去。因為五卅運動爆發以後，上海許多媒體都不敢如實報導，或者歪曲事實真相。因此，中共中央在6月4日出版《熱血日報》，由瞿秋白主編；而商務印書館同人在6月3日創刊了《公理日報》，由上海學術團體對外聯合會主編，編輯部、發行均設在寶山路寶興西里九號鄭振鐸家裡。因此，在這段時間，茅盾夜以繼日地寫作，全身心地投入五卅洪流。《公理日報》因資金拮据、承印困難而於6月24日被迫停刊。《公理日報》停刊後，茅盾又回到商務印書館的日常編輯中。選注《楚辭》並寫下了不少記載五卅運動的散文。

此時，商務印書館因受五卅運動影響，工人力量日愈壯大，在黨組織的領導下，於6月21日藉虹江路廣午台成立了工會。從此，商務印書館有了自己的工會組織。黨派徐梅坤在罷工委員會內組織臨時黨團，實際領導罷工鬥爭，茅盾亦是臨時黨團負責人之一。因為當時商務印書館的黨的組織由茅盾和楊賢江負責。稍後，商務當局有裁減職員之議，被職工所知，8月20日，茅盾、廖陳雲（即陳雲同志）等在天通庵路德興里三民學校內秘密召開商務印書館三所一處（即印刷所、編譯所、發行所、總務處）約40名黨團員和積極份子會議，研究分析形勢，商量罷工事宜，並要求加薪。工人的要求被商務當局偵知，於21日發出布告，嘆了一番苦經，要求公司同仁同舟共濟。當天晚上，茅盾等避開軍警干擾，深夜易地，在上海大學附中開會，有168人到會，由廖陳雲同志主持。直至22日凌晨結束，決議罷工，提出復工條件十二項，職工工會章程草案，罷工宣言等。並推選15人為臨時委員，廖陳云為

委員長。天亮以後商務印書館的罷工序幕，由發行所拉開，緊接著商務印書館全體工人都紛紛響應，商務印書館當局驚慌不已。8 月 24 日，商務印書館三所一處的代表召開聯席會議，共同商討修改復工條件，茅盾綜合大家意見，親自起草供正式談判用的復工條件。25 日又召開會議，決議中央執行委員會委員定爲 13 人，茅盾爲其中之一，並決定由茅盾負責罷工總撰稿和對外發佈消息的「新聞發言人」。

8 月 26 日上午，商務印書館勞資雙方代表在總務處會客室談判，正在激烈進行時，忽然一個自稱淞滬鎮守使派來的一個營長，帶了幾個衛兵闖進會議室，說是奉命來調解，此人神氣活現，邊說邊走向上座，命資方代表、勞方代表各坐一邊。自己拿起放在桌上的文件，掃了一眼，大聲對勞方代表說：「你們不是要加工資麼？我說可以，商務印書館有的是錢。」說完，咳了一聲，環視一下面面相覷的雙方代表又說：「你們工人又說要成立工會麼？哼！那不成，聯帥命令取締一切工會，幾千人罷工，地方治安就不能維持了，限你們雙方今天即簽字復工！」此人的舉動，大家都怔住了，面面相覷，沒有作聲。這個一臉橫肉的營長一見勞資雙方不吱聲，勃然大怒，桌子一拍，吼道：「明天我派兵來，一定要復工！」說完，起身朝外走去。這時，商務印書館資方代表王雲五突然快步上前，拽住那個營長的衣角，噗地跪在地上，苦苦哀求道：「請營長息怒，寬限一二天，我們自己解決，千萬不要派兵來。」說完聲淚俱下。營長慍色依然，不爲所動，一甩手，揚長而去。跪地痛哭的王雲五轉身對大家說：「我們雙方都讓步一點，免得外邊人來干涉。」

於是，大家在驚疑中散會，談判又陷入僵局。直到 27 日，商務印書館當局鑒於開學在即，再拖下去損失巨大，只得讓步。晚上九時，茅盾等 13 名罷工中央執委和資方代表高翰卿、張元濟、王雲五、鮑咸昌、高夢旦、王顯華等在協議上簽字。

8 月 28 日上午，商務全體職工大會於東方圖書館的廣場上舉行，王景雲任主席，茅盾代表罷工中央執行委員會報告了談判經過，解釋協議內容，指出復工條件之主要項目如增加工資，承認工會有代表工人之權，改良待遇，優待女工等。茅盾報告完畢，受到商務全體工友的熱烈歡呼！商務印書館的罷工勝利，又推動了上海工人運動的發展。

商務印書館罷工勝利之後，茅盾又投入文學和正常的政治活動中去了。此時，國民黨右派在孫中山逝世後，活動猖狂，1925 年 11 月 23 日在北京西

山碧雲寺開會，在孫先生墓前，公然反對孫先生的三大政策。會後奪取了上海環龍路四十四號，作爲他們在上海的總部。公開宣布開除已經加入國民黨的共產黨。惲代英等人是第一批被開除者，茅盾是第二批被開除者。中共爲了反擊國民黨右派的進攻，指令惲代英和茅盾籌備兩黨合作的國民黨上海特別市黨部執行委員會。12 月，上海特別市黨部成立，惲代英爲主任委員兼組織部長，茅盾爲宣傳部長，張廷灝爲青年部長。

正當國民黨右派勢力猖狂進攻時，帝國主義仍對中國工人罷工耿耿於懷，舉起了屠刀，11 月 29 日，五卅運動的領導人之一，曾任上海總工會代理委員長的劉華被密探逮捕，並於次日引渡到軍閥孫傳芳處。12 月 17 日，劉華被軍閥秘密殺害。這一事件在英文《大陸報》上披露後，立刻引起廣大愛國人士的極大憤慨！上海的許多文化人紛紛簽名，要求保障人權，制止軍閥勾結帝國主義者破壞國法。茅盾、丁曉先、葉聖陶、郭沫若、陶希聖、樊仲雲、鄭振鐸、豐子愷、徐調孚、胡仲持、李石岑、周建人、王伯祥、蔣光赤等 44 人簽署了我國歷史上第一個《人權保障宣言》，發表在 1924 年 1 月 13 日的《民國日報》上，抗議軍閥殺害劉華。不久，茅盾又和惲代英、張聞天、沈澤民、郭沫若等聯名於上海發起組織中國濟難會，這個濟難會是中國共產黨建立的群眾性救濟組織，主要目的是營救五卅運動後被中外反動派逮捕的革命者，救濟其家屬。因該組織公開是群眾性的，所以成員來自各個方面。

在五卅洪流中，茅盾的政治才能得到一次展現，其政治熱情得到一次強化，茅盾覺得少年時代那種大丈夫當以天下爲己任的抱負，在爲共產主義奮鬥中，尋到了一種途徑。

歷史到達沸點；

在廣東、武漢尋找自己的價值坐標。

國民黨中央宣傳部秘書、漢口民國日報主編，

都可發揮才智；

卻因時局多變，英雄事業未成，悵然上廬山。

第八章　大革命風暴

　　1925 年 10 月的一天，茅盾的胞弟沈澤民夫婦來到茅盾家裡。茅盾母親見小兒子、兒媳難得一起來茅盾家，十分高興，表示今天一定要弄些好吃的菜來招待。沈澤民不見哥嫂，見母親帶著侄女侄兒在家裡，便用烏鎮話問道：「媽媽，阿哥阿嫂呢？」

　　「還沒有回來，你們先坐一會兒，幫我看看小孩，我去買點菜。」茅盾母親說。

　　「媽媽，不要去買菜了，有什麼隨便吃點就行了。」梳著短髮，一張圓臉，一笑有兩個酒窩的張琴秋忙拉住婆婆。

　　「也好，估計德沚回來會帶些菜來的。你們也好長時間沒有來了，最近忙些什麼？」茅盾母親端詳著小兒子、兒媳，問道。

　　「媽媽，最近，我和琴秋要出去，估計時間不會太短，今天來，也是來告訴媽媽，也和哥哥嫂嫂告個別，以後可能在幾年時間裡，只能寫信了。」沈澤民沉吟俄頃，對母親說明了今天的來意。

　　「去那裡？」茅盾母親斂起臉上的笑容，問道。

「去蘇聯。」沈澤民笑笑道：「黨內已經作了安排，要求我們兩人等通知，去那邊主要是進中山大學讀書，同時研究他們的革命經驗。」

「琴秋也去嗎？」茅盾母親一聽去蘇聯，心裡放下心來，同時擔心小兒媳怎麼辦？「是，我也和德濟一道去。不過，什麼時候可以動身，現在還不知道。」張琴秋也笑吟吟地對婆婆說。心裡漾起一股幸福感。

「也好，一起去，可以有個照顧，去那邊，增長些見識，還是大有用處的。」茅盾母親鼓勵兒子兒媳去蘇聯。

正說著，茅盾夫人孔德沚提著籃，背著包回來了，她此時正在一所中學工作，下班回家時，順便買些蔬菜回來，今天還買了一條魚來。見沈澤民、張琴秋在，十分興奮地說：「阿二，琴秋，你們什麼時候來的？」說完，菜籃剛放下，又立刻被琴秋拎進廚房去。茅盾母親立刻起身，對琴秋說：「你和你阿嫂說話去，這裡的事，我來做，今天燒幾個烏鎮菜給你們吃。」

張琴秋退出來。對德沚說：「阿嫂，家裡人多事多，還要在外邊做事，忙累了吧？」

「還好，你知道，我憋在家裡，反而要生病，不如去外邊幹事。」孔德沚快人快語，姒娌間關係也非常好。

這時，茅盾從外邊回來了，見沈澤民夫婦在，也非常高興。大家吃過飯後談些家鄉事、家裡事，沈澤民見沒有外人在，便壓低聲音對茅盾夫婦說：

「阿哥阿嫂，我和琴秋最近已被決定派去蘇聯學習，現在已經在待命，什麼時候動身還不知道，因此，今天是來向你們辭行的，以後恐怕只有寫信來聯繫了。」停了一會兒，又說「今後媽媽全靠你們照顧了，阿嫂又要工作又要管家，也夠辛苦的。所以你們也要保重啊。」

茅盾一聽，心裡一怔，但心想去蘇聯那個光明的地方，也還是好的，因而聽完沈澤民的話，便說：「阿二，琴秋，從中國現在的情況看，黨派你們去，是對的，去那邊可以學習那邊的革命經驗，學習建設經驗，回來指導中國的革命。現在我觀察，中國革命缺少的是人才。」茅盾為弟弟、弟媳去蘇聯而高興。「到那邊，你們兩個的英語都很好，對學俄語也有好處的。不過，去蘇聯太遠，不比阿二去日本，說回來就回來了，以後只有多寫信，好讓媽媽和我們放心。」

1925 年 10 月 28 日，沈澤民夫婦先後坐船經海參崴，取道西伯利亞，直奔莫斯科。同去的有蔣經國、烏蘭夫、張聞天、王稼祥等。在赴蘇途中，沈

澤民給兄嫂寫來「莫斯科通訊」，告訴沿途境況，以慰兄嫂掛念。

12 月底，北風伴著雪花飄飄灑灑地落在江南。不多時，東方大都市上海一片銀裝素裹。雪停了，清冽的寒風把上海的家家戶戶都關得嚴嚴實實，大人們搓著手、跺著腳，在屋裡運動著暖和著。這時候，茅盾踏雪秘密出席上海市黨員大會，這次大會除了報告形勢外，主要是要為選舉出席廣州的國民黨第二次全國代表大會的代表。會上，熱烈的氣氛與室外寒冷的天氣，形成兩個世界。會上，茅盾、惲代英、張廷灝、吳開先等 5 人被選為出席廣州國民黨第二次全國代表大會的代表。

會後，茅盾他們買了 1 月 7 日去廣州的船票，定了個官艙，這艘名為「醒獅號」的輪船，是當時上海商會會長虞洽卿開辦的三北輪船公司的。還在月底時，茅盾他們得到廣州電報，說大會元旦開幕。茅盾他們覺得十分無奈，開幕式是肯定趕不上了，如果會期長，還會趕上後期幾天。因為當時上海到廣州，輪船一般要走 6 天。

船徐徐離開上海碼頭，茅盾和惲代英等 5 人，站在甲板上，午夜的寒風冷得侵肌入骨。夜幕下的上海，在昏暗的燈光裡，徐徐在視野裡消失。在路上，茅盾望著無邊無垠的大海，湛藍湛藍，海鷗起伏，引起茅盾的無限遐思，回到官艙，茅盾寫起了「南行通訊」。此時，茅盾對革命前途充滿樂觀，充滿信心，同時，這是第一次遠行南方，自然一切都新鮮。

1 月 12 日，茅盾一行到達廣州，報到，安頓好後，茅盾和惲代英便去文德路見廣東區委書記、陳獨秀的兒子陳延年。陳延年向茅盾他們講了中共中央的三點意見，即這次會議是團結國民黨左派和中間派；打擊西山會議派；黨不在選舉國民黨中央委員會時爭席位。

茅盾他們還知道，國民黨第二次代表大會，已在 4 日正式開幕，258 名的代表中，共產黨人和國民黨左派佔了絕對優勢。此時的廣州，全國許多政治精英都匯集在一起，給青年茅盾大開眼界，在「二大」，他認識了不少政治名流。會議一直開到 19 日才結束，足足開了半個月。會議的聲勢非常大，通過了「接受總理遺囑決議案」，「對外政策決議案」，發表了致蘇聯及致世界被壓迫民族及一切被壓迫階級的友好電文。大會又通過了彈劾西山會議派決議案和「處分違反本黨紀律黨員決議案」，開除了西山會議派鄒魯、謝持等人的黨籍，並給林森等人以書面警告。同時，又選舉國民黨中央執行委員會。

19 日大會結束後，茅盾正打算整理行李回上海。陳延年派人來找茅盾和

惲代英，要求茅盾和惲代英都留在廣州工作。茅盾問在哪裡工作？答曰：「沈先生留在中央宣傳部。惲先生去黃埔軍校當政治教官。」茅盾沒有二話，放下正在整理的行李，他知道國民黨中央宣傳部長是汪精衛兼的，而汪認為工作忙，請毛澤東代理宣傳部長。對毛澤東，茅盾早幾年就認識了，也聽他談過對形勢的看法，十分深刻。這時，茅盾對來人說：「那好，但我要與上海家裡打個電報，說一下。」「應該，應該。那請沈先生稍候，我去叫車，送沈先生去住處。」

一會兒，車子來了，茅盾提著行李，隨來人去國民黨中央宣傳部的住處——東山廟前西街 38 號。原來，毛澤東帶家眷就住在那裡，也是《政治週報》的通訊處。在這幢簡陋的樓房裡，毛澤東和夫人楊開慧住在樓上，樓下住著女僕和麻面黑臉的蕭楚女。

茅盾到了那裡，毛澤東、蕭楚女在迎接。茅盾與蕭楚女是第一次見面，毛澤東已是老朋友了，毛澤東告訴茅盾說：「中央宣傳部在舊省議會二樓，離這裡較遠。」「沒有關係。」茅盾笑笑。又問：「工作上有什麼要求。」

「過兩三天後，國民黨中央常務委員會委員開會，到那時，我將提出任命你為秘書，請中常委通過。」毛澤東認真地說。

茅盾一聽，有些驚訝，不解地問：「任命一個秘書，也要中常委通過麼？」

「當然，部長之下，就是秘書，其他如婦女部、青年部也都如此。」

「那我，恐怕不能勝任吧。」茅盾一聽秘書是在部長之下，覺得擔子很重。

「不要緊，不要緊，」毛澤東連忙擺擺手，寬慰道：「蕭楚女同志可以暫時幫助你處理部務。」又說：「我呢，有個農民運動講習所，不能天天到宣傳部辦公，而《政治週報》的編務也由沈先生你來主持了。」毛澤東交待著宣傳部的有關工作。

2 月 8 日上午，國民黨中央執行委員會常務委員會第三次會議上，通過了「宣傳部提出沈雁冰為秘書」等議案。

《政治週報》是國民黨政治委員會的機關報。1925 年底創刊。茅盾從毛澤東手裡開始接編第五期。茅盾到國民黨中央宣傳部辦公。汪精衛、毛澤東都作了指示，茅盾和蕭楚女還親自動手，寫了宣傳大綱。

2 月 16 日，國民黨中常委開會，決定在毛澤東因病請假兩星期期間，宣傳部的部務由沈雁冰代理。由此，茅盾更加忙碌了。

　　3 月，中山艦事件發生後，茅盾又奉命回到上海。接替茅盾編《政治週報》的是從上海來的張秋人。

　　張秋人是浙江諸暨人，和茅盾一樣，也是中共早期著名的活動家和宣傳鼓動家，早期一直在上海從事革命工作。1926 年 3 月 21 日，張秋人到達廣州，茅盾交代張秋人後，去拜訪汪精衛，汪精衛說：「你要回上海，我不久也要捨此而去，天下事不能盡人意，我們的事業沒有完，我們後會有期。」言辭之間，十分感慨時局的變化。臨走，茅盾又走向剛剛從湖南考察農民運動回來的毛澤東辭行。毛澤東希望茅盾回上海後，替廣州國民黨中央辦個黨報，有了眉目就來信。茅盾一一答應。

　　茅盾依舊坐「醒獅輪」回上海。他站在甲板上，浮想聯翩，他目睹國共兩黨中那種複雜、微妙的關係，也目睹了廣州那種變幻莫測的政治形勢，感慨萬端。碧藍碧藍的大海，濤聲依舊，革命的熱情依然，但革命的前途如何？茅盾回憶 3 個月之前，5 人共赴廣州開會的熱烈情景，今天是一人歸滬，心中自然又萬般惆悵。

　　茅盾回到上海，一回到家，商務印書館的朋友鄭振鐸便來看望茅盾。鄭振鐸告訴茅盾：「當地駐軍派人到編譯所問過幾次，我們回答說，從前在這裡工作，現在到廣東去了。」「他們怎麼知道我在這裡？」茅盾疑惑地問。「香港報紙上說你是赤化分子，過去做過什麼事，說得很詳細，他們自然知道。」鄭振鐸只好如實回答。茅盾聽說後笑道：「本來我也不想在編譯所工作了，現在我就辭職。」鄭振鐸一聽，臉上露出尷尬的神色。

　　第二天，鄭振鐸又到茅盾家裡帶來一張九百元的支票，告訴茅盾說，這是退職金。同時又從袋裡摸出一張商務印書館的百元股票，說是商務當局報答茅盾十年來在商務的貢獻。自此，茅盾徹底離開自己工作、生活了十年的商務印書館，幾乎成了一個職業革命家。

　　於是，茅盾開始積極為實現毛澤東的囑託而奔走。茅盾離開廣州後不久，國民黨中央執行委員會常務委員會分別於 4 月 13 日上午和 5 月 4 日開會討論通過「毛澤東同志提議開辦上海黨報案」，委託柳亞子、沈雁冰為正副主筆，和「宣傳部請委託駐滬編纂國民運動叢書幹事案」，決議「委沈雁冰同志擔任」。因此，茅盾為辦報奔波出眉目後，終因上海法租界工部局不同意而擱淺。茅盾轉而編輯國民運動叢書，這套叢書是為對外宣傳，對內教育訓練及介紹國際政治經濟狀況而編輯的，當時，茅盾列出五輯書目，分別由一批革命同

志撰寫或編譯。叢書只出一部分，後因形勢發展飛速而告結束。

由於惲代英留在廣州，國民黨中宣部在上海的秘密機關交通局的工作沒有人主持了。這個交通局主要是翻印《政治週報》和國民黨中宣部所發的各種宣傳大綱和其他文件，轉寄北方及長江一帶各省的國民黨。因此，交通局工作十分重要。上海市特別黨部請示廣州國民黨中央宣傳部後，便決定由茅盾代交通局主任。

茅盾到交通局瞭解情況後，發現人手太少，便向中共上海特別市委說明情況並要求派人。中共上海特別市委要茅盾提出人選。於是茅盾根據交通局的工作要求，向市委提薦家鄉植材小學的教師鄭明德和梁閏放夫婦，結果，引起交通局內部中共黨員同志的不滿，認為鄭梁兩人是茅盾的私人，後經特別市委出面解釋才算平息。6 月 25 日，廣州國民黨中常委正式任命茅盾為交通局主任，並規定了每月一千元的經費，後來，茅盾物色到林華，曾派他去沿江各省視察黨務及工、農運動情況。

在 1926 年繁忙的地下政治鬥爭中，許多革命女性成為茅盾夫婦共同的熟人和朋友。在與這些革命女性接觸熟悉過程中，茅盾彷彿有一股強烈的創作衝動，幾次想動手把這些富有時代色彩的女性寫成小說。但是，形勢發展迅捷，北伐軍從廣東一路北上，到茅盾正忙碌時，已順利地克復武漢，浙江省也宣布獨立，省長夏超和沈鈞儒等都同意茅盾為獨立後的浙江省政府秘書長，但沈鈞儒的省政府組閣計劃尚未實現，因夏超被孫傳芳趕出杭州而告吹。因而浙江形勢一片混亂。此時，武漢形勢卻十分喜人，武漢來電上海，要求派人去那裡工作，中共中央便決定茅盾不去浙江，而去中央軍事政治學校武漢分校工作。茅盾接到命令，便與夫人孔德沚準備去武漢。

這時，包惠僧從漢口給茅盾發來電報，要求茅盾在上海為武漢分校招生，並匯了錢來。茅盾又忙碌起來，親自任考官，為武漢軍校錄取了 200 來名學員，物色了 3 名教官，陸續送走以後，已是 1926 年 12 月底了，茅盾將兩個孩子和母親安頓好後，才和夫人孔德沚坐英國輪船直奔武漢。

中央軍事政治學校武漢分校的校本部在兩湖書院。蔣介石為校長，汪精衛為黨代表。當時蔣汪都不在武漢，所以同時任命鄧演達、顧孟餘分別代表蔣、汪的職位，但實際上，軍校的日常工作是茅盾的老同事惲代英主持。他是軍校校務委員，又是軍校的總教官。茅盾到達武漢後，住在武昌閱馬廠福壽里 26 號，離軍校不遠。到軍校報到後，茅盾去向周佛海請教上政治課的內

容，周告訴茅盾，政治課內容沒有一定章程，暫時用瞿秋白早幾年在上大用過的社會科學講義。後來，茅盾經過研究，確定給學生講些基本的常識為好，於是他選了「什麼叫帝國主義」，「什麼叫封建主義」，「國民革命軍的政治目的是什麼」以及婦女解放運動等等。過了幾天，即二月上旬，武漢分校正式發佈了 75 項委任令，其中第 71 項委任是委任茅盾的，其令為「委任沈雁永為本校政治教官，支中校二級薪，此令。」

但是，茅盾的政治教官只做了一個多月，在春暖花開時節的四月，中共中央又決定茅盾去《漢口民國日報》任主筆，這張報紙的實權掌握在黨的手中，茅盾進去時，社長是董必武。總經理是毛澤東的胞弟毛澤民。茅盾是接替高語罕任主筆的。茅盾進報社後，家也從武昌搬到漢口歆生路德安里一號報社編輯部內。因為報社歸宣傳部負責領導，而宣傳部主要是瞿秋白在負責，因而這段時間，茅盾和瞿秋白往來較密切。恢復在上海時的狀態。「四一二」前夕，政治形勢非常複雜，秋白指示茅盾，報紙宣傳要著重這樣三個方面，一是揭露蔣介石的反共和分裂陰謀；二是大造工農群眾運動的聲勢，宣傳革命道理；三是鼓舞士氣，作繼續北伐的輿論動員。這些指示，給茅盾認清形勢作了及時點撥。在《漢口民國日報》任主筆時，茅盾主要是審稿定版面，然後寫一篇千字社論，或斥責蔣介石，或鼓吹革命。以致後來陳獨秀碰到茅盾時，要求茅盾少登些工運、農運和婦女解放的消息和文章，登多了，覺得太紅。茅盾把陳獨秀的意見告訴董必武和瞿秋白。

此時，蔣介石的反共決心已下，汪精衛從法國回來後，與蔣介石的進行談判，蔣介石不肯讓步，汪精衛回到武漢，受到武漢群眾的歡迎。4 月 12 日，蔣介石在上海大開殺戒，屠殺中共黨員，繼而在南京、廣州大肆捕殺共產黨員，茅盾昔日共同進行革命活動的朋友侯紹裘、蕭楚女慘死在蔣介石的屠刀之下。消息傳來，茅盾悲憤不已，感到十分痛心，因而報紙連篇累牘地發表文章、通電之類，聲討蔣介石。在蔣介石屠殺革命黨人的形勢下，土豪劣紳也乘機蠢動，向如火似荼的農會反撲，報社天天收到各地這類消息，湖北鍾祥縣農會遭血洗的報導，更是令茅盾悲憤，這些血的教訓，茅盾刻骨銘心。

正當武漢掀起聲討蔣介石的浪潮時，又傳來夏斗寅叛變，通電聯蔣反共，討伐武漢政府的消息，給武漢帶來一片恐慌，5 月 17 日夏斗寅部隊佔領汀泗橋，葉挺部隊奮起討伐，擊潰夏逆。待武漢稍為緩口氣的時候，又傳來

長沙的「馬日事變」，許克祥獨立團對共產黨員、國民黨左派人士和革命群眾進行了血腥屠殺，但長沙的消息真相很遲才傳到武漢。茅盾等怒不可遏，連續寫了四篇揭露長沙「馬日事變」的社論，使長沙「馬日事變」真相大白於天下。革命的急風暴雨，使革命中心武漢在短短幾個月中間，發生急劇變化，敵乎友乎，友乎敵乎，殺聲喊聲，在這場很有希望很得人心的北伐革命中，攪成一片恐怖，許多充滿幻想的革命青年，在這場突如其來的變故面前，產生惘然，許多革命偶像如蔣介石、汪精衛、馮玉祥等，此時已被他們自己的表現擊得粉碎，革命的現實告訴雲集在武漢的共產黨人，武漢不是久留之地。6 月底邊，天氣日漸炎熱，夫人孔德沚已經懷上第三個孩子，而且快生產了。於是，茅盾先把妻子送上去上海的英國輪船。自己則在 7 月 8 日寫完最後一篇社論《討蔣與團結革命勢力》後，給汪精衛寫了一封信，辭去主筆。當天就和毛澤民一起轉入「地下」，「失蹤」在一個棧房裡。隱蔽了半個月光景，茅盾和宋雲彬等人奉命去九江，在九江與茅盾接頭的是董必武。董必武告訴茅盾：

「你的目的地是南昌，但今天早上聽說去南昌的火車不通了，鐵路中間有一段被切斷了，你現在先去買火車票，萬一南昌去不了，你就回上海，我們也即將轉移，你不必再來。」

茅盾領受中共的指令後，轉身去火車站買票，果然去南昌的火車已停開。無奈，正在車站徘徊時，又碰見許多熟人，都是要去南昌，又都無法去，於是有人建議，可以上牯嶺後再翻山下去。茅盾只好決定繞道盧山，再去南昌。此時，同鄉宋雲彬他們聽說茅盾要上盧山，也要跟著去玩，茅盾不好明說，只好同意。

第二天，茅盾他們上盧山，住在盧山大旅社。放下行李，茅盾在牯嶺大街碰見熟人夏曦，夏曦告訴茅盾，昨天翻山下去的路是通的，今天又不通了。惲代英是走這條路去南昌的，郭沫若遲來一步，今天他下山回九江去了。茅盾請夏曦給想想辦法。夏曦答應第二天讓茅盾再去找他。

第二天，涼風習習，鳥鳴幽幽，茅盾再去找夏曦，夏告訴茅盾，現在去南昌沒有辦法，這地方不宜長住，你還是回去罷。茅盾的一切努力都告失敗，南昌之路，已經封鎖。茅盾回到旅館，準備下山，忽然，肚疼難熬，茅盾對盧山水土似乎有些不服，腹瀉起來，豈料，一個晚上瀉了七八次，瀉得茅盾軟癱在旅館裡，連走路的力氣都沒有，腳一下地，像踩在棉花堆裡一樣，搖

晃起來。只好讓茶房去買止瀉藥來服。而一同上山的宋雲彬他們，玩完盧山以後，就先離茅盾而去上海了。

　　茅盾病在旅館四五天以後，才知道南昌在八月一日發生了暴動，南昌已經由共產黨領導的賀龍、葉挺部隊控制了。這時，茅盾才知道黨組織要他去南昌的目的；但他卻因交通不通失去了時間。稍有力氣後，茅盾掙扎著起床，在街上走動，忽然碰見在武漢認識的范志超。范志超把自己知道的南昌消息告訴茅盾，並說，山上有許多熟人，不要在外面跑。有消息由范到旅館來告訴茅盾。

　　困在旅社的茅盾，十分孤寂，他拖著病體，翻譯西班牙瑪薩斯的中篇小說《他們的兒子》並寫了幾篇通訊打發日子，在 12 日那天，又寫了自己第一首白話新詩《留別》，寫就寄給中央日報副刊。詩是這樣寫的：

> 雲妹，半磅的紅茶已經泡完，
>
> 五百支的香煙已經吸完，
>
> 四萬字的小說已經譯完，
>
> 白玉霜、司丹康、利索爾、哇度爾、
>
> 考爾辨、班度拉、硼酸粉、白棉花都
>
> 已用完
>
> 信封、信箋、稿紙，也都寫完，
>
> 矮克發也都拍完，
>
> 暑季亦已快完，
>
> 遊興是已消完，
>
> 路也都走完，
>
> 話也都說完，
>
> 一切都完了、完了，
>
> 可以走了！
>
> 此來別無所得，
>
> 但只飲過半盞「瓊漿」，
>
> 看過幾道飛瀑，
>
> 走過幾條亂山，
>
> 但也深深的領受了幻滅的悲哀！
>
> 後會何時？

> 我如何敢說！
> 後會何處？
> 在春申江畔？
> 在西子湖邊？
> 在天津橋畔？

這首詩是作者這時心情的真情流露。這樣一邊養病一邊譯書寫作，一直養到 8 月中旬，茅盾才託范志超買好去上海的船票，坐日本輪船轉道鎮江回到上海，所有行李則託同船范志超帶回上海。一場轟轟烈烈的大革命，茅盾經歷了全部過程，給他留下的，是悲憤、迷惘、失望，大革命的場面和所有的熱烈的革命參加者一樣，茅盾絕沒有想到，但今後革命的路該怎麼走？從熱烈中過來的茅盾也同樣無法預測到。茅盾躲開熟人回到上海後，發現自己已經是被蔣介石通緝的人了，就閉門謝客，過著隱居生活，反思剛剛過去的這一幕。

風暴過後的平靜，充滿著矛盾。

寫剛剛發生的這悲壯的一幕，對他來說是個回歸。在創作中尋找自
　　己的價值和坐標。

動搖於成功與失敗之間；他回歸文學，成功了。

對自己曾經孜孜以求過的事業慘遭失敗的回憶，令人痛心、扼腕！

在中國現代的小說中，有人說「能真正反映出當代歷史，洞察社會
　　實況的，《蝕》可算是第一部。」

第九章　　《蝕》的前前後後

　　茅盾是帶著那首《留別雲妹》詩下山的。這首留別詩，用一個「完」字，
寄寓自己灰喪的心情，對自己曾付出心血，為之追求的大革命，遭到如此慘
重的打擊和挫折，他感到失望，失望不是來自敵人，而來自革命陣營裡的，
原來都是朋友和偶像！這首「留別詩」並非詩人詩情噴發的產物，而是苦悶
心情的宣泄，從喧鬧的革命漩渦中心武漢，來到清涼世界廬山，靜寂的山
澗，伶仃的孤寂，茅盾只好以譯書為打發日子，因而，奔瀉的思緒，失衡的
情緒，流淌的，是一二首詩。一二首借愛情外衣，抒發內心的苦澀和孤寂及
革命的失望情愫，究竟為什麼會出現這種挫折？越思想，越覺得革命前程的
迷茫。後來，茅盾曾對此作這樣反思和自白：

　　　　我對大革命失敗後的形勢感到迷茫，我需要時間思考、觀察和
　　分析。自從離開家庭進入社會以來，我逐漸養成了這樣一種習慣，
　　遇事好尋根究底，好獨立思考，不願意隨聲附和。這種習慣，其實
　　在我那一輩人中間也是很平常的，它的好處，大家都明白，我也不

多講了；但是這個習慣在我的身上也有副作用，這就是當形勢突變時，我往往要停下來思考，而不像有些人那樣緊緊跟上。1927年大革命的失敗，使我痛心，也使我悲觀，它迫使我停下來思索：革命究竟往何處去？共產主義的理論我深信不移，蘇聯的榜樣也無可非議，但是中國革命的道路該怎樣走？在以前我自以為已經清楚了，然而，在 1927 年的夏季，我發現自己並沒有弄清楚！在大革命中我看到了敵人的種種表演——從偽裝極左面貌到對革命人民的血腥屠殺；也看到了自己陣營內的形形色色——右的從動搖、妥協到逃跑，左的從幼稚、狂熱到盲動。在革命的核心我看到和聽到的是無休止的爭論，以及國際代表的權威，——我既欽佩他們對馬列主義理論的熟悉，一開口就滔滔不絕，也懷疑他們對中國這樣複雜的社會真能瞭如指掌。我震驚於聲勢浩大的兩湖農民運動竟如此輕易地被白色恐怖所摧毀，也為南昌暴動的迅速失敗而失望。在經歷了如此激盪的生活之後，我需要停下來獨自思考一番。

這一番經過思考後的自白，很能說明他當時的思想狀況。在 1927 年夏季這個歷史橫斷面上，後顧前瞻，這種思想是極正常的。

茅盾從盧山秘密下山，乘船去上海，因為怕船上熟人多，他在鎮江就上岸，坐火車到無錫，又轉夜車去上海。一路上，曲曲折折，回到上海東橫濱路景雲里家裡時，已是半夜。悄悄叩門後，不見夫人出來，而是母親來開門。見是兒子回來，自然十分驚喜，沒等母親問，茅盾卻邊進去，邊問母親：「媽，德沚和孩子都睡啦？」

「兩個孩子都睡了，德沚還在福民醫院裡。」茅盾母親一邊關門，一邊說。「什麼事？」茅盾一怔，他知道夫人即將生產，忙急急地問。

「都是那個姓宋的不好，自己家裡錢那麼多，偏偏要住在這裡，還要德沚映著大肚子，替他拉蚊帳，自己坐在一邊看，結果德沚跌了一跤，小產了，已經送醫院好幾天了。」茅盾母親忿忿然地告訴兒子。「宋」就是宋雲彬，他先於茅盾下山，在給茅盾家裡捎個信後，就躲在茅盾家裡。宋家在與茅盾故鄉烏鎮相距幾十里地的硤石鎮，素有「宋半城」之稱。

「那我去醫院看看她。」茅盾問清德沚病房號碼，乘月色朦朧時直奔福民醫院，看望夫人。

「你什麼時候回來的？」朦朧中驚醒的孔德沚見丈夫突然出現在自己身

邊，驚喜不已。

「剛剛到家，媽媽說你小產了，我就趕來。」茅盾用手按著妻子的額角，又關切地問：「現在怎麼樣？」

「好了，就是力氣沒有。」孔德沚臉上露出笑容，回答道。「路上有沒有麻煩？」停了停，又問。

「還好，我都避開了一些熟人。本來去南昌，路不通，就想翻過盧山去南昌，結果那條路也封鎖了，在山上又突然瀉肚子，躺在山上的旅館裡，不能動，所以能走動，就趕快下來，路上怕熟人見，就繞到無錫過來。」茅盾簡單地把自己和妻子分別後的經歷說了一下。

「聽說南京政府的通緝名單中，有你的名字，所以我每天都提心吊膽。支部裡的人也替你擔心。不少熟人碰見我，就問你在那裡，我對他們說，雁冰去日本了。現在你回來了，如果熟人見了怎麼解釋？」孔德沚躺在床上，把自己的憂慮對茅盾說了。

茅盾聽妻子這麼一說，陷入沉思，現在一時這麼混亂，自己也需要作番調整，而且一旦傳出去，難免不遭國民黨的毒手。因而，他對妻子說：「在武漢我寫了那麼多文章罵蔣介石，通緝也是意料之中。所以，你乾脆仍對外說，我去日本了，我在家裡不出門就是了。」

「也只好這樣了。」德沚苦笑一下，說。孔德沚此時腦海裡，著實爲茅盾的安全擔憂，也爲轟轟烈烈的大革命的失敗而苦惱。

其實，早在兩個多月前，南京政府主席胡漢民就簽發通緝令，共有 88 人被通緝，其中茅盾被列爲第 58 名。這是國民黨的秘密，外界不得而知。

從醫院回到家裡以後，從舊報紙上發現形勢比想像的還要黑暗！上海地下黨機關被破壞，許多黨員被捕，連自己介紹來上海的鄭明德、梁閏放也被捕了。他大吃一驚，急忙把這張 8 月 11 日的《民國日報》上的《清黨委員會破獲共黨秘密機關》一文往下看，該文報導了鄭明德、梁閏放、顧治本、曹元標在 7 月 6 日夜被捕的情況後寫道：

> 7 月 7 日晨，該社又派員 3 人，馳往閘北公興路仁興坊 45 號、
> 46 號前樓，皆鐵鎖嚴扃，於是毀其鎖進內一窺，除少數木器外，累
> 累者皆印刷品，共 50 餘大包，又覓得藤箱一隻，內藏去年跨黨份子
> 提取款項之支票存根簿 4 冊，中央交通局各省通信留底全部，汪精
> 衛致沈雁冰函三通，日記數冊。其他共產黨書籍不計其數。乃雇大

號運輸汽車一部滿載而歸。

茅盾又發現 8 月 13、23、24 日的《民國日報》上 3 篇題目相同的報導，都是對茅盾曾主持過的交通局破壞後的披露。8 月 20 日《民國日報·黨務》上也報導：「十五年四月中央交通局設於上海，主持者爲著名跨黨份子沈雁冰，茲搜得該局各省通訊留底二十三本，書籍無數，支款存根四本。取款者皆著名共產黨人，如羅亦農、侯紹裘、高爾柏、沈雁冰、宣中華、梅電龍、趙醒儂、劉峻山、徐梅坤、邵委昂、蔣裕泉等，……。」

茅盾看著這些報導，心潮久久不能平靜，他感到痛苦、憤怒，也感到心血付之東流的失望。整整一個晚上，茅盾徹夜未眠。其實，上海這形勢的險惡，已經容不得他跨出家門一步了。

上海已變得不認識了。

第二天，妻子回家了，也給他帶來許多未曾知道的昨天來不及說的消息。知道好友鄭振鐸因其岳父高夢旦怕他被蔣介石留難，已於 5 月 20 日離開上海，去法國、英國了。住在隔壁的葉聖陶替鄭振鐸擔任《小說月報》的主編。經歷了這場大變動後，經過近十年的文學活動的茅盾，突然冷寂下來，大革命中各種各樣的人的音容笑貌，特別是許多時代女性在大革命前後過程的變化，或亢奮，或悲觀，或厭世，或逃遁，喜怒哀樂，像電影一樣，在冷寂下來之後的茅盾的腦海裡發酵、過影。於是，面對生活無著，不能出門的現實，茅盾決心把大革命中熱辣辣的一幕記錄下來，藝術地再現剛剛發生的這悲壯的一幕。這種選擇，對茅盾來說，實在是個回歸舉措，他原先在這場政治活動尋找自己的價值，尋找自己的位置，但大革命的失敗和崩析，茅盾大丈夫當以天下爲己任的宏願，一盆水涼到腳，因而，這個富有社會責任感、富有歷史使命感的青年知識分子，又選擇了文學這個途徑，繼續著自己的奮鬥和追求。儘管此時上海整個黨組織遭到破壞，許多黨員，被殺的、叛變的、逃逸的，四處雲散，各奔東西，但茅盾通過文學，尋求大革命失敗的原因，尋求眞理的追求，依然是那樣執著！因而他在《從牯嶺到東京》中說：

> 我是眞實地去生活，經過了動亂中國的最複雜的人生的一幕，終於感得了幻滅的悲哀，人生的矛盾，在消沉的心情下，孤寂的生活中，而尚受生活執著的支配，想要以我的生命力的餘燼從別方面在這迷亂灰色的人生內發一星微光，於是我就開始創作了。

往日生活中積儲的素材，一下子在靜寂的腦海中閃現，一種難以遏制的創作激情，在孤獨的茅盾心裡燃燒，他在這種熱烈的激情中，時而興奮，時而悲憤，時而迷惘和困惑。往日的激情此刻即將化為行動——從茅盾筆端洶湧而出。幾年前的情景，正好印證了茅盾對大革命的認識。去年秋天，茅盾聽到當時團中央負責人梅電龍追求一位姓唐的姑娘，追求到發瘋的程度。有一次梅問唐，究竟愛不愛他？唐答「又愛又不愛。」因此，梅電龍從唐的宿舍出來，坐人力車，老是在研究「又愛又不愛」是什麼意思，到了入神的地步，乃至下車時竟把隨身帶的團中央文件留到車上了，走了一段路才想起那包文件，結果晚了。茅盾聽到這樁事，覺得反映大革命前中國青年中一部分人的典型思想，而且情節曲折，富有現代意識。這是極好的小說材料，當時因忙於工作沒有動筆，現在這情景又重新浮現在自己腦屏。

茅盾還清晰地記得，有一次，茅盾開完一個小會，正逢大雨，茅盾和唐棣華共持一傘，送她回家，路上，茅盾腦海裡浮現出各種各樣現代女性的形象，忽來忽往，或隱或現，此時，聽不到雨打傘的聲音，忘記了還有個同伴，完全進入忘我的創作激情狀態，寫作衝動異常強烈。

茅盾還記得在武漢時，在與自己宿舍隔街相對的一個宿舍裡，住著 3 位既漂亮又有活動能力的革命女性黃慕蘭、范志超等，她們的革命熱情令人欽佩，她們單身的生活、漂亮的姣容，又令不少革命青年傾倒和追求。還有軍校裡那些追求革命而來的大批女生，她們的革命熱情以及隨著形勢的變化而變化的情緒，也深深地印在茅盾腦海裡。

茅盾還清楚地記著，大革命因蔣介石、汪精衛的叛變，受到極其殘酷的挫折，許多滿腔熱情、富有思想的革命家，卻因此而慘遭殺害，其中有曾共事過的、相知甚深的蕭楚女和侯紹裘等。各地風起雲湧的農民運動，在四一二反革命叛變後，又落低潮，各地土豪劣紳等反動勢力，以十倍的瘋狂，向農會反撲，慘無人道地對革命者進行報復。在革命發生逆轉時，許多原先叫喊得很響的國民黨左派人物便發生動搖，「躲進租界者有之，化裝潛伏者有之。」他們都感到幻滅，原來革命美好的希望，已成泡影。這種中國 1927 年的現狀，匯成一曲中國革命悲歌，這歌，茅盾是聽到了，看到了，現在隱居在上海家裡，耳畔還在回響著。

酷暑盛夏的上海，熱浪一陣一陣，景雲里的鄰居們，一到晚上，便帶著蒲扇、桌椅去門外納涼，談笑。男女老小，笑聲哭聲和這熱浪混成一片。而

　　茅盾則在家裡，不敢出門去享受深夜裡吹來的涼風，在家裡或坐或躺，任憑腦海裡那四海翻騰的風雲起伏。大革命啊，大革命，茅盾此時腦海裡盡是大革命的時代風雲，溽暑裡，茅盾在清理自己腦海裡的萬般素材，那些是雲，那些是雨，那些是肉眼看不到，但實實在在感受到的風！想著想著，腦海裡正在過電影，突然，一牆之隔的大興坊住戶在牌桌上用力一記，悶重的聲音彷彿攻克汀泗橋的一枚炸彈，突如其來，真有些心驚肉跳！

　　茅盾把這些熱辣辣的材料經過梳理後，選擇了從五卅到大革命這段令人興奮令人失望的歲月，選擇了自己熟悉的一些人物——小資產階級的青年知識分子作為小說人物原型，寫他們在大革命洪流中的沉浮，把自己所見所感寫成小說。第一部《幻滅》，茅盾在妻子的病榻邊，用不到一個月的時間就寫完了。他把自己寫的第一部小說取名《幻滅》，用意是寫現代青年在「革命前夕的亢昂興奮和革命既到面前時的幻滅」，在況人的同時，又是自況。因為茅盾當時也是個30出頭的青年知識分子。

　　小說《幻滅》以第一次國內革命戰爭為背景，主要寫兩個女性——靜女士和慧女士。著重描寫女主人公章靜的一段坎坷不平的生活經歷。即雙重幻滅——為了追求戀愛自由、愛情幸福、婦女解放的所謂個人的完善和報效民族、國家的雙重理想所做出的努力，及這種理想的無法實現，這種努力被殘酷的社會現實所無情吞噬，展示出一段人生之旅和人生之夢。靜女士從某小鎮到上海念書，因在初戀時遭軍閥暗探抱素欺騙，感到幻滅；後來大革命興起，到武漢投奔革命。但是，實際鬥爭使她壓倦，誓師北伐典禮又給了她勇氣。不久大革命失敗，靜女士又感到失望、幻滅。而靜女士的朋友慧女士則是一個見過世面、看透人生又到法國念過書的女性，因而在靜女士純潔的感情被青年學生抱素（一個暗探）玩弄後，形成了一個貌似三角戀愛的關係，最後，靜女士在武漢當看護，認識了連長強惟力，後來強惟力奉命歸隊，靜女士又陷入幻滅之中。

　　茅盾那如火如荼的創作激情，大膽地批判未經改造的小資產階級知識分子個人主義的弱點，揭露大革命前北洋軍閥統治下社會的黑暗，熱情地謳歌北伐戰爭的勝利，同時又把發生不到一個月的南昌起義寫進作品，顯示了作者的膽識。《幻滅》在人物內心世界的刻劃十分成功，極為真實地寫出了那一個時代的青年的內心世界。小說語言絢麗、犀利、清新。

　　《幻滅》寫到一半，茅盾從稿紙堆裡抬起頭來，發現酷暑已經消去，書

中人物的各種糾葛和矛盾卻依然沒有理清,隨手便在書名「幻滅」下面署了個「矛盾」的筆名,準備讓隔壁的小說家葉聖陶看一下。爲什麼茅盾當時取了個「矛盾」的筆名,作者後來有過一段解釋:

> 「五四」以後,我接觸的人和事一天一天多而複雜,同時也逐漸理解到那時漸成爲流行的「矛盾」一詞的實際;1927年上半年我在武漢又經歷了較前更深、更廣的生活,不但看到了更多的革命與反革命的矛盾,也看到革命陣營內部的矛盾,尤其清楚地認識到小資產階級知識分子在這大變動時代的矛盾,而且,自然也不會不看到我自己生活上、思想中也有很大的矛盾。但是,那時候,我又看到有不少人們思想上實有矛盾,甚至言行也有矛盾,卻又總自以爲自己沒有矛盾,常常侃侃而談,教訓別人,——我對這樣的人就不大能夠理解,也有點覺得這也是「掩耳盜鈴」之一種表現。大概是帶點諷刺別人也嘲笑自己的文人積習罷,於是我取了「矛盾」二字作爲筆名,但後來還是帶了草頭出現,那是我所料不到的。

茅盾的這段解釋基本上是眞實的。茅盾當時讓妻子將部分稿子送給葉聖陶看,第二天,葉聖陶就到茅盾家裡來,興奮地對茅盾說:「寫得好,寫得好,昨天夜裡,我一口氣讀完你讓德沚嫂送來的稿件。我準備登在這個月的《小說月報》上,馬上就發稿。」

茅盾聽後,吃驚道:「我還沒有寫完呢,送給你的,也只有一半。」

「沒有關係,九月登一半,十月登一半。」葉聖陶也信心十足地說。

茅盾覺得這樣也好,也可及早給家裡補貼些油米錢,便說:「這倒也是個辦法。」

「只是沈先生用的那個筆名,恐怕再改動一下,用『矛盾』二字作筆名,人家一看就知道是個假名,而且內容又是寫這場大革命的,萬一國民黨方面來查問,就不好說了。所以,我想了一下,不如在『矛』字上加個草頭,這樣,姓茅的人很多,人家就不會引起注意,而且口音上依然是『矛盾』,不失沈先生本意,不知您以爲如何?」

茅盾一聽,笑道:「還是你想得周到。」

豈料,「茅盾」這個筆名一經起用,竟成了茅盾一生中和本名並駕齊驅的一個筆名,也是最爲輝煌的一個名字!

《幻滅》在《小說月報》九、十月號上發表以後,書中清新絢麗的語言,

熱辣辣的題材和細膩的人物心理刻畫，立刻引起讀者的極大興趣，不少人寫信給《小說月報》，追問「茅盾」是誰？茅盾故鄉鄰鎮的著名詩人徐志摩看了茅盾的《幻滅》以後，寫信給葉聖陶，打聽「茅盾」是誰。葉聖陶回信說：「作者不願意以真實姓名示人，恕我不能告訴你，但茅盾決不是一位新作家，這是可以斷言的。」徐志摩知道葉聖陶不肯告訴，但憑自己聰慧與敏感，一定是參加過大革命的沈雁冰。所以，後來在一次看戲時，他對同鄉、茅盾的朋友宋雲彬說：「紹鈞兄不肯告訴我，我已經猜中了，茅盾不是沈雁冰是誰！」宋雲彬一聽，頷首大笑。

當茅盾交出《幻滅》後正打算寫第二部時，不料葉聖陶來對茅盾說：魯迅從廣州到上海來了，你最好寫一篇全面評論魯迅的文章，算是我們對魯迅的歡迎。經過葉聖陶的勸說，茅盾同意了。但過了幾天，葉聖陶來取稿時，卻不是評議魯迅的，而是一篇《王魯彥論》，在葉的催促下，茅盾再寫了《魯迅論》，兩篇作家論，是茅盾回到文學界後的新奉獻，而葉聖陶仍堅持先發《魯迅論》，在 11 月的《小說月報》發表了，署名方璧。

茅盾知道魯迅 10 月 3 日到上海了，8 日住在茅盾近鄰，但一直不敢輕易出門去看他。10 日那天晚上，魯迅由周建人陪同訪問茅盾，茅盾十分歉然地說：「因為通緝令在身，雖然知道你已來上海，且同住隔壁，卻未能來拜望，很過意不去。」魯迅卻擺擺手，笑道：「所以我和三弟到府上來，免得走漏風聲。」茅盾和魯迅各自說了武漢和廣州的情況，周建人也講了上海的事情，三人感慨萬端，唏噓不已，末了，魯迅說：「看來革命現在是處於低潮了，但我們的有些人卻仍在唱革命不斷高漲的論調，這就令人費解了。」茅盾一聽，接著說：「我也在想這個問題。」茅盾問魯迅今後的打算，魯迅表示來上海住下去，不打算再教書了。茅盾蒼白的臉上，露出開心的笑容。臨別魯迅握住茅盾的手，用語重心長的口氣說「多保重。」

送走魯迅，寫完兩篇作家論文章後，茅盾又著手寫第二部小說：《動搖》。《動搖》是茅盾經過冷靜思考，比較有計劃地來寫的，雜取茅盾在武漢主編《漢口民國日報》所見所聞，基本素材，取之於發生在湖北鍾祥縣的大革命失敗和反革命的勝利。小說藉此來影射武漢大革命的動亂，以一個縣城的變化來以小見大。所謂動搖，就是「動搖於左右之間，也動搖於成功或者失敗之間。」小說成功地塑造了國民黨左派人物方羅蘭和土豪劣紳的代表胡國光。方羅蘭這個縣國民黨黨部委員兼商民部長，在對待革命運動的態度上和對待

愛情問題都異常動搖、軟弱。因而其結果是思想上的矛盾、迷惘乃至錯亂。
而土豪劣紳代表胡國光，混進革命隊伍後，卻以極左的面貌大肆活動，他們
用比共產黨人還要「左」的面貌出現，從而破壞革命，破壞共產黨的聲譽，
血腥鎮壓革命。在《動搖》中，茅盾第一次塑造了一個真正共產黨員的形象
李克。但在這部小說中，茅盾從史實出發，沒有濃墨重彩去描寫，因為在當
時歷史背景下，李克也無回天力，責任只在方羅蘭們。

　　回憶有時是美好的，有時也會痛苦的，尤其是自己孜孜以求過的事業慘
遭損失的回憶，更是令人扼腕！茅盾在寫作《動搖》時，同樣經歷了這樣的
心路歷程，他在《從牯嶺到東京》中曾說自己創作心境：「我那時發生精神上
的苦悶，我的思想在片刻之間會有好幾次往復的衝突，我的情緒忽而高亢灼
熱，忽而跌下去，冰一般冷。」所以，茅盾寫作《動搖》是非常痛苦的事。
這自然是不以茅盾主觀意志為轉移的。

　　1927 年底，茅盾的《動搖》方始改定。望著這一大摞和著血和淚的稿紙，
茅盾鬆了一口氣。而此時，妻子孔德沚和母親她們已經忙著準備過年了。

　　寫完《動搖》，茅盾有意觀察一下當時文壇的反映，發現有部分評論《幻
滅》的文章，對《幻滅》作了嚴厲的批評，認為整篇的調子太低沉了，一切
都幻滅，似乎革命沒有希望。茅盾覺得這個批評就作品而言，也許是對的，
但從作者個人主觀上而言，這種反映並非本意，大革命的失敗使自己悲痛消
沉，同時又的確不知道以後革命應走怎樣的路，但又不認為中國革命到此完
了，中國社會的性質依然沒有變，相信革命還會起來。總歸要勝利。這一點，
茅盾是堅信的。因此，茅盾轉而寫些文藝論文、散文、神話研究以及翻譯一
個中篇，藉以調整自己那陷於悲觀狀況的思緒。同時，他為了對這些批評辯
解，也是為了表白自己的這種信念，戲用歐洲古典主義戲曲的「三一律」形
式寫了一個短篇小說《創造》，這個短篇小說是茅盾寫的第一個短篇小說。小
說寫的是君實和嫻嫻夫婦的故事。君實是個「進步份子」，是「創造者」，而
嫻嫻是個「被創造者」，她是中國被名教所束縛的無數女子中的一個，但一旦
她被「創造」成功了，一旦她的束縛被解除了，她要求進步的願望卻大大超
出君實的設想，她毫無牽掛，勇往直前。結尾是嫻嫻讓家裡的女僕傳給丈夫
一句話：我要先走一步了，你趕上來吧。其實，這篇小說，故事情節非常簡
單，生動性也很缺乏，但構思非常經濟，寓意也深邃，作者藉小說暗示自己
的一個思想：革命既經發動，就會一發而不可收，它要一往直前，儘管中間

要經過許多挫折，但它的前進是任何力量阻攔不住的。被壓迫者的覺醒也是如此。自然，茅盾這篇小說，也不可能給革命者指一條路，不可能寫出嫻嫻上山之類的途徑來暗示革命，只是表明作者的信念，來回答那些對《幻滅》責難的評論家們。後來《幻滅》作爲文學研究會叢書出單行本時，茅盾藉《離騷》「吾令羲和弭節兮，望崦嵫而勿迫；路漫漫其修遠兮，吾將上下而求索。」來表明自己的心志和信念。

茅盾經過短暫的心理調整，從 1928 年 4 月開始動筆寫《追求》，原來想寫一群青年知識分子，在經歷了大革命失敗的幻滅和動搖後，現在重新點燃希望之炬，去追求光明了。但革命發展的事實，並沒有茅盾想像的那麼簡單，那麼單純。動筆之後，茅盾從妻子孔德沚那裡聽到許多遲到的消息，這些關於中共內部的消息，使茅盾感到悲痛、苦悶、失望，一些熟識的朋友，莫明其妙地被捕了，犧牲了。因而，寫著寫著，茅盾原先調整好的情緒，又回到原先那種困惑、失望的情緒裡去了，並表現在小說中。以至寫到書中的人物，個個都在追求，然後都失敗了。完全離開了原來的計劃。因此，茅盾的《追求》成了現在這個模樣：小說用放射性結構，採用多線索多人物平行推進的方法，塑造了一群身經大革命洗禮、現在已經幻滅、失望了的青年男子知識分子，他們精神苦悶，思想混亂，卻又不甘了此一生，在幻滅的痛苦中各自有所追求。張曼青決心通過教育，寄希望於新的一代，但社會現實讓他的理想粉碎了。王仲昭想改革報紙並藉此獲得理想的愛人，當婚期將近突然傳來愛人病危的消息，從此一蹶不振。女青年章秋柳想竭力振作，追求光明，但又自暴自棄，把追求享樂和肉慾刺激作爲她向她所厭惡的現實報復的手段。厭世主義者史循經過坎坷人生不僅革命理想已經幻滅，而且完全喪失了生活信念，只求以自殺了此一生。從而使作品蒙上了一層深厚的悲觀色彩，成爲一部纏綿幽怨的哀傷和激昂奮發的調子共存的樂章。《追求》在《小說月報》19 卷 6 至 9 號上發表後，依然是一片轟動。連一些中學生上課時，也在偷看刊有《追求》的《小說月報》。

1930 年 5 月，茅盾把《幻滅》、《動搖》、《追求》三個中篇合成一書，題名爲《蝕》，由開明書店出版。之所以取名《蝕》，茅盾說，其寓意在暗示小說中的人和事，正像月蝕和日蝕一樣，只是暫時的，而光明則是長久的。出版時，他特地在卷首寫了幾句話，作爲自白：

> 生命之火尚在我胸中燃熾，青春之力尚在我血管中奔流，我眼

尚能諦視，我腦尚能消納，尚能思維，該還有我報答厚愛的讀者君
及此世界萬千的人生戰士的機會。營營之聲，不能擾我心，我惟以
此自勉而自勵。

《蝕》三部曲的問世和出版，轟動了文壇，對認識當代歷史，再現剛剛過去
的大革命，具有較高的認識價值；而茅盾十多年來的文學理論積累和寫作訓
練，為這部作品帶來絢麗的文采和細膩的描寫，從而又具有較高的審美價值。
所以，《蝕》使茅盾奠定了文壇上的地位，贏得了聲譽；但長期的足不出戶的
隱居生活，也損害了茅盾那本來孱弱的身體。

意外的風波，是天意還是人意？

漂泊的生活，卻創造出令人叫絕的作品。

黨依然關注著他。

晚年沒有提及她，自然有其中原因。

第十章　日本之行和《虹》

久困斗室的茅盾，寫完《追求》以後，長長地舒了一口氣，總算把剛剛過去的大革命時代風雲，作一鳥瞰式的描繪。妻子孔德沚則心疼地對茅盾說：「你看你看，人瘦成這個樣子，臉色也不好看。這幾天，你好好休息休息，我去弄隻雞來，給你補補。」孔德沚一口烏鎮話，說得茅盾心裡熱乎乎的。

白天，妻子要去上班，遠離組織的茅盾，心裡格外孤獨。原先在上大、平民女校、編譯所、廣州、武漢時，時代是何等地熱烈，與茅盾現在的處境，形成強烈的反差。失眠、精神痛苦，時常折磨著三十出頭的茅盾。

有一天，陳望道來看望茅盾，一見茅盾那蒼白的臉色和疲憊的神氣，十分吃驚，忙問：「沈先生身體有何不適？」茅盾苦笑道：「足不出戶，能不生病麼？」陳望道說：「也是，但現在沈先生的書已殺青，何不休整一下，養養身體？」茅盾依然苦笑一下：「老蔣的通緝令還在那些劊子手手裡，他們對去年武漢的事，是不會忘的。」

陳望道點點頭，呷了一口茶，沉吟一會兒，說：「對，有了，沈先生去年就對外講已去日本，既然國內時局不允許你出門，那麼乾脆去日本休養一下，

換換環境，呼吸點新鮮空氣，也可在那裡寫文章的。」

茅盾一聽，眼睛霎時亮了起來，心想，這倒是個好主意。因為當時中國人到日本，日本人到中國，都不用護照，十分方便。但自己不懂日語，恐怕到日本去生活有困難。「辦法倒是個辦法，不過我不懂日語。」茅盾說。陳望道忙說：「吳庶五到東京已有半年，她可以招呼你。」吳庶五是陳望道的女友，和茅盾也認識。

「這倒好了，那麼去日本的手續、兌換日元等，可能還要拜託老兄，我現在還無法出門去。」茅盾覺得去日本休息的辦法可行，便請陳望道代為辦理有關手續。陳望道也爽快地答應了。陳望道又談些外界情況後，便告辭了，臨走，對茅盾說：「過幾天，我再來看你。」

妻子下班回來，茅盾把陳望道來一起商量去日本休養的事，告訴孔德沚。孔德沚一聽，立刻表示同意，說：「這也好，你整天在家裡，身體也越來越差，不如去日本休養休養。」

隔了幾天，陳望道又到茅盾家，告訴茅盾，手續和船票，日元兌換，都辦得差不多了。並告訴茅盾，「原來平民女校的學生秦德君也和你同船去日本，這樣，你也有個伴。」

「噢，秦德君？她怎麼也要去日本？」

茅盾感到有突然、驚訝。

「她從江西經南京來上海，讓我幫她找組織接關係去蘇聯，我勸她去日本，那裡也有中共組織，可以從那裡去蘇聯。所以，她同意去日本。」陳望道簡單地說了一下秦德君的情況。

「這樣也好，秦女士一起去，我們也可作個伴。」茅盾知道了秦德君的目的，淡淡一笑。

行期確定以後，孔德沚忙著替茅盾整理行裝，把四季衣裳，一件件地理挺，放進皮箱裡，又當著茅盾的面一樣一樣關照著，生怕茅盾在島國受涼受凍。又關照茅盾一日三餐。絮絮叨叨，卻一片深情。

七月初的一天，茅盾提著箱子，辭別母親、妻子和兒女，在陳望道的指引下，偕秦德君女士悄悄地登上上海開往神戶的日本小商輪。這條船沒有客艙，床位也沒有等級，只有船頂上有一寬敞的大房間，擺有十幾個床位，每張船票二十五日元。十人左右的乘客，除茅盾、秦德君外，都是日本人，只有秦德君是女客。茅盾化名方保宗，秦女士化名徐舫。

　　船在大海裡航行，碧藍的大海，萬頃碧波，茅盾和秦女士日夜相處一起，望著這碧藍的大海，碧藍的天，海天一色，回憶起這幾年的人生滄桑，政治硝煙，心潮起伏，感慨萬端。似乎一種同是天涯淪落的孤寂感，湧上兩人心頭。望著波濤浪海，秦德君娓娓而談，向這位昔日的老師、新出現的作家茅盾，訴說自己那淒苦的身世和坎坷的愛情婚姻。

　　秦德君於 1905 年出身在四川省忠縣，是明末抗清女英雄秦良玉之後。父親是紈綺子弟，母親是農家女，被秦家選美選進秦公館，但在懷孕時，又被秦家掃地出門，秦德君出身在秦公館門前的野地裡。後來，秦德君和母親投靠親戚，過著寄人籬下的生活。在忠縣讀完小學，便去萬縣、成都讀書。「五四運動」時，秦德君是成都第一批三個剪髮的女子之一。「五四」以後，她被學校開除了，她便去重慶。在一次酒會上，她醉後失身於穆濟波，當時她只有 15 歲。第二年，惲代英在瀘州川南師範任教務長，她和穆一同去那裡教書，並公開同居，不久生了一個女兒。在川南師範，秦德君認識了胡蘭畦，並成了好朋友。1925 年，秦德君被鄧中夏派到西安，以教書作掩護，繼續做秘密工作。這時，原來熟識的劉伯堅從蘇聯回來，也在西安，當上了馮玉祥西北軍的政治部主任。於是秦德君把兩個孩子拋給在西安中山學院任教的穆濟波，隨劉伯堅出走，並懷上劉的孩子，1927 年 11 月，生了劉伯堅的孩子。1928年春，她帶著女兒輾轉南昌、南京，結果都因大革命失敗後，組織破壞嚴重而未能接上關係，所以她又把孩子託付給東南大學的朋友，隻身到上海尋找組織。孤身一人，哪裡去找組織？她只好找到原來的中共創始人之一，平民女校的老師陳望道。

　　茅盾聽了秦德君的訴說，唏噓不已。素來感情豐富的茅盾，此時也動了真情，他也向秦女士講述自己這幾年的奔波，這幾年的奮鬥，講述自己在廣州、在武漢的經歷，也訴說自己對婦女解放，家庭婚姻的看法、感受。

　　也許是政治上共同的挫折，對生活上有許多共同語言的緣故，幾天下來，兩人內心已經掀起陣陣感情漣漪，而船上其他的日本客人，又視他們為「夫妻」，常常用日語稱呼秦女士為「方太太」。船到神戶，上岸接受海關檢查，當海關人員檢查完茅盾那箱子行李後，指著秦女士，用生硬的中國話問：「是你的夫人嗎？」茅盾也順水推舟，用英語回答：「是，是我親愛的夫人。」秦女士則微笑著點點頭。海關檢查官讓秦女士隨茅盾入關，連行李都不檢查了。

　　茅盾踏上這異國他鄉的土地，一股自由的感覺從心裡升起，幾百個日日夜夜，躲在閣樓裡，埋首於紙筆之間，總算有了自由！他用年輕人的興奮，挽著秦女士，上了去東京的火車。

　　火車開動不久，一個身著西裝的日本人過來和茅盾攀談，當這個日本人發現茅盾不懂日語以後，忙改用英語，請教茅盾的大名。茅盾微笑著應酬這個日本人，把上船前就印好的「方保宗」名片遞給他，那個日本人拿著名片看了一下，笑了笑，放進西裝袋裡，然後用英語問茅盾，東京有沒有朋友，打算住哪兒，去哪些地方遊玩。茅盾因為秦德君在身邊，只是愛理不理地應付日本人的詢問。

　　車到東京，陳望道的女友吳庶五已在車站迎接。秦德君住進吳庶五已經準備好的白山御佃街中華女生寄宿舍，茅盾則住進附近的「本鄉館」。不料，剛剛住進本鄉館；車上見到的那個穿西裝的日本人又出現在茅盾面前，像老熟人一樣，用英語問茅盾，到這裡，要不要幫忙？茅盾正要回答，忽見門口進來一個穿和服的熟悉的身影，並用中國話招呼茅盾，茅盾定睛一看，原來是一年多不見的武漢時期的《中央日報》總編輯陳啓修！陳啓修見那個穿西裝的日本人，似乎明白了什麼，便用日語向那個日本人說了幾句，那個日本人笑笑，並向茅盾說了一句「打擾了」，便走了。

　　茅盾見是陳啓修打發了日本人，十分驚奇，便問道：「這個古怪的日本人是幹什麼的？」陳啓修笑笑：「他是日本警視廳特高科的便衣。」

　　「怎麼找到我頭上來了？」茅盾覺得剛剛踏上日本土地，就被盯上了，不可思議。

　　陳啓修笑道：「你還不算有名麼？中山艦事件時你在廣州，去年你在武漢，都是被人注意的目標之一，日本人的情報部門怎麼會找不到你！他們一定有你的相片，大概你到神戶時，他們就知道了。不過，不用擔心，你來日本，如果是避難，沒有其他活動，他們對你還是客氣的。」

　　茅盾一聽，舒了一口氣。又問道：「你怎麼認識他？」陳啓修把自己剛來日本時的情形說了一遍。茅盾心想，原來如此。

　　到日本後，茅盾面臨著生計問題。原本想學習日文，由於生計問題他只有寫作。當他提起筆來時，腦海的人物故事便一個個地躍出來，尤其是那秦女士的生活，本身就是小說素材。去日本寫的第一個小說是《自殺》，時間是7月8日。

　　由於和陳啓修住在一個旅館裡，二人一起談天，一起外出，陳啓修便成了茅盾的翻譯。有一次，二人去逛地攤，茅盾買了一本關於北歐神話的英文書，使茅盾的孤獨有了一絲慰藉——可以藉此消磨島國的寂寞！寄出《自殺》以後，茅盾又寫了《從牯嶺到東京》的長文，對前段時間文壇上對「幻滅」、「動搖」、「追求」的批評，來個答辯，表明自己的創作意圖以及自己創作思想情緒，和對文藝的看法。認爲革命文藝必須是革命的文藝而不是革命的標語口號；其次是讀者對象問題，即閱讀革命文藝的讀者是哪些人？或者更清楚地說，是哪個階級或階層的人，第三個問題是關於文藝技巧問題。茅盾表明了自己的看法。

　　《從牯嶺到東京》寄回國內，在《小說月報》上發表以後，立刻引來太陽社、創造社的朋友們的圍攻。太陽社、創造社的朋友稱茅盾爲「小資產階級的代言人」，自然，他們也不知道此時的茅盾，已是亡命日本。

　　冬天來了，島國的冬夜是何等的漫長，冬天的霧更令人愁腸百結，茅盾寫了不少從秦女士那裡聽來的故事小說，也從地攤上抱回一些神話書籍，關上門研究，晚上請陳啓修給教日文，沒有多少時間，背了 50 音圖，會了一些簡單的日常用語。在本鄉館住了 5 個月，「島國冬長，晨起濃霧闐牖，入夜凍雨打檐，西風半勁時，乃有遠寺鐘聲，若相逼拶，抱火鉢打瞌睡而已，更無何等興感。」在這樣的心情氛圍裡，茅盾和 23 歲的秦德君同居了。這時，在京都的老同事楊賢江來信，邀請茅盾他們去京都住，說那裡生活比較便宜，而且他們住的高原町遠離塵囂，附近有餘屋可以出租。楊賢江原在商務印書館主持《學生雜誌》，同時參加上海共產黨的活動，大革命時期，被黨派到武漢國民革命軍總政治部任《革命軍日報》社長兼總編輯，大革命失敗後，他根據黨的指示，於上年底帶著新夫人和兒子到京都，擔任中國留學生共產黨組織的負責人。同時以研究教育，著述爲主。楊賢江十分同情茅盾和秦德君的處境，因此，熱情邀請茅盾他們去京都住。

　　茅盾收到楊賢江的信，便和秦德君商量，二人都認爲還是去京都好，或許那裡可以靜心創作，或許那裡能圓秦德君的蘇聯夢。

　　1928 年 12 月初，茅盾和秦德君告別陳啓修，雙雙坐火車去京都，在火車上，半年前的那個特高科便衣又來和茅盾攀談。實際上是把茅盾移交給京都的特高科監視了。

　　到了京都，茅盾他們才知道，在京都避難的，除了楊賢江夫婦外，還有

高爾松、高爾柏兄弟夫婦，周憲文夫婦，四川學生漆湘衡夫婦等。茅盾和秦女士住四號門牌的那套平房。隔壁三號是高爾松、高爾柏兄弟夫婦，有一段時間三號四號合在一起開伙食，高爾柏夫人唐潤英買菜，秦德君掌勺下鍋。對這個居所，秦德君和茅盾都有回憶。秦女士的回憶說：

> 我和茅盾住的第四號門牌，建築質量的低劣，看起來風吹得倒，東窗都是紙糊的，盡可夜不閉戶，即使閉也無濟於事。進門走道，是廚房，有煤氣設備，最後是廁所；靠近廁所的是一間光線不太充足又潮濕的六鋪草席的一間房，沒有什麼用場，只有空著，作為去廁所的過道。中間三鋪草席的通道一小間，夜來我們把蚊帳掛在中間過道小房間的四個屋角的鐵釘上，……外面一間六鋪草席的陽光好一些，屋檐下是過往行人的街道，道旁是櫻花園地，每逢櫻花盛開時節，抬頭就看見日本國花。

茅盾對這個地方也有回憶：

> 我的寓所離楊賢江的寓所有一箭之遙。這是面臨小池的四間平屋，每間約有八鋪大小；當時我與高氏兄弟為鄰，各住一間，另兩間空著。房東就住在附近，亦不過一箭之遙，這裡，確實很安靜，從屋子的後窗，看得見遠處的山峰，也不是什麼高山，但並排有五六個。最西的一峰上有一簇房子，晚間，這一簇房子的燈光，共三層，在蒼翠的群峰中，便像鑽石裝成的寶冕。

> 小池子邊有一排櫻樹。明年春季，坐在屋中便可欣賞有名的櫻花，想到這，便覺得我的新居確實是富有詩意；對寫作十分有利。

由於秦德君在身邊照料，茅盾那蒼白的臉色也紅潤起來，精力也十分充沛，因此，在日本期間，茅盾的小說、散文創作達到一個更成熟的階段，是一個名副其實的浪漫的豐收季節。其中創作了一部長篇小說，7 個短篇小說，12 篇散文，而且，這一時期的作品，無論是小說還是散文，大部分是精品，在各自的體裁中，都是有較高的品位。

茅盾在日本的散文，我們可分成兩類：一類是抒情的，如《霧》、《叩門》、《賣豆腐的哨子》、《虹》等，反映了茅盾在特定環境裡的特定心情，抒情性很強。作品中暗示、象徵色彩比較濃烈，文字比較曲折隱晦，但這些散文的認識價值和審美價值極高。「——因為是虛空，所以才有那樣的巨聲呢！我啞然失笑，明白我是受了哄。我睜大了眼，緊裹在沉思中。許多面孔，錯落地

在我眼前跳舞；許多人聲，嘈雜地在我耳邊爭論。驀地一切都寂滅，依然是那答，答，答的水聲從窗邊傳來，像有人在叩門。」(《叩門》)作者在大革命失敗後的對革命形勢的悵惘、惶惑和對文學事業的執著追求以及對文壇的「爭訟」的厭煩，種種矛盾心理交織地反映在字裡行間。「並不是它那低嘆暗泣似的聲調在誘發我漂泊者的鄉愁；不是呢，像這樣的 OUTCAST，沒有了故鄉，也沒有了祖國，所作『鄉愁』之類的優雅的情緒，輕易不會兜上我的心頭。也不是它那類乎軍笳然而已頗小規模的悲壯的顫音，使我聯想到另一方面的煙雲似的過去；也不是呢，過去的，只留下淡淡的一道痕，早已為現實的嚴肅和未來的閃光所掩煞所銷毀。」(《賣豆腐的哨子》)茅盾的這種情緒，似乎有一種欲掩還露的窘態。在文字中片段流露的，是旅日的飄零感和對風起雲湧大革命的懷念和痛惜情緒，茅盾這裡是用否定來表達自己的肯定，賣豆腐的哨子聲，太撩得令人悵惘！「這悵惘是難言的」。「然而每次我聽到這嗚嗚的聲音，我總抑不住胸間那股回蕩起伏的悵惘的滋味。」「我猛然推開帳子，遙望屋後的天空，我看見滿天白茫茫的愁霧。」

　　孤獨的散文家似乎對周圍事物特別敏感，連捉摸不到的自然現象，也可寄寓自己的情感。日本，是個多霧的國度，海洋性氣候帶來詩一樣的霧，也帶來白茫茫的愁霧。各人的心境不同，眼中霧也不同，「我自然也討厭寒風和冰雪。但和霧比較起來，我是寧願後者呵！寒風和冰雪的天氣能夠殺人，但也刺激人們活動起來奮鬥。霧，霧呀，只使你苦悶，使你頹唐闌珊，像陷在爛泥淖中，滿心起掙扎，可是無從著力呢？」(《霧》)作者藉自然界的自然現象——霧，來表達自己的情感，這種從火熱生活中冷寂下來的孤獨，有一種離群索居的苦悶，這又是和茅盾的生活經歷有關的。——慘雲愁霧，歷來是文人們比喻的一種心緒，在茅盾心緒裡，霧是可詛咒的，同樣，在一篇題為《虹》的散文裡，茅盾把向來作為美的象徵的虹，也一改常規，虹一樣的「希望也太使人傷心」。

　　另一類散文是遊記見聞，是茅盾作為旅日華人，在日本時所見所聞，主要有《速寫一》、《速寫二》、《紅葉》、《鄰一》、《鄰二》、《櫻花》、《風化》、《自殺》等。這類散文同樣具有較高審美認識價值。《紅葉》記敘了作者在秋色裡去山上看楓葉，但茅盾沒有寫楓葉如何，卻寫了人，寫了場景，也表達了「原來只是如此這般一回事」的思想底蘊。而《速寫一》、《速寫二》作者寫在日本進浴室洗澡時的見聞，寫得精密，寫得細膩，比如在寫水龍頭時，「這是個

擦得耀眼的紫銅質的大傢伙，雖然關著嘴，可是那轉柄的節縫中卻咻地飛出迸出兩道銀線一樣細水，斜射上去約有半尺高，然後亂紛紛地落下來，像是些極細的珠子。」櫻花是日本國花，大凡從日本回來或偶爾路過日本的人都要記述所見櫻花或想看櫻花的願望，茅盾也不例外，在日本期間，他寫的《櫻花》散文，就是記敘自己結伴去嵐山觀櫻花的盛事。但他用經濟的筆調寫在嵐山的遊覽，而大量筆墨在渲染櫻花的影響、吸引力，寫自己寓所門前的樹，相像著這是櫻花樹（其實就是櫻花樹），春天來臨，這幾棵櫻花樹正蓓蕾著，不久便爛漫一片，在這樣的基調色彩裡，結伴去遊山。然而到了嵐山，吸引作者的不是櫻花而是嵐山的自然景觀，這種活潑寫法，令人擊節。《鄰一》、《鄰二》則寫出寓所鄰居的孤愁美貌的少婦和活潑可愛的日本小孩，散文寫得幽怨纏綿，情意繾綣。《風化》是茅盾就在日本所聞而寫的一篇散文，議論日本警察的腐敗，諷喻日本軍警制度。當時日本報載一個負責巡查有傷風化的警察的一樁醜聞，說那個警察半夜裡抓住一對並頭而睡的男女，在帶往警察署的途中，那個負責巡查有傷風化的警察放走男的，讓女的跟他走，半途強姦了那女侍者。報上一登載，輿論大嘩。茅盾也就此寫下了這篇散文，揭露了日本社會黑暗的一個側面。另一篇《自殺》同樣也是茅盾根據報載材料寫成的一篇暴露日本社會黑暗的散文。

據不完全統計，茅盾在日本期間共創作了《自殺》、《一個女性》、《詩與散文》、《色盲》、《曇》、《泥濘》、《陀螺》等 7 篇短篇小說。這些長短不一的短篇小說有個共同的特徵，就是大都用現代女性作主人翁（個別除外），大都偏重於情感世界的展示，因而從這個意義上觀照，茅盾在日本期間的短篇小說，雖然是《蝕》三部曲底蘊的延長，但無論題材和描寫方法都和《蝕》相似而和《虹》不一。這樣說，並不否認茅盾在日本前所寫的第一篇短篇小說作為茅盾思想轉折點的作用——因為創作方法上的轉換，似乎有一種慣性，這種慣性即使在思想苦悶期過後，還在有意無意地起作用，制約、影響著作家的創作。如《自殺》這篇小說，是茅盾去日本後寫的第一篇小說，《自殺》裡的環小姐，是一個表面為新潮女性而本質上是一個受封建倫理思想毒害較深的青年女性，她和一個願為大多數利益而奮鬥的革命者相愛後，發生了肉體關係，後來那個男子革命去了。環小姐卻發現自己懷孕了。於是，苦悶、惶惑，羞愧、孤獨一古腦兒地從心頭湧起，不能自拔，最後以自縊來解脫。這個環小姐還沒有能從革命高潮跌落後振作起來，而在跌落後失望到絕望。

這從一個側面反映了大革命失敗後一部分知識分子的心態，尤其是女性，從大革命高潮中熱烈的愛戀到大革命失敗後心理負重，都得到真實的表現。茅盾筆下的這位環女士，在《蝕》中就有蹤影，但一般而言，《蝕》中的這類女性，作者是用客觀筆調來寫，而《自殺》中，卻帶有某種批判意味、警世意味。茅盾在談到《自殺》創作動機時說：「我覺得『五四』以來的思想解放運動，喚醒了許多向來不知『人生為什麼』的青年，但是被喚醒了的青年，此後所走的道路卻又各自不同。像嫻嫻那樣性格剛強的女性，比較屬於少數；而和嫻嫻相反，性格軟弱的女子，卻比較屬於多數。寫這些『平凡』者的悲劇或暗淡的結局，使大家猛省，也不是無意義的。在這一念之下，我就盤腿坐在鋪席上寫了短篇小說《自殺》。」

和環小姐不同，茅盾在《一個女性》中，塑造了另一類型的女性──瓊華。瓊華出生於破落望族，但她沒有「時代女性」那樣追求「性解放」，放浪形骸，追花逐蝶，在大革命後自甘墮落下去。她不卑不亢的個性，使她在小鎮上成為中心，傲視那些卑瑣的「小人」，後來，家庭發生變故，父親酒後失身，葬身火海。從此，家庭一落千丈，來瓊華家的人，只有一個郎中，後來連郎中都少來了。後來，瓊華生病，奄奄一息中，所追求的，是一種純真的愛情。最後見到心底裡藏著的戀人張彥英，才「軟倒在母親的懷裡」。這是一個悲劇。但這個悲劇的根源在社會，楊瓊華因同情同學張彥英的身世，為社會所不容，受到流言的攻評。張彥英被逼出走故鄉後，楊瓊華受到一批卑瑣的人捧頌，而家庭變故後，瓊華又被社會遺棄。但好強的瓊華不甘心就此敗落，決意報復。社會又不允許、世態炎涼，給瓊華一副清醒劑，但畢竟遲了，待愛戀的張彥英趕到時，她已是彌留之際了。從人物形象來說，楊瓊華和《自殺》中環小姐都是在五四精神孕育下成長起來的年青女性。但性格不同，結局卻都是悲劇性的。這種社會題材對初到日本後的茅盾來說。確實是駕輕就熟，《蝕》中未表現的女性形象，帶到日本表現，但沒有日本風味，而全是中國氣派。《色盲》是茅盾 1929 年 3 月初作畢的短篇小說，作品描寫了一個男主人林白霜和李惠芳、趙筠秋兩個女性的戀愛心理過程。林白霜是經過大革命經歷後失去方向的青年知識分子，「是政治色盲者」，而李、趙兩位則代表新興資產階級和封建官僚。因而這篇小說是茅盾藉戀愛外衣來揭示大革命失敗後中國知識分子迷惘意識的一個側面。小說中大量真實的、準確的意識流從茅盾筆下汩汩而來，顯得十分真實。小說的象徵手法，中國革命最壯麗的

一幕落幕後的心態，曲致出來，散出無盡的韻味。《詩與散文》這篇小說的主人翁也同樣是女性，但她身處逆境卻性格剛烈，無所顧忌。故事雖然是兒女私情，卻也是表現同時代女性的一種類型：經過大革命失敗後，一種心理扭曲的典型代表。《疊》中的強女士卻又是另一種典型。她雖然經過大革命的洗禮，但她依然是過去那種優柔寡斷性格，她不敢愛所愛。當父親把她當籌碼嫁給新貴作姨太太時，她只有逃避。總之，茅盾在日本時，精雕細鏤，營造了一座豐富的藝術長廊，創造了一系列光彩照人的女性形象，她們性格各異，出身不一。但似乎都在大革命的洪流中激動過，參加過，面對大革命後中國的政治，她或沉淪，或奮鬥，或追求，或放浪形骸，從而構成了不同性格的女性系列形象。

茅盾在日本時，除寫了一系列女性題材的作品外（《陀螺》也如此），還寫了一篇風格迥然不同的小說《泥濘》，這篇小說沒有像《自殺》、《詩與散文》那樣，字裡行間透出一種飄逸，芬秀的書卷氣，而滿篇都是泥土氣，正像題目所揭示的，彌滿了一種湘鄂農村的泥土氣。作品描寫了一個村子裡農民運動興起時人們從懷疑到參與，以及農民運動失敗後農運骨幹被殺的事實。作品是大革命時期湘鄂農村革命的一個縮影。它把大革命從興起、高潮、失敗的過程，濃縮在幾千字的短篇裡，深刻地揭示出：中國革命在農民意識沒有覺醒，對中國革命沒有認識的情況下，難免不失敗，因此，嚴重的問題是教育農民。同時又揭示了：革命隊伍本身不純和單純，又是造成農民運動失敗的一個原因。因而，茅盾這個可以作為《蝕》背景看的短篇小說，基調灰暗，充滿恐怖、懷疑、血腥。這種情況，在日本寫的作品中是不多見的。

儘管這些散文、短篇小說，不減寫《蝕》三部曲時的風采，但在日本時創作影響最大，也最為人稱道的，還是長篇小說《虹》。

《虹》的故事主人梅行素原型，是秦德君的女友胡蘭畦，在與秦德君的共同生活中，聽秦德君多次講述這位女友的坎坷經歷和個性後，逐漸瞭解了胡蘭畦的生平，瞭解了胡蘭畦的經歷，一個活生生的女性形象在茅盾腦海中形成。

胡蘭畦是 1901 年生於成都的一個反清世家，母親粗通文墨，因而她從私塾到新式女校，受過良好的教育，16 歲時，母親病重，便把女兒許配給常常關照胡家的一個小商人楊固元，但楊是個沒有文化、粗魯、品行不端的人。五四以後，胡受新思潮影響，追求自由戀愛，個性解放，愛上表兄魏宣猷。

1920 年農曆 10 月，魏鼓動胡蘭畦一起去重慶，當時爲了能出走，胡犧牲自己，與楊固元成婚。婚後不久，胡說服丈夫，去重慶巴縣教書，實際上是去尋表兄。不料，魏在重慶病重，正在往成都趕，而胡則往重慶趕，結果胡蘭畦的轎子與魏宣猷的轎子在中途擦肩而過，致使胡蘭畦與心中相愛的表兄沒能見上最後一面。後來胡知道實情後，決心脫離家庭，先後在巴縣女校、川南師範附小作教員，後來又曾在楊森家裡作家庭教師。不久，脫離楊森，出川到達上海，結識了陳望道、吳庶五、孔德沚、張人權、惲代英等革命者，後又到廣州、武漢投身革命，成爲一個職業革命家。

胡蘭畦其人，茅盾認識，但她的經歷，卻是聽了秦德君的敘說之後，才瞭解的。於是，茅盾從 1929 年 4 月到 7 月間，用心寫了《虹》這個長篇小說。由於有生活原型，包括聽過陳啓修對三峽之險的描繪，所以《虹》無論從人物、風光上都較勝《蝕》三部曲；在茅盾長篇小說中，是成功的作品。尤其是前七章，梅小姐的性格、環境都寫得神彩飛揚，楚楚動人，成功地刻劃了一個嬌生慣養的小姐的狷介的性格發展成爲堅強的反抗侮辱、壓迫的性格，終於走上革命的道路，這樣的一個革命者形象。同時，作者在塑造這個人物形象時，也傾注了自己思想感情的複雜性和矛盾性。因而更眞實。至於題目《虹》，茅盾認爲「『虹』是一座橋，便是春之女神由此照出冥國，重到世間的那座橋，『虹』又常見於傍晚，是黑夜前的幻美，然而易散；虹有迷人的魅力，然而本身是虛空的幻想。這些便是《虹》的命意：一個象徵主義的題目。」

此時，一個意外，茅盾自己也沒有感覺到。當時黨組織對茅盾的關注依然，組織關係也秘密地轉移著。幾十年後，才發現這樣一個材料：

東京市委：

收到你們的來信，茲特答覆如此：

……

四、沈雁冰過去是一同志，但已脫離黨的生活一年餘，如他現在仍表現得好，要求恢復黨的生活時，你們可斟酌情況，經過重新介紹的手續，允其恢復黨籍。

……

中央　一九二八年十月九日

但讓人遺憾的是，日本經過 1929 年的大檢舉後，黨組織被破壞殆盡，如

中共東京特別支部領導的「反日大同盟」組織委員會主任黃鼎臣，因開展愛國反日活動被日本警視廳拘留並遣送回國。楊賢江等也被迫回國。在茅盾看來，恢復組織生活也都成了泡影。但是在日本與秦德君女士同居的消息，卻傳到上海，夫人孔德沚和母親也都焦慮萬分，期盼著茅盾回到夫人身邊，回到母親身邊。

　　1930 年 3 月底，茅盾和秦德君結束了那一段浪漫而又苦澀的亡命生涯，從日本坐船，秘密地抵達上海，茅盾回到這片熟悉而又陌生的土地上；秦女士則回到了四川。

不盡人意，而又積極投入，其中也有積極的消極。

風風雨雨，耗去他不少精力，苦勞？功勞？

是否是左翼文化人的生存方式。

第十一章　「左聯」

　　茅盾和秦德君坐著風雨飄搖的船，1930 年 4 月 5 日秘密地回到上海。好友葉聖陶趕到碼頭去迎接，並對這對漂泊歸來的情人，作了安排。

　　回到上海的當天晚上，茅盾面帶愧色獨自悄悄地回到家裡，還是母親來開門。在昏暗的燈光裡，見母親咳得厲害，知道母親為這家、為孩子勞累了，加上這幾天正是乍暖還寒的季節，容易犯氣管炎。母親到廚房裡一會兒，就給茅盾端來熱騰騰的飯菜，她看著兒子那疲憊的臉，絮絮地告訴說：亞男和阿霜已在尚公小學讀書，亞男是三年級，阿霜是一年級。德沚是在一所女子中學任教導主任，同時在工人夜校工作。末了，還勸茅盾，「與那個女人早點分手，這個家少不了你的。況且，現在你也正要做事業的時候，糾纏在這種糾葛裡面，恐怕你今後的路更難走」。茅盾是孝子。母親那番語重心長的話，茅盾聽得心裡七上八下，覺得自己對不起母親，便說：「媽媽說得對，我回來，就是和媽媽商量這件事的，既然媽媽有這個意思，我想辦法盡快回來。」茅盾母親一聽，嘆口氣說：「德沚一個人在這裡，也夠艱難的。我老了，也離不開她了。當初你們結婚時，我就講過，我沒有女兒，我是把德沚當女兒看，也當作女兒一樣調教她的。」說到這裡，停一下，又靠訴茅盾：「馮雪峰住在這裡。」

這時，孔德沚推門進來，她剛剛從夜校裡回來，見茅盾回來，滿臉驚訝，「你，什麼時候回來的？」茅盾訥訥地說：「剛剛到。」這時，茅盾母親接上兒子的話，對德沚說：「德鴻回來，還要避人耳目，這幾天家裡準備準備，準備好後，德鴻就回來。」這時，氣氛輕鬆了許多，話也多起來了。

「目前我要找公開職業不容易，媽媽剛才說得對，我還只好蟄居租界，繼續賣文為生，好在文章寫出來書店老闆還肯要。但景雲里這個地方大家都知道，因而這個家要搬一個不為人知的地方，這樣倒安全些。」過了一會兒，茅盾帶著歉意的目光，對夫人說。

「這樣也好，換好地方後，我也回烏鎮去了，兩個孩子，德沚自己可以帶了。」茅盾母親進房間替兩個孩子蓋好被子後，出來聽茅盾這麼說，果斷地同意兒子這個想法。

德沚吁了一口氣，「讓媽媽作主吧。」也同意茅盾母親的主意。這時，茅盾母親見德沚也轉過彎來了，十分高興，說：「現在時間還早，你們兩個去隔壁看看葉紹鈞先生，德鴻走後，他對我們非常照顧的。」於是，茅盾和孔德沚一起去隔壁拜訪葉聖陶。感謝他兩年來對茅盾家裡的悉心照顧。葉聖陶是個厚道人，待人眞誠。葉聖陶說：「應該應該」。說到這裡停了一下，忽然想起了什麼，對茅盾夫婦說：「雁冰兄回來，魯迅還不知道，現在已是深夜，和你們一起去看望他一下。」茅盾和孔德沚都表示同意。於是，茅盾夫婦和葉聖陶一起去拜訪魯迅。

魯迅家就在後面，轉個彎就到，魯迅正在燈下寫文章，見茅盾從日本回來了，非常高興，問了不少關於日本的情形，因為魯迅離開日本後，還沒有回去過，他回憶了在仙台讀書的情形，描繪東京上野櫻花爛漫的情景，回憶藤野先生的為人和教學方法。茅盾問魯迅先生，近來在寫些什麼？魯迅告訴茅盾，近來在翻譯法捷耶夫的《毀滅》。

剛剛從日本回來，對國內的情況已經有些隔膜，因此，茅盾一回到上海，沒有立即埋頭創作，而是秘密拜訪了一些熟人、朋友和親戚，從他們那裡打聽一些 1930 年中國上海的情況。當時，茅盾的表叔盧學溥（鑒泉）在慕爾鳴路用 12 萬銀元向同鄉富翁徐冠南購得一座花園，這座花園佔地方不廣，卻有樓台亭閣，水樹迴廊，還有荷花池、九曲橋、假山瀑布之類造景，內有一座五開間的中式廳樓，後進築有一個小戲台。所以，茅盾首先去拜訪他，走進這個氣魄很大的花園，一種大戶人家的特有氛圍撲面而來。已在這裡作寓公

的盧學溥滿臉紅光，把茅盾讓進客廳，一坐下，盧學溥朗聲說道：「我聽說你要回來，果然！」茅盾一怔，心想剛回來幾天，怎麼盧表叔就「聽說」了呢？因而茅盾一笑，轉而問道：「表叔何時聽說我回來？」盧學溥捧起茶，吹了吹，微微一笑道：「不是汪精衛叫你回來的麼？」茅盾一聽，更爲驚呀，連連說：「沒有的事，沒有的事。」此時汪正聯合馮玉祥、閻錫山以北平爲大本營，號召「討」蔣，兩方軍隊，正沿津浦路作戰。盧學溥也覺得奇怪，沒等開口，茅盾又解釋道：「如果是汪精衛叫我回來，那麼，我該從日本直赴天津再進北平，何必繞道上海？」盧表叔點點頭，說：「如今捕風捉影的謠言很多，不理它算了！」

後來，茅盾成爲盧公館的常客，茅盾從盧公館來往的客人中，瞭解到南京政府的動向，也從南京政府的動向中，瞭解到中共土地革命戰爭的一些零星情況。

有一天，老友楊賢江悄悄地問茅盾，「有人想同你談談，你願意否？」「是誰這麼認眞，見面還要先徵求我意見？」茅盾一聽，疑惑地問。

楊賢江一笑，認眞道：「是馮乃超。他說兩年前曾與你打過文字仗，怕傷了你的感情，不敢貿然來訪，只好先讓我徵求你的意見」。

「馮乃超？」茅盾想起來了，雖未見過面，但知道他是後期創造社的重要成員，文章寫得很尖銳，很有火藥味。茅盾沉吟有頃，道：「好，什麼地方見面，由你給安排吧！」「在我家如何？」楊賢江說。「可以呀」。茅盾也一臉正經地說。

第二天，馮乃超準時來到楊家，二人一見面，茅盾才知道馮乃超是日本留學生，因此兩人便談起了在日本見聞和感受。在閒談中，茅盾又知道馮乃超的女友李聲韶是李漢俊的侄女、李書城的女兒時，十分感慨，他告訴馮乃超，他和李漢俊是老朋友了，「漢俊絕頂聰明，我編《小說月報》時，唱獨腳戲，漢俊幫了我不少忙。我們又經常在一起開黨員會。知道他留學日本，除日文外，又通英德法三國文字。在上海時，他自奉甚儉，除香煙癮特大外，別無嗜好，衣服樸素，像個鄉下人，乍見時，誰也想不到他是通曉幾國文字的留學生。他那時的理論水平很高，他給《小說月報》寫稿，介紹歐洲文學運動，很受讀者歡迎。可惜他個性很強，因不滿陳獨秀的作風而脫離組織回武漢去，後來我去那裡，又見面了。汪精衛叛變之後，漢俊在湖北省當教育廳長，他力持正論，爲共產黨辯護，揭露汪派反動實質，同時又與財政廳長

詹大悲二人天眞地認爲，國民黨右派只是殺共產黨人，沒有躲避，結果他們還是被殺了。可惜呀可惜。」

馮乃超聽了茅盾那番話，沉吟了一會兒，接著茅盾的話說：「他是上了南京政府通緝令的，所以被殺害了。他還不到 40 歲呢。」

茅盾點點頭。

馮乃超掉轉話頭，問茅盾：「沈先生知道不知道上海成立了『左聯』？」

「左聯」？」茅盾說：「聽朋友談起過，但具體情況不知道。」

「今天我就是代表『左聯』專程來邀請沈先生參加『左聯』的。」馮乃超又說。接著，馮乃超又向茅盾介紹了「左聯」的籌備和成立經過，已參加的人員情況，並拿出一份油印的「左聯」「綱領」遞給茅盾：「沈先生看一下，看有什麼意見。」

茅盾仔細看過材料，便說：「不錯，很好。」

「那你是否願意參加？」馮乃超接著問道。茅盾莞爾一笑，沉吟一會兒，沒有正面回答，卻說：「依據『綱領』的規定，我還不夠資格呢。」

馮乃超不知道茅盾心裡在想些什麼，便笑道：「沈先生過謙了。」說完，拍拍手裡這份材料：「這份綱領是大家奮鬥目標，只要同意就可以了，你不必客氣。」

茅盾不好再說什麼了，便點點頭說：「那好吧。」馮乃超自己任務完成，十分高興。接著又向茅盾介紹了「左聯」的組織機構和活動情況，茅盾聽來，「左聯」似乎很活躍。

對「左聯」，茅盾後來有很高評價。

> 30 年代的左翼文藝運動在中國現代文學史上有著偉大的功績。它是中國革命文學的奠基者和播種者。這個運動在共產黨的領導下，以魯迅爲旗手，而「左聯」則是它核心。「左聯」在繼承「五四」文學革命的傳統，創導無產階級革命文學，介紹馬克思主義的文藝理論，培養一支堅強的左翼、進步的文藝隊伍等等方面，都作出了輝煌的成就，有著不可磨滅的功勳。在抗日戰爭中，以「左聯」爲核心的這支隊伍撒向全國，成爲當時解放區和國統區革命文學運動的中堅。全國解放後，這支隊伍又成爲全國各條文藝戰線的骨幹和核心。可以説，無視「左聯」的作用，就無法理解中國的現代和當代文學史。

　　然而，當時茅盾對「左聯」的一些做法，由於經歷過大革命那樣風風雨雨之後，在政治上更成熟了，因而保留自己的一些想法，而對左聯那種類似政黨活動的一些活動，茅盾並不熱心參加。因為這些文人的熱心，在茅盾看來，幼稚和可笑。而他這樣一個身份的人，當面反對，會挫傷這些文藝積極分子的積極性，也有違組織原則，所以茅盾採取不熱心參加這樣一個辦法。比如示威遊行、飛行集會、寫標語、散傳單等本不該左聯成員做的事情，茅盾從未參加，當時一些年輕的左聯成員，對茅盾這樣在態度不以為然，甚至很有意見。而馮雪峰卻對這些年青朋友解釋說：「茅盾年紀大，身體不大好，不必要求他也和大家一樣去上街遊行。」實際上，茅盾當時亦只有三十多歲。茅盾聽到馮雪峰有這樣一個解釋時，啞然失笑。

　　參加「左聯」一些會議之類的活動，還是必不可少的。因而離群索居兩年多的茅盾，彷彿又忙碌起來了。剛答應馮乃超參加「左聯」不久，「左聯」就通知茅盾，讓茅盾去福州路參加一個「左聯」大會，馮乃超在會上作政治形勢報告，說明革命高潮快要到來，要求大家毫不遲疑地「加入這艱苦的行動中去，即使把文學家的工作地位拋去，也是毫不足惜的。」會上，茅盾發現「左聯」成員都以青年作家為主，而且鄭振鐸、葉聖陶都沒有參加，感到很納悶。事後問馮雪峰：「西諦兄和紹鈞兄怎麼都不參加『左聯』？郁達夫倒是其中成員，是何緣故？」馮雪峰說：「振鐸和聖陶他們，主要是多數人不讚成，所以沒有進來；郁達夫是魯迅介紹的，所以大家才同意。」說到這裡，馮雪峰停了一下，接著又說：「聖陶那裡，我已經去做過解釋工作，免得他多心。」

　　「這樣做，總不好。把這樣優秀的作家關在門外，不利於工作的。」茅盾表示反對這種關門的做法。「魯迅也反對這樣做。」馮雪峰接著茅盾話茬說。

　　五月下旬，「左聯」又召開大會，主要是組織號召參加「五卅」紀念示威的事，會上，通過了盟員一致參加五卅紀念示威的決議，並把盟員分成小組。魯迅也來參加會議，他用濃重紹興口音說：國民黨報紙對「左聯」的攻擊，沒有什麼了不起的，主要「左聯」每個成員思想要堅定。他還針對「左聯」成員的思想說：「我們有些人恐怕現在從左邊上來，將來要從右邊下去的」。茅盾發覺魯迅講話和他的文章一樣，非常尖銳深刻。

　　「左聯」的激進的活動，使茅盾認識了胡也頻等青年作家，但它同時也

引起國民黨當局的注意和恐慌，唯恐這些年輕的作家們再鬧出一個五卅、五四來。9 月 30 日，國民黨秘書長陳立夫便簽發了「取締」左翼作家聯盟、自由運動大同盟、中國革命互濟會等組織的密令，12 月又頒發了《國民政府的出版法》四十條，對報紙、雜誌和書籍的出版發行施加種種限制。

自然，國民黨的這些伎倆，對茅盾來說，並無懼怕，對「左聯」那些類似政黨的做法，也不以爲然。茅盾和魯迅談到「左聯」時，也交換過這些看法，魯迅聽後，有同感，淡淡一笑，說：「所以我總是聲明不會做他們這種工作的，我還是寫我的文章。」

這時，茅盾秘密搬家到了靜安寺附近，剛剛安頓好，同鄉老友徐志摩卻帶了一個外國女人找到茅盾這個秘密新居。聽得叩門聲，茅盾見是徐志摩，嚇了一跳，這次秘密搬家，志摩怎麼就知道了？忙問：「志摩，你怎知道我住在這裡的？」徐志摩依然那麼瀟灑，活潑，看到茅盾那一臉驚訝，沒有正面回答，卻說：「我給你帶來個客人，德國《法蘭克福匯報》駐北平的記者，叫史沫特萊。」史沫特萊是個非常爽朗的人，立刻伸出手，用英語對茅盾說：「對不起，打擾了。」茅盾也用英語回答：「歡迎歡迎。」忙請大家進屋去談。

進屋後，茅盾爲徐志摩、史沫特萊沏上茶，徐志摩忙說：「這幾年老兄轉到文學上，成就很大，早幾年我見到《幻滅》發表，就猜出是出自老兄之手，後來，果然！讓我猜中了，連雲少爺也不得不承認。」茅盾笑著點點頭。講起《幻滅》，史沫特萊知道茅盾的三部曲，合成一集，以《蝕》命名出版。便說：「沈先生的《蝕》出版，能不能送我一本呢？」話語裡，十分直率。

茅盾點點頭，「可以可以」。忙起來，去房內取來兩本書，簽過名後，分別送給史沫特萊和徐志摩。史沫特萊拿起《蝕》，翻了一下，看見扉頁前的作者的照片，端詳一會兒，抬頭看看眼前這個小個子作家的模樣，笑道：「Like a young lady。」意思是說像個年輕的太太。說完，茅盾和徐志摩都笑了起來。

大家又談了些北平、上海文藝界的形勢，徐志摩和史沫特萊便告辭了，但茅盾和史沫特萊的友誼，卻從此開始了。

1930 年 8 月，茅盾的老友瞿秋白夫婦從莫斯科歸來。並用暗號給茅盾寫了一封信，約茅盾夫婦去聚談。茅盾夫婦和秋白夫婦已是多年不見，便按約去秋白秘密住所拜訪，舊友相聚，自然十分欣喜，茅盾向秋白訴苦道：「自從日本回來，發現國民黨仍耿耿於懷，稱我的文章『不無宣傳共黨嫌疑』，所以

只好當專業作家了。」茅盾顯得十分無奈。二人談起往昔崢嶸歲月，都唏噓不已。茅盾向秋白打聽胞弟沈澤民在蘇聯的情況，秋白告訴茅盾：「澤民、琴秋不久就要回國了，琴秋生了一個女孩。」茅盾、孔德沚聽了，都十分高興。停了一會兒，秋白問茅盾：「打算寫哪些小說。」茅盾說：「想寫些歷史小說。」秋白想了一下，點點頭，說：「不錯，寫歷史小說，也可以反映現實鬥爭。」秋白還爲茅盾講述了當時的革命形勢。

從秋白那裡回來沒有幾天，茅盾得知胞弟沈澤民化名李明揚，秘密回到上海了，但中共的交通員沒有接到沈澤民，十分焦急，便到茅盾家裡探聽，茅盾夫婦才知道沈澤民已回上海。

沒有找到沈澤民，中共中央十分焦急，因爲知道澤民帶有共產國際給中國共產黨的重要指示，即後來史稱「十月來信」。於是，茅盾和中共組織商議，擬個只有澤民才知道的啓事，啓事如下「阿二，家庭小事口角，何必出走，慈母以只生我兄弟二人而不和睦，甚爲焦急。兄現已來滬，暫寓某某處，以十日爲限，見報速來相見。」這條啓示登遍上海各報，但仍不見澤民蹤影。於是，茅盾又和中共交通員商議，再發一個啓事：「羅美老弟，有事相商，請來某某處，博古。」這裡的「羅美」是澤民的筆名。但這則啓示登出後，也沒有回音。所以中共組織急得團團轉，生怕出意外，被國民黨秘密逮捕和殺害。後來，在一次偶然的機會，茫茫人海中，楊之華在一個工廠門口，碰到沈澤民。才算又和中共接上頭。原來沈澤民回上海後，對國內情況不瞭解，不敢去找熟人，因錯過接頭時間，他只好去租一個住房，伺機與組織聯繫。時間一長，他想進工廠做工，以便找到組織。所以，他在一個工廠門口徘徊時，被楊之華碰見，遂接上組織關係。胞弟沈澤民回來不久，弟媳張琴秋也轉道東北回到上海，澤民進中共宣傳部工作。琴秋做女工工作。

此時，「左聯」內部決定辦一個刊物，並定名爲《前哨》，由魯迅、馮雪峰和茅盾負責編輯，在籌備過程中，「左聯」發生五作家被害事件，消息傳來，「左聯」成員都義憤填膺，把披露五烈士的工作，作爲《前哨》的第一期內容。茅盾他們在非常艱苦的條件下，秘密印刷，左聯烈士的照片，都是印好後，用手工貼上刊物內頁的。茅盾和魯迅共同起草了《中國左翼作家聯盟爲國民黨屠殺大批革命作家宣言》、《爲國民黨屠殺同志致全國革命文化和文化團體及一切爲人類進步而工作的著作家思想家書》。發表在《前哨》上，通過秘密渠道，向全世界控訴。

由於《前哨》直露的政治態度，秘密發行，也立即遭到查禁。於是第二期改為《文學導報》，繼續頑強地出版。

1931 年春暖花開時，茅盾的胞弟沈澤民夫婦奉命去鄂豫皖蘇區開展工作。從此，茅盾和胞弟成為永訣。沈澤民後來任鄂豫皖蘇區省委書記，兩年後，1933 年 11 月 20 日犧牲在蘇區。5 月下旬，馮雪峰到茅盾家裡，要茅盾擔任「左聯」的行政書記。茅盾表示推辭，雪峰告訴他，這是經過研究後的決定，並寬慰茅盾：「試試吧，反正是輪流擔任，工作也是大家做的。」茅盾默認了。不久，瞿秋白因在黨內遭到王明的排擠，表示想搞文學，所以，他有更多時間來領導「左聯」工作，而茅盾則有更方便的機會去和秋白、魯迅等商量「左聯」工作。

1932 年底，《申報》的老闆史量才起用剛從法國留學回國的黎烈文，改革《申報》副刊「自由談」，茅盾、魯迅、瞿秋白三人支持黎烈文，茅盾接連寫《「自殺」與被「自殺」》、《緊抓住現在》、《血戰後一週年》等文章，在「自由談」上發表。1933 年 1 月 30 日，「自由談」在《編輯室讀者書》中說：

> 編者為使本刊更為充實起見，近來約了兩位文壇老將何家幹先生和玄先生為本刊撰稿，希望讀者，不要因為名字生疏的緣故，錯過「奇文共賞」的機會！

這裡的「何家幹」是魯迅先生，當時秋白因政治原因，許多文章和魯迅商量後，也用「何家幹」的筆名發表，而「玄」先生，則是茅盾。因而這段時期，茅盾和魯迅、秋白三人的友誼得到進一步的加深。

擔任「左聯」行政書記以後，茅盾的活動就多了，會議也多了，並且經常出沒在左翼人士的活動場所，引起國民黨特務的注意。有一次，茅盾和馮雪峰等到北四川路附近的一所中學開「左聯」執委會，開完會出來，立刻被國民黨特務盯上梢了，幸虧茅盾發覺，後來轉換了幾輛車，又走進一家銀行兜了個彎，才甩掉那個尾巴，終於脫險。但在當時白色恐怖籠罩的上海，「左聯」五烈士的被害，使上海革命作家們處在極度危險之中，1932 年 3 月 3 日的《社會新聞》刊出《左翼文化運動的抬頭》一文，點名揭發茅盾、魯迅：「魯迅與沈雁冰，現在已成了『自由談』的兩大台柱了。」

1933 年 4 月，在北平燕京大學任教的鄭振鐸回到上海，此時因上海一‧二八戰事發生，《小說月報》被毀，就合計辦一個《文學》刊物，鄭振鐸活動能力強，由鄭振鐸出面，請傅東華任主編，由生活書店出版，並成立一個由

名人組成的十人編委，即茅盾、鄭振鐸、魯迅、胡愈之、葉聖陶、郁達夫、陳望道、洪深、徐調孚、傅東華。到 7 月，出版第一期《文學》，立即引起轟動，在上海沸沸揚揚起來，各種帶恐嚇性的謠言公開在一些刊物上。上海潘公展主辦的週刊《微言》首先推出「茅盾被捕說，確否待證」的消息。過了幾天，這個消息傳到北平，北平的左翼刊物《文藝日報》在 7 月 11 日也登了這個消息：

中國著名小說家茅盾氏於 6 月 27 日在上海被捕，是否被害尚不明。近日上海作家相繼被殺，已成恐怖世界。此種無理陷害已引起一般人之非難。

當時，茅盾被捕之說是誤傳，但茅盾在「左聯」的一系列活動，以及文學創作上的強烈的社會意識，引起國民黨當局的不滿倒是事實。因為 7 月 14 日伊羅生的《中國論壇》第二卷第八期上登出的當局要暗殺的黑名單上，就有茅盾的名字。不久，國民黨對文學實行高壓政策和暴力手段。10 月 30 日，國民黨政府頒佈查禁普羅文學的密令，責成內務部審查刊物，「須更嚴密，毋使漏網」。而後又下令禁止出版「反動」書刊等，上海藝華影片公司、神州國光社、良友圖書公司、光華書局相繼被搗毀。所以，茅盾在「左聯」的活動天地裡，面臨的還是一片白色恐怖。但此時的茅盾，政治上更成熟，而方向也更明確，鬥爭也更策略，尤其與魯迅、瞿秋白等思想家在一起，對形勢的分析和觀察，似乎更準確了。

還在擔任「左聯」行政書記之前，茅盾覺得自己的位置還在文學這個領域，用小說創作來表明自己的態度，但小說又必須從生活中提煉，選取素材的，因此只好從自己熟識的生活寫起。1930 年 11 月至次年 2 月 8 日，茅盾寫了中篇小說《路》，寫自己熟悉的知識分子。在寫作過程中，他多次和秋白交談，秋白對形勢的分析，啓發了他的思路。在這之前，中國革命已經找到一條農村包圍城市的革命道路，各地紅軍的壯大和游擊戰爭的勝利，以及七月紅軍攻入長沙等消息，通過不同渠道傳到上海，消息向來靈敏的作家，自己也風聞了，而且秋白也證實了。這些，極大地鼓舞了茅盾，激起茅盾的創作慾望。因此，《路》的寫作意圖，就是想指出在這樣的政治軍事形勢下青年的出路。《路》中的主人翁叫火薪傳，名字本身暗示革命火種正在蔓延，必將成燎原之勢，火薪傳也終於走上了革命的道路。

寫完《路》，茅盾編了一本集子《宿莽》，書名暗示蔣政權壓迫左翼文藝，

雖甚殘酷，然而左翼文藝必將發皇張大，有如宿莽是多生不死或遇冬不枯的意思。

寫完《路》，茅盾又接著寫《三人行》，但《三人行》是個不成功的作品，它沒有達到作家預定的目標，所以當時瞿秋白讀了這個《三人行》之後，對茅盾開玩笑說：「孔子說，三人行必有我師，而你這《三人行》是無我師焉。」這話茅盾也認了。

在這期間，茅盾搜集材料，更理性地研究了一些理論和現象，尤其在秋白的建議下，寫了探討「五四」以來的文學運動和文學現象的文章，即《「五四」運動的檢討》和《關於「創作」》，這兩篇文章，有力地促進了「左聯」的理論建設。與此同時，茅盾和瞿秋白、魯迅等一起，在「左聯」內刊《文學導報》上寫了不少富有戰鬥意義的文章，批判民族主義文學。

到了 1931 年 10 月初，茅盾向馮雪峰提出辭去左聯行政書記職務，專事創作，結果，左聯沒有批准，卻同意茅盾請長假，從事創作。至後來，茅盾依然一如既往地在「左聯」中工作，茅盾還和魯迅一起，為「左聯」提供活動經費，魯迅每月 20 元，茅盾每月 10 元。寫《子夜》、編《文學》時還支持《北斗》，為「左聯」作出的貢獻，功不可沒。一直到 1936 年 2 月「左聯」解散，茅盾始終是一個「左聯」帶頭人。而且，「左聯」時期，也是他一生文學創作的高峰期、多產期。

《子夜》的問世，成為 30 年代初中國東方大都市的一道風景線；在
　這道風景線上，映出芸芸眾生，映出時代風雲。
他以大師的才智，創作出《子夜》，奠定了他在中國現代文學史上的
　地位。

第十二章　都市風景線：《子夜》

　　還在 1930 年夏秋的季節裡，茅盾搬過幾次家，最後住進了靜安寺附近愚
園路口的慶雲里的一個三樓廂房帶過街樓，共有三間房子。樓下住的是二房
東，茅盾稱自己是教書的。而此時，茅盾的眼疾、胃病、神經衰弱並作，醫
生要茅盾少用眼多休息。茅盾的表叔盧學溥此時也在家裡賦閒，他對晚輩茅
盾十分賞識，小學時代顯示出來的聰慧，就認為自己這個表侄能成大器，曾
作「12 歲小兒，能作此語，莫謂祖國無人也」的評語。盧學溥與茅盾談起往
事，還十分得意。另外，此時茅盾雖加入「左聯」，但對「左聯」的做法、「左
聯」的左和幼稚，都十分不理解，但又不便反對，只好作逍遙派。因而，這
個時候，茅盾有事無事都往盧公館跑。

　　盧學溥在滬上作寓公，又有這樣有氣派的大宅，因而許多同鄉故舊人來
人往，當中有開工廠的、有盧表叔的銀行同僚、有公務員、有商人，也有正
在交易所搞投機的，高談闊論有之，慷慨激昂有之，切齒痛陳有之，竊竊私
語有之，在盧公館這個小社會中，茅盾聽到不少關於中國形勢的種種內幕。
這些同鄉故舊當中，茅盾也大多認識，他們都認為茅盾是個文人，因而政界、
軍界、金融界、商界上的內幕，並不避嫌，都樂意和茅盾談。這些同鄉故舊

還熱情邀請茅盾去他們那裡玩，於是茅盾又有參觀絲廠、火柴廠、紗廠、銀行、商店的機會。在參觀中，茅盾自己也感覺到進入一個全新的世界，在日本時那種灰暗的情緒、不穩定情緒，全都拋到九霄雲外。他看到了世界經濟蕭條，向中國傾銷商品時，中國民族工業的衰敗以及一些同行老闆的艱辛。他看到證券交易所那「搏鬥」的場面，股票指數的上揚下跌，對那些在股市「搏鬥」的人們，也帶來了興奮、沮喪。那些興奮和沮喪的面孔後面，茅盾似乎感覺他們更關心股市之外的形勢——戰爭的勝負；政界變幻，直接影響著股市交易的人們，而操縱這些場面的人，是從來不在交易所裡露面的，他們住在豪華飯店，帶著情人，或者帶著姨太太，出入交際場，用各種各樣的手段，包括謠言、謊言，操縱著股市風雲。這些操縱者，都有外國勢力作後盾，實際上在充當買辦的角色。因此，茅盾在與這些故舊同鄉的周旋中，瞭解到不少經濟與整個社會形勢相聯繫的東西，這些老闆們的「悲歡離合」，最為集中表現在交易所這個小天地的大世界裡，包括人情世故，也似乎和整個經濟相聯繫。同鄉一個老闆，曾告訴茅盾這樣一個可恥的故事。有個小老闆因為打聽股市發展趨勢內幕，不惜讓自己的女兒去充當股市操縱者的情婦，讓女兒把情報弄到手，再決定拋還是收。結果，女兒不諳世事，失身於操縱者，「情報」又沒有弄清，結果賠了夫人又折兵，小老闆覺得無臉見人，就上吊自盡了。這個細節，給茅盾心靈十分震撼，金錢讓人靈魂墮落到這個地步！在盧公館，茅盾聽到作公債投機的人曾以 30 萬元買通馮玉祥部隊，在津浦線上北退 30 里，以蠱惑市場，投機人乘機活動得利十分豐厚，這又是給茅盾心裡一次震撼。因此，茅盾對中國社會現象看得更清了，「中國的民族工業在外資的壓迫和農村動亂、經濟破產的影響下，正面臨絕境。為了轉嫁本身的危機，資本家加緊了對工人的剝削。而工人階級的鬥爭也正方興未艾。」同時，茅盾又從不同渠道，聽到工農紅軍的消息，這個消息，對茅盾這個共產主義信仰者來說，自然十分高興。

在盧公館裡聽到了許多新鮮的消息，茅盾又忽然想起不久前學術界人們很熱鬧討論中國社會性質的論戰，當時有三種觀點：一種是認為中國社會依舊是半封建半殖民地的社會，推翻代表帝國主義、封建勢力、官僚買辦資產階級的蔣介石政權，是當前革命的任務，領導這一革命的是無產階級。另一種認為中國已經走上資本主義道路，反帝反封建的任務應由中國資產階級來擔承。第三種觀點是中國的民族資產階級可以在既反對共產黨，又反對帝國

主義和官僚買辦階級的夾縫中求得生存和發展，建立歐美式的資產階級政權。茅盾從自己大量耳濡目染的現實和材料中，覺得完全可以證明中國社會性質，中國依然是半殖民地半封建的社會。自然，茅盾覺得這些素材，不宜寫論文去證明，而宜寫小說去證明，因而茅盾打算寫一部都市、農村交響曲，而且都市部分寫三部曲，並著手擬大綱和梗概，定名爲《棉紗》、《證券》、《標金》。茅盾還讀了周培蘭的《中國紡織業及其出品》等專業書，深入研究中國棉紗業的歷史和現狀，爲使小說更具有堅實性。

但寫完提綱以後，茅盾又覺得都市部分好寫，而農村部分十分爲難，二者的配合、呼應等都會產生輕重不當的感覺。因而茅盾把這個已擬提綱的寫作計劃放下，轉而去寫中篇小說《路》。不料，《路》只寫了一半，眼疾發作，只好遵醫叮囑，不看書不寫作，休息三個月。但用茅盾的話來說，眼睛不能用，大腦卻異常活躍，他在眼睛休息時，反覆比較思考，決定改變原來寫城市農村交響曲的計劃，專門寫以城市爲中心的長篇。同時，把原來的一些分散的故事選取之後，集中在這部長篇之中，在重新構思時，茅盾又彷彿重溫素材，心裡覺得更加有底了，並把紗廠改爲絲廠。於是，茅盾又重訪故舊，有目的地進一步搜集素材，在這些同鄉故舊中，茅盾瞭解到 1930 年中國民族工業的縮影——絲廠的情狀，上海倒閉 30 家，無錫、廣東、蘇州、鎮江、杭州、嘉興、湖州等各絲廠十之八九都倒閉。同時，茅盾也瞭解到，由於國際競爭而使中國火柴廠大面積破產，因而堅定了茅盾原是以內銷爲主的火柴廠作爲中國民族工業受日本、瑞典的同行競爭而在國內不能立足的計劃。

茅盾帶著眼疾，又參觀同鄉人創辦的絲廠和火柴廠，實地觀察。正在這時，盧表叔的繼母，也就是茅盾的姑祖母要做「還壽經」，在盧公館舉行盛大的場面。茅盾執晚輩禮，去參加了盧家的「還壽經」，在那裡，茅盾又目睹了舉行還壽經這樣的場面，還到寺裡參觀那製作冥器的工程，目睹那些現代迷信的時代特色。

茅盾列了詳細的提綱，設計了人物和情節，此時，一年多的搜集和調整，人物、情節等，基本上在茅盾頭腦裡形成了，甚至這部長篇小說的題目，也擬了三個：「夕陽」、「燎原」、「野火」等，後來才定名爲《子夜》的。《子夜》是 1931 年 10 月正式動筆寫的，到 1932 年 12 月 5 日脫稿，歷時一年多，其間，在與瞿秋白長談以後，又改變計劃，縮小範圍，強化作品的時

代性。當時，秋白在茅盾家裡避難，兩人天天談《子夜》的故事，談情節結構。革命家瞿秋白的文人本色，此時也得於充分展示，秋白在聽了茅盾的構思和看了已寫的幾章後，幫助茅盾從政治上分析當時形勢，建議茅盾在小說中改變吳蓀甫、趙伯韜代表兩大集團最後握手言和的結局，改爲一勝一敗，這樣更符合當時中國社會的實際。茅盾連連點頭稱是。秋白看了初稿後，認爲像吳蓀甫那樣的大資本家應當坐雪鐵龍，而不是時下社會上通行的福特車。根據秋白的觀察，大資本家憤怒而又絕望時，就要破壞什麼乃至獸性發作。茅盾聽了秋白的分析，十分新鮮，後來都作了改動。對農民暴動和紅軍活動，秋白也向茅盾作了介紹。但後來茅盾覺得自己不瞭解實際情形。憑耳食描寫風景可以，憑耳食去取故事材料，覺得沒有把握。因此，只把第四章保留下來。

和瞿秋白作長談以後，茅盾掂量著已經寫的部分稿子，重新對全書大綱結構進行調整，於是便成了現在這個《子夜》的樣子。

《子夜》於 1933 年 1 月由開明書店出版。至此，一部鉅著誕生了。它的誕生，凝聚著作家的社會使命感和社會責任感。《子夜》的第二章以《火山上》的題目，先行發表在《文學月報》一卷一期上。第四章以《騷動》爲題，發表在《文學月報》第二期上，全書以 1930 年上海這個大都市爲背景，以民族資本家吳蓀甫爲中心，表現了中國民族資產階級在帝國主義經濟侵略和國民黨新軍閥混戰的影響下，奮鬥、掙扎、直至破產的必然命運，揭示了中國社會發展的必然趨勢。作品還濃墨重彩地描寫了吳蓀甫和趙伯韜之間矛盾衝突，並以此爲主線，描寫了吳蓀甫與同行，與裕華絲廠工人，與雙橋鎮農民及家庭內部的種種矛盾和糾葛。書中的人物，個個有血有肉，吳蓀甫的果斷又剛愎自用的性格，趙伯韜的財大氣粗和一批小老闆的走投無路的神態，幾乎都栩栩如生；周仲偉、王和甫、陳君宜、朱吟秋等老闆之間的金錢至上，勾心鬥角，都活靈活現；與這些相匹配的，還有一批以吳府爲中心舞臺的各式公子小姐、少婦、交際花、詩人、學者、政客、軍人以及土財主馮雲卿父女等形象，都作了周到而逼眞的刻畫。正如有的評論家所說：「茅盾這一部近 40 萬字的小說裡裝進了 1930 年前後中國都市及部分農村的龐雜的內容。其意識到的歷史內容和先驗的政治主題，選擇好並精心塑造的人物，及獨具匠心的結構，使小說具有宏大的氣勢，成爲多聲部、多色彩的都市交響曲，並歷史地、眞實地再現了這一動盪時代的風雲和人們的活動、情緒、心態，成爲

一部活的歷史。」

　　這部《子夜》是茅盾心血的結晶，也是他廣泛收集，耳聞目睹的生活的流露。作品裡，到處都可以見到作家熟悉生活的影子，吳府大宅，實際上就是以其表叔盧鑒泉大宅爲原型的；雙橋鎮的原型，來自作家故鄉烏鎮。因而，《子夜》恢宏的氣勢中，處處有生活，有眞實。因而一出版，立刻轟動中國文壇。

　　茅盾在《子夜》出版後，送的第一人，是魯迅。一月份出版，茅盾在開明書店拿到幾本樣書後，於 2 月 4 日立刻偕夫人、孩子去魯迅家拜訪，並送上還飄著油墨香的《子夜》，並應魯迅的要求，在扉頁上恭恭敬敬地寫上：

　　　　魯迅先生指正　　茅盾　一九三三年二月四日

　　從魯迅那裡題字送書以後，茅盾送書都題字簽名，這個習慣一直保持到他逝世。《子夜》一出版，立刻脫銷，不到 3 個月，重版 4 次，初版 3000 部，再版 5000 部，當時北平某書店於一天之內售出「子夜」100 多部，這在當時實爲少見。茅盾見到大江書鋪的主持者、老友陳望道時，陳望道告訴茅盾：向來不看新文學作品的少奶奶、大小姐，現在都爭著看《子夜》，因爲《子夜》寫到她們。茅盾到盧公館去，表妹寶小姐告訴茅盾：她向來不看新文學作品，看了表哥寫的《子夜》，發現《子夜》裡的吳少奶奶，就是以她爲模特兒的。茅盾聽後，笑笑，不置可否。

　　一時間，爭閱《子夜》，成爲上海市民的一個時髦，不少人還組織「子夜會」進行學習討論。甚至連舞女也談《子夜》。因而當時有人冒充茅盾下舞池，與舞女跳舞這樣的怪事也隨著《子夜》的出版而出現了。在《子夜》風行時，瞿秋白等一批評論家撰寫評論。《子夜》一出版，魯迅在給曹靖華的信中說：「國內文壇除了我們仍受壓迫及反對者趁勢活動外，亦無甚新局。但我們這面，亦頗有新作家出現；茅盾作一小說曰《子夜》（此書將來寄上），計 30 餘萬字，是他們所不能及的。」《子夜》出版，魯迅是引以爲豪的。瞿秋白在《子夜》一出版，最早發表評論，他在 3 月 12 日的《申報·自由談》上，發表《〈子夜〉和國貨年》一文，高度評價《子夜》的藝術成就和歷史地位，認爲《子夜》是「中國第一部寫實主義的成功的長篇小說。」「應用眞正的社會科學，在文藝上表現中國的社會關係和階級關係，在《子夜》不能不說是很大的成績。」他還預言：「1933 年在將來的文學史上，沒有疑問的要記錄《子夜》的出版」。後來，瞿秋白又寫了《讀〈子夜〉》一文，認爲「在中國，從

文學革命後，就沒有產生過表現社會的長篇小說，《子夜》可算第一部。」「從『文學是時代的反映』上看來，《子夜》的確是中國文壇上的新收穫，這可說是值得誇耀的一件事。」朱自清在評論《子夜》時也說：「這幾年我們的長篇小說漸漸多起來了，但眞能表現時代的只有茅盾的《蝕》和《子夜》。」尤其值得玩味的是，當年和茅盾打過筆仗的吳宓教授，在研讀了《子夜》之後，用「雲」這個筆名，在天津《大公報》副刊發表評論文章，稱讚《子夜》：「吾人所爲最激賞此書者，第一，以此書乃作者著作中結構最佳之書。」「第二，此書寫人物之典型性與個性皆極軒豁，而環境之配置亦殊入妙」。吳宓對《子夜》的文字也極爲讚賞，「筆勢具如火如荼之美，酣恣噴薄，不可控搏，而其微細處復能宛委多姿，殊爲難能而可貴。」茅盾當時見到這篇評論，雖沒有公開表態談什麼，但內心極爲佩服吳宓的細微。晚年回憶此事時，感慨地說：《子夜》出版後半年內，「評者極多，雖有亦及技巧者，都不如吳宓之能體會作者的匠心。」

《子夜》熱的出現，引起國民黨當局的注意和恐慌，1934 年 2 月，國民黨中央黨部以「鼓吹階級鬥爭」的罪名，查禁 149 種著作，茅盾的包括《子夜》在內的已經出版的 7 種創作，全部都在被「查禁」之列。後來經一些書店老闆的力爭，《子夜》列爲應刪之列。國民黨的檢查人員在《子夜》這部書下面用朱筆批道：「二十萬言長篇創作，描寫帝國主義以重量資本操縱我國金融之情形。P97 至 P124（即第四章）譏刺本黨，應刪去。十五章描寫工潮，應刪改。」於是，從第五版起，《子夜》便以肢解的形態與讀者見面了。但令茅盾欣慰的是，在國民黨查禁《子夜》之後，巴黎進步華僑辦的「救國出版社」卻全部翻印了這本書，並在前言中高度評價了這本書。

《子夜》成爲 30 年代中國東方都市的一道風景線，在這道風景線上，映出芸芸眾生，映出時代風雲，映出中國社會的另一面。也映出茅盾作爲一代大師的地位和才智。《子夜》的出版，奠定了茅盾在中國現代新文學史上的地位。

但是，茅盾沒有停止自己的探索和努力。他寫了大量的雜文、散文和評論，他和上海的朋友們一道，參與社會活動。他依然在「左聯」的大旗下，奉獻自己的才智。

故鄉情結的現代觀照；引出無數故事……
鄉鎮風景線的營造，都市人的審美觀照；
篇幅不長，卻道出了他創作生涯的真諦……

第十三章 《林家舖子》和《春蠶》

　　1932 年 1 月 28 日，日本帝國主義轟炸了大上海，茅盾原來供職的商務印書館編譯所及涵芬樓圖書樓毀於炮火，黑烏鴉似的紙片灰撒遍半個上海城。茅盾原先擬在雜誌發表的《子夜》部分章節，也在這熊熊烈火中化為灰燼。面對日寇的暴行，上海軍民奮起抗擊；茅盾與魯迅等上海文化界人士連續發表《上海文化界告世界書》、《為抗議日軍進攻上海屠殺民眾宣言》等，義正詞嚴，譴責日寇的暴行。不久，茅盾在一篇評論《我們所必須創造的文藝作品》中，大聲疾呼，我們的文藝創作要為反帝鬥爭服務，作家一方面要揭露帝國主義侵略的國際陰謀，另一方面要喚起民眾，投入「反帝國主義的民族革命運動」。

　　戰爭的硝煙剛剛散去，天氣也暖和了，桑樹暴出指頭大小的嫩葉，油菜花也金燦燦地散佈在上海郊區及杭嘉湖平原。和茅盾住在一起的母親，此時執意要回烏鎮去住一段時間，那裡還有老屋在，還有一些親戚，雖不大走動，但也十分熱絡，這也是茅盾母親的慣例——天氣暖和時，總要回鄉住一段時間。

　　5 月初，杲杲的太陽，暖洋洋地照在大地上，軟軟的春風隨意吹拂細柳。茅盾帶著上海的戰爭硝煙味，陪伴母親回烏鎮。從上海坐火車到嘉興，一路

上，被踐踏的油菜田裡，一群一群士兵，百無聊賴有氣無力地在挖戰壕。火車上，一些人都在看從上海地攤上買來的「堆背圖」、「燒餅歌」等預言書，茅盾也帶了一本金聖嘆手批的《中國預言七種》，車廂裡議論的，不是鬥志昂揚的抗戰，而是預言書裡那些「天意」。

一個坐在茅盾邊上的說：「不錯，萬事難逃一個『數』。東洋兵殺到上海，火燒閘北——蔡廷鍇、蔣光鼐，《燒餅歌》裡都有呢！——上年的水災，也應著《燒餅歌》裡一句話……。」

一個老者環顧左右後，一本正經地說：「你看，人定不能勝天。你看十九路軍到底退了！不過，國人先笑而後號咷，東洋人倒灶也快了呀。」說到這裡，他咳了一下，往地下吐了一口痰，接著又說：「不過，中原人大難當頭，今年這一年能過得去就好！今年有五個『初一』是『火日』呀！今年八月裡——咳，《燒餅歌》上有一句，——咳，記不明白了，你去查考罷。總而言之，人心思亂。民國以來，年年打仗。前兩年就有一隻童謠：『宣統三年，民國二十年，共產五年，皇帝萬萬歲！』要有皇帝，才能太平！」

「可不是宣統皇帝已經坐了龍庭！」有人順著老者的話，附和著。不料那老者，很不以為然，哼了一聲，說：「宣統！大清氣數已盡，宣統將來要有殺身之禍，另是一個真命天子，還在田裡找羊草！」

於是車廂裡熱鬧起來，旅客們都爭先敘述自己聽到的「真命天子」的故事，活靈活現。而車廂外，依然是零亂的油菜花香，依然是一隊隊看上去懶散似的慷慷的士兵，打堆在昔日整片的菜花田裡。

車到嘉興，茅盾陪著母親換乘去烏鎮的小火輪。在小火輪船裡，茅盾聽到的，依然平民百姓對剛剛過去的戰事的議論，各有所見，十分熱烈。一個坐在茅盾邊上剃著平頭的旅客，操著濃重的烏鎮話，說：「定規還要打！不打，太嘸交代。東洋小鬼子就是幾隻飛機兵船厲害，東洋兵是怕死的！東洋兵笨手笨腳，不及中國兵靈活，引他們到裡廂，東洋的兵船開勿進來，飛機不認識路，東洋兵一定要吃敗仗！」

「蠻對蠻對，松江造好一個飛機場了。火車來時，你看見鐵路旁邊掘戰壕麼？松江落來，一連有四道戰壕已經掘好了。」另一個30多歲的瘦子旅客襯上去讚同道。

這時，另一個旅客卻嘆口氣道：「打，定規要打，不過，一路過來總不見兵，奇怪，……。」沒等他說完，那個30多歲的瘦子便截斷他的話，插進來

說：「啊，老先生，你弄錯了，中國兵不是沿鐵路駐紮的，都藏在鄉下。——為啥？避避國聯調查員的眼睛呀！你不相信，去看！嘉興城裡也不紮兵。不過，落去到陶家涇，就駐紮了兩萬多兵，全是駐紮在繭廠裡！」

大家一陣默然。茅盾問身邊一位老鄉綢緞店經理：「照你看來，是再打好呢，還是不要打？」

「論理呢，一定要打。不過我們做生意人日子難過：上海開了火，錢莊就不通，帳頭又收不起，生意上的活路斷得乾乾淨淨了；近年來捐稅試重，生意本來難做，鄉下人窮，鄉莊生意老早走光；現在省裡又要抽國難捐，照舊捐加二成，聽說就是充作打仗的軍餉，你想，不曾開火，先來從生意人頭上抽捐了！」

沒等茅盾說，另一個旅客立刻接上去訴苦說：「抽捐去真和東洋人開仗，倒還嘸啥，就恐怕捐是抽了，仗又勿打。」

「一定要打！伊拉勿抵樁打東洋人，調啥格兵！」那個瘦子旅客搶著表示自己的看法。

茅盾一聽，笑了笑，給這幾位同鄉分析形勢，最後坦率地說：「老百姓儘管一腔熱血主張打，那結果是一定不再打了。老百姓要的事，恰就是當局所勿要。現在的事情就是這麼著。」

掌燈時分，茅盾陪母親回到故鄉烏鎮，黑乎乎的小鎮，似乎更衰敗了，一些大商店已經倒閉，幾家幾十年歷史的當舖，也已歇業，只剩下市中心的匯源當了。

在烏鎮的那些日子裡，茅盾目睹了1932年故鄉的衰敗，也目睹了烏鎮四鄉農村的豐收成災的慘痛事實，目睹了一些店舖的努力和失敗。

清晨，還是春寒料峭，街上也相當冷清。但離茅盾家不遠的匯源當大門前，卻已人頭攢攢，等候開門。茅盾特地起個早，趕到那裡觀察瞭解，發現在這青黃不接的五月裡，許多人天不亮，就守候在那裡。他們並沒有什麼值錢的東西，身上剛剝下來的棉衣，或者預備秋天嫁女兒的幾丈土布，偶爾也有去年留下來，嫌虧本而不賣的幾斤絲，也拿出來送進當舖了。

一直等到9點鐘，當舖才開門，這批在飢餓線上掙扎的人們就拼命的擠軋，一片混亂。因為當舖每天只用120元的錢來營業，當完就停。因此，那些衣衫襤褸等候當了錢去買米吃的鄉下人，就不能不拼命擠上前去。但就是這樣，當舖連農民自己覺得最寶貴的蠶絲都不要！

這一幅景象，引起茅盾不勝感慨和憂思：

> 把蠶絲看成第二生命的我們家鄉的農民做夢也沒有想到，他們這第二生命已經進了鬼門關！他們不知道上海銀錢業都對著受抵的大批陳絲陳繭皺眉頭，是說「受累不堪」！他們更不知道此次上海的戰爭更使那些擱淺了的中國絲廠無從通融款項來開車或收買新繭！他們尤其不知道日本絲在紐約拋售，每包合關平銀五百兩都不到，而據說中國絲成本少算亦在一千兩左右呵！

茅盾回到家裡，過去常常來替沈家幫忙的老熟人——一個住在烏鎮東柵的農民，茅盾稱他為「丫姑老爺」，知道茅盾母親從上海回來了，便進鎮來看她。恰巧茅盾從外面進來，這個「丫姑老爺」向茅盾這個「沈家少爺」訴說農村的艱辛，他說：「少爺你看，我這個人向來不喝酒，不吸煙，連小茶館都不上，而且種的是自家的田。這二年來，也拖了債了，在村裡也不算多，百把塊錢。」茅盾一聽，興趣來了，忙問：「那你怎麼還債呢？」

「打算在『頭蠶』裡還呀，今年『頭蠶』養得好，還清這點債是不成問題的。」丫姑老爺胸有成竹地回答。

茅盾笑了笑，說「養蠶？賣給誰？你的這點桑葉，不如賣葉，不要再去養蠶。」茅盾又把養蠶的危險說了一遍。

丫姑老爺聽著覺得有道理，但沉默了半晌，搖搖頭說：「少爺，不養蠶也沒有法子想。賣葉呀，廿擔葉有四十塊賣得算是頂好了，一擔繭子的「葉本」總要廿擔葉，可是去年繭子價錢賣到五十塊一擔。只要蠶好！到新米收起來，還有半年；我們鄉下人去年的米能夠吃到立夏邊，算是難得的了，不養蠶，下半年吃什麼？」

「可是今年的繭子價錢不會像去年那樣好了！」茅盾說到這裡，望了一眼這個丫姑老爺，又說：「你是自己的田，去年這裡四鄉收成也還好，怎麼你就只夠吃到立夏邊呢？而且你又新背了幾十塊錢債？」

「有是應該還有幾擔，我早已當了。鎮裡東西樣樣都貴了，鄉下人田裡種出來的東西卻貴不起來，完糧呢，去年又比前年貴，——一年一年加上去。零零碎碎又有許多捐，我是記不清了。我們是拚命省，去年阿大的娘生了個把月病，撐著沒有看郎中吃藥，——這麼著，總算不過欠了幾十洋鈿新債。今年蠶再不好，那就——」丫姑老爺苦著臉，向茅盾訴苦到這裡，便嘎然而止。

茅盾點點頭，又安慰他幾句，丫姑老爺才懷著忐忑不安的心，向茅盾告辭。

茅盾在烏鎮這幾天，忽然對小鎮經濟有了新的認識。在研究上海金融經濟過程中，本來纏繞心頭的農村、鄉鎮的經濟狀況，總算有了一個大概的比較，也有了許多令人心酸的例子。鎮上幾個熟悉的小商人告訴茅盾：「市面已經冷落得很，小小鎮頭，舊年年底就倒閉了廿多家舖子。」訴說時，個個都哭喪著臉。

茅盾在故鄉的半個月時間中，所見所聞所感是一幅 30 年代悲劇畫面，從這幅畫面中，茅盾深深感到，一二八戰爭像一顆炸彈，把壓抑、沉默的人們驟然驚醒了，人情世態發生了變化，農村狀況、小鎮經濟狀況也同樣發生變化，而且這變化是驚人的。

茅盾安頓好母親，隻身回到上海。隔了兩天，《申報月刊》的主編俞頌華來向茅盾約稿，並告訴茅盾，這稿子要在創刊號上發表。茅盾立刻想到，寫一篇反映小鎮商人生活的小說。此時，回鄉半個月的所見所聞，以及自己幼時在烏鎮生活時的商店情景，像放電影一般，在腦海裡出現，忽然發現在這些見到的故鄉商人形象中，勤儉、怯弱、謹慎、奉公守法、缺少決斷、又會做生意的個性，是小商店老闆的共性形象。於是，茅盾構思好後，於 6 月 18 日寫完這個小鎮商人生活的小說。小說寫了一個姓林的小店老闆，小本生意，因為不堪新軍閥的壓迫和苛捐雜稅的逼迫破產出走，這又給小債戶一擊，形成了大魚吃小魚，小魚吃蝦米這樣一種社會現象。小說寫好後，茅盾題上《倒閉》二字，作為小說題目，交給俞頌華。俞頌華連夜拿回去審讀，發現這是一篇難得的好小說，作品展現的社會生活豐實、複雜，故事線索脈絡清楚而富有個性，林老闆形象極有地方特色，語言形象化、個性化。但一看題目叫《倒閉》，便皺起眉頭，覺得在創刊號上，恐怕老闆會不開心，於是，便跑去茅盾家裡，和茅盾商量，是否題目改一下，並建議用小說故事裡主人翁的店舖，並虛化一下，叫「林家舖子」。茅盾一聽，也覺得有道理，同意了。

《林家舖子》剛剛在《申報月刊》創刊號上發表，烏鎮拍來電報，謂茅盾祖母高氏去世了。於是，茅盾冒著 8 月的酷暑，舉家返鄉奔喪。

因祖母已 80 高齡，子、孫都長大了，手頭也不拮据，所以喪事辦得十分有排場。在 3 天的喪禮日子裡，親朋故舊，來吊喪者絡繹不絕，茅盾又碰到

春天見到過的丫姑老爺。那個丫姑老爺也是來吊唁的，沈太夫人生前待他們不薄，所以他即使家裡再窮，也要來吊唁。

茅盾問起他養蠶的情況、問起他還債的情況，這位丫姑老爺連連搖頭，說「沒有聽少爺的話，養蠶豐收了，但卻虧了本，不僅老債沒有在春蠶裡還掉，還添了新債。」言之下意，不堪回首。丫姑老爺還向茅盾講述了養蠶豐收後，如何更加辛苦地去無錫等地賣繭，最後有的人得了病，雪上加霜等。茅盾聽完丫姑老爺的敘說，唏噓不已。他又忽然發現，農村也因一二八戰爭的影響，經濟崩潰，引發出一系列矛盾和困惑。

回到上海後，茅盾寫完短篇小說《右第二章》以後，十月開始短篇小說《春蠶》的寫作。在寫作過程中，茅盾調動積儲在腦海裡的兒時信息，小時他隨祖母養蠶，知道了不少養蠶的艱辛，今年的幾次回鄉所見所聞，又如爛斷電影，一個片斷一個片斷地呈現在腦海之中，因此，《春蠶》寫得非常順利，到 11 月 1 日，已經殺青。這篇小說敘述了發生在江浙蠶鄉的一個故事，講述一個叫老通寶的蠶農，辛辛苦苦地養春蠶，並取得了豐收。雖蠶繭豐收了，繭廠卻關門，原因是繭子受日本白廠絲的傾銷，不值錢了。因此，老通寶一家勞頓一場不算，還因買葉借了債，蠶繭豐收了，生活卻更艱苦了。老通寶氣得一病不起。小說的結構靈巧又綿密，語言精巧秀麗，恰似一幅江南春蠶風俗圖。

《春蠶》脫稿以後，茅盾接著又寫了《冥屋》、《秋的公園》、《光明到來的時候》等散文。

《春蠶》在《現代》第二卷第一期上發表後，立刻引起廣泛的讚揚，朱自清肯定茅盾的創作路子：「我們現代小說，正應該如此取材，才有出路。」也有讀者認為：「作者處處從側面入手用強有力的襯托，將帝國主義經濟侵略深入到農村，以及數年來一切兵禍、苛捐……種種剝削後的農村的慘酷景象，盡量暴露無餘。」由於《春蠶》受到讀者的熱烈歡迎，夏衍化名蔡權聲把《春蠶》改編成電影劇本，並由明星影片公司攝製成同名影片。這是茅盾的作品第一次上銀幕。

由於《春蠶》這個短篇小說的出現和啟發，繼《春蠶》後，這類豐收成災的題材，也在新文學陣地上發展起來，洪深的農村三部曲，即《五奎橋》、《香稻米》、《青龍潭》；夏征農的《禾場上》；葉紫的《豐收》；葉聖陶的《多收了三五斗》等，一時間十分熱鬧。

　　見《春蠶》叫好,《申報月刊》俞頌華又來找茅盾,要茅盾寫農村題材的作品,茅盾答應了,故鄉農村的艱辛,連上海一些報紙上也都見報了,加上自己對故鄉的瞭解和把握,茅盾便順著《春蠶》裡的故事情節,在 1933 年 4 月寫了《秋收》,寫老通寶的稻子收成好反而又欠債,農民走投無路,自發吃大戶;後來又寫了《殘冬》,描寫農村經濟破產,農民們自發鬥爭的已經爆發。顯然,《秋收》、《殘冬》的創作,有受《水滸》的影響,農民鬥爭有逼上梁山的感覺,但這在杭嘉湖蠶鄉來說,倒是十分真實可信了。

　　茅盾為營造這鄉鎮風景線,短篇、散文、速寫諸文體方面,一齊努力,使這道真實的鄉鎮風景線,更加絢麗,更加可愛。1933 年,他的小說《當舖前》,以烏鎮所見的真實情景為背景,記敘了這人間慘劇的一幕;他的《老鄉紳》、《速寫》、《香市》、《鄉村雜景》、《陌生人》、《談迷信之類》,都是 1933 年茅盾的鄉鎮風景線上多彩的一筆!次年,即 1934 年,江浙遭受百年未遇的旱災。烏鎮四鄉出現河流乾涸的災情,民謠有「民國廿三年,河港朝天」的說法,茅盾回鄉,也目睹這些旱象和災情,於是,茅盾又寫了紀實性小說和散文《賽會》、《大旱》、《戽水》、《桑樹》、《人造絲》、《瘋子》等,這些作品,反映了 30 年代初,農村經濟凋敝,農民破產的狀況,揭示了帝國主義經濟侵略是農村破產的原因,也揭示了政府的腐敗及農民那種固執愚昧落後的一面。

重涉白話話題，雖熱烈卻收效不大，奈何。

胞弟獻身鄂豫皖，母親深明大義；他刻骨銘心手足情；夫人淚漣漣，
　從此不離左右。

第十四章　文化風暴：多事歲月

　　30 年代初，茅盾的文學活動彷彿又恢復了 20 年代初那股活躍的勁頭，「左聯」的事，報紙約稿，出版社要書，雜誌社要文章，無聊文人的攻擊，猶似一場文化風暴，鋪天蓋地，把茅盾整個兒都淹沒在文化之中。因此，30 年代前 5 年，是茅盾創作的黃金時期，《子夜》、《春蠶》、《林家舖子》等現代文學史上的名作，都是這個時期創作的。

　　1932 年底，茅盾寫完了《子夜》的後記之後，乘興又寫了一篇《我的回顧》，對自己 5 年來的創作道路，作一個簡要的回顧。短短的 5 年當中，茅盾在革命的高潮之後，冷靜思索，勤奮創作，寫出了三個長篇，兩個中篇及十幾個短篇，奠定了茅盾在新文學上的地位。5 年中，茅盾左衝右突，努力「使自己不至於粘滯在自己所鑄成的既定的模型中」，不斷改換題材：知識分子題材、都市題材、鄉鎮題材、歷史題材等，這些都顯示了作家的努力和追求。在回顧自己 5 年來走過的歷程，茅盾謙虛中充滿自信，他說：「1927 年 9 月，我開始作小說，到現在已經整整 5 個年頭。5 年來，除了生病（合算起來，這也佔據了兩年光景），我的精神時間，幾乎完全在小說的構思與寫作上。」接著又說：「我所能自信的，只有兩點：一、未嘗敢『粗製濫造』；二、未嘗為要創作而創作，——換言之，未嘗敢忘記了文學的社會的意義。」一個做小

說的人「不但須有廣博的生活經驗，亦必須有一個訓練過的頭腦能夠分析那複雜的社會現象；尤其是我們這轉變中的社會，非得認眞研究過社會科學的人每每不能把它分析得正確。」他還說：「我永遠自己不滿足，我永遠『追求』著。我未嘗誇大，可是我也不肯妄自菲薄！是這樣的心情，使我年復一年，創作不倦。」

從某種意義說，茅盾在政治與文學的天平上，似乎文學創作更有成績，似乎更有發展前程。但是，強烈的社會責任感，又驅使茅盾不忘中國共產黨的歷史使命。因此，瞿秋白、魯迅等友人和茅盾來往十分密切，包括許多左翼文化人士，來往十分頻繁。而茅盾的論人論文的尺度，政治、社會功利方面，盡量和黨當時的要求相近。所以，茅盾當時曾向瞿秋白提出，要求恢復中共組織關係，希望在黨內受到直接指揮。瞿秋白無論在經歷上、志趣上，和茅盾有許多相似之處。因此兩人十分投機，共同語言也較多。聽了茅盾的要求，秋白表示盡快向中共核心組織反映。但此時六屆四中全會已開過，王明奪取了上海黨中央的領導權，秋白被排擠出黨的核心，因此對瞿秋白轉述茅盾的要求，中共中央似乎不大在意，竟沒有答覆。

一天，「左聯」成員陽翰笙來到茅盾家裡，拿出他在上年出版的長篇小說《地泉》說，出版社要再版，希望茅盾給這部小說作序。《地泉》是包括「深入」、「轉換」、「復興」三部曲的長篇小說。作品反映農村革命的「復興」。但由於這部作品寫作時正受太陽社朋友倡導革命文學的影響，小說的概念化缺點十分明顯。茅盾在前段時間，對這種所謂的革命文學作過批判。其中包括陽翰笙的這部長篇小說。

於是茅盾對陽翰笙笑道：「你要我寫序，我就要批評這部作品。」陽翰笙點點頭，認眞地說：「我知道，我也想過，無產階級革命文學從 1928 年發生到現在，已經經歷了 5 年的歷史，正在走向成熟。這本書是幾年前寫的，本不打算印了，現在既然有書店肯再版，就藉再版的機會，請幾個朋友寫點文章，也算對這本書作個定評。」

「有那些朋友寫了序？」茅盾聽說陽翰笙請幾個朋友寫序，問道。

「瞿秋白、錢杏邨。」陽翰笙回答。

「那好，我也寫，不過您不要動氣啊。」茅盾笑道。

「哪裡，哪裡。」陽翰笙忙說。臉上一臉虔誠。

後來，茅盾寫了一篇《地泉讀後感》，從扭轉革命文學創作公式化、概念

化傾向入手，評論陽翰笙的《地泉》的缺點。直言不諱地批評《地泉》「亦濃厚地分有了那時候同類作品的許多不好傾向。」什麼「不好傾向」呢？這就是「缺乏社會現象全部的非片面的認識，」「缺乏感情地去影響讀者的藝術手腕。」指出《地泉》「本書只是『深入』、『轉換』、『復興』等三個名詞的故事體的講解。而本書的作者，恰就先給我們三篇故事體的講解。」「惟在已有政治認識的人們方能理智地去讀完這本書而有所會於心，或有『畫餅充飢』地聊一快意；至對於普通一般人，則本書只是白紙上有黑字罷了。」

後來，茅盾這篇直言不諱的文章，被陽翰笙一字不改地編進湖風書店 1932 年 7 月出版的《地泉》內，並作序言刊佈。茅盾後來感嘆，「這種接受不同意見的雅量是令人欽佩的。」並進一步加深了茅盾和陽翰笙之間的友誼。

左聯成立以後，關於文藝大眾化問題討論多次，第一次討論時，茅盾剛剛回國，環境的適應，家務事的分心，茅盾只看了一些討論發言的文章，發現許多文章都十分中肯，魯迅的話尤為精闢和深刻：「多作或一程度的大眾化的文藝，也固然是現今的急務。若是大規模的設施，就必須政治之力的幫助，一條腿是走不成路的，許多動聽的話，不過文人的聊以自慰罷了。」所以文藝大眾化問題討論，熱鬧一陣子以後，也就偃旗息鼓了。

1932 年夏天，茅盾寫完《林家舖子》之後，「左聯」又發起文藝大眾化的討論，起因是瞿秋白在《文學》半月刊上發表《普洛大眾文藝的現實問題》，在 6 月又發表《論文學的大眾化》。當時發表文章的《文學月報》認為秋白的文章很重要，便約請茅盾、陳望道、夏衍、周揚、鄭伯奇、田漢等人寫文章，參加討論。

當時，茅盾看到瞿秋白的《論文學的大眾化》，觀點十分新穎別致，見解也非常獨到，但秋白對白話的評價，茅盾認為不敢苟同，因為秋白認為：「五四」式的白話是非驢非馬的文字，是中國文言文法、歐洲文法、日本文法的混合體；號稱「白話」，實則是「新文言」，是士大夫的專利，和從前的文言一樣，勞動大眾是讀不出，聽不懂的。……因此現在必須發動一個反對「死的語言」的革命運動。革命文學要用現代中國活人的話來寫，尤其要用新興階級的話來寫。……至於革命的大藝文藝，尤其應當從速用淺近的新興階級的普通話開始。

但茅盾也發現其中的一些觀點，有些似是而非。因此，乘刊物約請茅盾寫文章參加討論的機會，針對瞿秋白的論點，寫了《問題中大眾文藝》，展開

了熱烈的討論。全文分四節，分別為「舊」文言與「新文言」，「技術是主，文字本身是末」在第二節展開討論；第三節是現代中國普通話怎樣估價；第四節是「到底用什麼？」這篇討論文章，有事有據，令人信服。茅盾用了「止敬」這個筆名在《文學月報》上發表了這篇文章。

隨後，瞿秋白又發表了答辯文章《再論大眾文藝答止敬》，分三個方面進行答辯，即解釋一些誤會，二是講明原則分歧，三是提出了認字拉丁化問題。繼續闡述自己的觀點。

茅盾讀過這篇文章，發現自己與秋白是從不同前提來爭論的，對文藝大眾化的概念理解不同，是指作家們要努力使用大眾的語言創作人民大眾看得懂、聽得懂、能夠接受的喜聞樂見的文藝作品呢，還是主要是指由大眾自己來寫文藝作品？而茅盾的理解是前者，瞿秋白的理解是後者。因此，茅盾沒有接著瞿秋白的文章來繼續討論。

也許關於文藝大眾化的討論，在當時文人圈子裡，只是一個時髦。因此，「左聯」中人都熱心於文藝大眾化的宣傳和討論，但所化的力氣和收到效果很不相稱。因為當時的政治形勢，社會制度不允許文人們這樣做。

1934 年夏秋間，上海進步文藝界又掀起第三次文藝大眾化的討論，在這之前，蔣介石在南昌發表《新生活動運要義》，強制推行以封建道德「四維」（禮義廉恥），「八德」（忠孝仁愛信義和平）為準則的新生活運動。5 月份，國民黨教育部汪懋祖等掀起「文言復興運動」，在國民黨的《時代公論》上發表文章，大肆鼓譟。因此，上海「左聯」同仁決定以汪文為靶子，開展第三次文白之爭的討論。當時魯迅、茅盾、陳望道、胡愈之、魏猛克、陳子展、傅東華、許杰、樂嗣炳等人紛紛寫文章，抨擊復古逆流，維護五四成果。

到了 8 月份，文藝大眾化的討論正酣，達到高潮，這時，陳望道、樂嗣炳就打算乘勢辦一個刊物，力倡大眾語運動。也抨擊林語堂等人提倡的小品文。陳望道為此還在「一品香」餐廳請客，茅盾出席了。9 月 3 日陳望道又請一批作家聚餐，茅盾和魯迅都去作陪客。當時，陳望道對《太白》刊名有了解釋，他對魯迅、茅盾說：太白太白，就是白而又白，比白話文還要白的意思；還有，太白二字筆劃少，符合簡化的原則；還有太白是太白星，在黎明前出現，又名啟明星，表示天快亮了，又暗示國民黨的黑暗統治即將結束。魯迅一聽陳望道這個解釋，撣了撣手頭的香煙，點點頭，對大家說：「這只能我們自己淘裡知道，不能對外講，防備被審查委員會的老爺們聽了去。」茅

盾也點點頭，表示讚同。陳望道想請魯迅、茅盾參加《太白》編委會時，魯迅說：「還是暗地裡支持你好，公開列名，恐怕反而於刊物不利。」茅盾也讚同魯迅的這個意見。

後來，茅盾和魯迅一道，用實際行動支持《太白》。《太白》半月刊從 1934 年 9 月創刊，到 1935 年 9 月停刊，茅盾共發表了 23 篇文章。應該說，茅盾在文藝大眾化方面功不可沒。

正當茅盾忙得不亦樂乎的時候，「左聯」書記處又辦起《文學月報》，茅盾又被推為編委。於是，茅盾既忙於給《文學月報》寫文章，又忙於替《文學月報》審閱小說稿件，在審閱小說稿中，茅盾發現一個很有才華的新人——沙汀。當時，周揚把沙汀的《碼頭上》、《野火》兩個短篇送給茅盾，茅盾看後，在退給周揚稿件時，對《碼頭上》一篇寫了幾句審讀意見，大意是：寫得還可以，看得出作者是有才華的，小說可以發表。不過結尾的寫法我不喜歡。當時，周揚把茅盾的意見轉告訴沙汀，沙汀感動不已，十分振奮。後來沙汀的《法律外的航線》小說集出版後，茅盾撰文高度評價。

1933 年春節，已在北平的鄭振鐸回上海過春節，在與茅盾晤面時，二人都十分懷念過去在商務印書館編《小說月報》時那段生活，十分感慨。鄭振鐸是個熱心腸的人，也是一個富有激情的人。在感嘆現在沒有一個自己的刊物時，忽發奇想，建議茅盾把《小說月報》辦起來。茅盾笑道：「你丈人雖是商務元老，但是復刊《小說月報》，恐怕他也作不了主。商務當局是越來越保守了，他們是怕我們的，如果要辦刊物，倒不如另找一家出版社來出版。」

鄭振鐸點頭讚同，於是二人又具體策劃雜誌的具體內容，包裝和發行等事。鄭振鐸說：「找書店出版的事交給我來辦，刊物的名稱就叫《文學》如何？至於主編一職由你來擔任。」茅盾一聽，連連擺手：「不行，不行！我是被戴上紅帽子的，我當主編，不過三天，老蔣的手下就找上門來了，還是另找一個不被他們注意的。你本來是《小說月報》的主編，由你來擔任，倒名正言順，可是你又在北平教書。」鄭振鐸一聽，也覺得有理，便說：「如果是這樣，我只能頂個虛名，幫忙拉拉稿子，實際辦事，總得在上海找一個人。」

「誰合適呢？」茅盾也沉思起來。

「傅東華怎樣？」鄭振鐸像發現什麼似地說。

　　茅盾一聽，沉吟一會兒，說：「人倒還合適，不過他會答應嗎？我怕他捨不得丟開商務這個鐵飯碗。」

　　「我先動員動員再說，其他的事，您多費心再考慮一下。怎麼樣？」鄭振鐸自告奮勇。

　　過了兩天，鄭振鐸來告訴茅盾，傅東華已經同意擔任主編了，出版《文學》的書店也找到了，生活書店願意出版。茅盾一聽，也非常高興，便和鄭振鐸一起研究編委名單，除茅盾和鄭振鐸之外，還列了魯迅、葉聖陶、郁達夫、陳望道、胡愈之、洪深、傅東華、徐調孚等。後來傅東華又要一個年輕人來協助他編輯，於是請黃源來協助編《文學》雜誌。等籌備完畢，鄭振鐸便回北平教書去了。

　　《文學》雜誌終於在 1933 年 7 月 1 日創刊，發行後立即受到歡迎。4 天後又再版創刊號，一個半月後，已經再版 4 次，可見歡迎程度。

　　《文學》是繼《小說月報》之後，抗戰之前，出版時間最長、影響最大的大型雜誌，爲辦這個雜誌，茅盾不僅是個主策劃人，而且又是一個撰稿人，他運籌帷幄，嘔心瀝血，培養了大批青年作家，又發表了不少好作品。

　　1933 年 12 月中旬的一天傍晚，刺骨的北風緊刮著。茅盾正在燈下看《文學》的稿子，突然傳來咚咚的叩門聲，夫人孔德沚出去開門，原來是魯迅家裡的女佣送信來。信是魯迅寫給茅盾的，信中寫道：有一熟人從那邊來，欲見兄一面，弟已代約明天午後×時於白俄咖啡館會晤。

　　第二天，茅盾按約準時來到咖啡館，魯迅已在那邊等候了。剛進門坐定，茅盾便問魯迅：「大先生，那邊誰來了？」

　　「成仿吾。」魯迅正在抽煙，撣了一下煙灰說。

　　「誰？成仿吾？」茅盾有些疑惑。因爲茅盾雖與成仿吾等創造社朋友打過不少筆墨官司，卻從未見過面，前兩年又聽說他去蘇區了。

　　「不會錯的，他去找過內山，內山認得他；還有鄭伯奇也要來，他們是熟人。」魯迅見茅盾有些疑惑，解釋道。

　　正說著，鄭伯奇來了，大家寒暄過後，鄭伯奇告訴茅盾，他已見過成仿吾。這時，咖啡館門口進來一個又黑又瘦的小個子，鄭伯奇忙起來招呼，原來這就是成仿吾！茅盾和魯迅都是第一次和成仿吾見面。

　　成仿吾一邊喝著熱氣騰騰的咖啡，一邊說自己是從鄂豫皖蘇區過來的，是到上海來治病的。問魯迅能不能幫他找到黨方面的朋友。魯迅沉吟一會

兒，說「可以，你來得正是時候，過幾天就不好辦了。」並記下成仿吾的住址。

成仿吾斂起笑容，對茅盾說：「沈先生，我們雖是初次見面，但今天有個不好的消息要告訴你，令弟澤民在鄂豫皖蘇區病故了。」

「什麼？不可能！」茅盾猝不妨成仿吾會帶來這樣一個消息，心驟然縮緊，脫口否認這個事實。

魯迅和鄭伯奇在一邊也驚呆了。

「那邊的環境太艱苦了，擔任鄂豫皖蘇區中央分局委員、蘇區省委書記以後，澤民的工作十分繁重，他身體本來單薄，肺病又復發了，加上在那裡又得了嚴重的瘧疾，就支撐不住了。」成仿吾又說。

「是哪一天？葬在哪裡？琴秋呢。」茅盾心頭像塞了一塊東西似的，說不出話來。

「11月20日犧牲的，大概就地埋葬了，琴秋不在身邊，她隨紅軍主力去路西了。」成仿吾說。

4個人都默不作聲，呆坐在那裡。這時，魯迅打破了這壓抑的氣氛，站起來說：「沒有別的事，我就先告辭了。」茅盾也站起來，向成仿吾告辭，「仿吾先生，我也走了。」

茅盾和魯迅一起走出咖啡館，步行回家。途中，魯迅問道：「令弟今年三十幾了？」「虛歲三十四。」茅盾戚然地回答說。「啊，太年青了！」魯迅轉過身來，無限惋惜地說。

又走了一陣，茅盾想起成仿吾的事，問魯迅：「你說的黨方面的朋友是指秋白嗎？」魯迅點點頭，說「秋白幾天以後就要去江西了，所以我說過幾天就不好辦了。」

「這件事我讓德沚今天晚上去通知之華，你就不必自己去了。」茅盾說。魯迅說：「也好，那就拜託你了。」

第二天，茅盾才把澤民去世的消息告訴夫人孔德沚，並叮囑她不能讓母親知道。德沚聽到這個消息，眼淚潸然而下，連聲否認「假的假的，謠言！」她待這個小叔，像親弟弟一樣，澤民的聰穎和好學，澤民的進步和外出，都讓這位嫂嫂牽掛。去蘇區之前，來家裡告別的情景，還像在昨天一樣，怎麼突然會去世呢？孔德沚從痛苦的思緒中拉回來，抬起淚眼：「琴秋呢？」

茅盾悶頭抽煙，見夫人問，就說：「琴秋隨部隊走了，不在鄂豫皖。」

「這怎麼可以呢！她為什麼不留在身邊照顧他？」孔德沚一聽，火來了，叫道。

「大概是革命工作的需要。」茅盾吐了一口煙，說了一句。

「難道留在那邊就不算革命工作的需要？」德沚悲慟而又激動地叫著。

茅盾沒有再說什麼，苦笑一下，又提醒夫人：「不要讓媽媽聽見了。」這時，孔德沚才平息下來，低聲抽泣著。

過了幾個月，又是春暖花開的時候了。有一天，茅盾母親突然問茅盾：「阿二怎樣了？」「很久沒有接到他的信了，郵政不通，但聽人說，他身體還好。」茅盾裝作若無其事的樣子，隨口回答。

這時，茅盾母親一臉嚴肅地說：「你不要瞞我了，告訴我吧，我不會難過的。」說著從藤椅坐墊下面拿出一張國民黨辦的小報，遞給茅盾。茅盾一看，上面有一則消息：沈澤民在鄂豫皖蘇區死了，他的哥哥最近在上海某大佛寺裡請和尚念經超度亡靈。

茅盾知道母親已經知道，只得告訴說：澤民真的死了，是得病死的，「不過說我請和尚念經則是國民黨小報造的謠。」

茅盾母親眼睛有些濕潤，過了一會兒，嘆了一口氣，說「我不會難過的，阿二從小身體單薄，三歲那年得一場大病，死裡逃生，活到了現在，總算還做了一點事情。我就當作他小時候那場病死了，也就想開了。」

茅盾聽到這裡，大為感動，真不知說什麼才好。

過了元旦的一天，瞿秋白突然出現在山陰路大陸新村三弄九號茅盾家裡。秋白是來向茅盾辭行的。「沈先生，我已接到通知，就要去那邊了。」言辭間，露出依依不捨的情愫。

「什麼時候走？」茅盾沒有想到這麼快。

「近幾天就走。」

「東西都準備好了嗎？之華去不去？」茅盾神情中流出一種孤獨的淒然，問道。

「準備好了，之華組織上沒有批准。」秋白訥訥地說，也有些悵然。

在談到澤民犧牲的時候，秋白神情愴然地說：「前年澤民去鄂豫皖時，曾與他長談過，我們曾相約革命勝利後，在上海相會，誰料那一夕談竟成永訣！」澤民與秋白是好友。

講到文藝上的事時，秋白不無惋惜地說：「沈先生，看來，只有等到革命勝利後，我再來弄文藝了。」

茅盾送走秋白，獨自佇立在門口，凜冽的寒風吹來，茅盾感慨萬端，在這革命的歲月裡，文化上奔忙，胞弟的獻身，朋輩的聚散，何日是雲開日出，光明重來？！

在敵、我夾縫中，可以同仇敵愾；在朋友夾縫中，他費盡心血。瞿
　秋白被補，魯迅和他木然相對。

曲曲折折，本是世間常事，也是煩事，但他依然成果斐然。

文壇上的是是非非，並不是從今日始。

第十五章　夾縫中的努力

　　正當茅盾和鄭振鐸策劃創辦的《文學》首戰告捷後不久，國民黨上海市
黨部宣傳部召集出版商和雜誌主編開會，提出今後不准出版和發表「反動」
書刊和文章。書籍雜誌和原稿要預先審查以後才得發表或出版。茅盾聽到這
個消息，預感到國民黨反動派又要對進步文化進行圍剿了。

　　不久，《文學》編輯傅東華來找茅盾，說：「據說生活書店出的《生活》
月刊和《文學》月刊都在被禁之列。」茅盾心裡一怔，果然不出所料。「消息
可靠嗎？」傅東華說：「我再去探聽探聽。」說完，又行色匆匆地走了。

　　過了兩天，傅東華又來找茅盾，告訴茅盾說：「國民黨市黨部提出三條繼
續出版《文學》的條件，一是不採用左翼作品，二是為民族文藝努力，三是
稿件送審。」

　　茅盾聽完傅東華的話，臉色嚴峻地說：「他們是逼我們。用送審辦法來壓
我們雜誌。」

　　沒有幾天，通知來了，除了從第二卷起，每期稿子要經過檢查官的檢查通
過，才能排印外，版權頁上還不能籠統署「文學社」名稱，而署主編姓名。

　　1 月 23 日，茅盾通知剛剛從北平到上海的鄭振鐸，一起去找傅東華商量

研究對策。商量結果，決定從第二卷第三期開始，連出四期專號，即出翻譯專號，創作專號，弱小民族文學專號，中國文學研究專號。以對付國民黨檢查官的檢查。茅盾這個辦法，實際上是借用自己十多年前編《小說月報》出專號的辦法，不過那時不是為了對付檢查。商量以後，茅盾他們立即在《文學》二卷二期發一個廣告：「今後的《文學》連出四大專號，預定概不加價。」

在這之前，為了更巧妙地與國民黨檢查官鬥爭，茅盾他們召開編委會，決定版權頁上改署傅東華、鄭振鐸名字，主編由傅東華實際負責，茅盾則退入幕後。所以，當出專號的打算決定以後，茅盾和鄭振鐸曾專門去魯迅那裡匯報，魯迅聽了茅盾他們的打算，認為這是目前應付敵人壓迫的可行辦法，表示讚成，但對四個專號以後《文學》能繼續出下去，表示懷疑，認為國民黨的壓迫只會愈來愈烈，出版刊物、寫文章也只會愈來愈困難。「他們是存心要扼殺我們的。」魯迅末了補了這麼一句。

不料，魯迅的擔心，在《文學》登出廣告之後，在上海那些小報上出現了。這些小報造謠說：《文學》內容「與前完全不同」，並說《文學》出二期翻譯專號，一期中國文學專號之後，即暫停刊，其原因即為補足訂戶。茅盾、傅東華他們見到這個謠言，十分氣憤，又立即在《文學》翻譯專號上登個關謠啟事，指出這消息「全與事實不符。本刊自入二卷，亦已出版二期，內容是否與前完全不同，讀者有目共睹，無待聲辯。至於今後連出專號之用意，無非使讀者注意集中，期可將目前文學建設所需商討之種種問題逐個解決。且本刊提出的專號，係連續四期，並非三期。」「至謂本刊專號出齊即行停刊，則更屬捕風捉影之談。本刊自始即以促進文學建設為職志，苟為環境所許，俾本刊得效棉薄於萬一，本刊自當不辭艱險，奮鬥圖存，非至萬不得已時決不停刊。」與那些御用報刊作針鋒相對的鬥爭。所以，茅盾就是在這樣夾縫環境中作鬥爭，作努力。

5月的一天，茅盾拿著新出版的《文學》翻譯專號到魯迅家裡商量工作。魯迅告訴茅盾：《文學》出翻譯專號，對作家的翻譯熱情倒是個刺激。魯迅又感嘆說：「這幾年來介紹外國文學不像以前那樣時興了，譯品的質量也差，翻譯家好像比作家低了一等。其實要真正翻譯好一部名著，不比創作一部小說省力。」

茅盾深有同感，一聽魯迅這話，笑道：「這叫媒婆不如處女。」

　　過了一會兒，魯迅點點頭，對茅盾說：「我倒有一個想法，我們來辦一個專門登載譯文的雜誌，提一提翻譯的身價。這雜誌，譯品要精、要高、印刷也要好。」

　　茅盾一聽，當即表示讚同，並說：「目前作家們有力氣沒處使，辦這個雜誌，可以開闢一個新戰場，也能鼓一鼓研究外國文學的空氣。」說到這裡，茅盾停一下，又問道：「如果這樣，只登翻譯小說麼？」

　　魯迅似乎胸有成竹，說：「不，不僅登小說，也登論文、雜感、回憶等。」魯迅看了一眼茅盾，又說：「對了，黎烈文不編《申報・自由談》了，把他也拉進來，作為發起人如何？」茅盾點點頭，知道黎烈文在層層壓力下，剛剛向史量才送了辭職書，此時正想回湖南老家，正在躊躇未定中。沒等茅盾開口，魯迅又說：「發起人算你、我、烈文三個，過幾天有空，我們三個人再碰個頭。」

　　不久，魯迅、茅盾、黎烈文三人在魯迅家裡正式商議《譯文》事宜，雜誌名稱是黎烈文提出來，魯迅茅盾肯定同意的。並商定由魯迅作《譯文》主編。先與生活書店聯繫。由於魯迅對木刻和外國的繪畫有偏愛，提出在未來這個雜誌裡，可以多翻印些外國的繪畫和木刻。茅盾擔心成本高，書店老闆不願意。

　　過幾天，茅盾因為忙而未及時與生活書店聯繫，不料魯迅催得緊，問辦的進展情況如何。於是，茅盾把黃源推薦給魯迅，並要黃源與生活書店徐伯昕聯繫一下。經黃源聯繫，生活書店表示願意出版《譯文》，並把生活書店「先試辦三期，不給稿費和編輯費，若銷路好，再訂合同補算」的條件告訴魯迅，不料魯迅一口應承，並爽快地說：「就照他們的條件辦，頭上三期，我們三個發起人盡義務包辦了。」並讚揚生活書店「他們還算有魄力的，其他書店恐怕更不願意出版了。」並由魯迅提議《譯文》編輯人用黃源的名字。實際終審把關是魯迅。

　　創刊號十分順利，於 1934 年 9 月如期出版。茅盾積極支持、扶持《譯文》，在《譯文》這個園地裡傾注了不少心血。他在《譯文》雜誌上，共發表小說 13 篇、譯評 12 篇，後來把這些譯文結集，題名《桃園》出版。

　　然而，到 1935 年下半年，內部發生一件不愉快的事，使茅盾在內部的夾縫中作艱難的努力。這一年的 8 月底，鄒韜奮回國，看到生活書店經理徐伯昕身體不好，便讓他休息，並讓海鹽人畢雲程代理。畢雲程代理經理後，對

此之前徐伯昕與《譯文》雜誌同意魯迅建議出版一套譯文叢書一事，不知情。所以一聽說到叢書事，表示不能接受，認為生活書店已在印行鄭振鐸編的《世界文庫》，現在又要印行譯文叢書，是生活書店內部自相矛盾競爭，經濟負擔也不行。鄒韜奮也認為畢雲程有道理，便把這個意見告訴黃源，生活書店不同意出版譯文叢書。對魯迅絕對尊重的黃源，見譯文叢書不能在生活書店出，只好去找老友吳朗西、巴金的文化生活出版社。文化生活出版社表示同意。不料，生活書店知道這件事後，十分惱火，認為黃源在背後調花槍，並認為要去其他出版社出，必須生活書店同意才行。當時，魯迅知道這件事後，十分惱火。

9月17日，生活書店在新亞公司宴請茅盾、魯迅、鄭振鐸、胡愈之、傅東華。生活書店是鄒韜奮、畢雲程。黃源沒有被邀請。所以，宴會剛開始。畢雲程客氣一番後就說到正事上，說：「《譯文》仍請魯迅編輯，而不是黃源」。乍一聽，似乎是看重魯迅，但實際上是要撤換黃源。無視發起人的意見，性格剛烈的魯迅一聽這話，十分生氣，筷子一放，板起臉，說：「這是吃講茶的辦法！」站起來，頭也不回地離席而去。一時，大家面面相覷，不知怎麼辦才好，不歡而散。

第二天，魯迅又約了黎烈文、茅盾、黃源去他家，當面把已與生活書店簽的合同撕了，表示如果生活書店要出《譯文》，必須與黃源簽。並要茅盾去通知生活書店。於是茅盾又夾在中間去奔波了。後來，鄭振鐸也為此事的奔波，都沒有成功，《譯文》終於在無法彌合中停刊了。

文壇上的風風雨雨，給茅盾帶來困惑。他一方面要和國民黨的壓迫作鬥爭，用各種辦法表明自己的主張、觀點；另一方面在目標都是為了同一戰鬥的前提下，又要調解左翼文壇內部的關係，同心協力地工作。在複雜的人事關係中，茅盾仍奮力創作，寫出了一批有影響、有價值的作品和文章。

為了對付國民黨的檢查，茅盾用「風、蘭、莆、曼、惠、江、丙、明」等新筆名，在《文學》第二卷上寫了書評、作家論等大量評論文章，同時又旗幟鮮明地參加「小品文論戰」、「大眾語論戰」「偉大作品產生問題的討論」、「文學遺產問題」、「翻譯討論」等文壇熱點的論爭。在這中間。茅盾寫的作家論《廬隱論》、《冰心論》、《落華生論》等三篇可謂空谷足音，給讀者耳目一新的感覺。《廬隱論》和他早些時寫的《徐志摩論》一樣，開廬隱研究先河，也「有點總結廬隱一生創作的意味。」茅盾在這一篇作家論中，充分肯定廬

隱是五四時代就注意到文學的社會意義的第一個女作家。因此，字裡行間，對盧隱坎坷一生和輝煌成就，作了深刻分析和充分肯定，認爲盧隱「是被『五四』的怒潮從封建的氛圍中掀起來的、覺醒了的一個女性。」「在『五四』時期的女作家能夠注目在革命性的社會題材的，不能不推盧隱是第一人。在盧隱的《海濱故人》集前 7 篇小說裡，她「很注意題材的社會意義。她在自身以外的廣大的社會生活中找題材。」盧隱的第二個短篇集《曼麗》，是她從「頹唐中振起的作品，是閃爍著劫後的餘焰。」茅盾肯定盧隱作品的風格是「流利自然」，「從不在形式上炫奇鬥巧。」同時，對盧隱的小品文，茅盾也作了充分肯定。在對盧隱作全方位的考察和評論以後，使盧隱這位早慧又早逝的五四女作家，得到了應有的公正的評價。

在寫完《盧隱論》之後，茅盾接著又寫了《冰心論》，對這位唱著人世的歡娛，「信奉愛的哲學的女作家，作一番考察，認爲冰心這位女作家的作品，一類是描寫人們生活中的痛苦和快樂的；另一類是以自我爲中心的，這類作品「在人間不露光芒」，「更沒有人注意」。像茅盾這樣全面評價冰心作品的文章，當時還不多，因此，茅盾這篇《冰心論》成爲當時文壇引人注目的一篇文章。接著，茅盾又寫了《落華生論》。

在撰寫大量評論、小說時，茅盾又應邀在 1934 年至 35 年，爲良友圖書公司選編了《新文學大系》小說一集，共選了 29 位作家的 58 篇小說，爲新文學的第一個 10 年留下了豐厚的史料。

茅盾編完《新文學大系》之後，又準備遷居。新居在信義村四號。由於新居離魯迅家較遠，所以在遷居前一天晚上，專門到魯迅家裡告別。

到了魯迅家裡，茅盾發現魯迅這天心情憂鬱，話不多，像有什麼心事似的。茅盾和魯迅說了幾句後，便起身告辭。這時，魯迅也站起來，一語不發，拉著茅盾重新坐下，然後壓低嗓音說：

「秋白被捕了！」

茅盾一聽，怔住了，半天說不出話來。

「這消息可靠嗎？」茅盾看著臉色憔悴的魯迅，半晌，才問道。

「他化名給我寄來了一封信，要我設法找鋪保營救。看來是在混亂中被捕的，身份尚未暴露」。魯迅說。

「之華知道了嗎？」茅盾焦急地問。

「告訴她了，她是乾著急。你也知道，這一次上海黨組織破壞得厲害，

所有關係都斷了，所以之華也沒辦法，不然找一個殷實鋪保還是容易的。現在找這樣一片店，又要照我們編的一套話去保釋，恐怕難。」說到這裡，魯迅停了停，望了望窗外，接著對茅盾說：「我想來想去，只有自己開它一個鋪子。」

茅盾沉吟了一會，說：「就怕遠水救不了近火。還是要靠黨方面來想辦法。」

不久，秋白被叛徒出賣，在福建長汀英勇就義。茅盾和魯迅在萬分悲痛中，編輯亡友遺作《海上述林》，以紀念這位革命同志和文學朋友。

1935 年，在夾縫中，茅盾經過努力，成績斐然，除了一些評論文章外，還寫了《有志者》、《尚未成功》、《無題》、《夏夜一點鐘》、《擬浪花》《搬的喜劇》等短篇小說，還動手寫了《少年印刷工》等中篇小說。

然而，此時還處在夾縫中的他，依然在努力著。

為生活而奔波
作「傳話人」，兩邊不理解，風波平而不息。
魯迅逝世，茅盾夫人執紼送殯。
「左聯」解散與否，功績俱在。

第十六章　抗戰前的奔波

　　對故鄉一往情深的茅盾，回到烏鎮時，發現故鄉觀前街老屋後面原來作倉庫用的平屋十分幽靜，可惜年久失修，已經破爛，「如果翻造一下，讓母親住在這裡，比臨街樓房還清靜；自己在裡面創作，也可少些在上海的喧鬧和嘈雜。」茅盾起了翻修平屋的念頭。1934 年春暖花開時，茅盾到烏鎮，請「泰興昌」紙店經理黃妙祥一起來商量翻修後面這三間平房的事。黃妙祥竭力慫恿茅盾趁現在工料便宜的時候，翻造這三間平房。茅盾聽後，對黃妙祥說，「我也這樣想。不過這件事還想聽聽我媽媽的想法。」回上海後，茅盾便向母親匯報：「上海雜事太多，應酬太多，不能定下心來寫東西，我打算將老屋後面的三間平房翻造一下，這樣，就可以躲起來寫小說了，平時，你可以搬進去住。聽黃妙祥講最近的工料也便宜。」茅盾母親聽後沉吟一會兒，覺得兒子講得有道理，便同意了。於是茅盾寫信給黃妙祥，讓他去請木匠估價。並寄去日本式風格的草圖。後來，在建造過程中，黃妙祥又一再給茅盾去信，說木料漲價了，石灰不夠了，瓦片嫌少等等，要求追加經費。結果花了近千元，才算造好。三間平屋造好後，在烏鎮這樣的小鎮上引起小小轟動，一些人好奇地來「參觀」沈家少爺親自設計的「小洋房」。黃妙祥還煞有介事地領了茅

盾去「驗收」。茅盾一看這房子的通風和採光條件都不錯，大爲滿意。其實在建造過程中，承包商在暗地裡大大偷工減料，直到 50 年以後，才發現茅盾生前喜歡的這平屋，用料竟是這麼扣剋和單薄！

在烏鎮有了這幽靜的居所，茅盾便把上海的一些書及沙發、床、桌子等日用傢具運回故里，還專門讓木工做了一個可以把房間前後分隔的書櫥，把上海帶回的線裝書，放在這別緻、實用的書櫥裡。一切安排好後，茅盾讓母親住在裡面，又從鎮上買回花草，又移來天竹、棕櫚和葡萄樹；把這三間平屋的環境點綴得極有生氣。

1935 年秋，茅盾下決心離開上海這喧囂的地方，回到烏鎮，躲進這剛剛落成的平屋裡，開始作他那構思已久的小說，在烏鎮住了兩個月後，茅盾帶著一部中篇小說《多角關係》回到上海。《多角關係》以上海附近的小縣城爲背景，以地主兼資本家唐子嘉 1934 年年關時節的債務糾紛爲線索，引出一連串故事，反映了金融危機下面的人情變化和人情糾葛，形成了一個名副其實的多角關係。

後來，《多角關係》這部中篇小說，發表於《文學》1936 年 6 卷 1 期，1937 年 5 月由文學出版社出版單行本。

茅盾從烏鎮回上海不久，去參加蘇聯十月革命紀念酒會，魯迅也去了，史沫特萊特地叫出租車去接茅盾和魯迅，然後換車進蘇聯領事館。

氣氛輕鬆的酒會上，史沫特萊把茅盾拉到一邊，悄悄地對茅盾說：「我們大家都覺得魯迅有病，臉色不好看，孫夫人也有這個感覺，蘇聯同志表示如果他願意到蘇聯去休養，他們可以安排好一切，而且可以全家都去。我們也認爲這是最好的辦法。」說到這裡，史沫特萊停了一下，瞥了一眼在不遠處的魯迅，有些爲難地說：「上次我給魯迅講過，但他不同意。所以我想，你沈先生出面，勸勸魯迅先生，讓他同意去蘇聯養病。」

茅盾聽罷，深爲感動，並表示願意去說項。第二天，茅盾到魯迅家裡，轉達史沫特萊的話，並希望魯迅去蘇聯養病。同時認爲魯迅去蘇聯養病可以把《漢文學史》寫完。起初，魯迅心動了，表示可以考慮。不料過了一個星期，魯迅回話又不同意去蘇聯養病了，表示「輕傷不下火線」。

茅盾和魯迅、和史沫特萊的友誼是非常深厚的。1936 年春節裡，茅盾去魯迅家裡拜年。告辭時，魯迅送茅盾下樓，走到樓梯中間，魯迅忽然止步，悄聲對茅盾說：「史沫特萊告訴我，紅軍長征已抵達陝北，她建議我們給中共

中央拍一份賀電，祝賀勝利。」「好啊！」茅盾一聽，立即讚同說，然後轉念一想，又問魯迅「可是電報怎樣發出去呢？」魯迅邊走邊說：「交給史沫特萊，她總會想辦法發出去的。」

此後，茅盾沒有再和魯迅商量此事。但茅盾知道中共方面確實收到過署名魯迅茅盾的「在你們身上，寄託著人類和中國的將來」的電報。

茅盾在魯迅家裡看到「左聯」駐「國際革命作家聯盟」代表蕭三給「左聯」的信，信中肯定了「左聯」的成績，也批評了「左聯」關門主義的錯誤，同時也建議解散「左聯」而另外成立一個廣泛的統一戰線的文學團體。茅盾見到這封信，深有同感，覺得蕭三是看到了「左聯」存在的問題的。但魯迅看了這封信以後，卻不同意解散「左聯」，認為「左聯」是左翼作家的一面旗幟。

但憑一封信，畢竟不能有什麼動作的，況且茅盾和魯迅看法還不盡一致。1936 年春節裡，鄭振鐸告訴茅盾：「夏衍有重要的事要與你說，時間由你定。」夏衍雖然早幾年將茅盾的《春蠶》搬上銀幕，但因上海地下黨組織被破壞，加上茅盾這幾年搬家頻繁，相互已久不聯繫。於是茅盾便問道：

「夏衍找我有什麼事？」

「大概是關於『左聯』的事吧。」鄭振鐸也不明底裡，說道。茅盾想了一下，同意了，便對鄭振鐸說：「明天上午在你家裡與他見面如何？」

鄭振鐸點點頭，忙說：「可以呀。」

第二天上午，夏衍如約來到鄭振鐸家裡，與茅盾晤面。夏衍與鄭振鐸是朋友，所以與茅盾說話，也不避他。夏衍告訴茅盾：自從上海黨組織破壞以後，「左聯」已經癱瘓，各自為戰。現在黨中央號召要建立抗日統一戰線，文化界已經組織起來，文藝界也準備建立一個文藝家的抗日統一戰線組織，這個組織的宗旨，不管他文藝觀點如何，只要主張抗日救國，都可以加入。末了，夏衍說：「這件事想請你徵求魯迅的意見。」

「那末『左聯』這個名稱和組織呢？」茅盾看到過蕭三代表共產國際的信，便問夏衍。

「我們也考慮了，既然要成立新組織，『左聯』就沒有存在的必要了。我們認為，它已經完成了歷史使命，應該解散了，不解散，人家以為新組織就是變相的『左聯』，有些人就害怕，不敢來參加，那麼統一戰線的範圍就小了。我們還準備去報上登個啟事，宣布『左聯』解散。不過，這事要徵得魯

迅同意。」

茅盾笑笑，問道：「那麼你們去問過魯迅麼？」

「沒有，魯迅不肯見。所以想請你把這意思轉告魯迅。」夏衍說了一句，沒等茅盾答腔，又問道：「我們這些想法，不知沈先生你以爲如何？」

「這些想法和意見都是很對的，至於具體怎麼進行，讓我再考慮考慮。同時，我還將與魯迅商量一下再說。」茅盾說。

第二天，茅盾去魯迅家裡轉達夏衍的意見。魯迅對中共是十分欽佩的，也十分尊重中共的意見，同時對中共也十分坦誠。他聽了茅盾轉達夏衍的意見以後，爽快地說：「他是想組織文藝家抗日統一戰線的團體我讚成，『禮拜六派』參加進來也無妨，只要他們讚成抗日。如果他們進來以後又反對抗日了。可以把他們再開除出去。」說到這裡，停一下，吸了一口煙，又說：「至於解散『左聯』，我以爲沒有必要。文藝家的統一戰線組織只要有人領導，領導這個組織的當然是我們，是『左聯』。解散了『左聯』，這個統一戰線組織就沒有了核心，這樣雖然我們把人家統過來，結果恐怕反要被人家統了去。」

魯迅深刻的見解，茅盾向來佩服，魯迅的擔心不無道理。因此，茅盾在次日又和夏衍在鄭振鐸家裡見面，茅盾把魯迅的話告訴了夏衍。夏衍一聽，連忙辯解道：「解散『左聯』不會沒有核心的，我們這些人，包括魯迅先生在內，都在新組織裡面，這就是核心。」聽到這裡，茅盾也替魯迅說了一句：「魯迅的意見是有道理的。我可以把你的意見再告訴魯迅，我只作個傳話人。」於是，夏衍希望茅盾再去魯迅那裡解釋一下。

後來，茅盾把夏衍的話原原本本地告訴了魯迅，魯迅一聽，笑道：「對他們這般人我早已不信任了。」言外之音是，有周揚他們在新組織裡面作核心，這個新組織是搞不好的。茅盾見魯迅態度十分明朗，不好再說什麼，再多說，恐怕會引起魯迅誤解。於是茅盾便把魯迅堅持不解散「左聯」的意見，託鄭振鐸轉告夏衍，避「說客」之嫌。

後來，魯迅經徐懋庸的說項，同意解散「左聯」了，但提出必須發一個宣言，申明「左聯」的解散是爲了把無產階級文藝運動推向一個新的階段，而不是自行潰散。當時周揚他們也同意這樣做。但結果，「左聯」解散了，「宣言」卻沒有發。因此，魯迅大爲惱火，認爲他們言而無信，同時也遷怒新成立的文藝家協會。茅盾被列爲文藝家協會發起人後，一度與魯迅的關係十分

尷尬。當周揚他們希望茅盾從中調解魯迅與周揚、夏衍他們之間的關係時，茅盾婉言推掉了，茅盾覺得自己處在這種境地，已是「沒法調解」。

與此同時，當時文壇上還正在熱烈討論國防文學這個口號。當時上海文藝界地下黨組織在與中央失去聯繫的情況下，根據第三國際刊物上的一些口號，推出了一個「國防文學」的口號，與政治上的抗日統一戰線相呼應。但口號推出後，由於理論上的不成熟，內涵十分模糊，而另外又有人把國防文學這個口號罵得一文不值，說成這個口號是放棄無產階級利益向資產階級投降的口號。而徐懋庸等卻沒有解釋清楚。因而文壇上的討論還十分混亂，但又十分熱烈。據說當時，魯迅曾私下對茅盾說：「國防文學這個口號，我們可以用，敵人也可以用。至於周揚他們的口號內容實質到底是什麼，我還要看看他們的口號下賣的是什麼貨色。」後來一些評論家認為夏衍的《賽金花》是國防文學的「標本」，魯迅見後哈哈大笑，對茅盾說：「沈先生，他們的國防文學原來是這樣的？」魯迅是從階級觀點來審視這個國防文學的口號的。

茅盾對此討論，一開始保持著觀望和沉默態度。後來，為了文藝界的團結和廓清理論界的誤導，茅盾寫了一些匡正謬誤和正面闡述國防文學口號的文章。在《文學》雜誌上連續寫了三篇短文，即《中國文藝的前途是衰亡麼》、《悲觀與樂觀》、《論奴隸文學》，匡正了理論界的一些模糊認識。後來茅盾和周揚談過一次後，茅盾認為應該寫文章正面闡述國防文學這個口號。於是連續寫了《需要一個中心點》、《進一解》等文章，正面闡述國防文學，認為「國防文學」是順應時代的潮流而產生的，「這是謳歌為祖國而戰，鼓勵抗戰情緒的文學。然而這不是黷武的戰爭文學。」「這是民族文學，詠讚民族自救的文學。然而這不是狹義的民族主義的文學。」作為茅盾，當時也是憑直覺憑經驗來審視國防文學這個口號，而沒有直接受到中共的指示。但茅盾的責任感、使命感驅使他去投入這個口號的討論。在魯迅沒有同意的情況下，左翼文化人胡風在《人民大眾向文學要求什麼》一文中，又提出「民族革命戰爭的大眾文學」的口號。這使本來趨於緩和的左翼文化人內部矛盾，又趨向白熱化。因為胡風這篇文章，隻字不提國防文學這個口號，而另外提了一個口號，這樣一件事，原本是魯迅、茅盾在當時的中央特派員馮雪峰的幫助下共同策劃的，為平衡情緒採取的一個措施。不料，後來背著魯迅，胡風發了這篇文章，使本來的糾紛，更加複雜了。但作為茅盾仍在為此努力，6月7日下午，中國

文藝家協會在上海成立，茅盾被選爲常務理事和召集人。

馮雪峰經過研究後，認爲「國防文學」和「民族革命戰爭的大眾文學」兩個口號可以並存，這個意見得到魯迅和茅盾的同意。魯迅爲此還寫了文章，並讓馮雪峰請茅盾交《文學界》發表，結果《文學界》沒有給予重視，發表時沒有放在頭條。文學界依然是一片反對聲，反對民族革命戰爭大眾文學的口號，而繼續宣揚國防文學的口號，用貶一褒一的做法，使得文學界雙方在雜誌上爭吵不休。對此，作爲雙方的調解人，茅盾感到十分爲難。

於是，茅盾在 7 月下旬與馮雪峰談話，並由其妻舅孔另境幫茅盾整理成文，題目爲《關於引起糾紛的兩個口號》，並交徐懋庸在《文學界》上發表。不料，與茅盾的文章同時登出來的還有周揚的一篇反駁文章《與茅盾先生論國防文學的口號》。茅盾十分納悶，原來《文學界》收到茅盾的稿子後，先送周揚看了，因而文章沒有印出，反駁文章卻寫了，因此茅盾看到出版的《文學界》雜誌後，又寫了「再說幾句——關於目前文學運動的兩個問題」，發表在 8 月 23 日的《生活星期刊》上。這篇文章，茅盾直接參與爭論，闡述了什麼是關門主義和宗派主義等三個問題。筆意銳利，坦然而又深刻。文章發表後，周揚曾私下託人向茅盾解釋。從此，茅盾與周揚他們的論爭，也就告一段落。

但是，9 月下旬《今代文藝》上發表《戲改魯迅茅盾聯》後，又惹出一番風波，戲聯稱是郭沫若寫的：「魯迅將徐懋庸格殺勿論，弄得怨聲載道；茅盾向周起應請求自由，未免呼籲失門。」而提供者金祖同，又別出心裁說在郭處見到茅盾寫給郭沫若的一封長信。這個《戲改魯迅茅盾聯》發表後，文壇議論紛紛。茅盾也捺耐不住怒火，專門寫了《談最近的文壇現象》，刊登在 10 月 10 日《大公報》上。茅盾這篇文章發表時，魯迅正是病情日漸沉重時。茅盾曾和史沫特萊等朋友爲魯迅的病而奔波過。但都因魯迅的固執而未能及時治療。終於在 10 月 19 日逝世。當魯迅逝世的消息傳來時，茅盾正在故鄉烏鎮養病和寫作，當收到妻子孔德沚從上海發來的「周已故速歸」電報時，茅盾的痔瘡已發得厲害，躺在床上不能動彈，茅盾手捧電報，淚水潸然而下。茅盾本想趕往上海，參加魯迅葬禮，不料疼痛難熬，母親也勸他，等病稍好些再去上海。於是，茅盾過了兩三天後，急速趕赴上海，與夫人孔德沚和女作家陳學昭等去墓地寄託哀思。茅盾原打算在烏鎮寫長篇小說《先驅者》的計劃，也中斷了。茅盾連續寫了《寫於悲痛中》等三篇文章，紀念悼

念魯迅。

　　在兩個口號文章論爭期間，鄒韜奮發起、茅盾主編《中國的一日》，這本仿蘇聯高爾基的《世界的一日》而成的書，以 1936 年 5 月 21 日這一天所發生的事作為全國徵文的內容。這本書於同年 9 月由生活書店出版。

　　在抗戰前，茅盾在論戰紛呈，風雲多變的時代裡，他依然勤奮創作，寫了《大鼻子的故事》、《兒子開會去了》等兒童文學，以及《煙雲》、《送考》、《官艙裡》等小說。值得一提的是茅盾為日本《改造》雜誌寫的小說《水藻行》，這是茅盾以故鄉為背景的，反映人性覺醒的一個短篇小說，也是茅盾一個唯一先在國外發表的小說。寫這個小說的目的，「就是想塑造一個真正的中國農民形象，他健康、樂觀、正直、善良、勇敢，他熱愛勞動，他蔑視惡勞力，他也不受封建倫常的束縛，他是中國大地上真正的主人。」同時，茅盾還寫了不少散文、評論和譯文，同時他也系統地總結自己的創作體會，寫了 3 萬字的一本書：《創作的準備》。這是他第一次系統地總結自己的創作經驗。

　　此時，抗日戰爭的風暴即將來臨。

蔣介石健忘，通緝令未取消，邀請電已到。

文章代槍炮；雖失文章本色，卻是時代使然。

遠走他鄉，妻子燈下抱貓苦等——

只緣烽火連天。

第十七章　連天烽火

1937 年是個烽火連天的年份！

上一年 12 月發生的西安事變，經過中國共產黨的努力，終於和平解決。蔣介石同意抗日了！蔣介石在張學良的陪奉下回到南京。消息像一二八商務印書館的紙灰一樣滿天飛的時候，茅盾他們一些在上海的左翼進步文化人，面對各種各樣的傳聞，真真假假、撲朔迷離的消息，惘然了。聖誕節的夜晚，茅盾被街上的鞭炮聲所驚醒。孔德沚上街一打聽，原來是上海的黨政警憲奉命慶祝蔣介石被放回南京，一些不明真相的小市民，也跟在後面起鬨。茅盾關上門，擰亮電燈，在燈下寫了一篇散文：《鞭炮聲中》。把蔣介石被放回南京時的那個聖誕節晚上上海小市民的面相刻劃得入木三分，留下了一個令人捧腹的片斷。

1937 年 6 月底，江南在酷暑籠罩下，熱得似乎比以前更早！從西安回來的蔣介石，似乎比以前更活躍了，並且裝出一副開明君子的樣子，他以領袖身份，邀請全國各黨各派各方知名人士上廬山「共商國是」。一天，鄭振鐸送來國民黨中央政治委員會秘書處寄來給茅盾的邀請信，邀請茅盾參加廬山第三期談話會。茅盾捏著這封邀請信，向鄭振鐸苦笑道：「他們給我的通緝

令還沒有撤銷，怎麼又來邀請信？」鄭振鐸也笑了起來，問道：「你準備去不去呢？」

「我想想再講。」茅盾把信朝桌子上一扔，說道。

「我看可以去聽聽老蔣說些什麼。」鄭振鐸認真地說：「這比報紙上的新聞可靠。」

茅盾斂起笑容，點點頭說：「這倒也是，如果他真能抗日，總也是好事，何況也可乘機摸一摸蔣介石抗戰的決心究竟有幾分。」於是茅盾寫了一封表示願意出席廬山談話會的回信，仍托鄭振鐸轉寄。

不料，七七蘆溝橋事變發生後，茅盾收到「鑒三期談話會因時局關係暫緩舉行特此奉聞。」的一紙電報，原先上廬山的打算也就此告吹。

此時，全國烽火蔓延，全國人民的抗日情緒十分高漲，平津告急，時局十分危急。民族矛盾已經上昇為主要矛盾，中華民族已經到了最危急的時刻！7月30日，北平、天津淪為敵手，日軍從山海關外源源不斷地向華北增兵。8月7日，日本的川越大使到了上海，日軍陸戰隊和海軍集中在上海。9日，日本海軍武官士兵強闖虹橋機場，槍擊士兵，被中國士兵還擊斃命。8月13日，日軍以此為藉口挑起事端，在上海發動大規模侵略進攻，英勇的上海軍民奮起抗戰，上海街頭號外紛飛，人心激昂。茅盾也為這種民族精神的大檢閱而激動而歡呼。

14日那天是周末，上海進步文化界照例有個聚餐會，這些文化人都被昨天的戰爭激動著，也有不少人抱著探聽消息和去向而來的，因此，聚餐會比以往多了一桌，氣氛仍然十分熱烈，探討文藝家在抗戰中的任務以及活動等具體問題。茅盾在席間也表示了自己的意見，他說，在必要的時候，我們人人都要有拿起槍來的決心，但是在目前，我們不要求作家藝術家投筆從戎，在戰爭中，文藝戰線也是一條重要的戰線。我們的武器就是手中的筆，我們要用它來描繪抗日戰士的英姿，用它來喊出四萬萬同胞保衛國土的決心，也用它來揭露漢奸、親日派的醜惡嘴臉。我們的工作不再在亭子間，而在前線、慰勞隊、流動劇團、工廠等。茅盾越說越激動，最後他說「總之，我們要趁這大時代的洪流，把文藝工作深入到大眾中去，提高大眾的抗戰覺悟。開創一個抗戰文藝的新局面來。」

茅盾話音剛落，其他朋友紛紛發表意見，希望辦一個適應戰時的刊物，並推舉茅盾擔任這個刊物的主編。

　　不料，正當大家在炮聲中熱熱鬧鬧、群情激昂地討論刊物時，外邊進來幾個遲到的人，帶來了一個振奮人心的消息，中國空軍雄鷹展翅，轟炸出雲艦！這一消息不啻給聚餐的文化界戰士帶來一付興奮劑，個個彷彿要上戰場上似的，一轟而散，興奮地離去。

　　15 日，茅盾約馮雪峰去找巴金，商量辦刊物的事。茅盾把昨天聚餐會上大家的意思說過以後，巴金連連說：「這很好，這很好。」表示讚同。他還對茅盾說：「文化生活出版社已決定《文叢》停刊，聽說《中流》、《譯文》也已決定停刊。所以，抗戰真正開始了，但文藝陣地上卻一片空白，豈不讓後人笑話？」

　　「對，你講得對。我們無論如何要想辦法出個刊物。和這個時代合拍！」茅盾吸了一口煙，接過巴金的話茬說。

　　巴金又說：「不過當前書店老闆都忙著搬家，顧不上出新書和新刊物，看來這個刊物還是我們自己集資來辦，好在週刊經費也不多，銷路估計也可以的。」

　　「何不用《文學》、《中流》、《文叢》、《譯文》四個刊物的同人的名義辦起來，資金也由這四個刊物的同人自籌。」馮雪峰說。

　　「馮先生說得對，就這麼辦，還可以加一條，寫稿盡義務，不付稿酬。」茅盾又興奮地補充著。這樣，一個為順應抗戰形勢而誕生的刊物——《吶喊》的雛形初成了。茅盾自告奮勇來寫發刊詞，又約定由茅盾、巴金、馮雪峰分頭去找《文學》、《中流》、《文叢》、《譯文》四個刊物的主編，討論合力辦刊。茅盾熱血沸騰地趕寫了《吶喊》的創刊獻詞《站上各自的崗位》，用充滿激情的文筆寫道：「中華民族開始怒吼了！中華民族的每一個兒女趕快從容不迫地站上各自的崗位罷！向前看！這有炮火，有血，有苦痛，有人類毀滅人類的悲劇；但在這炮火，這血，這苦痛，這悲劇之中，就有光明和快樂產生，中華民族的自由解放！」

　　到 8 月 25 日，《吶喊》像一個嬰兒一樣，呱呱墜地了。它的第一聲啼哭，第一聲吶喊，就是對日本帝國主義侵略中國的控訴。上海街頭一邊是炮聲隆隆，一邊是人們爭相購買抗日的報章雜誌，但是，這個陣容強大的《吶喊》高知名度的作者陣容，自然引起國民黨當局的注意。不久，出現了租界工部局扣留了抗戰報紙和雜誌，報童被毆打等等情況，其中就有引人注目的《吶喊》。於是茅盾他們又利用邵力子等老朋友的社會關係，走個形式，到國民

黨上海市政府社會局補辦個手續。這時，茅盾他們也聽到不少朋友對《吶喊》這個刊物名稱有不同看法，認爲和這個時代不協調，僅僅吶喊是不夠的。因此，茅盾趁補辦手續的機會，把《吶喊》改爲《烽火》，於9月5日正式出版。

從7月到9月這三個月裡，茅盾以不可遏制的感情，寫下了抗戰初期的大量檄文，也寫下了大量的擴展抗戰文藝的設想和意見。當時《救亡日報》曾有一則令人驚訝的報導，說上海大學留滬同學會戰時服務團在靜安寺馮存堂藥號門口辦個壁報，取名《實彈》，宣傳抗日。在第一期的壁報上，茅盾也爲它寫了文章，可見當時茅盾的熱情之高了。

自八一三以後，戰爭並沒有在上海立即迅速發展，日軍和國民黨的戰場上，處於一種膠著狀態。直覺告訴茅盾，「上海不可能久守！」怎麼辦？茅盾面臨著一個離開硝煙彌漫的上海，向何處去的問題。茅盾給母親寫了一封信，詢問母親是隨茅盾全家逃難呢，還是留在上海租界？此時的租界還是安全的。不料，茅盾母親託人帶信來說，她要留在烏鎮，並說，到內地逃難，老了，走不動了，不拖累你們了。住在上海，費用高，不如住在烏鎮清靜。

茅盾接到母親信，仍不放心，便讓妻子孔德沚去烏鎮說服母親，並接到上海租界裡來住。不料，孔德沚去烏鎮幾天後，仍舊一個人回到上海，茅盾見風塵僕僕的妻子一個人回來，急忙問道：「媽媽呢？」

「媽媽不肯來上海，她說上海打仗，亂鬨鬨的，不來添忙亂了。」孔德沚一邊洗臉，一邊說。洗好臉，她又對茅盾說，「媽媽讓我們走之前，把一些書等帶不走的東西，送到烏鎮去。」

茅盾一聽，苦笑道：「媽媽一個人在烏鎮，我們總歸是不放心的。」「也許小鬼子不去那裡。」孔德沚自我安慰地說了一句。

這時，郵差送來一封長沙來信，是德沚的朋友陳達人寫來的，陳達人是孔德沚愛國女校的同學，她現在隨丈夫黃子通在長沙湖南大學。她知道上海已成戰場，便邀請茅盾全家去長沙避難。茅盾夫婦覺得這也是個辦法，但最好是先將兩個讀中學的孩子送到長沙，這樣走起來也輕鬆一些。孔德沚把這個想法告訴陳達人，陳達人也及時回電，表示歡迎。

於是，茅盾夫婦倆著手準備孩子行裝，並由茅盾護送到長沙。孔德沚則把家裡東西清理一下，帶不走的，或送人或寄存，並把家裡的書裝箱後送回

烏鎮去。

正在手忙腳亂準備離開上海，送孩子去長沙時，突然收到弟媳張琴秋從南京的來信，茅盾急忙展信，只見上面寫道：

茅哥、沚姐，很久沒有和你們見面了，而且很久沒有和你們通訊了，我心中時常想念你們，時常打聽你們的消息，問及你們的近狀，但是始終沒有得著你們真實的情形和探得你們的通訊地址，今天遇見王君烈文——他是我過去的舊同學，談到了你們的近況，真使我興奮萬分。擬王君說二月前曾經在滬看見過你們，曾到過你們的家。

我知道你們一定也在問及我，關心我。你們或許已經從報上看到知道我已被殺的消息。不錯，我此次能來南京，確實是死中逃生。我已於今年四月中旬在甘北被馬步芳的軍隊所俘，當時被俘的男女幾千人，殺死者過半，被俘後解送青海西寧，易名隱匿，幫人煮飯，有三月光景，後覓得同鄉一名，才把我設法帶至西安。抵西安後，又由行營押送到南京，由中央黨部送我們入反省院，住了兩個星期，最近有周先生把我保出來，才得著自由，準備明日起程歸家。

……

母親在滬抑在烏？她老人家身體是否強健？阿雙阿南等都長得很大，一定不認得我了吧？我很記念他們！

民的消息，想必你們已經知道了吧！可憐他的一生，為解放人類而奮鬥，歷盡艱苦，拋棄了私人的利益，日夜工作，積勞成疾，終於離去我們而長逝了，唉，我沒有見他最後的一面，實在使我心痛！！……

茅盾孔德沚夫婦已經五六年沒有收到琴秋的信了，突然見到弟媳張琴秋署名「鳳生」的來信，又悲又喜，又想起胞弟沈澤民犧牲的事，都唏噓不已！孔德沚看了信，想到澤民的死，琴秋受的苦，心酸淚下，悲從中來。

10月5日下午，茅盾領著女兒沈霞、兒子沈霜急匆匆地趕到火車站，趕乘火車去鎮江。因為在戰時，火車直到暮靄降臨才開車，以避開敵機騷擾。從上海到鎮江，本來可以直開蘇州、鎮江，但因上海到蘇州已被軍車佔道，客車要先到嘉興，繞道到蘇州，才能再到鎮江。

　　火車在黑夜裡咣噹咣噹地喘息著。茅盾和兩個孩子擠在擁擠的車廂裡，竟意外地碰到左翼文化人鄭伯奇一家，一打聽，才知道他們是到西安去。

　　一路上，火車走走停停，停停走走，半夜一點鐘光景，才到嘉興站，然後是走蘇嘉路，朝蘇州方向開去。（這一條蘇嘉路是一條新建不久的鐵路，後來被毀，一直沒有修起來。）過蘇州後，天就泛出魚肚白，經無錫、常州，到鎮江時，已是上午9點光景了。茅盾3人坐了一夜火車，帶著疲憊的神色，直奔長江碼頭，買到當天下午去漢口的船票。下午，這艘掛著英國國旗的太古輪船公司的客輪，徐徐朝上游開去。兩天兩夜的長江航行，終於在10月8日到達漢口。茅盾3人上岸後，找到開明書店，竟意外地見到老朋友葉聖陶和章錫琛，茅盾讓開明分店經理章雪舟買去長沙的火車票。

　　終於在10月10日中午到達長沙，陳達人已經在車站等候，黃子通也替茅盾的兒子女兒聯繫好長沙的兩所名牌中學，即岳雲中學和周南女中。在長沙短短的幾天中間，茅盾在黃子通的陪伴下，專門應邀去湖南大學講演；又會見了當時鼎鼎大名的紅色教育家徐特立先生。徐老先生此時正在長沙籌辦中共駐長沙的辦事處。茅盾事後回憶說：當時「我十分激動，因為徐老是我們在抗日戰爭開始第一個接觸到的以公開身份活動的共產黨人，而這樣身份的同志已有十年不見了。」自然，在生活、前途感到困難，要「逃難」這樣的生活境遇裡，見到與自己奮鬥過並一直引為同志的人，能不激動嗎？所以茅盾感到「一見如故」，兩人傾心而談。

　　在長沙安頓好女兒、兒子之後，茅盾便急急忙忙經漢口、杭州，又繞道紹興，坐船回到上海。此時已是11月12日的掌燈時分了。為了送兒女去長沙，來回足足花了一個多月。而妻子則安排好家裡一些東西後，天天在為丈夫的行程而擔心，那天茅盾一路艱辛地回到家時，有一段回憶十分感人：

　　　　11月12日上燈時分，我回到家中，只見德沚一個人抱著一隻白貓坐在沙發裡發呆，旁邊的收音機沙沙地響著。她一見我就跳起來高叫：好了，好了，回來了，總算回來了。接著就是一連串的問題：怎樣回來的？孩子們好嗎？路上走了幾天？吃過飯沒有？又說，這幾天把我擔心死了。現在心裡石頭終於落下了。說完又急忙忙要去燒洗澡水。我說，先做飯罷，我一天沒有吃了！她又奔到廚房，忽又返回說：剛剛廣播，我軍已撤出上海！

茅盾及時地趕回來了，但上海也陷落了，成為孤島，沒有幾天，上海的兩翼

嘉興、蘇州也淪爲敵手。在茅盾的家鄉，一支敵軍從水路向西開拔，路過烏鎮，放火燒了西柵的大批房屋，事後才知道，茅盾的外祖父家的房屋也毀於日寇的戰火。但茅盾母親卻給茅盾來信，爲了讓兒子兒媳放心，特地說烏鎮平安無事，這樣可以讓茅盾他們放心。同時叮囑茅盾夫婦趕快離開上海去內地，對孫女孫子兩個孩子在長沙表示不放心。一片慈母之心，令茅盾感動不已。

1937 年 12 月 5 日，南京陷落後，茅盾夫婦便搬出信義村，住進法租界的一個公寓作難民，同時託人買去香港的船票。在等船票的當中，茅盾應巴金的邀請，回憶這次內地沿途見聞，記錄下這大時代混亂的場面，這就是《蘇嘉路上》等一些散文。

直到 1937 年 12 月底，茅盾和夫人孔德沚登上去香港的輪船，逃離了滿街是火藥味的孤島上海，告別了曾經生活、工作和戰鬥過 20 年的上海。

國土淪喪，避難彈丸之地造文章；

得中共指令；他旗幟初揚，刊物蒸蒸日上，

但到底「還不夠非常」。

第十八章　香港之行

茫茫大海，孤舟遠漂，失去了往年此時的熱鬧和歡笑，沒有新年裡那種噼噼啪啪的鞭炮聲，也沒有聲聲入耳的恭賀聲，陰霾的蒼穹下，海天一色，分辨不出哪是天，哪是海，船窗外的拍浪聲，一陣一陣地傳來，冷冷地令人心寒。茅盾夫婦在這從上海出發去廣州的船上，相對無言，船艙裡的燈在輕輕地搖晃著，孔德沚望著身邊的一堆行李，想起一雙兒女，不無憂慮地對茅盾說：「德鴻，到長沙可能要半個月。」「順利一些，差不多；不順利的話，不夠的。」茅盾抽著煙，回答道。茅盾心裡在考慮到了長沙以後，怎麼辦？現在南京陷落，國民黨中央政府已遷往武漢。武漢的那些朋友現在怎麼樣？因此，從廣州到長沙，再可以去武漢看看。

經過三夜兩天的顛簸，茅盾夫婦終於在 1 月 3 日到達廣州。走上碼頭，發現碼頭上人山人海，大都是沿海一帶南下逃難來的，拖兒帶女，挑擔提箱。茅盾夫婦背著行李，好不容易擠上一輛三輪車，便直奔火車站，打算買當天的火車北上。不料，當茅盾夫婦氣喘吁吁地趕到火車站時，一打聽，去長沙的火車票早就沒有了。「何時才有？」「不知道。」售票窗裡擲出一句硬邦邦的話來。在外面照看行李的孔德沚聽說沒有買到票，急了，忙問茅盾：「怎麼辦？長沙那邊在等我們呀！」茅盾望著廣州火車站上這副人山人海的逃難場

面，以及一個一個的宣傳隊，不無憂慮地嘆口氣說道：「我們去找夏衍吧，讓他給我們想想辦法。」

夏衍此時正在廣州《救亡日報》擔任主編，已來廣州一段時間了。於是，茅盾夫婦拖著行李，去西關長壽路《救亡日報》社編輯部找夏衍。正巧，茅盾他們去時，夏衍正在編輯部看稿子，驟見老朋友來，十分高興，忙端上兩杯茶，送到茅盾夫婦面前。

「路上辛苦吧？」夏衍問。

「還好，坐船慢些，但比火車、汽車輕鬆。這次來廣州，是路過，想去長沙，孩子已經先在那邊了。剛才去買車票，說早賣光了。所以想請你想個辦法，買兩張去長沙的火車票。」茅盾吹了吹茶杯裡浮在上面的茶葉，直截了當地向老朋友說買車票的事。

夏衍一聽，笑了，對茅盾說：「不急不急，買車票的事包在阿拉身上。不過既然來了，在廣州住上幾天休整一下，而且我也正好要找你，請你幫忙給《救亡日報》寫點文章，這也是抗戰工作。住宿我來安排，嫂子你看如何？」夏衍一口氣說完，又徵詢孔德沚。

茅盾一聽，急了，放下茶杯，連忙說：「我『脫離』抗戰有3個月了，現在實在無話可說，還是等我到了長沙以後再給你寫吧。」

「寫什麼，由你定吧，《救亡日報》上的文章，你無論如何也得寫。」夏衍一邊給茅盾倒茶，一邊說。「你們坐一會兒，我去關照他們給你們安排旅館。」夏衍放下水壺出門去了。

一會兒，夏衍回到編輯部，笑道：「我都安排好了，你們歇一會兒就去旅館。」茅盾無奈地笑笑，同意了夏衍的安排。

旅館就在報社不遠的地方，一會兒就到了。孔德沚一進房間，便把包裡袋裡的東西理出來，碗、盆、毛巾等一一放在桌上。這時，茅盾忙阻止說：「德沚，東西不要理了，放著明天再說，說不定夏衍會送票子來，馬上會走的。你太累了，休息一下吧。」

「哪能休息，累倒不累，東西理好，明天走時也方便些，我第一次到廣州來，你先休息一下，我到下面街上看看，廣州的東西是不是比上海貴？」孔德沚蠻有精神地說。

「也好，不過早點回來。」茅盾關心地補了一句。

孔德沚出門去之後，茅盾把夏衍那裡拿來的幾張《救亡日報》翻了一下，

突然想起夏衍的要求，又想起幾個月的所見所聞所思，湧到筆端，不一會兒，便在旅館寫了一篇《還不夠非常》的短文。寫完後，又看了一遍，改了幾個字，署上名，就放在一邊。

這時，夏衍推門進來，告訴茅盾，車票已經讓人去買了，明天能送來，估計起碼要待三兩天才能起程，讓茅盾安心休息一下。同時還告訴茅盾：「在廣州的幾個朋友明天想和你聚聚，不知你以爲如何？」

「好的。」茅盾想在這烽火連天的日子，朋友相聚是難得的，便不假思索地回答。又問夏衍：「哪幾個在廣州呀？」

「郭沫若、蔡楚生、歐陽山、林林、林煥平他們幾位。」夏衍回答說。「明天中午在新亞酒店。我會來陪你去的。」

「那好，你告訴他們，明天我一定去。」茅盾笑著對夏衍說。「噢，對了，你要的文章，剛剛我寫了一篇，不知能不能用，你給斧正一下呀。」

夏衍驚訝又興奮得說不出話來，只說了一句「這麼快？」便從茅盾手裡接過稿子，看了一遍，連連說：「寫得太好了，深刻深刻。」茅盾連忙擺擺手，說：「急就章，將就著吧。」

兩人又說了些別的事，夏衍告辭了，臨走，對茅盾說：「今天您早點休息，明天我來接你。」

這時，夫人孔德沚從外面回來，在門口碰見夏衍，忙說：「怎麼就走了？再坐一會兒吧，我買了些點心來，你也嘗嘗。」夏衍說：「不了，我已經坐了一會兒了，嫂子的點心，我下次再吃吧。」

第二天茅盾夫婦和夏衍一道去新亞酒店參加朋友聚會。在這戰亂中相見，朋友們原先一些文字上的不快，早拋到九霄雲外了，郭沫若和茅盾緊緊地握著手，茅盾問郭沫若：「什麼時候回來的？」郭沫若大聲地講：「我是被他們的炮火送回來的。」郭沫若還告訴茅盾，這次隻身回國，那個日本妻子還在日本，她們可能有麻煩。他內心也覺得有點對不起她們母子們。但國家在哭泣，民族在遭難，自己已經無法安心在敵國國土上生活了。因此，躲過警視廳的耳朵，悄悄地回來了。

茅盾夫婦懷著欽佩的心情，聽郭沫若敘述回國的經歷。大家相聚甚歡，暢談國事戰事，情緒十分高漲。一直到太陽西下，才握手道別。

茅盾夫婦回到旅館時，一個矮敦敦的、卻顯得十分精幹的青年已在那裡等他們，給他們送火車票來。這個青年叫葉文津，他已經在旅館裡等了一個

多小時，他告訴茅盾：「票子已經買好，是 8 號的。」茅盾拿了車票，十分感謝。這時葉文津說：「8 號那天，你們在旅館等吧，我會來送沈先生的。」

1938 年 1 月 8 日，茅盾夫婦在葉文津的幫助下，終於登上去長沙的火車。而夏衍約稿的《還不夠非常》也在這一天的《救亡日報》上發表。火車走走停停，4 天後才到達長沙。

在長沙，茅盾住在長沙近郊，一個地名很有點詩意的地方——白鵝塘一號。這個地方是孔德沚的同學陳達人的家，此時，茅盾的一對兒女也寄居在此地，陳達人的丈夫黃子通是個教授，房子很大。所以，茅盾夫婦一下車就直奔白鵝塘一號。

茅盾到達長沙以後，下一步去哪兒？黃子通陳達人夫婦十分好客，他們希望茅盾夫婦在長沙過陰曆年，在他們家裡多呆幾天。茅盾覺得再看一下形勢，再定行止。於是，他每天上街，看看市面情況，發現此時的長沙，已經有點抗戰氣氛了。一隊一隊的宣傳隊、募捐隊，在街頭出現了。《毛澤東傳》、《朱德傳》一類在上海禁售的書，也出現在街頭書攤上了。拄著棍子的傷兵也在滿街游蕩。這一切，茅盾感慨萬端。在長沙的那些日子裡，他還專門去拜訪一些文友。田漢、孫伏園、王魯彥、廖沫沙、黃源、常任俠等。這些文友見茅盾也來長沙，十分高興，專門為茅盾的到達舉行了一個歡迎會，特地邀請徐特立先生參加。這些友人還告訴茅盾，許杰、朱自清也在長沙。茅盾後來又專門拜訪朱自清。兩人還一起渡江遊覽嶽麓山。

此時，長沙文化界邀請茅盾在長沙「銀宮」作了一次講演。通過這次活動，茅盾認識了一個叫李南桌的文學青年。李南桌是個聰明絕頂的文學愛好者，與茅盾交談幾次後，深為茅盾賞識，並成為經常來往的「學生」。可惜李南桌在顛沛流離中死於非命。茅盾深為痛惜。

在觀察一段時間之後，茅盾決定去武漢探個虛實。2 月 7 日，茅盾到達武漢，此時的武漢已是熱血沸騰，歌詠隊、宣傳隊、演劇隊，到處可見。標語、彩旗、大規模的工人、青年、婦女、學生的遊行，十分熱鬧。茅盾心裡又勾起十年前的回憶，此時此地此境，1927 年的武漢何乃相似！

對武漢這種表面上的轟轟烈烈，茅盾畢竟是見到過的。現在的茅盾已非十年前的茅盾了，沒有那麼多衝動了，更多的是冷靜的思索。他想到了中共，走進了中共長江局（即八路軍駐漢口辦事處）會見周恩來副主席，匯報了自己受聘辦《文藝陣地》雜誌的打算計劃，以及他個人的一些活動方式，

希望得到周副主席的指示。周恩來副主席聽完茅盾的打算笑了笑，說，沈先生的打算很好，我們會動員作家支持沈先生，把刊物辦得更好。後來指示吳奚如，凡是延安及華北抗日根據地工作的文藝工作者及老幹部們寫的文藝稿件，匯總長江局後，由吳奚如選擇，然後交茅盾所編的《文藝陣地》發表。應該說，周副主席這個指示，是對茅盾的極大支持，在當時能享此條件也是絕無僅有的。

在武漢，茅盾與生活書店談妥辦《文藝陣地》後，又去拜訪老熟人董必武。董必武見到茅盾，十分高興，問茅盾是否願意在武漢工作，現在國共合作，如第三廳等，也許茅盾對十年前的武漢的經歷還記憶猶新，表示還是去編雜誌寫小說的好。董必武也非常理解茅盾的選擇，說：「這也好，我會盡力向你提供有關反映敵後鬥爭的稿件的。」

有一次，茅盾與馮乃超相遇，馮乃超知道茅盾過去的經歷，便問茅盾，「你想不想見見陳獨秀？」茅盾一聽，十分驚訝，「他在這裡嗎？」馮點點頭，「我知道他的住址。」茅盾興奮地說：「應該去看看他，我們十年不見了。」在馮乃超的陪伴下，茅盾去拜訪陳獨秀，十年不見，陳獨秀明顯地衰老了，他想不到會在這裡見面，依然健談，陳獨秀高興地對茅盾說：「我經常從你的小說裡見到你！」茅盾請教他對抗戰形勢的看法，陳說，「武漢是守不住的，我們都得走。」又說「日本人一定會來轟炸武漢。」茅盾和馮乃超聽了陳的分析後，不得不佩服地點點頭。

所以，後來茅盾向生活書店的鄒韜奮、徐伯昕提出，《文藝陣地》的編輯出版地點移到廣州，認為印刷條件廣州比武漢好。而且，漢口並不安全，敵人如沿長江逆水而上，武漢是守不住的。茅盾的潛意識裡，十分欽佩陳獨秀對戰事的分析和見解。

在武漢那轟轟烈烈的日子裡，茅盾依然冷靜思考，寫了 9 篇文章，對抗戰文藝表示了自己的看法，包括抗戰文藝的走向、趨勢以及為抗戰服務的形式問題等。

2 月 19 日，茅盾回到長沙，向陳達人一家告別，偕妻子兒女於 21 日登上南下的火車，直奔廣州。臨行，張天翼給茅盾送來一篇給《文藝陣地》的小說《華威先生》。24 日到達廣州，住在珠江邊上的愛群大酒店。一到廣州，消息傳出，夏衍、潘漢年、葉文津、歐陽山、草明、于逢、蒲風、林煥平、林林等朋友都陸續來看望茅盾。戰亂年頭，友朋相見，分外親切。晚上，薩空

了又來看茅盾，他準備將自己主編的《立報》移到香港去出版，想請茅盾去香港幫他主編《立報》的副刊《言林》，茅盾一聽，說：「不行呀，我要在廣州編《文藝陣地》。」

「這不矛盾，你可以同時編兩種。《文藝陣地》是半月刊，字數不多，佔不了你多少時間；《言林》只有 2500 字一期，你順手就編好了。還有，你可以到香港去居住，那邊環境也比這裡安全，用不著天天躲警報。《文藝陣地》在那邊編好，再送來廣州印刷發行。不是也很好嗎。」薩空了苦心勸說著。他又勸茅盾，這樣編兩個，生活上也可應付日愈高漲的物價。

茅盾答應考慮一下再答覆。晚上和妻子商量之後，決定遷香港去生活，每月把編好的《文藝陣地》送回廣州，而廣州則把稿子信件及時送到香港。薩空了知道茅盾同意後，十分高興，並約茅盾一家一同去香港。

2 月 27 日，茅盾攜妻子兒女，到了香港，先住在九龍尖沙嘴附近的一條街上，因為在電車路旁，不安靜，後又遷到九龍太子道 196 號四樓。

暫時安頓以後，茅盾把孩子送進華南中學，然後，茅盾在艱苦的條件下，開始編輯《文藝陣地》和《立報・言林》。4 月 1 日，《言林》復刊，茅盾在《言林》上開始連載《你往哪裡跑》的長篇小說。這個小說，也是應薩空了的要求而動手的，寫的是抗戰題材，剛剛發生在上海的故事，暴露了 8・13之後上海各階層人士所持的不同態度，其中有愛國志士，熱血青年，也有漢奸、投機商、托派分子等。這個長篇開始擬名《何去何從》，覺得太刺眼，怕引起麻煩，所以改為《你往哪裡跑》。茅盾這種邊寫邊登的辦法，還是第一次嘗試。後來在《言林》上發表作品，有不少知名作家：杜埃、林煥平、李南桌、黃繩、袁水拍等。不久，《言林》便成為茅盾在香港為抗日吶喊、助威的一個陣地。

在《言林》復刊編輯工作走上軌道以後，茅盾同時又投入編輯半月刊《文藝陣地》的雜誌，因為有長沙、武漢、廣州之行，茅盾對創刊號以及以後幾期的稿源，充滿信心，蠻有把握了。4 月 16 日，創刊號《文藝陣地》出版，上面有葉聖陶從四川寄來的雜誌《疏忽轉到嚴謹》、老舍的《忠烈圖》、董必武推薦陸定一的報告文學《一件並不轟轟烈烈的故事》、張天翼的《華威先生》、李南桌的論文《廣現實主義》，以及林林、力揚、王亞平等人的詩作，一時蔚蔚大觀。創刊號一出來，引起各方面的熱烈反映，一炮打響！尤其是張天翼的《華威先生》，成為抗戰文藝作品中「第一個典型人物」。

不料，一本深受讀者歡迎的雜誌，竟因印刷質量的不佳而困擾著茅盾這位大編輯家。在編輯這門學科裡，茅盾建樹頗多，而且多少年的實踐，已經有一套豐富的經驗，因此，茅盾打算通過關係在香港印刷，不料港英政府怕日本人而拒絕這本抗日雜誌的印刷，在沒有辦法的情況下，茅盾想到上海，想到內弟孔另境，與生活書店商量後，決定秘密送上海印刷，然後再運香港發行。這樣雖然路途遙遠些，但刊物質量就有保證了。

因此，《文藝陣地》從第四期起，由茅盾編好一期，託人帶往上海，由孔另境送廠排印校對。茅盾在編輯上要求很嚴，一個標點，一個字都仔細推敲過，一篇選用的稿件，都批改得清清楚楚，「不讓一個筆畫難辨的字留下來。」所以，茅盾那段時間，經常坐在太子道那個家裡，面對劈開的紅色小山，遙控指揮——給孔另境寫信，講如何排版、改字等。

也是坐在太子道那個家裡，為《文藝陣地》、為《言林》，寫出一篇又一篇的文章和作品，在香港這段時間，茅盾自己統計一下，短論 20 篇，書評 30 篇，還有長篇連載《你往哪裡跑》。

1938 年 4 月的一天，茅盾突然收到上海許廣平寄來的信，講到《魯迅全集》的事，說原來與商務印書館有過協議，商量好了。現在商務印書館印刷廠焚於炮火，他們不再承印了。請茅盾在香港與商務的香港分店接觸一下，看他們能不能承印。同時讓茅盾去見蔡元培，請蔡元培為全集作序。4 月 19 日，茅盾拜訪在香港的蔡元培，蔡元培先生一口答應為「全集」寫序和排印「全集」的事幫忙，並讓茅盾去找香港分店經理。蔡元培說了個經理的名字，茅盾一聽，笑了，原來這個商務印書館香港分店的經理叫黃訪書，是茅盾 20 年前在編譯所時的小伙伴，同事。

但後來因為種種原因，《魯迅全集》沒有在香港印，黃訪書與茅盾敘舊時十分熱情，談「全集」就哭喪著臉的情景給茅盾印象很深。《魯迅全集》經過周折，後來終於在上海出版了，茅盾在其中也出了大力，功不可沒。

後來茅盾被教育家吳涵眞拉去，在一個中華業餘學校義務講課。專門講授寫作和講解抗戰文藝的現狀和發展等。茅盾又多了一個宣傳抗日主張的陣地。在香港這段歲月裡，茅盾充分利用香港這個特殊的環境，建立起一個又一個陣地，為抗日戰爭作鼓與呼。

一邊盛情邀請，一邊遲遲不發「通行證」；

一邊一片真心，好似西天取經，磨難難免。

蘭州寂寞，神秘女郎，國民黨人的話是真是假？

第十九章　西北行

　　茅盾離開香港去新疆，完全是偶然的，也是被新疆督辦盛世才的那種偽裝所迷惑的結果。

　　1938 年 9 月的一天，茅盾在香港一個小型的聚會上，碰到剛從新疆歸來的大名鼎鼎杜重遠。杜重遠因 1935 年 5 月的「新生事件」而被國民黨判了一年零兩個月的監禁，因此名揚海內外。此外，他與茅盾一見如故，但談的不是「新生事件」的幕後新聞，而是他到新疆後的感受。杜重遠充滿激情地向茅盾講述新疆的情形，他說：現在新疆的督辦盛世才是他東北老鄉，又一同留學日本。他推翻了金樹仁的反動統治以後，現在正在全力以赴發展新疆，推動各民族的繁榮。盛世才這個人思想也很進步，北依蘇聯、東聯延安，提出了反帝、親蘇、清廉、和平、建設、民族平等的六大政策，他與延安方面關係不錯，現在有一批延安過來或從蘇聯過來的同志在幫助他一起建設新新疆。「杜先生去過幾趟了呢？」茅盾問。「去過兩次了。剛剛從那邊回來，把工廠遷往昆明的事辦妥以後，我還要去新疆。」停了一會兒，又說：「盛世才以為我在搞實業，想請我去擔任建設廳長，不過我沒有同意。不是我不會當，而是我以為要把新疆建設起來，首先要辦教育，要普遍提高民眾的文化水平，要從培養幹部著手。所以，我向盛世才建議讓我去辦新疆學院，學院的林基

路已下到縣裡當縣長去了，學院沒有人去負責，所以盛世才也贊成我去搞教育。」杜重遠說到這裡，目光裡露出自傲自信的神色，兀自笑了起來，問道：「沈先生你看我能辦教育麼？」茅盾也笑起來，「能，能，憑杜先生的熱情和事業性，一定能辦好。」茅盾笑過之後說。

杜重遠連忙擺擺手，說道：「哪裡哪裡，我只不過想藉新疆學院，集中一批人才為新疆的建設服務。在重慶的生活書店總經理張仲實已經答應去新疆教書了，不知沈先生能不能幫助推薦一些人去那邊。」茅盾說：「教書應當從大學裡去挑，不過，新疆自古是化外之地，我認識的那些教授未必願意去。」

杜重遠一聽，點點頭，感嘆道：「如果能請到您這樣的名作家去新疆，號召力就大了，可惜你在編《文藝陣地》，不然，盛世才一定會設宴歡迎的。」

「也許有一個人願意去。但他不是教書的。」茅盾瞥了一眼其他桌上那些高聲談笑的朋友，說。

「誰？不是教書的也可以。」杜重遠露出一副急切的神情。

「薩空了。」茅盾告訴說。

「哈哈哈」杜重遠笑了起來。「空了的處境我知道，他已經答應去新疆幫忙了，《新疆日報》正缺一個內行的領導人呢。」

茅盾一聽，也笑起來了。

後來，薩空了辭去《立報》的工作，去新疆了，並為《新疆日報》採購了不少設備帶去。他知道茅盾有離開香港的念頭，便來勸茅盾也去新疆，「住得慣，住兩年，住不慣也就出來。」茅盾表示再想一想。薩空了看茅盾有些鬆動，又讓杜重遠親自來勸茅盾去新疆，並給了茅盾一本宣傳新疆的小冊子。茅盾一看書名，是《三渡天山》，作者竟是杜重遠。

茅盾看了這本小冊子，又聽了杜重遠、薩空了的介紹，彷彿覺得新疆是個非常美好的地方，政治清明，人民幸福，各族人民熱氣騰騰地建設新新疆。所以，當時左翼人士私下把新疆當作第二個延安。可以想見新疆在人們心目中的地位和形象了。

於是，經過左思右想，茅盾決定率全家去新疆，當把這個想法告訴杜重遠之後，杜重遠很快便寄來了督辦盛世才的正式邀請電報。茅盾把《言林》交給杜埃，把《文藝陣地》交給了樓適夷，於 1938 年年尾離開香港，登上輪船，開始漫長而心焦的從東南到西北的旅途。

1938 年 12 月 20 日，茅盾一家和杜重遠的內弟侯立達及杜重遠公司的一位職員，乘上名爲「小廣東」的法國郵輪，取道越南海防，登上去河內的火車，一路顛簸，直到 12 月 28 日上午到達雲南昆明。

因爲雲南文協分會的朋友從杜重遠那裡知道茅盾要到雲南來，車到昆明，認識的穆木天、施蟄存、馬子華等文藝界朋友早已在車站迎接茅盾了，雲南文協分會負責人、雲南大學教授楚圖南也親自到車站迎接。

茅盾一家下塌的西南旅館，是文協早安排好的昆明第一流旅館，在昆明護國路上。去蘭州的飛機要等到下一週才有，所以要在昆明停留幾天。當時昆明是抗戰的大後方，許多從北平、上海等地來的文化人，都住在昆明。因此，茅盾一到，立刻成爲昆明文藝界的一件大事，由此而來的日程也被那幫朋友們排得滿滿的。28 號晚上，文協雲南分會舉行爲茅盾洗塵的晚宴，正在昆明的朱自清、沈從文也出席晚宴。第二天，茅盾又出席文協分會的茶話會，下午又有朋友到茅盾下塌處訪問敘談。30 日上午顧頡剛來看望茅盾。31 號茅盾去西南聯大拜訪朋友。眞是忙得不亦樂乎。1939 年元旦，茅盾一家在雲南文協分會楚圖南的陪同下，遊覽了昆明西山龍門，並蕩舟滇池。第二天，又參加了文協的新年聯歡會。3 日應聯大朋友的邀請，在西南聯大座談。4 日去雲南大學至公堂演講。在昆明那幾天的日子裡，茅盾心情特別好，整天地奔波，毫無倦意，還從抗戰文藝大局出發，在文藝界朋友中做了大量的工作，促使在昆明的當地文化人與外來戶文化人之間的合作。春城昆明的旖旎景色，戰亂時期那種相見時難別亦難的心緒，使茅盾拋卻了往日種種不快，全副心血地投入民族解放的大業中。

1939 年 1 月 5 日，昆明陽光燦爛，碧空萬里，暖烘烘的陽光，灑在這戰時平和的名城大地上，有如陽春三月，滇池裡波光粼粼，風和日麗。茅盾一家和薩空了夫人金秉英及兩個女兒，一起登上去蘭州的飛機。楚圖南等文協雲南分會的朋友前來送行，大家握手相別，期待著下一次見面和暢敘。

飛機直衝藍天，茅盾倚在舷窗口，望著機翼下如畫如詩的雲南大地，山巒起伏，江湖如鏡似練，在如絮白雲下緩緩地蠕動著。飛機在成都停留時，身材魁梧的張仲實也走上了這架飛機，他也是應杜重遠邀請去新疆，正好與茅盾同行。

經過 9 個小時的飛行，在下午 4 時 50 分，飛機降落在蘭州機場。茅盾一走出機艙，一陣寒風平地襲來，呼嘯的西北風，茅盾還是第一次領教。尤其

是從西南溫暖如春的雲南過來,更覺這黃土高原的寒冷。

在瑟瑟發抖的寒風裡,茅盾一家、張仲實、金秉英等一起住進當時蘭州頗像樣的南關外中國旅行社招待所裡,等待進新疆的飛機。

這個蘭州城裡最好的招待所,其實是一個普通的地方,進門是個小院,左邊牆腳下有幾墩花壇,右邊是一排新建的平房,約五至六間,室內是地磚,上面沒有天花板,一眼可以看到屋頂;正面是一幢坐北朝南的兩層樓樓房,樓上樓下各五間,一個外走廊,可以看院內的一切。茅盾他們就被安排在樓上。

開始,茅盾以為在蘭州也像在昆明那樣,呆上 5～6 天,就可以去新疆了。不料,一天二天過去了,去新疆的飛機消息遲遲沒有來,因此,茅盾只好耐心等待。

蘭州沒有昆明那樣熱鬧,也沒有昆明那樣繁榮,據說當時蘭州城裡最高的建築也只有兩層樓,而且白天一陣風吹來,遮天蔽日,黃土灰塵飛揚。因此,平時大家很少出門。住進招待所不久,茅盾他們發現有兩個青年女子也在招待所住著,一個學生模樣,一個看上去年紀稍大一些,穿戴也較時髦。她們的行蹤,開始引起了孔德沚、金秉英她們一陣恐慌。不過茅盾和張仲實覺得不必多慮,所以就坦然了。

茅盾他們到達蘭州的消息在報紙上刊出以後,陸續有人來拜訪,不過沒有在昆明那樣熱鬧。年輕的蘭州生活書店的經理薛迪暢第一個來到招待所,當茅盾問起蘭州的情況後,薛迪暢向茅盾詳細地介紹了蘭州文藝界的凄涼情況。他告訴說:蘭州沒有文化界的組織,文協甘肅分會還沒有成立,第三廳派來了戰地文化服務團的幾個人,正在籌備文協,但終因人少,也沒有結果。刊物是有一個,叫《現代評壇》,團結了十幾個人,半個月一期,每期 500份,也是勉強維持。茅盾聽後,也感覺到西北地區發展抗戰文化的緊迫性和重要性了。

後來,薛迪暢又帶了幾個當地文學青年來見茅盾,其中有《現代評論》的編輯趙西。茅盾在與這些文學青年談話中,希望他們與第三廳的戰地文化服務團的同志合作,共同籌辦文協。並對《現代評壇》在這樣的環境下,能堅持下去,表示讚賞。他們則向茅盾講了不少甘肅、蘭州文藝青年的思想。後來,應趙西他們要求,茅盾在蘭州萃英門的甘肅學院作過兩次講演。第一次的講題是《抗戰與文藝》,第二次是《談華南文化運動的概況》,介紹華

南各地的文化工作者開展文化運動的方法，如上海文化界的統一戰線工作，廣州的文藝通訊網運動，香港舉辦業餘學校等。給甘肅文藝界帶來了一陣春風。

除了這兩次講演，在蘭州沒有人來約稿，也沒有熱鬧的宴請，因此茅盾閒來無事，白天就逛書店、逛商店，買了一批二、三十年代的書，整整裝了一木箱！茅盾估計飛機一時走不了，並且新疆駐蘭州辦事處，也是個不幹實事、作作樣子的地方。自然也解決不了茅盾進新疆的交通工具。所以茅盾便從書店裡弄來一本俄語書，讓張仲實教俄語。茅盾學得非常認真。

有時，吃過夜飯，沒有事，茅盾他們便踩著寸許厚的浮土，去市內觀光。走在這蘭州街道上，空氣中飄來絲絲腥臭味，茅盾他們覺得奇怪，陪同的薛迪暢告訴說，這是蘭州城裡老百姓用乾牛糞燒坑取暖，所以有這腥臭味。

當時蘭州唯一有名的景點是它的黃河大橋，這是黃河上第一座鐵橋，所以很有名。茅盾他們白天沒有事兒時，就去那裡觀看，並從橋上走到黃河對岸，又沿著對岸的山腳下，朝下游走上百多公尺，再坐羊皮筏子回來。

時間一晃，春節到了，大年三十，招待所經理招待旅客吃年夜飯。春節過後，蘭州紛紛揚揚地下起雪來。這時，前天剛來過的老熟人胡公冕來了，他曾在杭州一師當過體育教員，與陳望道是同事，後來做過蔣介石的衛隊營長，清黨後給個閒職。此時他正在蘭州。今天他踏雪來訪，也主要是來敘舊。和茅盾聊了一會兒過去的人和事以後，胡公冕忽然問茅盾：「老兄為何這次下了這麼大的決心去新疆？」

「是那邊發來邀請。」茅盾把前前後後的經過說了一遍。

「我接觸到人都說，新疆去不得，那地方很複雜，進去不容易，出來更困難。」胡公冕講出了自己的想法，說。

「能否具體些？」茅盾希望聽得仔細些。不料，胡公冕說：「這是聽人家說的，具體也講不清楚。」

這是茅盾進新疆途中，第一次聽到勸進疆要慎重的話。

有一天，西北公路局長到招待所來看望茅盾。一進門就自我介紹，說自己也姓沈，並和茅盾的胞弟沈澤民是南京同學。茅盾一聽，忙問道：

「真的？和阿二同學？」

因為自澤民犧牲之後，有不少熟人一碰到茅盾，就講起沈澤民，為他的犧牲而扼腕嘆息。不料在西北黃土高原上，也有澤民同學，感慨萬端。茅盾

一邊給沈局長倒茶，一邊說：「澤民南京讀書時，我也去過你們那個學校，不過我不是讀書，我是隨一個老先生去南京圖書館查資料編書，啊，一晃二十多年過去了。」

這個沈局長對沈澤民在學校的音容笑貌記憶猶新，描繪得有聲有色，沈局長是個健談而且開朗的人，和茅盾、張仲實他們雖然初次見面，就一見如故，更因和茅盾弟弟同學這一層關係，顯得更親近。如此來過幾次，沈局長倒成了茅盾、張仲實的常客，沈局長一來，大家就談笑半天，打發了等飛機的那種寂寞。

有一次，沈局長來了，說到新疆風土人情時，沈局長斂起笑容，鄭重地問茅盾：

「沈先生去新疆有把握麼？」

茅盾一聽，感到愕然。

「你們有把握進去，有把握出來嗎？」沈局長以為茅盾沒有領悟，又補充道。

「有什麼情況嗎？」茅盾敏感地問。

「噢，情況倒沒有。只是蘭州的人都說，新疆自古乃化外之地，從前進去的都是冒險家和亡命徒，不管在那裡如何飛黃騰達，最後都葬身異域，沒有幾個跑回來的。」沈局長說到這裡，停了停，又說，「盛世才上台以後，情形一變，把新疆封鎖起來，裡面準確的消息一點也傳不出來，只是聽說照樣亂得很，你們這樣貿然進去，不是太冒險嗎？」

茅盾一聽，笑道：「杜重遠進去三次都出來了，你看過他寫的書嗎？」

「看過，不過我們這裡的人都不相信。」沈局長一臉認真地說。

「以沈局長之見呢？」茅盾問道。

「您至少應該把家眷留在內地，單身前去，這樣將來也有個脫身的藉口。」沈局長深思熟慮地說。

「謝謝沈局長的好意，我們會留心的。」茅盾一邊給沈局長續茶水，一邊表示感謝，覺得沈局長還是十分真誠的。

困在蘭州的茅盾一家和張仲實、金秉英等都十分焦急。一個多月過去了，還是沒有飛機的確切消息。所以，茅盾一度想沿河西走廊進新疆，因為汽車比飛機好找。

又過了十多天，茅盾他們一行終於被告知：有一架從蘭州到哈密的飛機

可以搭乘。杜重遠也來電報，對茅盾他們勸說道，從哈密到迪化（即今烏魯木齊）的交通工具容易解決。

2月20日，蘭州潔淨的天，萬里晴空。茅盾一家和張仲實、金秉英及其孩子，登上了翹首盼望已久的飛機。轟鳴中朝西飛去。終於上路了，一顆等待得焦急的心，放下了。忽然，飛機抖動起來，困乏的茅盾，睜開沉重的眼皮，朝弦窗口望去，機翼下是無邊無際的戈壁灘和沙漠，高低起伏，沙海金浪，十分壯觀，山巒低處偶爾看見一、二土堆，那是當地農民的住戶。高處是山，一片蒼涼和焦黃，彷彿是一幅年代久遠的國畫，鋪展在西北大地，又彷彿是一盤黃沙堆疊的模型。

「沈先生，這是星星峽！」與茅盾他們同機去新疆的新疆土產公司經理，從後座伸過頭來，告訴茅盾。茅盾朝機翼下望去，原來南北走向的山巒中間，有一個豁口，旁邊有幾間土屋。就這麼普通的地方，竟是當時進新疆的唯一通道！

飛機到哈密後，新疆盛世才派來迎接茅盾他們的汽車，也隨後到了。茅盾他們對千里迢迢趕來迎接他們的副官，表示感謝，副官笑道，督辦和杜院長都非常歡迎沈先生和各位早日到新疆，但路上很辛苦，所以一定要我們照顧好沈先生、張先生。於是，茅盾一行在一個副官陪同下，經鄯善、吐魯番，穿天山，過達坂，於3月11日到達迪化。

茅盾、張仲實即將到達迪化的消息傳到盛世才的督辦公署，盛世才立刻命令衛隊隨他出門，郊迎二十里，歡迎口里來的名作家、名教授。身材魁梧、濃眉方臉、留著口髭的盛世才，校呢軍服外面披著黑色斗篷，在衛隊的護衛下，滿臉笑容，而又恭謙地歡迎茅盾一行。

茅盾和盛世才握手之後，笑道：「我們來新疆工作，有勞督辦親自迎接，實在不敢當！」

「哪裡，哪裡！您是文豪，張先生是專家，這次萬里迢迢來新疆工作，是我們新疆百姓的榮耀。前幾天，重遠給我送來一些您的著作，我連夜拜讀了，真是了不起啊！」盛世才也一臉和氣地寒喧著，彷彿不像一個慓悍的軍人，而是一個學者官員見到一個志同道合的朋友。

「哪裡！哪裡。」茅盾和張仲實都不約而同地謙讓著。

「這次來新疆工作，讓你們走了那麼多時間，受累了。真對不起啊。」盛世才又說。

「沒有什麼，對大西北風土，我們還是第一次領略呢，挺新鮮的。」金秉英在旁邊插嘴道。引得盛世才和茅盾他們都笑起來。

「沈先生、張先生，外面冷，上車吧。大家上車吧。」盛世才怕茅盾他們站在外面冷，便讓進車內。等茅盾他們都上了車，盛世才自己鑽進那輛小轎車，在兩輛卡車衛兵護衛下，加上茅盾他們兩輛車，一路浩浩蕩蕩地向城裡開去。

迪化市內的典型的伊斯蘭教的民居和平坦、乾燥的馬路，牆上那「反帝、親蘇、和平、清廉、建設、民平」的六大政策的標語，把迪化城的氣氛營造得欣欣向榮。那種安寧又熱烈的氣氛，使新來乍到的茅盾、張仲實的原先的疑慮頃刻消掉。

好心好意成泡影，險些送了性命。

幾百個日日夜夜，塞外風雲變幻無常；

傳主巧避土皇帝殘忍，尋機脫身。

韜晦。文人的韜晦。

第二十章　風雨天山

　　盛世才熱情地親自把茅盾一家送到早已準備的住宅——迪化南梁一個狹長的大院內，茅盾住在大院坐北朝南的一排平房內，平房有5間，一大4小，有地板。窗戶為了禦寒，用了雙層玻璃窗。盛世才恭恭敬敬地陪茅盾他們進去看了一圈後，指了指一個約三十多歲的軍官，對茅盾說：「沈先生有什麼，找這位盧副官長就行。他是專門照顧新疆高級首長的。叫盧毓麟。」

　　茅盾微笑著，點點頭。客氣一番，感謝盛世才的周到。

　　送走盛世才以後，盧毓麟告訴茅盾，督辦非常歡迎沈先生的光臨，來新疆工作是督辦六大政策深得人心的體現。最後又說：「生活上，督辦已經安排好了，專門給沈先生配了一個廚師，一個工友和一個挑水的伙夫，由他們負責沈先生一家的生活起居。還有什麼不方便，請沈先生告訴我。」茅盾一聽，忙說：我還沒有給新疆做什麼貢獻，就給這麼高的待遇，不敢當不敢當啊。」

　　盧毓麟一聽，笑道：「沈先生也不必介意。您是廳長一級的首長，就有這樣的待遇。我們這裡都一樣的。」

　　茅盾也就沒有說什麼。

「噢，還有件事，明天晚上督辦要舉行歡迎宴會，歡迎您和張先生的光臨。我會派車子來接你們的。」盧毓麟說。

第二天下午，太陽西下，美麗的斜陽，使博格達山峰上的積雪更加雄偉壯麗，茅盾夫婦和張仲實等一行坐著督辦公署派來的汽車，直駛督辦公署。

督辦公署是個威嚴、神秘的地方，古色古香的大門，此時正門洞開著，進門是一排寬敞的平屋，是督辦所屬 7 個處辦公的地方，穿過這個大堂屋，是盛世才辦公的花廳，是一般很少有人涉足的地方。

不一會兒，到了督辦公署。盛世才在門口恭候茅盾他們的到來。並把茅盾他們迎進自己的書房，讓他們參觀自己的藏書，在書房裡，茅盾驚訝地發現盛世才藏書還十分豐實，而且還有不少在上海、香港看不到的馬列著作。

隨後，省政府的各廳廳長都陸續來了，盛世才以他特有的微笑，把茅盾介紹給前來赴宴的廳長。在宴會上，茅盾見大革命時代的同事毛澤民，現在改名周彬，擔任財政廳長。還有一位雙腿自膝蓋以下已經截去的教育廳長孟一鳴。後來得知他也是從延安來的，原名徐夢秋，是沈澤民在蘇聯的同學。這一天，杜重遠也特別興奮，和盛世才他們談興甚濃。

事後，盛世才任命茅盾為新疆學院教育系主任，張仲實為經濟系主任。又讓茅盾組織籌備新疆文化協會，並讓茅盾擔任委員長，張仲實為副委員長。當時盛世才曾非常誠懇地與茅盾談話：「新疆 14 個民族都有本民族的文化促進會，這些文化促進會由教育廳兼管，但又管不過來，所以我早想成立一個全新疆的總的文化協會來統管這些促進會，但一直沒有合適人選。現在你們兩位光臨新疆，又是全國文化界的權威，正好是領導全疆文化建設最理想的人選。」

茅盾表示情況不熟悉，擔心開展有困難。盛世才笑了，說道：「這點我也替你們想到了，我已經給你們物色個助手，叫李佩珂，讓他擔個副委員長，兼任秘書長。如何？」

茅盾和張仲實表示贊同，並感謝督辦的周到。茅盾末了又說：「關於文化協會的工作範圍和要求，督辦有什麼指示。」盛世才想了一下，乾脆地說：「你們先立個章程，訂個一年計劃，我想最好能盡快編出一套符合六大政策精神的小學教科書來。」茅盾和張仲實一聽，覺得盛世才在這方面的思路非常清晰。也就沒有再說什麼。

在與毛澤民、孟一鳴等廳長的接觸中，茅盾私下向他們打聽新疆的真實

情況。以便決定自己的工作原則和方針。毛澤民告訴茅盾，盛世才與中共有過協議，但盛這個人很難捉摸，他周圍有一批親信。還說，盛世才對中共派來的幹部奉爲貴賓，但不交心。後來，中共延安方面來的孟一鳴和茅盾私下談的時候，曾告誡茅盾：「多觀察，少說話，多做事，少出風頭。」所以，茅盾在新疆期間，孟一鳴成了茅盾的智囊人物，碰到什麼問題，都和孟商量。

　　盛世才是東北遼寧開源縣人，早年曾留學日本。回國後曾到廣東韶關武學堂任職，曾任教官、科長之微職。其人深諳政治權術。在當科長時曾私下裡對其老友趙鐵明講過：「吾必遠到邊區，另造一個局面，將來或作一東亞紅軍總司令，亦未可知，不然我就找一老朽長官，假意忠誠，待其死後繼承其權利，或認某蒙古王公大人乾爸爸，待其死後襲其王公爵位。」後來 1930 年到新疆，1933 年 4 月 12 日新疆政變，盛上台，爲盛施展抱負提供了一個舞臺。並出現不少關於盛世才常勝將軍的神話，但當時新疆軍閥之中，唯有盛世才受過高等軍事教育，卻是事實。執政以後，他在共產國際和蘇共的幫助下，提出「反帝、親蘇、民平、清廉、和平、建設」的六大政策，平息了叛亂，因此，贏得不少人的擁戴。

　　茅盾來到新疆，盛世才奉爲上賓，禮節周到，敬重有加。因此，連「四一二」的所謂「四月革命」六週年慶祝大會，茅盾也在檢閱的官員之列。

　　茅盾一到新疆，熱情甚高，除了參加盛世才一些社會活動外，也寫了不少歌頌盛世才，歌頌四一二所謂四月革命的文章，同時也應邀去一些單位作演講。4 月 12 日，茅盾在慶祝四一二大會上，作了抗戰形勢與新疆建設的講演，並在《新疆日報》發表《新疆文化發展的展望》一文。5 月份，茅盾應新疆婦女協會副委員長的邀請，到女子中學講《中國新文學運動》，講演稿後來發表在《新疆日報·女聲》第十二期上。5 月 9 日，又到新疆學院講《五四運動檢討》，講稿發表在校刊《新芒》雜誌上。這時，《新疆日報》副總編找上門來，希望茅盾能到報社去作一次講演，講講自己的創作，像《子夜》是怎樣寫成的。茅盾推辭不掉，便答應了。同時還答應替《新疆日報》寫文章。

　　茅盾又是寫文章，又是講演，忙得不亦樂乎。不料，這引起了新疆一些人的不快。當孟一鳴把這個消息告訴茅盾時，茅盾驚愕得說不出話來。孟一鳴說，「你是新官上任，熱情高，到處去講演，又寫文章，又編劇本，可有的

人心裡卻不舒服。」

「可我做的都屬文化啓蒙工作性質的工作，又沒有涉及新疆的政治，究竟觸犯著他們什麼啦？」茅盾忿忿然地辯解道。

「是的，你沒有觸犯著他們什麼。但是，你做的工作反襯出他們的無能，在這種情況下，有人從背後向你放冷箭是不足爲奇的。不過你還是小心點好。」孟一鳴見茅盾那著急的樣子，笑了，又寬慰道。

「想不到千里迢迢來到新疆，卻要同這種小人鬥法，實在犯不著，我以後一不講演，二不寫文章。」茅盾向隅冷笑。

「哪裡的話，文章還是要寫的，你是大作家，一點不寫怎麼說得過去？」孟一鳴呷了一口茶，斂起笑容，認眞地說。

過了一會兒，茅盾說：「那是氣話，您說得極有道理，今後盼多點撥提醒。」

孟一鳴走後，茅盾覺得新疆並非是一般的地方，許多事情引起茅盾深思：一些幹部的閃爍其詞，一些人的飛揚跋扈，自己講演寫文章，遭到妒嫉，都是極不正常的。但當時盛世才的反共嘴臉還未暴露，對茅盾、張仲實還是禮貌有加，十分周到。暑假來了，本來，茅盾和杜重遠他們約好，去新疆伊犁考察，臨走時，盛世才把茅盾留下，要茅盾和王寶乾一起，陪英國在中國的總領事去遊玩。因此，茅盾陪著領事遊玩了廟兒溝和位於博格達山峰的天池。在那裡，茅盾領略了新疆地大物博的風情！

在這之前，盛世才把茅盾和張仲實找去，告訴他們，趙丹等一批青年要來新疆工作，向茅盾他們打聽趙丹的情況。茅盾覺得自己進疆，已經冒了很大的風險。但外界對新疆的情況不瞭解，想像的成分比較多。所以茅盾並不主張趙丹他們來。因此當盛世才向茅盾他們打聽趙丹他們情況時，茅盾說：「我不認識這些人，趙丹好像是個電影演員，其他人大概是演話劇的。這些人都是住慣大城市的藝術家，恐怕過不慣新疆的生活。而且他們來了，除了演戲，也沒有更多的事可做。」張仲實也說：「也許他們是憑一時熱情，這裡的艱苦會吃不消的。」盛世才一聽，點點頭。又問：「杜院長認識嗎？」茅盾和張仲實相互看了一下，說：「大概也不會認識。」

這時，盛世才對茅盾說：「二位講得有道理，那就麻煩沈先生代擬一封回電，告訴他們這裡條件艱苦，勸他們不必來了。」

於是，茅盾擬了個電報，勸趙丹他們，「新疆條件艱苦，要三思而行。」

暗示他們不要來。

不料，趙丹他們收到電報以後，又給盛世才發一個電報，表示要爲建設新疆貢獻自己的一切，再苦再累也不怕。此時，盛世才見這些青年人熱情那麼高，便不再與茅盾商量，直接覆電給趙丹，歡迎來新疆。

所以，茅盾從天池下來，盛世才便告訴茅盾：趙丹他們來了。並要茅盾代表他去看望他們，表示歡迎。

茅盾和夫人孔德沚趕到南梁招待所，見來了一幫人，有四對夫婦，趙丹和葉露茜、徐韜和程晚芬、王爲一和俞佩珊、朱今明和陳瑛，以及教音樂的易烈。他們一見茅盾，都十分高興，那麼千里迢迢趕來新疆，見到茅盾分外親熱。當茅盾把自己到新疆來的這段時間觀察到的情況向趙丹介紹後，並把第一封電報的背景講了以後，趙丹後悔莫及！「啊，原來我們以爲是客氣話呢。」

「盛這個人捉摸不透，非常多疑，你們要謹慎。既然來了，先安心下來，工作一段時間後再找機會回去吧。」茅盾像關照小孩似地關照這些熱情很高的青年。

在日後的活動和工作中，趙丹他們時常出現「亂子」，引起盛世才的不快。杜重遠從伊犁回來後，曾去看望趙丹他們，得知他們要演出沒有演員時，拍著胸脯支持趙丹他們，說：「我支持你們，新疆學院的學生，要多少有多少。」後來演出成功了，也引來非議，認爲杜重遠在拉勢力。冷風吹到杜重遠那裡，耿直的杜重遠咽不下這口氣。在一次中秋晚會上，發牢騷，消息立刻傳到盛世才那裡。有一次，盛與茅盾他們講完工作後，便找茅盾來查詢說：「聽說杜院長在茶話會上講了一些很不妥當的話，說什麼在新疆你不能太出風頭，太出風頭會有人妒嫉的，是不是有這樣的話？」茅盾一聽，便把這件事的前因後果說了一遍。盛世才說：「儘管如此，客觀影響不好，人家來熱心工作，怎麼能說太出風頭不好這種話呢！」

一向謹慎的茅盾一聽，覺得不對頭，回家後立刻與張仲實商量，並勸杜重遠謹慎些。後來，盛世才又在茅盾面前講起杜重遠講話中的問題。顯然杜重遠已經被那些「小人」告了，並引起盛世才的注意和不滿。

而趙丹他們在演出過程中，也發生一件令人啼笑皆非是事，趙丹剛到新疆演出，排演了一部抗日題材的話劇——《故鄉》，因原作的背景是在東北，後來演出時，把背景改在無錫一帶。據說盛世才很不高興。

　　不久，杜重遠被軟禁了，原來杜的秘書孫某被捕，供出一個所謂陰謀暴動集團，把杜重遠以及從內地來的人都牽扯進去了。因此，儘管孟一鳴等中共人士給予茅盾、張仲實他們許多幫助，但盛世才這個虛偽的土皇帝，觀看國際風向，一方面不肯放棄蘇聯對他的援助，另一方面又通過關係積極投靠國民黨。所以，新疆的形勢從 1939 年冬開始，急轉直下，杜重遠冤案的發生，使茅盾、張仲實等如坐針氈，焦慮萬分，無法脫身。但當時，盛世才在沒有抓到茅盾具體證據時，表面還是非常客氣，奉為上賓。本來，茅盾一家想從新疆去蘇聯，當時也曾經託周恩來、鄧穎超帶信給在莫斯科的楊之華，希望楊之華能通過關係把他們弄出去。但楊之華也愛莫能助。所以，去蘇聯的途徑斷掉以後，茅盾用韜晦之計，小病大養，無所作為等辦法，尋找機會離開新疆。杜重遠被軟禁以後，茅盾、張仲實便辭掉了新疆學院的一切工作。

　　隨著盛世才的偽裝逐漸暴露，茅盾越發謹慎，除了文化協會的主要工作外，幾乎盡力少和當地一些幹部往來，有事和張仲實一起找孟一鳴商量。此時，茅盾在家寂寞地看書，小心地與人交往。他寫詩，以排遣那難熬的寂寞：

一

紛飛玉屑到簾櫳，
大地銀鋪一望中。
初試爬犁呼女伴：
阿爹新買玉花驄。

二

曉來試馬出南關，
萬樹銀花照兩間。
昨夜掛枝勞玉手，
藐姑仙子下天行。

三

博格達山高接天，
雲封雪鎖自年年。
冰川寂寞群仙去，
瘦骨黃冠灶斷煙。

四

雪蓮雪蛆今何在？

剩有饕蚊逐隊飛。

三伏月圓湖畔夜，

高燒篝火禦寒威。

　　1940 年 4 月，茅盾苦苦熬過了一年後，對新疆的政治氣氛早已難以忍受，江南已是鶯飛草長，桃紅柳綠。但新疆依然是一片焦黃，風沙不住地從阿拉山口刮來，城北的紅塔山光禿禿的，沒有一絲生氣。忽然，茅盾收到一份加急電報，是上海二叔沈仲襄發來的，內謂「大嫂已於 17 號在烏鎮去世。喪事已畢。」茅盾一看，淚如泉湧，捶胸頓足，悲痛不已。孔德沚看狀，立刻慟哭起來，邊哭邊數落茅盾：偏偏要到這個地方來，來了回不去。妻子的埋怨，啓發了茅盾，他擦乾眼淚，冷靜地想了想，想到盛世才一向以孝道教人，現在說回去奔喪，他也許會同意（因爲當時進出新疆的人，所用交通工具，都要盛世才批准）。果然，當茅盾向盛世才請假回上海時，盛竟一口應承，同時同意茅盾在迪化設帳遙祭母親的要求，又讓盧毓麟去操辦。

　　設帳遙祭之後，盛又設宴歡送茅盾一家，並冠冕堂皇地希望茅盾料理母親後事之後，再來新疆工作。但歡送會之後，盛世才又遲遲沒有安排茅盾他們回去，藉口說沒有飛機。

　　此時，茅盾把日用東西理好後，寄放在高滔那裡，表示自己還要回來。趙丹他們聽說茅盾要回去了，已經六神無主。他們的壓力越來越大，連趙丹扮演一個丑角，因這個角色的形象和盛世才的岳父的形象酷似，引起盛世才的不滿。弄得趙丹他們百口難辯。趙丹他們心情十分沉重，擔心不知道什麼時候被盛世才加個罪名，打入大牢。因此，他們希望茅盾回去後，盡快將他們弄出去。茅盾答應了，並安慰他們。回去後一定要把新疆的眞相告訴世人。

　　茅盾臨走前，又專門去看望軟禁中的杜重遠，向他表示回去後，盡快把盛的眞相、杜的遭遇、告訴重慶的朋友。

　　1940 年 5 月 5 日，茅盾一家和張仲實一起飛離迪化。

　　飛機中途在哈密停了一個晚上。事後才知道，當茅盾他們離開迪化那天夜裡，盛世才先後三次給哈密的劉西屏打電話，先要劉扣留茅盾他們。第二次來電話說，先不要動手，讓他再考慮一下。後半夜又來第三次電話說：「算

了，讓他們走吧。」

　　茅盾終於逃出了盛世才的魔掌。在茅盾離開迪化後不久，杜重遠被投入大牢，趙丹他們也遭逮捕，大批共產黨員也遭殺戮，盛世才這個土皇帝的偽裝也徹底撕去了。

延安歡迎他的到來。感染了他。

毛澤東與他久別重逢，他希望他到魯藝去，成爲一面旗幟。

他希望成爲組織內的人，但成熟的中共想讓他留在黨外，可以更好
　　地工作。

來了又要走。

毛澤東的幽默，一片眞誠。

第二十一章　延安的陽光

　　茅盾一家和張仲實終於從新疆飛出來了。1940 年 5 月 6 日下午 3 時，飛機徐徐降落在蘭州機場。原來打算在蘭州過一夜之後，再飛往重慶。誰知剛吃過晚飯，一同從新疆出來的新疆駐重慶代表張元夫趕到茅盾他們下榻的招待所，告訴他們，因爲傅作義要坐這架飛機去重慶，只好讓茅盾遲走幾天。實際上把茅盾一家和張仲實半途放掉了。於是茅盾和張仲實商量，決定不去重慶而去嚮往已久的陝北延安。1940 年 5 月 14 日，茅盾一家和張仲實搭乘青海活佛喜饒嘉錯的「專車」，風塵僕僕直奔西安，一路上，雖是 5 月中旬，進入初夏季節，但卻經歷了風雪華家嶺，翻越六盤山，一路風光盡收眼底，汽車在望不到邊的黃土高原奔馳，「撲入視野的綠色的『麥浪』和遠處一排、一簇傲然聳立的白楊樹。他們圍繞一口水井或一個死水塘生活。」這種場景，深深地印在茅盾的腦海裡。

　　經過 5 天的奔波，汽車經過咸陽，到達西安。茅盾一家和張仲實住進中國旅行社西京招待所。吃過晚飯，茅盾他們意外地去郊外躲了一次警報，目

睹了西安人民驚恐之下的生活情狀，也品嘗了西安一場虛驚的味道，直到晚上 12 點鐘，才一身疲勞地回招待所。

第二天，茅盾他們便到西安七賢莊八路軍辦事處，見到周恩來和朱德同志，驟然相見，大家都十分驚喜，周恩來去蘇聯治傷時，曾路過迪化與茅盾他們見過面，以後就沒有音訊，今天突然在這裡相見，自然十分驚訝：「沈先生怎麼來這裡啦？」周恩來又忙將茅盾介紹給朱德同志，茅盾握住朱德同志的手，連連說：「久仰，久仰！」朱德同志那敦厚的形象，給茅盾留下了很深的印象。周恩來詳細地向茅盾、張仲實瞭解離開新疆的經過，又打聽杜重遠的情況。茅盾也敞開心扉，向周恩來說了自己在新疆的種種情況，並希望中共能及時營救杜重遠和趙丹他們。周恩來聽了茅盾他們的介紹，說：「3 月裡經過迪化回延安時，我曾向盛世才提出讓杜重遠搭我們的飛機回內地治病，盛世才沒有同意，推託飛機已經滿員，說是讓杜先生搭下班飛機走。現在你們回來了，杜先生仍未走成，可見盛世才不想讓他回內地，這件事現在只好慢慢再想辦法。」說到這裡，周恩來問茅盾「以後有什麼打算？」

「想去延安。」茅盾和張仲實幾乎不約而同地回答。周恩來笑了起來，說：「好啊，你們不論是參觀還是去工作，我們都歡迎。」說到這裡，停了一下又說：「正巧有個好機會，總司令過幾天要回延安，你們可以同他一道走，這樣路上的安全也有了保證。」

5 月 24 日，茅盾一家和張仲實搭乘總司令的車隊，往延安方向去，第二天茅盾和朱德總司令等一起謁拜黃帝陵。茅盾發現朱總司令不僅是個身經百戰的將軍，而且文學素養很高，又有很好的演說才能。

5 月 26 日下午 2 時，陽光燦爛。茅盾他們到達延安南郊七里鋪時，前面迎接的隊伍已簇擁著先到達延安的朱總司令回去了。但幾輛小車還停在路邊迎候。茅盾從車後面下來時，茅盾夫人卻興奮得像孩子似地朝小車旁邊的人奔去，一邊興奮地喊：「聞天，聞天！」茅盾欣喜地看出那個穿灰軍裝、戴眼鏡的個子是張聞天。茅盾也奔過去，和張聞天緊緊握手。這時，一個身材瘦小的同志走上前來，用上海口音問道：「沈先生還記得我嗎？」茅盾覺得面熟，一時卻記不起名字。「我就是虹口分店廖陳雲」「啊，是你！」茅盾一把拉住他的手，緊緊地握在一起。緊接著都笑起來了，笑得那麼開心！茅盾從黑暗的中世紀式生活裡，來到萬里晴空的延安，一股溫暖感從胸間漾出，他，回到家了。在歡迎的人群中，茅盾和德沚見到了 8 年多未見面的弟媳張琴秋。

大家百感交集。

　　茅盾興奮地在南門外的交際處安頓好後，便去出席晚上舉行的歡迎大會。會場設在南門外的廣場上，朱總司令充滿激情的講話，不時地被操場上的掌聲歡呼打斷。茅盾被這熱烈的場面感染了，他後來回憶說：「我第一次見到這樣熱烈而質樸的場面：台上掛著兩盞汽燈，把簡陋的黃土壘成的主席台照得通明，台下是黑壓壓的人群，秩序井然地坐在自帶的小馬扎上，他們互相拉著號子，此起彼伏地『賽』唱歌，有我熟悉的《大刀進行曲》和《游擊隊之歌》，也有我第一次聽到的《八路軍進行曲》。」

　　到延安的第二天，即 5 月 27 日，正在延安女子大學擔任教育長的弟媳張琴秋來了。親人重逢，有說不完的話語，張琴秋建議亞男進女子大學，阿霜進青幹校，但兒子阿霜卻要進陝北公學。張聞天在百忙之中也來了，當年和茅盾情同手足的張聞天如今已是中央領導。晚上，還在興奮之中的茅盾又出席延安各界在中央大禮堂舉行的歡迎大會，一組氣勢磅礴的《黃河大合唱》，使茅盾感覺到「它那偉大的氣魄自然而然使人各嗇全消，發生崇高的情感，就像靈魂洗過一次澡似的」。5 月 28 日，茅盾乘著暖風專程去楊家嶺拜訪老友張聞天，身材魁梧的張聞天依舊像在上海茅盾家裡那樣爽朗、熱情，睿智的目光裡充滿友愛和淳樸。兩位老友歡聚，談起了 30 年代上海文藝界的歲月，也談起新疆那腥風血雨的日子，也訴說了自己到延安的感受。之後，張聞天問茅盾：「今後作何打算？」

　　茅盾呷了一口茶，望了一眼窗外明媚的陽光，毫不猶豫地向張聞天表示：「準備在延安長住下去，有機會還想去前線看看」。

　　「格太好了，太好了。」張聞天一聽，笑了，用上海話連連說。從張聞天那口窰洞裡出來，茅盾又去拜望毛主席。茅盾和毛澤東早在 20 年代就在一起共事。毛主席見老朋友來，興致很高，談笑風生。茅盾把在新疆的經歷和趙丹等人在新疆的困境一一作了匯報。毛主席用心聽了，並作了指示。過了幾天，毛主席到交際處看望茅盾一家，並親自給茅盾送去一本剛出版的《新民主主義論》。老友相聚，其樂融融，一壺茶，一包煙。茅盾抽煙不多，毛主席卻一支接一支地抽，一邊抽煙，一邊談著文學，那些精闢的見解，使一代文豪為之折服。說著說著，毛主席又關心起茅盾的下一步打算，茅盾告訴他，仍打算搜集些材料，到前線去看看，以便創作。毛主席聽了以後，用湖南話爽朗地對茅盾說：「去魯藝吧，魯藝需要一面旗幟，你去當這面旗幟罷。」茅

盾笑道：「旗幟我不夠資格，搬去住我樂意，因為我是搞文學的。」

說得興致正高時，茅盾夫人已經來請毛主席和茅盾去交際處食堂吃飯。毛主席一邊吃飯，一邊說笑，手上還夾著煙。在一旁的茅盾夫人便勸主席戒煙，毛主席幽默地說：「戒不了囉，前幾年醫生命令我戒煙，我服從了，可是後來又抽上了。看來，在這個問題上，我是個頑固份子。」說得大家都笑了起來，爽朗的笑聲溢滿了這黃土高原的窯洞。

後來，茅盾採納毛主席的意見，搬進了魯藝。

「魯藝」是魯迅藝術文學院的簡稱。它創建於 1938 年 4 月，是毛澤東建議，周恩來、林伯渠、成仿吾、艾思奇、周揚等簽名參加發起成立的一所綜合性藝術學院。當茅盾去魯藝時，院長是吳玉章、副院長是周揚。在老友周揚的精心安排下，魯藝為茅盾的到來，專門發了公告，並為茅盾準備了兩孔窯洞。進城有馬，還派一名勤務員照顧茅盾的生活。6 月 9 日下午，魯藝在該院大禮堂舉行兩週年校慶，毛澤東、朱德、洛甫、任弼時、康克清等都參加校慶。茅盾和一起從新疆出來的張仲實也應邀前往。會上，茅盾作了講話，他闡述了抗戰文藝理論落後於現實的問題，作家和理論家深入鬥爭生活問題以及作家批評家之間的聯繫問題，希望魯藝真正繼承魯迅精神，努力於創作和批評，以鞏固中國新民主義的文藝堡壘「魯藝」。

後來，在周揚同志的邀請下，茅盾又專門為文學系學生講授《中國市民文學概論》，他運用馬克思主義的唯物史觀，對中國市民文學的歷史嬗變，作了深刻的闡述，深受師生歡迎，可惜當時的講稿後來在輾轉中丟失了。

那個時候，茅盾目睹了延安人民高昂的精神風貌，目睹魯藝青年朝氣蓬勃的生活生產場景，他說：「天不亮，同學們背著草帽，扛著鋤頭，肅靜地沿著溝底的小徑，從我的窯洞前經過；而傍晚，當溝底已經黝黑的時候，他們三三兩兩絡繹不絕地回來，在蒼茫的暮色中，他們那充滿了青春活力的歌聲和笑語聲在兩山之間回蕩。」這場景深深印在茅盾的腦海裡，成為他日後創作的素材。

在延安這短短的半年多時間裡，茅盾心情舒暢，為解放區的文學大業而奔波著，忙碌著。茅盾住的那口窯洞，燈光時常亮到深夜。當時，延安文學界正開展一場關於民族形式問題的討論，茅盾讀過各方面的討論、反駁、批判文章後，專門寫了一篇《舊形式、民間形式與民族形式》，積極參加討論，糾正某些文章的錯誤觀點，給予正確的指導。與此同時，茅盾還熱心扶持青

年文學愛好者，修改他們的習作。當時延安有個文學青年叫陳宗鳳，寫了一篇小說《大概是同志》，寫好後，他通過茅盾的兒子沈霜轉送茅盾，請茅盾修改。茅盾非常認真，看過以後，專門寫了兩封長信，詳盡地提出具體修改意見。通過幫助修改，茅盾發現延安的一些文學青年，熱情很高，但大都不注意鍊句，甚至不懂鍊句。於是，他專門寫了一篇《一點小小的意見》，刊登在蕭三、方紀負責的《大眾文藝》上，指導延安青年寫作。

至於出席各種會議，感受延安清新空氣，茅盾也同樣十分積極。如：6月21日，延安新哲學會在文化俱樂部舉行第一屆年會首次會議。毛澤東、朱德、洛甫都出席了，茅盾、張仲實也被邀請參加；7月14日延安文抗分會專門在俱樂部舉行歡迎茶話會，歡迎茅盾、舒群、蕭軍、孫泆、蕭三、胡考等同志；9月8日，《塞上風雲》外景拍攝完成後，經延安返回，朱總司令設宴招待，茅盾、丁玲、周揚等都應邀出席作陪；9月20日，延安各界在青年體育場舉行慶祝百團大戰勝利，紀念「九一八」9週年大會，茅盾作為文藝界唯一的代表，被推為主席團成員。這段時間，茅盾雖然十分繁忙，但他的心情卻是前所未有的舒暢。

就在茅盾參加慶祝百團大戰勝利後沒有幾天，張聞天到橋兒溝看望茅盾。張聞天剛坐下，端起茅盾沏好的茶，呷了一口，便拿出一封電報：「雁冰先生，這，你看一下。」茅盾接過來一看，原來是周恩來從重慶來的電報，為加強國統區文化戰線的力量，希望茅盾能到重慶去工作，擔任文化工作委員會的常務委員。周恩來在電報中還認為，茅盾在國統區工作，影響和作用會更大些。

看完電報，茅盾陷入沉思。張聞天知道茅盾捨不得離開延安，便說：「恩來想請你去重慶，就是考慮到你在國內的名聲，在那種環境裡活動比較方便，國民黨對你也奈何不得。」說到這裡，停了一下，望了茅盾一眼：「不過，這只是我們的建議，我們知道你全家都來延安了，你原來不打算再出去的，如果你實在不願意，也不必勉強。」張聞天見茅盾沉默，又補了一句：「你和德沚姐商量商量，過兩天再聽你的回話。」

「不必商量了，既然那邊工作需要，我聽從分配，兩個孩子就留在這裡。」茅盾聽了張聞天這番代表組織發自肺腑的話語，一邊把電報還給聞天，一邊堅毅地說。

「嫂子不放心孩子，也可以留下。」張聞天點點頭呷了一口茶說。

這時，在一旁的茅盾夫人立刻接上來說：「不，我同雁冰一起行動，孩子已經大了，托琴秋照顧就行了。」

張聞天一聽，笑著道：「嫂子，那樣也好，兩個人在一起，互相有照應，孩子留在延安請你們放心，我也會照顧的。」

在送張聞天回去時，茅盾和張聞天肩並肩地沿著溝底走去。路上，茅盾敞開心扉，向張聞天提出恢復黨籍的問題，以便今後可以更直接地接受黨的領導。張聞天理解茅盾，答應把茅盾的要求提交中央書記處研究。

不久，茅盾向在延安的朋友一一告別後，又到楊家嶺向毛主席辭行。毛主席知道茅盾要去重慶，便握住茅盾的手，風趣地說：「你現在把兩個包袱扔在這裡，可以輕裝上陣了。」

臨別延安，茅盾心情十分複雜，他的心已被延安吸住了，但他理智地接受黨的安排，把自己想法自覺服從組織的意志。延安的陽光太有吸引力。茅盾已從中共身上，看到了中國的希望。1940 年 10 月 10 日，魯藝的學生在門口列隊歡送茅盾，齊聲高喊：「歡迎茅盾同志下次再來，歡迎茅盾同志下次再來！」歡送聲裡，茅盾夫婦淚花閃爍，不斷地揮手致意。就這樣，茅盾夫婦把一雙兒女留在延安，懷著無限依戀的心情，隨著董必武同志的車隊，離開了延安，踏上新的征途。

剛剛來，又要走。
繁雜的事務，中共暗中保護和安排。
「皖南事變」，風雲變幻。潛離重慶，
又赴新的戰場。

第二十二章　霧重慶

　　從 10 月 10 日茅盾夫婦隨董必武「專車」從延安出發，經西安、寶雞到重慶，1500 公里的路程，車隊整整走了一個半月。11 月下旬，茅盾他們到達重慶。

　　此時的山城重慶，已經成為國民黨的陪都，許多國民黨的達官貴人、鴻賈巨商、文人騷客，都雲集重慶，許多國民黨中央機關，及在抗戰中新冒出來的機關，也都遍布重慶這彈丸之地。起伏的山巒，奔騰的長江，一副不堪重負的情狀。冬天的重慶，時常大霧彌漫，把偌大的城市裝進這朦朧之中。

　　茅盾他們在一片濃濃的白霧中，走進了重慶八路軍辦事處。這個辦事處在重慶郊外一個紅色的小山上，當地人稱它為紅岩。第二天，周恩來和鄧穎超到辦事處來看望茅盾夫婦。周恩來向茅盾介紹了當前的形勢和重慶的情況，同時又對茅盾說：「這次發電報給中央請你來，主要是讓你擔任文化工作委員會的常務委員，讓你穿件『官方』外衣，便於工作。」說到這裡，停了一下，又說：「不過你也不必擔心，委員會的實際工作自有別人在做，不會麻煩你的。你還是發揮你作家的作用，用筆來戰鬥。聽說生活書店打算把《文藝陣地》遷到重慶出版，想請你繼續擔任主編，你可以考慮，大概徐伯昕會

找你談的。」

茅盾點點頭，說，「好的，我會按照周副主席的要求努力去做好的。」

「編刊物，擴大進步影響，團結和教育群眾，這是十分重要的工作。壓迫愈嚴重，我們愈加要針鋒相對地鬥爭，同時也愈加要講究鬥爭藝術，有一些情況，徐冰同志會向你介紹的。」周恩來笑了笑，又認真地交代著。

送走周恩來、鄧穎超夫婦倆，茅盾回到房內，回想起剛才周副主席的話，覺得來重慶的擔子還不輕呢。向來對中共充分信賴的茅盾，此時此際，腦際出現和湧動的，是如何做好在重慶的工作，如何做有效的鬥爭。

過了一會兒，徐冰來告訴茅盾，住房已經找好，就在沈鈞儒住的地方，「不過，沈先生不宜直接從這裡換到那裡，我已經安排好，沈先生可以先到生活書店住幾天，過渡一下，然後再換過去。」徐冰末了對茅盾說。

茅盾點點頭，客氣道：「給周副主席和您添麻煩了。」徐冰連連擺手，「哪裡，哪裡。」

在紅岩八路軍辦事處住了兩天以後，第三天，茅盾夫婦換到了位於重慶市中心的生活書店門市部樓上的一個小房間裡。

剛安頓好，老朋友鄒韜奮、徐伯昕便來看望茅盾夫婦。多年不見，在重慶這個地方相見，自然十分欣喜，鄒韜奮向茅盾打聽杜重遠在新疆的處境，也向茅盾打聽張仲實在延安的情況。杜、張都是鄒韜奮的老朋友。茅盾向他們講述了新疆的狀況，也講了杜重遠的處境。大家都十分氣憤。茅盾也向韜奮瞭解生活書店的狀況，鄒韜奮大嘆苦經，講了國民黨在重慶實行的政治高壓政策和扼殺文化的政策，同時，也講到《文藝陣地》，鄒韜奮希望茅盾來重慶後，能為生活書店助一臂之力，茅盾聽後一笑，正想回答，徐伯昕又接口道：「我們想把《文藝陣地》從上海搬到重慶出版，請你繼續擔任主編。」

「適夷一直在編，編得蠻好，何必要我再來插手！」茅盾推辭道。

徐伯昕說，「沈先生離開兩年多，有些情況你不瞭解，《文藝陣地》在上海是不能公開發行的，後來國民黨藉口它未經圖書雜誌審查會審查，在內地不讓發行了。這件事已經拖了半年多了。我們打算在重慶取一張審查證，把刊物遷來；重慶文化人集中，也需要一個大型文學刊物。原來想讓樓適夷到重慶來，現在你來到了重慶，《文藝陣地》由你來繼續主編，也就順理順章了。」

「既然如此，那就掛個頭銜。不過，現在我還有其他事情，你們能不能

把適夷從上海召來，仍舊當我的幫手，負責實際的編輯工作？另外，可以組建一個編委會，大家可以商量工作。」茅盾知道此事生活書店和中央有所接觸、安排，也就允承下來。

鄒韜奮和徐伯昕一聽，都認為這樣也可以，便答應了茅盾的要求，同意把適夷召來。

晚上，得知茅盾已到重慶的朋友郭沫若、田漢等人，都來到生活書店樓上來看望茅盾夫婦，因為茅盾剛從兩個「熱點」地區出來，朋友們便向茅盾打聽新疆、延安的一些朋友的情況，茅盾一一向大家介紹延安、新疆的一些經歷。田漢還邀請茅盾出席在 11 月 2 日召開的一個座談會，說「沈先生藉此可以和在渝的新朋友見面。」

在生活書店樓上住了 3 天以後，茅盾夫婦又搬到棗子嵐埡良莊。這是一棟坐落在小山坡上的小樓，茅盾夫婦搬進去之前，已有 3 戶人家住著，一戶是房東，一戶是沈鈞儒，還有一戶是王炳南和他的德國夫人。

在這個住處安頓好後，茅盾即打算把這兩年來的見聞寫出來，不料，忙亂的應酬，竟未能完整地寫下去。後來茅盾回憶當時生活時說：「重慶的生活節奏遠比延安急速，單單各種社交活動——官方的、半官方的、非官方的，以及私人的集會和會晤，便應接不暇，我常常像『華威先生』那樣馬不停蹄，一天下來，精疲力竭。不過，這些活動多數還是重要的，或者有政治意義，我不得不去的。」

茅盾這裡說的，是實話。

搬到棗子嵐埡良莊的第二天，茅盾和夫人孔德沚就去天官府街七號參加《戲劇春秋》雜誌社舉行的座談會，在那裡，見到了許多新老朋友，除田漢外，還有陽翰笙、老舍、陳望道、洪深、鄭伯奇、杜國庠、安娥、姚蓬子、胡風等。在會上，茅盾介紹了延安開展民族形式問題的討論的情況。緊接著，國民黨軍委會政治部長張治中約見茅盾，和茅盾拉家常，對茅盾母親的去世表示哀悼，並說，「先慈是一位偉大的母親，也是舊中國的一位了不起的女性。」使茅盾大為感動，在拉家常中，茅盾感到這位國民黨大員「是個有頭腦、有識見之人。」

12 月 4 日晚上，陶行知、范長江、吳滿眞、楊衛玉、沈鈞儒及其三公子，沈蕭文、沈志遠及夫人崔雲玉，閻寶航、潘朗等杜重遠的一些東北同鄉和好友，在一個叫「新陪都」的地方吃「小館子」，歡迎茅盾夫婦和李公樸。在席

間，茅盾回答了杜重遠的這些朋友的提問，向大家介紹了杜重遠在新疆的一些情況，事後有人評論茅盾當時的姿態：「他的態度的平易、誠懇，與談話中表現出來的忠實，不假修飾，不取任何小小俏皮，始終平和、坦白、熱情，與家人手足一般情致的流露。」

之後，茅盾和鄒韜奮、沈鈞儒一起，為營救杜重遠而奔波，親自到周恩來同志公館，向中共請示辦法，根據周副主席的指示，茅盾親自起草給盛世才的電文，以沈鈞儒、鄒韜奮、郭沫若、沈志遠、沈雁冰等人名義發出去，委婉而又嚴正地表明態度，並要求引渡杜重遠，結果仍遭盛世才的拒絕。

後來，茅盾又參加一個記者招待會，專門和外國進步記者座談，介紹了杜重遠被捕、趙丹他們被捕的一些背景。

茅盾還經常參加文化工作委員會，全國文藝家抗敵協會或中蘇文化協會組織的各種集會、講演。因此，繁忙的社交活動，原先打算寫見聞的計劃，只開個頭，寫了《旅途見聞》、《風景談》之後，就擱淺了。而在繁忙之中，茅盾還要操心《文藝陣地》，徐伯昕告訴茅盾，樓適夷不能來重慶了，但「審查證」已拿來。於是，茅盾又把編委會拉起來，聘了 7 個人，有葉以群、沙汀、宋之的、章泯、曹靖華、歐陽山等。具體由葉以群負責《文藝陣地》的復刊。葉以群是茅盾在重慶時與周恩來聯繫的一個聯絡員。黨有什麼指示，有什麼活動，需要茅盾瞭解或參加，就由以群來向茅盾傳達。茅盾和葉以群的這種關係，一直持續到 1948 年底，兩人也因此建立了深厚的友誼。

經過緊張的準備，茅盾和葉以群一起把《文藝陣地》6 卷 1 期編就，並於 1941 年 1 月 10 日出版了。復刊的《文藝陣地》，內容豐富、特點鮮明，作者陣容也十分強大，有沙汀的小說《老煙的故事》，有艾青的長詩《瑪蒂夫人像》，張天翼的論文《論〈阿 Q 正傳〉》以及曹靖華、戈寶權的譯文，茅盾自己則在復刊的《文藝陣地》上發表了《風景談》，謳歌陝北根據地人民的動人情景。茅盾這篇散文，筆意瀟脫流暢，感情洋溢，成為中國現代文學史上的名篇佳作。所以當時董必武碰到茅盾，笑著對茅盾說，「你這篇《風景談》寫得很好！那些審查官低能得很，你談風景，他們就沒有辦法了。」

此後，茅盾接著又針對重慶一股所謂「航空姿態」的濁流，寫了一些雜文，如《「時代錯誤」》，《我的一九四一年》、《談「中國人真有辦法」之類》。不料，正在此時，傳來「皖南事變」的消息，情況又急劇變化。1 月 7 日，皖南茂林地區，遵命北移的新四軍及軍部 9000 餘人，突遭 70000 國民黨軍的包

圍襲擊，軍長葉挺被俘，大部壯烈犧牲。慘劇發生 10 天以後，沈鈞儒跑到茅盾房間裡，關上門，氣喘吁吁地說：「剛剛得到消息，國共兩黨在皖南地區發生衝突，顧祝同把新四軍一萬人包圍並消滅了，葉挺受傷以後被俘。今天老蔣發佈命令，宣布新四軍『叛變』，取消其番號。」沈鈞儒一口氣說完，坐在椅子裡，喘著氣。茅盾一聽，驚呆了，心想，是不是「馬日事變」又重演了？

「看來共產黨這次吃了大虧。」沈鈞儒又說。

「老蔣不打算抗日了，自己一點退路都不留嗎？」茅盾緩過神來問。

「是呀，看樣子內戰又不可避免了。共產黨是不會善罷甘休的。」沈鈞儒說。

第二天，山城重慶震驚了。各大報都發了為整飭軍紀，解散新四軍的頭條新聞。《新華日報》則開了天窗。天窗上印著周恩來同志的悼詞：「千古奇冤，江南一葉。同室操戈，相煎何急！？」「為江南死國難者誌哀」。一時，重慶形勢驟然緊張，這時，葉以群來告訴茅盾，過兩天中央會有應變方針的，周恩來或徐冰會來通知的。

過了幾天，徐冰來告訴茅盾，鑒於目前重慶的險惡形勢，為防變故，這裡的文化人作適當的疏散，一部分留下堅持工作，一部分去延安，一部分去香港。我們初步研究，郭先生留下，你剛從延安來，目標太大，想讓你暫時躲避一下。什麼時候走，去什麼地方，還沒有定，想聽聽你的意見。

茅盾毫不遲疑地說：「我服從工作的需要，去哪裡都一樣，請你們決定吧。」

「那好，過幾天再聯繫。」徐冰匆匆說完，就起身告辭。「這幾天，沈先生盡量不要到外面去。」臨走，徐冰又關照道。

二月下旬，周恩來把茅盾約到曾家岩 40 號的小客廳裡，對茅盾說：

「很對不起，我剛剛把你從延安請到重慶，沒想到政局會發生這樣大的變化，現在又要請你離開重慶了。這次的目的地是香港。夏衍、范長江、韜奮先生都要到香港去，以群也打算去香港。」說到這裡，周恩來停了一下，又說：「孔大姐是不是去延安？這樣可以同兩個孩子在一起，也免得惦記。怎麼去，我們正在組織車隊，安全是有保證的。」

茅盾接著表態道：「我沒有意見。德沚的事，等我回去問問她，讓她自己拿主意。」

　　這時，在一旁的徐冰對茅盾說：「你恐怕幾天之內就要離開家，先搬到郊區一個地方去。戴笠手下的人對你的行蹤很注意，爲防你突然『自行失蹤』，我們還是早點行動，你在郊區先隱藏一段時間，再離開重慶。這段時間，孔大姐仍舊住在裹子嵐埡良莊，照常活動，以迷惑特務們。」

　　茅盾回家，與夫人孔德沚商量之後，孔德沚決定和茅盾一起去香港。徐冰也同意了。

　　隔了一天，一個小伙子來到茅盾家，秘密送茅盾到離重慶約 20 公里的南溫泉，住在黃炎培的職業教育社的房子裡，等待出發。茅盾一個人住在那裡，面對幽靜的環境，清閒的日子，便決定繼續寫「見聞錄」。由於醞釀已久，一靜下來，立刻文思洶湧，一口氣寫了 6 篇，即《蘭州雜碎》、《風雪華家嶺》、《白楊禮讚》、《西京插曲》、《市場》、《「霧重慶」拾零》。其中《白楊禮讚》成爲茅盾文學寶庫裡的一顆明珠，寫出了中華民族的精神和意志。

　　在南溫泉住了 20 多天以後，於 3 月中旬在生活書店程浩飛的護送下，乘汽車離開南溫泉，經貴陽、桂林，直奔香港。夫人孔德沚則遲半個月動身去香港。在赴桂林途中，茅盾心潮起伏，感慨萬端，寫下了《渝桂道中口占》一詩：

存亡關頭逆流多，

森嚴文網意如何？

驅車我走天南道，

萬里江山一放歌。

假託拾到一束日記，製出一部《腐蝕》，傾倒戰時男女；

辦《筆談》，七期留下雪泥鴻爪；

史沫特萊的預言；

在戰火紛飛中，中共費盡心血，文化人大轉移。

第二十三章　再到香港

　　1941 年 3 月底，茅盾到達香港的第二天，朋友得知消息後，便陸續到旅館來看望他。第一個來到茅盾下榻的旅館的是正在香港大學教書的許地山。這位身材魁梧的學者兼作家，見到茅盾十分高興，他向茅盾瞭解了重慶的一些情況之後，告訴茅盾說：現在正在主持香港文協的工作，請沈先生多加指導。許地山剛走，蕭紅和端木蕻良雙雙來了，蕭紅是茅盾在上海時的老朋友，此時因患肺結核，正在休養。茅盾關切地詢問了蕭紅的生活和病情，關照端木蕻良和蕭紅，要抓緊治療和休養。端木蕻良此時正和周鯨文一起主編《時代文學》，他希望茅盾給他稿子，支持他的工作。茅盾點點頭，笑道：「這次恐怕要呆上一段時間了，有稿子自然會給你的。」端木滿意地笑了。

　　隔了一天，正在籌備《華商報》的范長江和夏衍來看望茅盾，並向茅盾約稿。茅盾一聽夏衍他們辦《華商報》，十分高興，夏衍告訴說，《華商報》有個副刊「燈塔」，沈先生是否給個稿子，夏衍並把一份「燈塔」的宗旨遞給茅盾。茅盾接過那份宗旨一看，上面寫道：「內容力求真實與公道，素材力求豐富而雋趣，特別注重正確而生動地反映並批判社會上變動不息的日常事故的短小精悍的短篇雜文，絕對避免一些無關現實的長篇大論。」茅盾把「宗

旨」還給夏衍，說：「這個宗旨不錯，很有現實性，那麼『燈塔』多少天一期呢？」

夏衍忙接上去說：「每個星期出 5 期。現在我們這裡還缺一個長篇小說，你能否給我們一個連載。」「是啊，有沈先生支持《華商報》，我們有再大的困難也不難了。」范長江也附和道。

茅盾笑了，「莫非你們以為我篋中有一部長篇小說打著埋伏？」

「我們聽說沈先生在南溫泉時，天天伏案疾書，想來總有可以發表的東西。」夏衍也笑了起來，承認自己已探得情報。

「是寫了一點東西，但不是小說，是雜感式的散文，記錄這兩年在內地的見聞，而且沒有寫完，只寫了一兩萬字。」茅盾笑過以後，也承認道。

「夠了夠了。」夏衍一聽茅盾手頭有這批文章，忙說道：「沒有寫完也不要緊，可以先登起來，你一邊繼續往下寫。」

茅盾覺得支持《華商報》也是分內事，便說道：「好罷，你後天派人來取稿，我要從頭至尾看一遍，再寫一個前言。這樣，你們就可以用了。」

這時，范長江說：「好，現在我有們有兩個連載了，鄒先生也答應給我們一個連載，題目叫《抗戰以來》，《華商報》有了你們兩位的鼎力支撐，一定開張大吉，聲勢奪人！」

茅盾一聽鄒韜奮也已答應給連載稿子，便問道：「韜奮到香港多久了？」范長江答道：「比你早到半個月，住在九龍，正在籌辦《大眾生活》。」

夏衍、范長江都滿意而歸。望著他們的背影，茅盾感慨萬端，覺得現在的香港已不同於往日了，變得熱鬧和活躍起來了。抗戰已經成為全民共同的認識。回到房間，茅盾把已在重慶南溫泉時寫的幾篇，重新看了一遍，又改了幾個字。然後又寫了一個「弁言」，作為連載時開頭話，在「弁言」中，茅盾感情激憤地揭靈國民黨文網森嚴的罪行，又對自己這組《如是我見我聞》文章作了解釋和「自嘲」，他說：

> 這不是什麼遊記。……然則到底是什麼呢？說來很簡單，就是七零八落的雜記。也許描幾筆花草鳥獸，也許畫個把人臉，也許講點不登大雅之堂的「人事」，講點人們如何「穿」，如何「吃」，又如何發昏作夢，或者如何傻頭傻腦賣力氣，——總之；好比是製片廠剪下扔掉的廢片，有的一二尺，有的七八尺，沒頭沒腦，毫無聯貫，這邊幾棵樹半個窗洞，那邊一個人頭，或半身或一條腿，只有太天

真的孩子才會當一件事去賞鑒猜詳。

　　　　因此，作者的我，未便在此自吹這些七零八落的記述，是什
　　麼「觀察」，或什麼「印象」，老實一句話，只是所見所聞的流水帳；
　　不過我自信，聞時既未重聽，見時也沒有戴眼鏡，形諸筆墨，意在
　　存眞，故曰《如是我見我聞》。

1941 年 4 月 8 日，《華商報》副刊創刊，茅盾的《如是我見我聞》開始連載，
開場除了他寫「弁言」外，編者也作了廣告：「名作家茅盾先生，年來漫遊大
西北及新新疆，長征萬里，深入民間。……《如是我見我聞》長篇筆記，以
其年來隨時精密而正確的觀察，用充滿著愛與力的能筆，作深刻而雋永的敘
述。尤其注意的是抗戰中舊的勢力和新的運動的鬥爭與消長，暴露著黑暗社
會孕育著危機與沒落，指示出新中華民族的生長與出路。」

　　這一組共 18 篇的《如是我見我聞》，一直連載到 5 月 16 日。後來結集出
版時，改題爲《見聞雜記》。因爲 5 月份茅盾又碰到另外一個任務，因而這個
《如是我見我聞》只好中斷。許多如昆明見聞、新疆見聞、延安見聞等都未
能及時寫出。

　　4 月的一天，陽光燦爛，風和日麗。茅盾夫人孔德沚也在茅盾到香港半個
月後，風塵僕僕地趕到香港，和茅盾團聚。於是，茅盾便從旅館換到香港半
山的堅尼地道寓所。一天，鄒韜奮來看望茅盾，並告訴茅盾，他準備辦一個
像《生活》週刊那樣的刊物，親自主編。並正式來邀請茅盾參加編委會。茅
盾一聽鄒韜奮的打算，十分高興，忙說：「鄒先生氣魄很大，這個刊物一定能
辦好。哎，鄒先生辦的這個雜誌叫什麼名字？」

　　「嗨，你看，我糊塗得連刊物名字都沒有向你講了。」鄒韜奮也笑起來。
「刊物名稱就叫《大眾生活》，算是對原來的《生活》週刊的復刊。」

　　「編委會還有那些人呢？」茅盾點點頭問。

　　「除你之外，還有你的老鄉金仲華，有夏衍、千家駒、胡繩、喬冠華。」
鄒韜奮又說。「今後，我設想，編委會每週開一次會，檢討上一期的得失和確
定下一期的主要內容，編委除了自己要寫稿外，還要拉稿。不知沈先生以爲
行否？」

　　「好的，好的。」茅盾說，「到時開會時，通知一下就行。」

　　後來，鄒韜奮把這些編委會全部請去開會，商量《大眾生活》出版事宜。
會後，鄒韜奮向茅盾約稿，希望茅盾給《大眾生活》一個可以連載的長篇小

說。茅盾答應了鄒韜奮的要求。

寫什麼題材呢？茅盾想到了在重慶聽到的一些人和事，也考慮到香港和南洋讀者的口味，決定採用日記體來寫特務機關的內幕，把在重慶聽到的故事放進小說。後來，小說取名《腐蝕》，寫一個國民黨女特務趙惠明在第二次反共高潮中的經歷與所見所聞，刻畫了趙惠明這個青年女特務的複雜性格，寫出了人性中愛與恨、人性與獸性、正義與邪惡、光明與黑暗的鬥爭的複雜性。

1941 年 5 月，經鄒韜奮催促的《腐蝕》開始在新創刊的《大眾生活》上連載。茅盾在小說開始時，別出心裁，假託在重慶某公共防空洞的岩壁上發現了「一束斷續不全的日記」，日記主人不知為誰，日記中夾有一男一女的兩張照片。這個虛構說明，把讀者吸引住了，許多讀者都信以為真，寫信給茅盾：「《腐蝕》當真是你從防空洞中得到的一冊日記嗎？趙惠明何以如此粗心，竟把日記遺在防空洞？趙惠明後來下落如何？」小說連載後，還有不少讀者給《大眾生活》寫信，希望茅盾給女特務趙惠明一條自新之路。後來茅盾覺得讀者的要求也有道理，就給他一條出路。不過，解放後，有些讀者又批評茅盾：為什麼給趙惠明一條自新之路？責問得茅盾啼笑皆非。

1941 年 10 月，上海華夏書店出版了《腐蝕》的單行本，不久傳到延安，中共翻印後曾供幹部閱讀，作為幹部的一種必讀書，成為茅盾在國內版本最多的一本書！

當《腐蝕》寫得差不多時，茅盾又根據中共組織的要求，開始籌辦一個小品文刊物——《筆談》，因港府對刊物登記要求，必須是港紳，所以茅盾和鄒韜奮他們一樣，也請了曹克安擔任名譽社長和督印人，這樣，總算辦妥了辦刊物的手續。到 8 月中旬《筆談》創刊號的稿件已齊，茅盾決定在 9 月 1 日創刊。

為此，茅盾還寫了「徵稿簡約」，把《筆談》宗旨和內容要求體現在裡面，開宗明義地說：「一，這是個文藝性的綜合刊物，半月出版一次，每期約四萬字；經常供給的，是一些短小精悍的文字，莊諧並收，辛甘兼備，也談天說地，也畫龍畫狗。也有創作，也有翻譯。不敢自詡多麼富於營養，但敢保證沒有麻醉也沒有毒。二，內容如果要分類，則第一，關於遊記或地方印象；第二，人物志，以及逸聞軼事；第三，雜感隨筆，上下古今，政治社會，各從所好；第四，讀書摘論，書報春秋；第五，文藝作品，詩歌，小說，戲曲，

報告；第六，時論拔萃。……。」同時，茅盾又找到柳亞子，向柳亞子約稿，柳亞子答應爲《筆談》提供一個專欄文章，連載。於是，《筆談》專門開了一個以柳亞子居所命名的「羿樓日札」的欄目，由柳亞子先生介紹辛亥革命時的掌故。發表後，大受讀者歡迎。同時，茅盾又編又寫，受亞子先生的啓發，在《筆談》雜誌上開了自己的一個欄目，叫「客座雜憶」，專門介紹 1927 年大革命時的掌故，十分新鮮有趣。

　　9 月 1 日，《筆談》創刊號如期出版發行。出版後，這個茅盾稱爲「雜拌式」的雜誌大受讀者青睞，在不到 5 天的時間裡，創刊號就再版了一次。許多名人紛紛爲《筆談》寫稿，郭沫若、陳此生、胡繩、于毅夫、張鐵生、喬冠華、楊剛、葉以群、戈寶權、胡風、袁水拍、林煥平、駱賓基、鳳子、柳無垢、高荒、孫源、胡考、丁聰等等，這些朋友的支持，給百忙之中的茅盾留下了時間，茅盾除了寫「客座雜憶」之外，寫書評，寫時論等，成果累累。據統計，《筆談》從 1941 年 9 月創刊，到 12 月 1 日終刊，共出版七期，茅盾在這七期《筆談》裡，共發表散文、雜文、書評 63 篇，在這又編又寫中，是何等辛勤呀！

　　還在寫《腐蝕》時，即 8 月初，傳來一個令人扼腕的消息，身高馬大的許地山因心臟病而去世了。茅盾在 3 月底剛來香港時，許地山還來看望過他，相談甚歡，想不到會突然猝逝！？在悲痛之餘，茅盾立刻丟下其他工作，寫下了《悼許地山先生》，發表在 9 月 21 日《星洲日報·晨星》上，後又寫了《國粹與扶箕之迷信——紀念許地山先生》，《論地山的小說》等兩篇，以寄託對亡友的思念。

　　1941 年 11 月初的一天，茅盾家的門突然響起來，傳來咚咚咚的叩門聲。茅盾開門一看，原來是 5 年不見的史沫特萊上門來了。茅盾忙把史沫特萊迎進屋，十分驚訝地問道：「你怎麼也到香港來了？5 年不見，哪裡去了？」

　　史沫特萊端起孔德沚沏的茶，說道：「說來話長。我 1936 年離開上海去了陝北，抗戰爆發後，從延安隨朱總司令來到山西八路軍總部，作爲隨軍記者多次到前線採訪。後來又離開華北到華中，經武漢到江南新四軍軍部，因身體不好，胃病復發，取道重慶來香港治病。」史沫特萊一口氣把經歷告訴茅盾，眼神裡還流露出一種離開新四軍八路軍的依戀情愫。

　　茅盾點點頭，關切地問道：「怪不得你這麼消瘦，你現在住在哪裡？」

　　「我早來香港了，住在山上一個朋友的家裡。這次是要回美國去治病，

也想把在八路軍新四軍的所見所聞寫成文章，讓全世界知道八路軍新四軍在極其艱苦的條件下創造出了怎樣輝煌的業績。」史沫特萊依然十分高興地談論著。「我還準備爲朱總司令寫一部傳記呢。」史沫特萊神秘地笑笑又說。

「那你爲什麼不在香港寫呀？」茅盾希望史沫特萊能在香港住下來。

「不，香港就要發生戰爭了。」史沫特萊斂起笑容，一臉正經地說：「這次日美談判不會有結果，也許是個煙幕彈。日美一開戰，日本就會進攻香港，而香港頂多守兩個月。你也應該離開香港，可以到新加坡去。新加坡是英國在遠東的堡壘，他們會死守的。」史沫特萊似乎胸有成竹，而茅盾則將信將疑，因爲此時茅盾也在研究國際問題，而尚未看出香港要成爲戰場的端倪，便說：「我還不能離開香港，我在這裡有工作。」

茅盾又向史沫特萊打聽一些熟人的情況，史沫特萊則直率地向茅盾這個老朋友談了自己在陝北，在新四軍的看法。茅盾聽後，笑而不答。

史沫特萊走後，茅盾一直記著史沫特萊關於香港要發生戰爭的事，正巧有一次探討國際問題的聚會，茅盾把史沫特萊的看法說了一下，幾個國際問題專家卻認爲她太武斷了，怎能斷定日本人進攻香港事在不久呢。

但史沫特萊的看法，卻被太平洋戰爭爆發所證實了。12 月 8 日清晨，日本軍隊沿廣九進攻九龍新界，同時轟炸啓德機場。香港已經是一片混亂。《筆談》只好停刊。葉以群帶來中共意見，黨將全力安排好茅盾等文化人的徹退工作，保證這些知名人士的人身安全。

於是，茅盾立即得到通知，要求去山下軒尼詩道一所設在三層樓上的跳舞學校集中待命。茅盾夫婦便又忙開了，夫人孔德沚則去銀行取款和採購「逃難」時所必需的物品，茅盾則去原居所取地下室那兩籃書信。結果發現兩籃書信已被膽小怕事的房東付之一炬了。

在撤離香港時，茅盾見重病中的蕭紅住進醫院，無法跟著撤退，心情十分沉重。在亂鬨鬨的日子裡，茅盾和一大群文化人在那個跳舞廳裡「睡覺、吃飯、躲炮彈」，一呆就是 15 天。終於在葉以群的陪伴下，帶著一本《新舊約全書》，裝扮成商人模樣，通過秘密管道，在東江游擊隊的護送下，開始了大轉移。

「兩部鼓吹」的歷史幽默，大文豪住進廚房間；

《霜葉紅似二月花》文采斐然，故鄉情結的宣泄方式。

劉百閔自鳴得意，中共早有函來。

文佳，詩亦佳，向來不作詩的他，在桂林友情風情裡，詩興大發。

第二十四章　桂林春秋

1942 年正月初九，茅盾夫婦換著黑色短衫褲的唐裝，成為港商模樣，茅盾化名孫家祿，孔德沚化名孫陳氏提著兩個小包裹和一隻小藤筐，裡面除了簡單的日用品外，一代文豪只帶了一本《新舊約全書》，走進難民潮，消失在暮靄裡，偷渡到深圳，在東江游擊隊的精心安排和保護下，開始長達兩個月的大轉移。

這次大轉移，是中共保護大批文化人而秘密進行的一個重大措施。在轉移過程中，東江游擊隊司令員曾生親自部署安排，保證成千上萬的知名人士，從這條由香港通向桂林的最佳路線上萬無一失。茅盾夫婦和其他一批文化人，晝伏夜行，穿行在羊腸小道，爬山涉水，終於在 3 月 9 日那天，到達廣西桂林。

抗戰時期的桂林，一度成為抗戰文化的大後方。廣西當局在抗戰開始後，招攬了大批進步文化人到桂林，創辦了許多進步刊物，一時桂林成為一個民主空氣比較濃厚、文化生活比較活躍的城市。茅盾一到桂林，許多在桂林的朋友立刻到旅館來看望茅盾夫婦，當中有田漢、歐陽予倩、王魯彥、孟超、宋雲彬、艾蕪、司馬文森以及先到桂林的夏衍、金仲華等。

　　朋友們都希望茅盾能在桂林住下來。茅盾笑而不答。覺得在桂林先要觀察一下國民黨對自己到來的反應、態度。同時，3 個月的長途奔波，茅盾覺得也要在這大後方「好好休整一下」。但茅盾夫婦此時正鬧「飢荒」，無法在「旅館」這樣的地方居住，必須尋房子，才能在桂林「休整」。於是，茅盾夫人孔德沚開始在桂林到處奔波，結果，一個星期下來，毫無結果。茅盾更是束手無策。邵荃麟知道了茅盾窘境，把自己住的一間廚房清理一下，讓出來給茅盾夫婦住。廚房僅 8、9 個平方米的大小，僅容一桌一床，茅盾夫婦將要在這個簡陋得再也不能簡陋的地方，開始他們的「桂林春秋」生涯。

　　茅盾剛剛安頓好，柳亞子聞訊趕來麗君路南一巷，參觀茅盾的住處。走進茅盾夫婦那 8、9 個平方的房間，帶著濃厚的吳江口音，連連叫道「轉不開身，轉不開身。」茅盾笑道，「這還是邵荃麟先生讓出來給我們的呢，否則眞要去住馬路了。」

　　柳亞子臨走，希望茅盾常去他那裡玩，他住在一個倉庫似的大廳裡，非常寬敞。後來，柳亞子和茅盾常常在一起談詩談史，吟詩唱和，成爲茅盾在桂林的一個特點。

　　安頓好住處，茅盾一改以往的做法，即每到一地，就應付各種約稿，趕寫短論和雜文。而是採取觀望態度，怕寫短文授人於柄。但不寫文章，經濟來源又受影響，妻子在等米下鍋。因此，茅盾決定寫一個中篇報告文學，把香港戰爭前前後後的形形色色和花花絮絮寫出來，茅盾後來回顧當時創作心境時曾說：「我試圖給這個從未經受過戰火洗禮的小島上的芸芸眾生在 15 天戰爭中的各種面相畫一張速寫。」

　　因此，在擺著油鹽醬醋的瓶瓶罐罐的桌子上，開始了到桂林後的寫作。同時，也開始了他那繁忙的社會活動。4 月 26 日，文協桂林分會召開一個文藝家座談會，要求提高作家的稿酬和版稅，並推舉茅盾來主持這個會議。在座談會上，茅盾報告了保障作家合法權益，爭取提高版稅和稿費的建議醞釀和提出經過，與會者發言踴躍、熱烈。會後，茅盾、田漢、胡風、宋雲彬、艾蕪等被推爲與出版商交涉的成員。

　　6 月 15 日，茅盾把香港戰爭前後那段生活已經寫出來，並以《劫後拾遺》爲題，由桂林學藝出版社出版。許多在桂林的文學朋友，見茅盾這部「雖非眞人眞事，然而也近於紀實」的作品，已經問世，又來催促茅盾爲他們寫稿了。茅盾後來還記得，孟超爲集美書店編《藝術新叢》向茅盾約稿，鳳子編

《人世間》也要茅盾供稿，周鳴鋼編《種子》文藝月刊，也向茅盾約稿，連像《山水文藝》這樣的刊物，也來請茅盾供稿。茅盾似乎被那些約稿者所包圍了，而在此時，桂林的天氣正是陰雨連綿，濕潤的春天的氣息，茅盾在這斗室裡，更覺得陰晦和無奈，而且前樓宋雲彬他們的深夜的牌聲、笑罵聲，時時來吵擾茅盾寧靜的心境，吵得煩而膩，有時茅盾跑上去發了一通火，才算平息一些。但素來頗想得開的茅盾，戲稱樓上是「兩部鼓吹」即喻爲唐代的立部伎和坐部伎，十分形象和生動。茅盾此時爲應付稿約，專門寫了一組雜文，取題爲《雨天雜寫》，借古喻今，把秦始皇、漢武帝、姚興、鳩摩羅什、拿破侖和希特勒、李斯和董仲舒等，嬉笑怒罵，妙趣橫生。

6月底的一天，茅盾忽然收到一份請束，一看，是桂林中國旅行社在樂群社請客，招待在桂林的作家畫家。茅盾和夫人孔德沚都在應邀之列。主人是新上任的《旅行雜誌》主編孫春台，雜誌社請客是約稿，雜誌社認爲茅盾這幾年走南闖北，應該有許多旅行遊記可寫。茅盾答應寫稿。後來，茅盾寫了《新疆風土雜記》約 8 千字，這是茅盾離開新疆後第一篇詳細介紹新疆的文章，並從此與《旅行雜誌》建立起關係。

寫完《劫後拾遺》之後，縈繞在茅盾腦際的長篇又在腦際盤旋。這部長篇是多少年來一直藏在茅盾心底，由於奔波和生活中沒有契機，一直沒有動筆。在文學生涯和革命社會活動中，茅盾打算史詩般地反映中國從本世紀以來的歷史畫卷。大革命結束後，茅盾隱居在上海，創作了《蝕》三部曲，把大革命時期的歷史畫卷展示給讀者，塑造了一群現代女性形象。從日本回國後，茅盾又創作了《子夜》展現了 30 年代初中國社會畫卷，刻劃了趙伯韜、吳蓀甫那樣有時代特徵的藝術形象。之後，茅盾曾設想把自己熟悉而記憶深刻的辛亥革命到五四運動這一段歷史，用小說藝術再現出來，以求完整地再現中國社會從 20 世紀初 20、30、40 年代的歷史。但抗戰前的這個宏偉計劃，茅盾一直沒有實現，僅僅在心裡醞釀著、籌劃著。現在客居桂林，茅盾覺得計劃中的小說，孕育成熟了，尤其在時間上的沉澱，對在世紀初發生在故鄉的故人故事，更加明確清晰了。母親的性格、形象，舅父舅母，表姐表嫂等等許多親朋故舊的形象、個性及他們的生活習慣，清晰地凸現在茅盾的腦際，於是，茅盾在 1942 年 8 月，開始寫《霜葉紅似二月花》，並在《文藝陣地》上連載，成功地塑造了趙守義、王伯申、黃和光、張婉卿、張恂如和恂少奶奶及錢良材等人物。在茅盾的筆下，書中的不少人物，如婉小姐、錢良材等，

「有革故鼎新的志向，但認不清方向。當革命的浪濤襲來時，他們投身風浪之中，然而一旦革命退潮，他們又陷於迷茫，或走向了個人復仇，或消極沉淪。」因此，茅盾把這部小說取名爲《霜葉紅似二月花》。從這部氣勢恢宏而又委婉細膩的小說中，我們從其人物中，窺見到作品人物的生活原型，如張婉卿這個果斷有遠見的女性，取材於作家自己的母親，再現了其母親年輕時代的風采。其他如王會悟的影子，都可從其一筆一筆中尋到影子。再從恂少奶奶的舉止和性格中，可以見到茅盾那命運多蹇、卻善良賢惠美貌的舅母陳寶珠的影子；而錢良材的言行個性，又有點盧表叔在烏鎮那一段不甘寂寞、熱情奔放的生活的影子。總之，從這部《霜葉紅似二月花》中，我們可以看到茅盾的故鄉情結，也看到客居桂林的茅盾內心的風雲。

《霜葉紅似二月花》原來計劃頗宏偉，預計分三部，第一部寫「五四」前後，第二部寫北伐戰爭，第三部寫大革命失敗以後。但茅盾這個史詩般的宏偉計劃，後來因爲離開桂林未能如願。從現在出版的《霜葉紅似二月花》中只能看到「五四」前後江南城鄉新舊勢力錯綜複雜的鬥爭，還看不出作者原來的整個寫作意圖，霜葉還沒有紅，圍繞男主人公錢良材的故事剛剛開展，女主人公張婉卿的性格還有待發展，而另一位女主人公張今覺則尚未登場。

正當茅盾擠在小桌邊寫《霜葉紅似二月花》時，文化服務社社長，CC系的文化特務劉百閔專程從重慶到桂林。劉百閔邀請茅盾夫婦到樂群社共進午餐，代表國民黨中央對茅盾表示慰問，並「懇請」茅盾回到重慶，中央有所藉重。茅盾婉拒了劉百閔的邀請，表示手頭在寫一部小說，走不開。茅盾和其他人如張友漁、沈志遠、千家駒、金仲華、梁漱溟等，都覺得重慶國民黨方面不可靠。其實，中共花了九牛二虎之力，把一大批文化人從香港解救出來，好不容易聚合到桂林，國民黨在香港陷落時，毫無半點關注，置這一大批中華民族寶貴財富於不顧。現在倒好，被中共解救出來以後，他們倒要來「誠懇邀請」了。因此，許多文化人都拒絕了劉百閔的「懇請」。

《霜葉紅似二月花》出版後，立即在桂林引起了轟動，《自學》雜誌和《讀者俱樂部》就聯合舉行一次座談會，並給已離桂林的茅盾發去慰問祝賀電：

茅盾先生：

《霜葉紅似二月花》第一部在桂出版，同人等特於 10 月 20 日舉行座談，共認先生此作，爲抗戰以來，文藝上巨大之收穫，除將

記錄及摘記分別刊載《自學》雜誌及廣西日報讀者俱樂部外，先電
馳賀：並盼早竟全功。此祝筆健。

　　桂林那沉悶的政治氣氛也壓得茅盾內心十分孤獨鬱悶。在和柳亞子唱和
時的一首詩，十分代表當時茅盾的心情：

偶遣吟興到三秋，
未許閒情賦遠遊。
羅帶水枯仍繫恨，
劍鋩山老豈剗愁。
搏天鷹隼困藩溷，
拜月狐狸戴冕旒。
落落人間啼笑寂，
側身北望思悠悠。

　　詩中表達自己對遠在延安的一雙兒女的思念及自己在桂林那種氛圍下的
鬱悶！當《霜葉紅似二月花》發表後，原來熟識的戲劇家熊佛西找到茅盾，
打算創辦一個大型文學雜誌，取名《文學創作》，以充實西南的文藝生活，
他自任總編輯，要求茅盾每月提供稿子。茅盾答應了熊佛西的要求。熊佛西
見茅盾答應支持，十分高興，又說「沈先生是小說家，你的長篇已經殺青，
能否再為《文學創作》寫些短篇小說？」茅盾也爽快地答應了。後來，茅
盾專門和柳亞子、田漢等商量，認為支持熊佛西創辦大型期刊，比自己揮槍
上陣更為有利有效。於是3人共同商定，大力支持熊佛西創辦《文學創作》，
每月至少寫一篇。後來《文學創作》創刊後，茅盾果然不食言，一二三期
上都有茅盾新寫的短篇小說，第一期上發表了《耶穌之死》，第二期上發表
了《列那和吉地》，第三期上發表了《虛驚》，即使後來離開桂林，仍為《文
學創作》供稿，如《委屈》、《船上》、《過年》等。並從此和熊佛西結下了深
厚的友誼。

　　一天，茅盾忽然收到一份個人畫展的請柬，茅盾拆開一看，是一個自稱
是中國抗戰美術出國展覽會總幹事，叫沈逸千的人送來的。茅盾似乎不認識
這個人。在一旁的妻子提醒道：「這個人是不是在延安見到過的那個畫家呀。」
這時，茅盾也想起來，前年離開延安時，在交際處的鄰居中，就有這位畫家，
曾讓茅盾觀賞過他自己寫生的毛澤東、朱德、賀龍的肖像畫，還非常熱情地
替茅盾畫了一張肖像，又讓茅盾給簽字。

　　過了幾天，茅盾去正陽樓廣西藝術師資訓練班的教室參觀沈逸千的畫展，都是畫家近半年來在滇緬戰場以及在青海、寧夏等地旅行所作之新作品。兩年不見，沈逸千十分熱情，陪茅盾參觀講解之後，又請茅盾到他寓所，並拿出一幅名《白楊圖》的水墨畫讓茅盾鑒賞。他告訴茅盾，這幅畫是讀了散文《白楊禮讚》後取其意而畫的，茅盾一看，十分高興。沈逸千又說：「沈先生能否在上面題幾個字？」茅盾笑道：「見笑了。」興致甚高，取筆在這幅白楊圖上題道：

　　　　　　北方的佳樹，挺立攬斜暉。

　　　　　　葉葉皆團結，枝枝爭上游。

　　　　　　羞擠楠枋死，甘居榆棗儔。

　　　　　　丹青留風格，感此倍徘徊。

沈逸千在一旁看了，撫掌致謝，連聲說好！說完，又轉身從抽屜裡取出一張茅盾在延安時的肖像照片，送給茅盾作個紀念。同時，又希望茅盾寫點文章，談談對畫展的感想。茅盾也爽快地答應了。茅盾後來將此詩收進集子，又作了改動。

　　茅盾困居斗室，眼看抗戰形勢，十分思念留在延安的兒女，兩年來，可謂日思夜想。當時茅盾曾在這八九個平方的斗室裡，寫過一首感懷詩，寄託茅盾夫婦對兩個孩子的思念：

　　　　　　炎夏忽已盡，金風扇蕭瑟。

　　　　　　漸覺心情移，坐立常咄咄。

　　　　　　凝望劍銍山，愁腸不可割。

　　　　　　煎迫詎足論，但悲智慧竭。

　　　　　　桓桓彼多士，引頸向北國。

　　　　　　雙雙小兒女，馳書訴契闊。

　　　　　　夢晤如生平，歡筆復嗚咽。

　　　　　　感此倍愴神，但祝健且碩。

茅盾的心嚮往延安，心繫延安。但在桂林，在此地此時，茅盾知道國民黨不可能讓他去延安。而一直住在桂林的蔣介石派來的劉百閔，十分殷勤地一次一次往茅盾那裡跑，希望茅盾去重慶，並抱怨桂林這地方住房太擠窄。茅盾和他周旋了幾個月後，也終於下決心離開桂林去重慶。對於離開桂林去重慶原因，他有一段回憶：

我是經過反覆權衡才下的決心。我考慮：從政治環境講，桂林
比重慶較爲開放，國民黨特務組織顧慮到廣西派的實力，還不敢在
桂林橫行。但桂林畢竟不是香港，它與重慶是五十步與百步，並無
本質上的區別。而從蔣介石遣特使劉百閔來桂林再三請我們去重慶
這件事分析，老蔣是想把我們控制起來，置於特務組織的監視之下，
目前尚無意向我們揮動屠刀。重慶又是陪都，駐有各國外交使節和
新聞機構，蔣介石礙於國際輿論，也不會輕率地對我這位被「請」
去的「無黨派人士」下毒手。到了重慶我可以以國民黨軍事委員會
政治部文化工作委員會常務委員的身份進行活動，中共辦事處和恩
來同志又近在咫尺，還有郭沫若、老舍、陽翰笙等一大批朋友在那
裡堅持工作，我可以配合他們。只要注意鬥爭策略，特務的監視並
不能妨礙我的工作。相反，留在桂林，他們倒可以採用秘密綁架的
手段把我投入監牢，甚至「就地處置」，然後對外謊稱我不聽「蔣委
員長的勸告」，以至使中央無法保護而遭此厄運。

茅盾的這段心理獨白，反映了當時的實際情況。但同時還有一個因素，
即他已得到中共讓他去重慶工作的通知：葉以群從重慶來信，要求茅盾去重
慶編《文藝陣地》，這個通知，促使茅盾去重慶，而劉百閔則認爲是自己游說
的成功還沾沾自喜呢。

茅盾要離開桂林了，茅盾心情似乎還在《霜葉紅似二月花》的情景裡，
尚不能自拔，在和柳亞子、陳此生一起時，茅盾臨別贈詩，他在贈柳亞子詩
中，贈人表意，寄寓了自己的情緒和思想：

一

兩難啼笑喚荷荷，
尚有豪情論史麼？
寂寞文壇人寂寞，
何當買醉一高歌。

二

尚有豪情論史麼？
南明舊事費嗟哦，
職方如狗滿街走，
劍佩「成仁」奈則那。

三

南明舊事豈盧誑，

十萬倭騎過鑒湖。

聞道仙霞天設險，

將軍高臥擁銅符！

四

魚龍曼衍誇韜略，

吞火跳丸壽總戎。

卻憶清涼山下路，

千紅萬紫鬥春風。

在贈陳此生的一首詩中，也同樣寄寓了自己的情感：

豈緣離別故依依，

但恨重逢未可期。

猘狗無靈怨聖德，

木龍有洞且潛居。

憂時不忍效鄉愿，

論史非爲驚陋儒。

南國人間啼笑寂，

雞鳴風雨寸心知。

柳亞子他們知道茅盾要去重慶，便在 11 月 29 日邀茅盾夫婦到月牙山品嘗桂林名菜豆腐，並邀田漢夫婦等友人作陪，爲茅盾遠行餞行。月牙山爲桂林名勝之一，緊傍漓江，山上有寺，殿堂築於山洞中，山前有一素菜館，賣的豆腐聞名遐邇，被譽爲桂林三寶之一。七八個友人一起，品嘗滑嫩鮮美的豆腐，遠眺筆立的群山，耳聽漓江水的喧嘩，大家不禁爲這幾年國事艱難，文網森嚴以及朋輩聚散無常而感嘆，唏噓。席間，酒過三巡，即興賦詩贈茅盾。柳亞子放下酒杯，唱道：

遠道馳驅入蜀京，

月牙山下送君行；

離情別緒渾難説，

惜少當延醉巨觥。

茅盾聽罷，趕忙起身，撫掌致謝。田漢對茅盾説，他的長子海男也要去

重慶，願和茅盾夫婦同行，路上可以照應。茅盾自然感激不盡。

　　1942 年 12 月初，茅盾夫婦在田海男的陪伴下，離開桂林去重慶。12 月 23 日，茅盾風塵僕僕地回到兩年前秘密離開的重慶。

　　在桂林這大半年的時間裡，茅盾共寫了長篇小說《霜葉紅似二月花》，短篇小說《耶穌之死》、《參孫的復仇》、《列那和吉地》以及《劫後拾遺》等雜文、評論 75 篇，共計 50 多萬字的作品。

五十初度，重慶一大新聞，人生輝煌。

與張道藩客客氣氣，招來誤解。

「昨夜東風來入夢，橫塘十里槳聲狂。」是心願，是詛語，還是另
    有所寄。

人，有幸，有不幸；他的選擇是對的。

第二十五章　再居重慶

經過顛簸和周折，茅盾再到重慶。

山城重慶和兩年前一樣，燈紅酒綠，車水馬龍，人如潮湧，衙門林立。
黃昏的一層暮靄，把山城重慶遮蓋得嚴嚴實實，萬家燈火，朦朦朧朧，閃閃
爍爍，陪都的一片太平景象，似乎聞不到一絲戰爭的氣息。茅盾夫婦為找住
房而奔波了幾天後，終於在生活書店的幫助下，在重慶郊區唐家沱找到了住
房。唐家沱在長江邊上，距重慶市中心約 30 華里，每天有兩班輪船進城，當
天可以返回。住處是唐家沱天津路一號，這是個二層一棟小樓，樓上住著國
訊書店的小伙計，樓下是茅盾夫婦居住。茅盾非常中意這個外有草坪、交通
方便但又幽靜的地方。但茅盾在唐家沱住下後，國民黨特務組織為了監視茅
盾，特地在茅盾住處不遠的地方搭了個草棚，並擺起了煙攤。因此茅盾自嘲
說：「特務機關對我的重視，使我因禍得福；白天，流氓、乞丐從不上門；夜
間樑上君子也不敢光顧。」

茅盾雖然是受蔣介石的邀請來重慶的，但實際上是在周恩來領導下從事
反蔣和抗日活動。為了能在重慶進一步開展工作，茅盾不得不和國民黨中央

宣傳部長張道藩保持「合作」姿態。茅盾剛剛到重慶時，即 1943 年 1 月 14 日，國民黨中宣部為慶祝英美取消不平等條約，另訂平等新約而舉行文化界茶話會，會上，茅盾應邀出席，並和張道藩見了一面，張道藩一副禮賢的面孔，和茅盾握手寒暄，表示仰慕。大約又過了半個月，劉百閔來看茅盾，並拿出張道藩邀請茅盾赴便宴的請柬。當時茅盾覺得，既然是請吃飯，想必還有其他內容，有必要去一次。於是茅盾便去張道藩公館赴家宴。

張道藩表面上對茅盾十分熱情。那天，他早在門口迎候茅盾了，除了茅盾外，還有劉百閔。席間，張道藩滿臉笑容，稱讚茅盾應蔣委員長的邀請，率先來到重慶，是有眼光、顧全大局的行動。末了，他說：「你沈先生這樣有國際影響的大作家，怎能寄居於西南一隅，只有在陪都這樣的政治、經濟、文化中心，才能充分發揮先生的才智。」談到這裡，他頓了一下，又朗聲道：「這次沈先生來重慶，我真的非常高興，我也代表政府表示歡迎，希望沈先生以後多與我們合作。」說完，一邊給茅盾夾菜，一邊看著茅盾，等茅盾的反應。

茅盾聽完張道藩的恭維，淡淡一笑，「感謝政府對我的器重，也感謝張部長的熱情。在桂林時，我也以為到了重慶能多為抗戰出力，可是到了這裡才知道事情並不那樣簡單。我是《文藝陣地》主編，原想到重慶繼續編這個刊物，可現在才知道這個雜誌出了重慶市就被查扣，無法辦下去了。」

「啊，有這等事嗎？我怎麼不知道！」張道藩故作驚訝，「百閔你知道有這事嗎？」

「我也是風聞，似乎社會上傳說《文藝陣地》是共產黨的刊物，下面一些辦事人出於義憤，就亂來了。」劉百閔也順著張道藩的話說。

張道藩苦笑道：「沈先生你看，真是胡鬧，我對他們一點辦法也沒有。沈先生也許不知道，抗戰以來，軍政警憲，各成系統，我這個管宣傳工作的部長想管也管不了啊。不過，近一年來，《文藝陣地》也有點太那個，……」

「噢，有什麼文章不對麼？」茅盾聽到這裡，也故作驚訝，問道。

「不說這個，不說這個，請吃菜，來來。」劉百閔從邊上打圓場。

「哈哈哈，沈先生，我這個人年青時也嚮往攀登藝術殿堂，後來陰差陽錯當上了這個文化官，實在力不從心。我覺得藝術家的心都是相通的，為求純正的真善美，就應該擺脫世俗的偏見。」張道藩打個哈哈，話鋒一轉，又說道。

機敏的茅盾也不轉彎抹角，放下筷子，轉臉問道：「張先生這話可有所指？」

「只是泛泛而論。」張道藩說道：「不過，沈先生一到重慶就給《新華日報》寫文章，容易引起誤會。」

茅盾笑道：「張先生當然知道，我是《新華日報》的老朋友，前幾天又是創刊 5 週年，我能不寫文章？」張道藩道：「我不是這個意思，先生與共產黨的關係，我們也清楚。只是政府這次請先生來重慶，是希望先生多方面地為抗戰文化工作做貢獻。」

「當然，只要有利於抗戰、有利於團結的事，我都樂於從命。」茅盾邊吃邊答道。

「有沈先生這樣的表示，我們就放心了。」張道藩說。

後來，茅盾給由張道藩創辦、王進珊主編的《文藝先鋒》寫了文章；3 月 18 日，又應約到中央文化會堂對張道藩部下作了講演，題目叫《認識與學習》。後來，又把中篇小說《走上崗位》給《文藝先鋒》連載。

對茅盾的這些「合作」，張道藩當然十分高興，他對茅盾也十分客氣，認為茅盾幫了他的忙，給了他面子。自然，在白色恐怖的重慶，那些負責監視茅盾的小特務，見這個架勢，看到茅盾，也點頭哈腰。但是，令茅盾煩惱的是，因為在表面與張道藩取「合作」態度，引起一些朋友的非議，有些閒言碎語。當葉以群提醒茅盾時，一向心中自有主張的茅盾十分惱火，氣呼呼地對以群說：「為什麼我們的工作方式只能是劍拔弩張呢？我們不是還在和國民黨搞統一戰線嗎？只憑熱情去革命是容易的，但革命不是去犧牲，而是為了改造世界。要我與張道藩翻臉，這很容易，然而我的工作就不好做了。想當初讓我到重慶來，不是要我來拚命，而是要我以公開合法的身份，盡可能多做些工作。」

葉以群連忙說：「沈先生不必介意，我只是把聽到的一些話傳給先生聽聽，沒有別的意思。」

「這是我的氣話，其實我與張道藩來往，『合作』，有一定規矩，心裡把握著。」茅盾停了一下又說。

「其實，我們都清楚的。」葉以群也笑了。的確，茅盾當時採取這種「合作」態度，事實證明是對的，據薩空了《從香港到新疆》一書披露，1945 年 6 月，薩空了被中統特務綁架囚禁出獄時，中統局長徐恩曾特託人傳話對薩

空了說：「人有幸有不幸，你並不是最不幸的。最不幸的是杜重遠，他已在迪化被盛世才殺了，勒死的，還用利刃劃破了他因勒而膨脹了的肚皮。最幸運的是茅盾，他因爲應蔣委員長之召到了重慶，所以不好意思再把他關起來。你現在在這裡，只是幸與不幸之間。」可見在白色恐怖下，茅盾的做法是對的。

在爲《文藝先鋒》寫完《走上崗位》以後，在中蘇文化協會主編《蘇聯文學叢書》的曹靖華找到茅盾，閒談中把一本巴甫連科的《復仇的火焰》給了茅盾，茅盾一看，是一本英文版小說。希望茅盾能翻譯出來。當時在進步作家圈內，懂俄文的人不少，翻譯蘇聯小說，一般都從原文翻譯，而不是轉譯。因此，一時茅盾笑而不答，有些躊躇。但曹靖華認爲譯品的好壞主要取決於譯者的中外文修養和對作品風格的理解。茅盾被曹靖華說動了，後來竟一口氣把《復仇的火焰》翻譯出來。從此，茅盾二度重慶中，又多了一項文學活動，並一發而不可收，翻譯了不少蘇聯作品，爲中蘇友好作出了傑出貢獻。1943 年 11 月光景，曹靖華又約茅盾翻譯格羅斯曼的長篇《人民是不朽的》，後來，在戈寶權的支持下，茅盾花了近一年的時間，翻譯了這個長篇小說，後來收入曹靖華主編的「蘇聯文學叢書」，由重慶文光書局在 1945 年 6 月出版。對這個譯作，茅盾極爲滿意，因爲經過戈寶權的校閱，譯文與原文「達到極準確的程度」。

茅盾的這些工作，並沒有減輕國民黨對茅盾的監視。冷清和寂寞，恐怖和壓迫，在唐家沱這個地方，茅盾尚可忍受，有時寫作起來，又會忘掉一切，忘掉這令人恐怖的世界的存在。但夫人孔德沚對此難以忍受，加之對一對兒女的思念，她得了神經衰弱症，常常失眠、煩躁、心慌，有時又疑神疑鬼，怕每個人都是特務，任憑茅盾怎樣安撫，仍無濟於事，有時還向茅盾發一些無名火，擾得茅盾十分煩惱。有一次，作家何其芳、沙汀二位四川作家到茅盾家裡拜訪，茅盾悄悄地對二位客人說：「請你們在外邊給孔德沚找個工作來做，工資由我來付給你們，你們轉給她。她在家無聊，會疑心所有的人都是特務，精神失常，折騰得我也不安生。」兩位客人聽得啼笑皆非。

這時，茅盾收到周揚讓人捎來的一封信和一摞稿子。打開一看，原來是在延安的青年嚴文井的一部長篇小說稿。周揚的信就是向茅盾推薦這部書稿的。「延安來的稿子」，這對茅盾來說，有一種特殊的親切感，連忙讀原稿，覺得這部小說人物描寫生動細膩，文字樸素且委婉多姿。於是茅盾一篇推薦

文章，以《光明交織下的知識青年——嚴文井著〈一個人的煩惱〉序》為題，作了介紹。先發表在《天下文章》第二卷第三期。因為有茅盾的推薦，並且有茅盾的序言，建國書店便欣然接受並出版。

後來，葉以群創辦自強出版社，約茅盾主編一套無名作家叢書，名稱叫《新綠叢輯》，並且叢書每本書由茅盾寫序，於是茅盾又全副心血撲在叢書看稿選稿上面，先後出版了《脫韁的馬》和《遙遠的愛》、《沒有結局的故事》、《小城風月》，茅盾不僅仔細看稿子，而且還寫了序言。於是，扶持無名作者，成了茅盾在重慶的又一個貢獻。茅盾從唐家沱進城，又從城裡返唐家沱，都必須坐船渡江。時間一長，茅盾感觸甚多，曾作詩一首：「南腔北調話家常，眉黛唇紅鬥靚妝。昨夜東風來入夢，橫塘十里槳聲狂。」勾勒了戰時的另一面。

1944 年早春時節，當時重慶響當當的女企業家胡子嬰來到唐家沱茅盾家裡，向茅盾請教寫小說的方法，說要寫一部小說。茅盾夫婦和胡子嬰是老朋友，孔德沚認為胡子嬰是中國婦女界少有的人傑。聽說這位「人傑」要寫小說，茅盾夫婦都十分意外。不料胡子嬰認真地講了她心中醞釀已久的小說題材，她想把民族工商業者在抗戰中的苦難經歷用小說形式寫出來。但她不知道該怎樣寫。於是，茅盾像輔導小學生一樣，把寫小說的 ABC 的東西講了一遍，胡子嬰也聽得十分認真，又覺得十分新鮮。

後來胡子嬰把小說初稿寫出來後，被茅盾否定了。胡子嬰又推倒重寫，從 5 萬字擴大到 10 萬字後，小說基本成功了，茅盾夫人又催促茅盾代為修改定稿。此事，茅盾無奈，只好像改作文卷子一樣，在胡子嬰的原稿上作了細密的文字修飾，並由茅盾推薦給開明書店出版，書名叫《灘》，胡子嬰用了個「宋霖」的筆名。當時胡子嬰用這個筆名，據說是為了紀念她的母親。

幫助胡子嬰改完小說以後，國內國際局勢已發生不少變化，日軍作瘋狂進攻，重慶這個陪都已是人心惶惶，國民黨的一些機關已在作遷都打算。而此時的民主運動卻日愈高漲起來，1945 年 2 月 22 日，重慶文化界郭沫若、茅盾等 312 人發表了聯合宣言——《文化界時局進言》。這個宣言在《新華日報》等進步報刊公開發表之後，在重慶引起極大的震動和反響，蔣介石把梁寒操、張道藩罵了一頓後，追查了這件事，發現這是文化工作委員會組織發起的，更是怒不可遏。於 3 月 30 日下午悍然下令解散文化工作委員會。

文化工作委員會解散以後，茅盾等進步文化人的活動更自由、更活躍了。

各種座談會、集會、討論會應接不暇。寫文章也更顯露其戰鬥力了。其中，抗戰勝利前夕，爲茅盾慶賀五十大壽的活動，更爲熱鬧和更爲有影響。

在此前一二年，中共先後爲郭沫若、老舍作壽，慶祝他們創作的光輝歷程。當時，中共準備爲茅盾作壽和搞慶祝活動。1945 年春暖花開時，葉以群又專門向茅盾提出作五十大壽的事。起先茅盾謝絕了葉以群等朋友們的好意，表示自己非常看淡此事。但到 6 月初，徐冰和廖沫沙專程到唐家沱來看望茅盾，並專門和茅盾談五十週歲祝壽和慶賀創作廿五週年的活動事宜，並告訴茅盾，這個活動是周恩來副主席的指示，爲個人祝壽，並不是個人的意思，是對當前民主運動的一個推動。對中共素來嚮往和信賴的茅盾一聽是中共組織上的意思，點頭同意了。

茅盾同意後，次日即在《新華日報》登出一則消息：「本年 6 月是名作家茅盾先生的五十初度，文藝界由郭沫若、葉聖陶、老舍發起，正積極籌備慶祝他的五十誕辰和創作生活二十五年紀念。」

又過了幾天，籌備會發佈了通啓，茲定於 6 月 24 日下午 2 時在白象街西南實業大廈舉行慶祝茶會。

6 月 24 日，茅盾夫婦吃過午飯就從唐家沱趕往城裡，趕到會場，五六百位新老朋友把大廳擠得滿滿的，樓上樓下，廳內廳外，都是人。其中有剛從新疆監獄中死裡逃生的趙丹、徐韜、王爲一、朱今明。老朋友邵力子，知名人士沈鈞儒、柳亞子、馬寅初、章伯鈞、鄧初民、劉清揚、胡子嬰等，張道藩也來了。美國新聞處寶愛士、蘇聯大使館費德林都來參加盛會。會上，有不少賀詞賀幛，其中馮玉祥的賀幛上寫著：

　　　　黑桃、白桃和紅桃，各桃皆可作壽桃，文化戰士當大衍，祝君
　　壽過期頤高。

老舍的賀聯說：

　　　　雞鳴茅屋聽風雨，
　　　　戈盾文章起鬥爭。

郭沫若的賀詞說：

　　　　人民將以夫子爲木鐸。

慶祝會進行得十分熱烈，由沈鈞儒主持，柳亞子、費德林、馬寅初、馮雪峰等等都作了熱情洋溢的講話，盛讚茅盾的文德。

會上，重慶正大紡織染廠陳之一先生委託沈鈞儒和沙千里，將一張十萬

元的支票送給茅盾，指定作爲茅盾文藝獎金。在熱烈的氣氛中，茅盾也致了十分感人的答謝詞。

同一天，中共決定在《新華日報》上編發紀念專刊，王若飛在上面發表了《中國文化界的光榮，中國知識分子的光榮》的文章，高度評價茅盾的成就和貢獻，肯定了茅盾的方向。他指出：茅盾先生「他所走的方向，爲中國民族解放與中國人民大眾解放服務的方向，是一切中國優秀的知識分子應走的方向。中國人民應當把茅盾先生 25 年來的成就看成是中國文化界的光榮，中國知識分子的光榮，中國人民的光榮。」同時又發表了葉聖陶的《略談雁冰兄的文學工作》、張恨水《一段旅途回憶》、吳組緗《爲中國現實主義文學祝賀》、柳亞子《祝茅盾先生五十雙壽》。

在重慶文藝界大張旗鼓地慶祝茅盾五十誕辰時，陝甘寧邊區、延安、成都、昆明等文藝界也發賀電或舉行慶祝活動。重慶的民主運動，也在茅盾的五十誕辰慶祝活動中，洶湧向前。同時也把茅盾二度重慶生活推向輝煌的高潮。

轟動山城的演出，他被老闆們捧爲代言人。

愛女青春早逝，夫婦悲慟萬分。

夫人深明大義，送子上前線。

他一家爲中華民族解放事業付出了生命的代價——沈澤民和沈霞。

第二十六章　《清明前後》

1945 年的政治風雲，似乎變化來得比預料的還要快，還要複雜。國民黨的統治也更加黑暗，連民族工業也在這黑暗統治下遭受滅頂之災，它「不但得不到政府的扶植與支持，相反卻在官僚資本的排擠下，在通貨膨脹、統制統管、官價反常、成本太高、高利貸盤剝的種種重壓下，被抽乾了血，不得不減產、停工、關廠，或者被迫把資金轉移到做囤積、投機生意，以苟延殘喘。」以寫《子夜》的深刻性著稱的茅盾，對中國社會這些的經濟狀況，自然有獨到的見解，覺得可用藝術形式表現這一時期的經濟狀況及由此帶來的人的關係變化。

茅盾在觀察這些社會現象，等待落筆的契機。

恰在這時，即 1945 年清明前後，重慶發生一椿黃金提價泄密案，轟動山城。當時國民黨財政部把黃金提價的密令泄露出去，一些要員就乘機搶購，致使在提價前一天的中國、中央兩銀行售出的黃金總數陡增一倍，立刻輿論嘩然。國民黨爲了搪塞輿論，只得由監察院出面查帳，結果搶購黃金的大戶只是退款了事，而那些只買了幾十兩黃金的銀行小職員作了犧牲品。這一事件，又深深地刺激了茅盾的創作慾望。他決定「通過這椿黃金舞弊案，揭示

官僚資本及其爪牙的卑劣無恥，民族資本家的掙扎與幻滅，以及安分守己窮困潦倒的小職員又如何變成了替罪羊，從而向讀者展示出抗戰勝利前夕國民黨戰時首都的一幅社會縮影。」

茅盾經過反覆思索、考慮，決定捨去寫小說的長處，把這個素材寫成劇本，以求得直接的、集中的、爆發性的影響。為此，茅盾作了認真的準備，寫了 27000 字的大綱，又專門向曹禺、吳祖光請教寫劇本方法和技巧。從 6 月下旬開始，到 8 月中旬，茅盾寫完了五幕《清明前後》文學劇本。

這時，趙丹、徐韜、王為一、朱今明等青年文藝工作者剛從新疆出來，他們受盡磨難，妻離子散，險些送了性命。但他們對藝術的追求仍然很執著，他們一到重慶，就組織了一個「中國藝術劇社」，並決定把茅盾的第一本劇本《清明前後》作為劇社的第一個戲來上演。並由趙丹導演，王為一、顧而已、秦怡、趙蘊如、孫堅白等主演。

趙丹他們密鑼緊鼓地排練《清明前後》時，茅盾時常到現場觀看指導。有時天色晚了，便在張家花園文協的宿舍裡過夜，和葉以群談天。

一天，茅盾進城後身體不適，就躺在文協的宿舍裡休息，並等夫人孔德沚來接他回唐家沱。葉以群邊陪著茅盾，邊說些文協裡面工作的事。忽然，老友、版畫家劉峴夫婦帶著 5 歲的女兒，上樓來看望茅盾。劉峴是剛從延安來，在重慶新華日報工作。所以，一見面，大家都十分高興，茅盾向劉峴打聽延安的情況，劉峴侃侃而談，他並說，認識沈先生的孩子。說著說著，忽然劉峴喟嘆道：「只是沈霞同志犧牲得太可惜了！」

話音剛落，茅盾猛地一怔，忙問：「你說什麼？！」

「沈先生，你還不知道？」劉峴見茅盾這副樣子，不知所措，訥訥地說不出話來。

「我不知道，我是第一次聽說，你快說，究竟出了什麼事？」茅盾心跳加快，從床上坐了起來，氣急胸悶，喘不過氣來。

劉峴十分尷尬，想開口又不敢開口，眼睛覷著葉以群，向以群求援。

「這是真的，沈霞同志犧牲了，恩來同志叮囑我們暫時不要告訴您，怕你們過分傷心，弄壞了身體。前一陣您正好又在趕寫《清明前後》。」以群只好出來說話，告訴茅盾。

「怎麼會死的？出了什麼事？」茅盾噙著淚花，壓住悲痛，又問。

「據說因為人工流產，手術不慎，出了事故。詳細情形我也不清楚。」

劉峴訥訥地說。

茅盾的腦子轟地一下，淚水不由自主地潸然而下，不相信這是真的，前一封信中，女兒亞男還在說，「爸、媽，我很高興，敵人投降了，我們勝利了，等得十分心焦的見面日子等到了，我們一定不久就可以見面。」茅盾想著女兒的音容笑貌，流著淚問：「什麼時候？」「8 月 20 日。」

「8 月 20 日？」茅盾默默地重複著這個時間。記著這令人心碎的日子。這時，葉以群從抽屜裡取出一封信，「沈先生，這是張仲實託人帶來的，出於同樣的原因，我沒有及時交給你。」

其實早在 8 月 25 日，延安的《解放日報》就登了沈霞犧牲的消息：「本報訊老革命作家茅盾先生之愛女沈霞同志，不幸於本月 20 日病歿於和平醫院。編譯局全體同志 21 日曾舉行追悼。」只是當時茅盾沒有見到。

茅盾雙手顫抖著，接過信，正想抽信紙時，樓下忽然傳來夫人孔德沚的聲音，茅盾腦海裡閃過一念，「現在不能讓德沚知道，否則她會受不了的。」於是，茅盾對大家做了個手勢，把信放進床底下。不料，孔德沚上來，見客人在，見到劉峴的小女兒，竟開心地說：「看，劉先生這小姑娘多麼像亞男小時候，圓圓的臉，大大的眼睛。」劉峴一聽不妙，連忙把話岔開，寒暄幾句，逃也似地走了。

茅盾真的病了，昏沉沉地回到唐家沱，躺在床上，避開德沚，暗自飲泣。第二天早上，孔德沚驚訝地問茅盾：「昨天晚上你怎麼啦，做了什麼夢？」茅盾詫異地反問：「怎麼啦？」「昨夜我覺得你在哭。」茅盾編了個謊：「是做了個夢，夢見小時候，夢見了媽媽。」

第二天，茅盾拖著虛弱的身體，又進城去找徐冰。在周公館，見到徐冰，徐冰讓茅盾坐下後，告訴說：「這件事發生得太意外了，責任完全在我們，是那醫生玩忽職守，洛甫同志來電說，已給那醫生處分，這件事遲遲沒有告訴您，除了怕對你們的打擊太大，影響你們的健康，還因為恩來同志想親自將這不幸的事件告訴你們，向你們道歉。你們把孩子託付給我們，我們卻沒有照管好，可是他最近實在太忙了⋯⋯。」茅盾一聽，感動了，忙道：「請轉告恩來同志，我完全能料理好這件事，倘若為我私人的事而分了他的心，那就使我不安了。」

徐冰點點頭，「沈太太知道了嗎？」

「還沒有，我不敢告訴她，今天我就是為這件事來找您商量的。」茅盾

自己想把兒子接來重慶,再告訴德沚的想法向徐冰講了。徐冰說,「這好辦。」

這時,茅盾的《清明前後》於9月26日正式公演,立刻引起廣泛注意,越演越火爆,星期天還加演場次,許多在重慶的工廠老闆認爲茅盾寫出了這些老闆的苦衷,大受感動,慷慨解囊,包場子招待本廠職工和工人。10月8日,在重慶的工業家吳梅羹、胡西園、胡光麈等6人,特地招待茅盾和演出人員。吳梅羹說:「我們工業界的人看過《清明前後》後,很多人被感動得流淚。這是因爲我們工業界的困難在戲裡面講了出來,全都是真實的。」還有希望茅盾再寫一個《中秋前後》。後來周恩來副主席稱讚茅盾時說,「你的筆是犀利的投槍,方向很準呀!什麼樣式都可以試一試,都可以發揮應有的力量啊!」茅盾說:「我從來沒寫過戲,真是貽笑大方!」

10月8日,徐冰找到茅盾,告訴茅盾,「重慶會談即將結束,恩來同志已給延安去電,請他們讓您兒子到重慶來,很可能搭乘毛主席回延安的那架回程飛機。」同時,將張琴秋的兩封信交給茅盾。其中一封是給恩來同志的,這兩封信,是琴秋分別在8月24月和9月19日寫的。張琴秋在8月24日的信中,沉痛地向兄嫂寫道:

沚姊:

冰哥:

不幸的消息,想必你們已在電報中知道了,希望您倆不要過分地怨傷!這種不幸的遭遇是不可能不使人難過的,是不能不令人惋惜的!我和霜,蕭逸都二三日不能進食,不能安睡,後來又想只有更加努力更加保護自己的健康,才對得起已離去我們的阿囡!他們住在我這裡,我時時勸他們。沚姊冰哥,希望你們心放寬些!因爲現在事情已不能挽回了,您倆身體都不好,希望您們多加注意!

我對不起霞,也對不起您們!因爲我沒有盡最大的力量去照顧她!您們時常來信,同時我也應該多關顧她,可是這次不幸又發生這種突變啊?!詳情除副主席當面和您們說外,以後再告。因時間不容多寫。附信及照片及東西請收!

琴秋

八月廿四日

茅盾一邊看信,一邊潸然淚下,手抖著,又看琴秋給周恩來副主席的信。信

這樣寫道：

> 副主席：
>
> 　　前接茅盾 9 月 2 日來信，並未提及霞死的事，而且還給霞寫了信，可見他們尚未得知霞死的消息，現在我將沈霞死的經過情形，詳細地向他們寫了個信，請副主席看了之後認為妥當適時的話再交給茅盾他們。因為遲早會把這消息傳到他們耳邊。我想還是早點據實報告他們為好。不知您覺得怎樣？
>
> 　　霞的死，確係魯子俊的嚴重錯誤，由於消毒不嚴而發生腸桿菌的傳染，事後又未及時發覺，如早發覺尚可有救，實所痛惜！經檢討後已給魯予處分並召開會議教育別的醫生。
>
> 　　沈霞的愛人蕭逸很快去華北工作，沈霜仍在文工團未允許其調動。副主席！在您百忙中還要來麻煩您，真對不起！敬祝
>
> 　　談判勝利
>
> 　　　　　　　　　　　　　　　　　　　　　琴秋
>
> 　　　　　　　　　　　　　　　　　　　　　九月十九日

茅盾讀完信，淚還順著臉頰淌下來，沉浸在悲痛之中。不久，茅盾又收到張琴秋在這封信中提到的給茅盾的信，這封信比給周副主席的信還早一天，即寫於 9 月 18 日。在這封信中，張琴秋詳細向茅盾夫婦報告沈霞犧牲的過程。信中寫道：

> 　　8 月份寫給你們的信因心情沉痛和倉促的緣故，沒有詳細地告訴你們霞死的經過，現在我比較能夠冷靜一點，將經過情形報告您們：
>
> 　　霞懷孕近兩月，因為不願意耽誤學習，她決心要把孩子打掉，先要蕭逸找我，要我幫忙設法解決，我向蕭勸說最好不要打，要霞來我和她商量，在 8 月 13 日那天，霞、蕭都來我處，我勸霞不要打，我曾向她這樣說：「孩子生後送給你媽媽去亦可，或者交給我，由我負責帶。」她說：「就算這樣，那懷孕期間怎麼辦呢？根本不能學習，我不幹，我在校中見到這樣的女同志多咧，張先生，不要緊，我看見人家手術後只要兩個星期就可復原，一點沒有什麼。」我又說，「這樣做，你媽媽一定不贊成。」她說：「嘿！媽媽自己也打過咧，為了我的學習，為了我前途的進步，她不會不贊成我的！……」。」這樣，

我們談到深夜，勸阻不住的結果，我也同意了，我在什麼條件上同意的呢？第一，我尊重她的上進心，她曾比較給我聽，犧牲兩個星期和 9 個多月的懷孕期間，長痛不如短痛，這樣，我仍可跟上學習，不會掉隊，我覺得這理由當然是為了將來的進步；第二，霞和我都覺得平日墮胎不是什麼大手術，正常的手續兩星期後即可復原，只要手術後將營養搞好些就會恢復得快。在這兩個條件下我同意了她去打，沒有想到會發生意外，故未事先去電得你們同意。

此地墮胎本來規定甚嚴，近來因很多人去前方，比較寬一些，我當面託付一位外科手術在此地來說比較好的一位醫生，16 日早飯後我幫她上馬，叫人送她到醫院，我替她準備東西——買雞、買西瓜、紅糖等物，同時找房子，以便她一星期後出院住在我附近，可注意搞好營養，17 日下午動手術，18 日上午我去看她，她告訴我肚子漲痛，胃也不舒服，我□（此處原件字跡模糊）了她開水，用熱水敷，我問了醫生，說「是手術後的反映（應），我們已打了止痛藥」，我因為自己要檢查病故而回來了，19 日是禮拜天，河水漲得大，不能渡河，阿霜來，因水大沒法過河去看姐姐，廿日河水仍大，約 10 時左右，得醫院電話，說霞的病重，快請另一位醫生過去，等我們回電要他們設法急救，我們再請醫生去，誰知把醫生請好，騎馬又過不得河時，忽又接電話，說急救已無效，而於 11 時犧牲了，聞此惡訊，我幾乎昏過去了，太突然！太意外！後來，我一面派人去叫阿霜、蕭逸，一面去電話通報副主席，要請他打電報給您們！因為天氣熱，不能久停，故於廿一日早，我和阿霜、蕭逸親自入殮，把靈柩用大車送至俄校，下午開了追悼會，全體同學莫不悲痛流淚，3 時許安葬於俄校山頂上，現正在作墓碑。

霜和蕭逸在我家住了五六天以後才回去，我們都很悲痛，但是想到您們聽到此靈耗以後會比我們更難過！所以趁副主席去渝的機會，我們三人都草草的寫了幾個字給您們。大概您們已經看到了。

死後要醫生們檢查其原因，才知道消毒不嚴，傳染上了腸桿菌，而事後發覺太遲以致急救無效，主持醫生都受了處罰。

沚姊冰哥！霞的不幸遭遇，我要負很大責任，我沒有照顧得好，我非常對不起您們！我不知道怎樣給您們講才好！我沒有遇到過這

樣的不幸！過去我父親死，我不在跟前，澤民死我也不在跟前，只有事後難受，而這次霞的犧牲是我生平以來第一次最難受的，近來神經不十分好，睡眠也不太好，最近在鄉裡休息。

霜我常看見，他沒病，還健壯，請放心！他仍在文工團。

希望您們不要過分難過！事已如此，無法再挽救了，你們身體不十分好，事情又多，千萬要注意保重身體！尤其是沚姊啊！我當更加注意霜的身體，並勉勵霜和蕭逸的上進！繼承霞的未完成的事業！

你們應該責備我，你們應該批評我，因為我沒有盡到應有的責任！因此，我心中更覺難受。一方面我痛惜她年青天折，她這樣有為的女孩子，前途是不可限量，特別是她近幾年來的鍛鍊，修養得很好，她完全是循著你們希望而前進著，發展著，取得了大家對她的好感！她不該死，應該讓我們較老一輩的先死才對呵！另一方面我覺得對你們不起！你們走了，離開了邊區，把他們姊妹（弟）倆留在邊區，一切都由組織上照顧，此外還有許多朋友的關懷照顧（如副主席、超姐、兩位大張先生及其他）但是他們都比較忙，所以在平日他們姐妹（弟）倆的進步和身體健康等問題，我有責任幫助和照顧他們，哪知道出了這樣大的岔子？去年霞割痔瘡，也是請今年那位醫生手術的，事後還是平安無事，誰知道今年會發生這等不幸事呵！總之，我沒盡到責。在這點來說，也是使我日夜不安而特別難受的！但求你們不要過分傷心而影響到身體的健康，那我亦會稍安。

日本投降了，整個世界快走向和平、團結、民主的時期，萬想不到霞與我們永別了！此在許多同志聞之無不惋惜！可見霞平日之為人也。

我不能再寫下去了。

餘言再說，敬祝

健康

琴秋

九月十八日

茅盾讀罷弟媳張琴秋的長信，眼前又浮現出活潑、聰慧的女兒的臉龐，悲從

中來，淚滴在信紙上，漫成一片。

10月11日，茅盾接到通知，兒子阿霜12號到達重慶，住在「山上」。茅盾此時也剛剛從住了三年的唐家沱換到城裡，即 1940 年住過的棗子嵐埡良莊。第二天傍晚，八路軍重慶辦事處主任錢之光的夫人來接茅盾夫婦上山，去接兒子。

茅盾夫婦在薄暮中來到八路軍辦事處，在主任錢之光夫婦的陪同下，走進辦事處一間小客廳，阿霜和衣躺在一張行軍床上。見茅盾他們進來，急忙起來叫道「爸爸」、「媽媽」。德沚一見長得十分健壯的兒子，喜沖沖地奔過去，抱著兒子邊端詳邊叫道，「長高了，也長壯了。」同時問兒子：「亞男呢？你阿姐在那兒？」

阿霜不知道母親還不知道姐姐去世的消息，一時怔在那裡，訥訥地不知道怎樣回答。這時，德沚預感到有什麼不祥的事發生了，轉身掃了大家一眼，發現個個都陰沉著臉。

「出了什麼事？你們不要瞞我！」孔德沚轉身對茅盾他們叫道。

「姐姐已經死了。」沈霜訥訥地回答母親。「死了？怎麼會死的？這不可能！」孔德沚依然不相信地叫道。眼淚已經在眼眶裡打轉。「真的，媽媽，姐姐真的死了，所以讓我來重慶。」沈霜說。這時，孔德沚愣了幾秒鐘，突然號啕慟哭起來。

這時，錢之光夫婦和茅盾都來勸孔德沚。茅盾說：「亞男是沒有了，可是還有阿霜，他就在你身邊呢。」這時，孔德沚突然悟到什麼，抬起淚眼盯著茅盾：「怪不得好幾次夜裡發現你在哭，原來你早知道了，為什麼你要瞞著我呀！」說著又痛哭起來。

畢竟有一個壯壯實實的兒子在身邊，孔德沚和茅盾把悲傷埋在心底。阿霜隨父母回到家裡後，把在延安臨走前張琴秋給茅盾夫婦的一封信交給父親，並詳細地向父母報告了姐姐沈霞犧牲的經過。茅盾拆開琴秋那封信，一看，是 10 月 10 日寫的，正是阿霜臨走時，知道琴秋為霞的事，心力憔悴，十分感動。

面對失去愛女的巨大悲痛，茅盾夫婦又深明大義，同意兒子奔赴前線參加革命的要求，1946 年 1 月 12 日，夫婦倆送兒子上路，繼續為中國人民的解放事業而奮鬥，在周恩來、徐冰的安排下，沈霜被直接派到北平軍調處，參加北平《解放三日刊》的編輯工作。

在準備離開重慶前，茅盾積極投身民主政治運動中去，並出面提議成立「陪都文化界政治協商會議協進會籌備會」，推動政治協商會議的成功。同時，寫了《八年來文藝工作的成果及傾向》對 8 年抗戰文藝工作進行探索。後來，茅盾在整理女兒遺物時，在女兒的信中發現這樣一段話：「《劫後拾遺》我們已經讀到。我自己覺得遺憾的是這裡面竟沒有談到我所關心的學生與文化人的情況，在這中間我也找不出什麼你們在那時究竟是怎樣的一點影子來。」過去，茅盾忽略了這段話，現在，愛女去世了，茅盾覺得過去沒有滿足女兒的願望，是個遺憾。因此，茅盾忍著喪女的巨大悲痛，用一個多月的時間寫出一本三萬多字的報告文學《生活之一頁》，忠實、詳細地記述了香港戰爭時期茅盾夫婦的生活。3 月 16 日茅盾夫婦飛抵廣州，在廣州逗留一段時間後，於 4 月 13 日從廣州乘佛山輪到香港，住在銅鑼灣海景酒店，住香港時，應親戚柯麟的邀請，專門去澳門散散心，後來從香港坐船啟程，於 5 月 26 日到達上海，回到闊別 8 年的第二故鄉！

夢寐以求，訪蘇終於成行。

見到從未見過的親人，語言不通，只好借字典對話。

暢遊蘇聯各地，留下了難以磨滅的印象。

第二十七章　訪問蘇聯

1946 年 5 月 26 日茅盾到達上海時，開明書店的傅彬然、內弟孔另境夫婦和歐陽翠等親友到碼頭迎接。歐陽翠特地把自己大陸新村二樓的正房讓出來給茅盾夫婦，自己搬到三樓。回到自己的第二故鄉，茅盾又恢復了以往的繁忙，事後他回憶說：「回到上海的頭兩個月，幾乎天天都忙於接待客人，出席家宴，拜訪親友，參加集會。我只能在晚上擠出時間寫文章，而這些文章又是非寫不可的。」

這些文章，大都是雜文，從 6 月 15 日至 10 月 15 日的 4 個月中，茅盾寫了近 30 篇雜文，如《十五天後能和平嗎？》、《美國對華政策》、《下關暴行與人民最後的希望》、《從原子彈演習說起》、《請問這就是「反美」嗎》、《對死者的安慰和紀念》、《週報何罪》、《談平等與自由》、《美麗的夢如何美化了醜惡的現實》、《一年間的認識》、《魯迅是怎樣教導我們的》等等。剛到上海的文學活動中，茅盾譯完了《團的兒子》，又編了《蘇聯愛國戰爭短篇小說譯叢》，同時，又寫了一些評論和序言，尤其值得一提的是《蕭紅的小說——〈呼蘭河傳〉》一文，文情並茂，文采斐然，他寫道：

　　20 多年來，我也頗經歷了一些人生的甜酸苦辣，如果即使有憤怒也不是，悲痛也不是，沉甸甸地老壓在心上，因而願意忘卻，但

又不忍輕易忘卻的，莫過於太早的死和寂寞的死。爲了追求眞理而犧牲童年的歡樂，爲了要把自己造成一個對民族對社會有用的人而甘願苦苦地學習，可是正當學習完成的時候卻忽然死了，像一顆未出膛的槍彈，這比在戰鬥中倒下，給人以不知如何的感慨，似乎不是單純的悲痛或惋惜所可形容的。這種太早的死，曾經成爲我的感情上的一種沉重的負擔，我願意忘卻，但又不能且不忍輕易忘卻，因此我這次第三回到了香港想去再看一看蝴蝶谷這意念，也是無聊的；可資懷念的地方豈止這一處，即使去了，未必就能在那邊埋葬了悲哀。

這一段至情至美文字，茅盾藉爲紀念蕭紅的小說而表達了對女兒沈霞刻骨銘心的愛和憶念。

8 月初的一天，蘇聯大使館的一等秘書費德林專程從南京來到上海，交給茅盾一封蘇聯對外文化協會（VOKS）邀請信，邀請茅盾夫婦訪問蘇聯。後來茅盾親自去南京辦理護照，結果一拖兩個月，幸虧沈鈞儒從中斡旋，才得以要求在 10 月份去辦護照。在去南京辦護照前，茅盾夫婦與趙清閣、鳳子、葛一虹、陽翰笙、洪深、陳白塵等 8 個人，免費去杭州旅遊，暢遊西湖。茅盾最後的中學時代是在杭州度過的，從中學畢業到現在相隔 30 多年，彈指一揮間，世事滄桑，西湖依舊，青山依然，茅盾感慨萬端。從杭州回到上海後，茅盾便搭周恩來的飛機，去南京辦護照。

當時從上海去蘇聯的途徑，最爲便捷的路，還是坐船到海參崴，然後再取道西伯利亞到莫斯科。於是茅盾定了這條路線。到 11 月下旬，蘇聯對外文化協會駐滬代表克留科夫通知茅盾，船 12 月 5 日啓航。

茅盾赴蘇聯的行期確定以後，接連應邀赴宴，許多團體和友人，紛紛舉行宴會和家宴，歡送茅盾夫婦赴蘇聯訪問。11 月 23 日，中蘇文化協會爲茅盾餞行。24 日下午，中華全國文協、劇協、音協、漫協、詩音協、學術聯誼會、雜誌界聯誼會、新出版業聯誼會等 10 個民間文藝團體，在八仙橋青年會舉行歡送會，郭沫若、馬寅初、葉聖陶、熊佛西、潘梓年、侯外廬、許廣平、陽翰笙等兩百餘人，出席歡送會，氣氛熱烈而親切。25 日晚，蘇聯總領事哈林夫婦在外白渡橋頭的總領事館設宴爲茅盾夫婦餞行。蘇方有蘇聯對外文化協會駐華代表烏拉寶金，駐滬代表克留科夫夫婦，塔斯社遠東分社社長羅果夫等；中方有外交界宿耆顏惠慶、中蘇文化協會上海分會的會長黎照寰、沈鈞

儒、郭沫若夫婦、田漢夫婦、葉聖陶、洪深、陽翰笙、潘梓年、戈寶權、葛
一虹、葉以群等。席間，其情濃濃，其意融融。在酒酣興濃之際，紛紛賦詩
唱和，預祝茅盾訪蘇成功。黎照寰率先賦詩：

> 濱樓此夜酒千杯，
> 爲愛人和萬意開。
> 兩國英雄醒復醉！
> 醉中同敬特殊才！

接著郭沫若步原韻唱和道：

> 不辭美酒幾傾杯，
> 頓覺心花帶怒開。
> 今日天涯人盡醉，
> 澄清總得賴群才！

田漢也唱道：

> 幾度新亭舉百杯，
> 愁顏偏許對花開。
> 何須痛恨張君邁，
> 扭轉乾坤有霸才！

沈鈞儒也唱和道：

> 一杯一杯復一杯，
> 賀君萬里旅程開。
> 從知領導歸文化，
> 旋轉乾坤仗眾才！

葉聖陶也十分激動，唱道：

> 今宵不惜醉千杯，
> 語各相投襟抱開。
> 爲送雁冰致一語，
> 幸將慧識發天才！

外交界宿耆顏惠慶老人也十分興奮，站起來唱道：

> 紅白旨酒滿玉杯，
> 賓主相對笑顏開。
> 敬祝伉儷征萬里，

> 不愧我國有奇才！

最後，潘梓年站起來唱和道：

> 文化交流酒滿杯，
> 中蘇合作鴻運開。
> 問誰好戰追希墨，
> 舉世人民罵蠢才！

茅盾被這種真誠的感情感動得淚花閃爍，頻頻舉杯，感謝大家的厚愛和期望。12 月 3 日，茅盾夫婦又到馬斯南路中共上海辦事處辭行，主任陳家康和茅盾都十分感慨，陳說：「沈先生，這一別不知何日再能相見。全面內戰已成定局，這一戰不打出個結局來，大概不會收場，我們上海辦事處已作好撤退的準備，恐怕等不到你們回來我們就要離開。」言辭間不勝感慨。茅盾接著說：「那就預祝我們在人民勝利之日再見吧。」「對，我們總會見面的！」陳家康又說：「昨天我湊了幾句，算是贈別吧。」說完，遞過一首七律，茅盾接過一看，只見上面寫道：

> 滿園緹騎殘茸草，
> 一葉春秋定戰和。
> 耿耿歸心唯玉帛，
> 茫茫來日識干戈。
> 遙聞新貴朱衣好，
> 猛覺蒼生菜色多。
> 剩有亭林書百卷，
> 中原利病再摩挲。

茅盾吟罷，連聲致謝。兩人握手道別。

1946 年 12 月 5 日，一清早，朋友們早早來到大陸新村歡送茅盾夫婦訪蘇，一間屋裡擠滿了來歡送的人，一些出版社託茅盾帶到蘇聯的書，也早已裝箱待運。在談笑間，蘇聯領事館派來的汽車已在樓下鳴叫，他們是專門來接茅盾上船的。這天，陽光燦爛，微風輕拂。江海關碼頭上擠滿了送行的朋友和新聞記者、郭沫若夫婦、葉聖陶、葉以群、臧克家、葛一虹、任鈞等友人早早等候在那裡，蘇聯總領事夫婦、羅果夫等朋友也專程來歡送茅盾訪蘇。

大家見茅盾夫婦的車子來了，便簇擁上前，郭沫若笑容滿面地握住茅盾

的手，一邊示意身邊的夫人于立群說：「獻花、獻花！」把一籃康乃馨鮮花獻給茅盾夫婦，人群裡立刻爆發出一陣掌聲。隨後，茅盾和大家一起坐上登陸艇到斯摩爾納號。一上船，大家都爭先恐後地和茅盾夫婦合影。然後，茅盾送別新聞界朋友，只剩下葉聖陶、郭沫若等好友。這時，大家都默默地坐在茅盾身邊，誰都沒有大聲說話，怕打破友情的溫馨，寧願默默地沉浸在依依不捨的友情裡，郭沫若忽然輕鬆地說：

「等著吧，也許明年 9 月聯合政府成立，10 月裡我們就可以組織『訪蘇團』一起到蘇聯去！」

「好的，明年我就同你們『訪蘇團』一起回國。」茅盾接著說。

郭沫若輕鬆的神態，詼諧的話語，一下子，船艙客廳裡又活躍起來，大家又都會心地笑了。

這時，忽然有人提議，請郭沫若代表大家送幾句話給茅盾夫婦，郭沫若推讓一會兒後，見推辭不掉，便提筆寫了起來，寫完後，又讓于立群朗誦：

寒流過去暖流來，今天就和春天一樣。

這真是多麼喜歡的一天，我們在這斯摩爾納號上歡笑得和孩子一樣，大家都感覺著自由了！

這不是離別，因為我們的情感永遠不會離開。

我們也沒有什麼臨別贈言，因為你就是我們卓越的靈魂的工程師，我們的言語都在你們心裡。

別了，明年春夏之交的時候，請你們從自由天地更多地帶些溫暖回來。

于立群那流利而富有感情的朗誦，引起一陣熱烈的掌聲。面對這些幾十年患難中的朋友，面對這火樣的友情，茅盾心潮澎湃，他慢慢地掏出筆，回贈朋友：

離開了這麼多的敬愛的師長，雖然我是到溫暖自由的天地去，我的心情是難過的，我依依不捨，因為你們將在祖國度過陰暗的季節。謝謝我的敬愛的師友，為了你們給我的友愛和鼓勵。

這時，甲板上傳來一陣喧鬧，原來，是時代出版社送來幾十冊玫瑰紅封面的小冊子，書名叫《歡送茅盾先生訪蘇唱和詩輯》，是上次在蘇聯駐滬領事館歡送會上，黎照寰、郭沫若、田漢等 7 人的七言詩作。茅盾見書，十分高興，要求友人簽名。郭沫若簽名後，忽然詩興大發，在小冊子的扉頁上提筆

寫了一首詩：

> 乘風萬里廓心胸，
> 祖國靈魂待鑄中。
> 明年鴻雁來賓日，
> 預卜九州已大同。

這時，汽笛在鳴號，茅盾夫婦一一送別友人。茅盾心裡湧起一種依依不捨的感情。

船經過 5 天 5 夜的航行，12 月 10 日下午抵達海參崴，在海參崴停留兩天，住在乞留司金旅館。13 日下午，茅盾夫婦終於登上西去的列車，在整整 12 天的旅程中，穿越了西伯利亞無窮無盡的平原，飽覽了異域風光。

1946 年 12 月 25 日清晨，茅盾夫婦到達蘇聯首都莫斯科，下榻一個名叫薩伏伊的旅館，由蘇聯對外文化協會副會長和協會東方部主任葉洛菲也夫陪伴和招待。旅途的疲勞，茅盾夫婦洗澡後，便很快進入夢鄉。整整睡了一個下午。傍晚時分，紅霞映紅天邊，莫斯科的近黃昏十分壯麗，古樸、雄偉的俄羅斯建築，在晚霞裡，十分迷人。茅盾夫婦在葉洛菲也夫的陪同下，踏上莫斯科的街道，呼吸著這自由國家的自由空氣，心情十分激動，也覺得十分新鮮。多少年來嚮往的地方，今天總算遂願，能目睹這個偉大國度的偉大精神。他們來到紅場散步，又去參觀紅場附近的新年臨時市場。

第二天，茅盾先去參觀高爾基文化公園的「紅軍戰利品展覽會」，後又拜訪蘇聯對外文化協會凱會長，並轉致了郭沫若、曹靖華、戈寶權的問候，凱會長表示要全力安排好茅盾的訪問計劃。茅盾也向葉洛菲也夫提出，自己有個侄女，在蘇聯，名叫瑪亞，請找來見見面。葉洛菲也夫一聽，爽快地同意了。

在 12 月 27 日上午參觀了列寧博物館和紅軍博物館後，茅盾又去拜訪中國駐蘇聯的大使傅秉常。傅大使後來派秘書胡濟邦專門把茅盾夫婦接到大使館，宴請茅盾夫婦。胡濟邦告訴茅盾：「蘇聯方面對您這次訪問很重視，你們到達的當天晚上莫斯科電臺就作了廣播，第二天《眞理報》又發了消息，並且派出葉洛菲也夫這樣的高級官員來陪同，這是很少見的。」胡濟邦的話也引起茅盾的深思。

在莫斯科的幾天裡，茅盾主要是參觀，赴宴會，忙得不亦樂乎。在 1947 年元旦的上一天，蘇聯對外文化協會設宴，介紹茅盾和蘇聯作家會面，在宴

會上，茅盾見到了吉洪諾夫、列昂諾夫、戈爾巴托夫、蘇爾科夫等，相見甚歡。在郊外休養的法捷耶夫的代表，也專程趕來，代表法捷耶夫邀請茅盾和夫人參加1月2日蘇聯作協為歡迎茅盾而舉行的茶會。

　　茅盾在忙碌幾天後，迎來了1947年的元旦。茅盾在旅館休息。中午時分，主任葉洛菲也夫忽然來了，說是來給茅盾拜年，並要送茅盾一件禮物。茅盾正要講何必客氣時，葉洛菲也夫卻向外招招手，說了幾句俄語，一個中國姑娘走了進來。原來是葉洛菲也夫把瑪亞當作禮物給茅盾夫婦送來了。異國他鄉遇見親人，茅盾和夫人都十分激動，孔德沚按捺不住自己的感情，一見到瑪亞，就哭了起來。20年來思念記掛的親人，驟然見到，能不激動！孔德沚見到瑪亞，想起情同手足的小叔子澤民，也想起犧牲不久的女兒沈霞，也想起情同親娘的婆婆。孔德沚一邊哭，一邊抱住瑪亞，生怕瑪亞會再跑掉似的。茅盾在一邊提醒夫人：「瑪亞來了，我們進房裡去坐吧。」孔德沚才算擦了擦眼淚，拉著侄女進去。這時，葉洛菲也夫告辭了，說讓茅盾夫婦和瑪亞好好敘敘。

　　孔德沚接著瑪亞的手，同了一連串的問題，可是瑪亞一句都聽不懂，茅盾原想用英語與她交談，一問，瑪亞不懂英語。於是在乾著急時，茅盾忽然想起兜裡那本俄英字典，茅盾和瑪亞通過字典，弄清了一些簡單的情況，茅盾知道了瑪亞在上大學，學無線電，還沒有男朋友等。茅盾也通過字典告訴瑪亞，奶奶去世了，曾用俄文給瑪亞寫過信的姐姐也去世了，哥哥在解放區等。

　　茅盾夫婦用急切的心情艱難地和瑪亞交談著，開午飯的時候到了，茅盾夫婦留瑪亞在旅館吃飯，瑪亞不肯，似乎有什麼規定。茅盾夫婦連拖帶拉地把瑪亞帶到餐廳，吃了頓法國大菜。臨走，瑪亞表示明天帶翻譯來。茅盾夫婦依依不捨地目送侄女的離去。

　　第二天一早，瑪亞帶了張太雷的兒子和劉少奇的兒子來了，他們倆都會中文。因此，茅盾夫婦和侄女瑪亞談了半天，茅盾談了自己的經歷、生活和學習，茅盾夫婦向瑪亞講了沈家的家族，講了瑪亞父親沈澤民的一生，也講了故鄉老家的情狀。整整交談了半天，餘興未盡，不知不覺，已經到了中午，茅盾夫婦讓他們三個青年人吃午飯，結果三人都堅決不肯，怕違反什麼紀律似的。

　　茅盾在莫斯科訪問中，了卻了這樁私願——會見瑪亞。

元旦過後，茅盾又進行繁忙的參觀訪問活動，在列寧圖書館、《兒童真理報》編輯部、高爾基博物館、紅十月工廠、高爾基世界文學研究所、忒列亞考夫畫廊等，都留下了茅盾的足跡。茅盾還在蘇聯友人的陪伴下，興致勃勃地觀看了《天鵝湖》，對這個芭蕾舞讚不絕口。茅盾被這美妙的音樂、迷人的舞姿和瑰麗的場面所折服了。在一旁的蘇聯友人告訴茅盾，《天鵝湖》從1877年開始，到現在已經演了整整70年，而每次演出，都場場爆滿。

由於莫斯科的天氣寒冷，茅盾夫婦不太適應這種寒冷而乾燥的氣候，尤其是夫人孔德沚，不時感冒。於是，蘇聯對外文化協會東方部主任葉洛菲也夫和茅盾夫婦商量，決定先去蘇聯南方高加索的兩個加盟共和國參觀，即格魯吉亞和亞美尼亞。待天氣轉暖以後再回莫斯科。

1947年1月16日從莫斯科到格魯吉亞首都第比利斯，車行4晝夜才到達。第比利斯是斯大林的故鄉，一到那裡，在格魯吉亞對外文化協會的安排下，用一個星期的時間，參觀了斯大林博物館、第比利斯電影製片廠、兒童宮、格魯吉亞國立大學、馬恩列斯學院格魯吉亞分院及斯大林革命活動遺蹟——第比利斯地下印刷所。26日那天下午，茅盾仔細地觀看這個充滿神秘色彩的革命遺址，翻譯詳細而又繪聲繪色地作了介紹，使茅盾在參觀中產生許多聯想，也更加流連忘返，直到晚6時才離開這個革命遺址。後來，茅盾的這篇散文《第比利斯的「地下印刷所」》，建國以後收進中學教科書，當作範文，作教材使用。

在格魯吉亞共和國，茅盾除參觀外，還參加文化界聚會，看戲和出席音樂會，依然是十分繁忙。

1月29日，茅盾到達亞美尼亞訪問，在亞美尼亞首都埃里溫，茅盾夫婦同樣受到亞美尼亞對外文化協會的熱烈歡迎。茅盾和亞美尼亞共和國藝術家廣泛接觸，也參觀了國立藝術館，學校科學院等，也拜訪了亞美尼亞的教育部長，直到2月2日，茅盾才告別亞美尼亞，又坐火車回莫斯科。

回到莫斯科，茅盾夫婦又忙於拜訪蘇聯一些知名作家，2月15日，茅盾訪問《團的兒子》作者卡達耶夫。茅盾把自己譯的中譯本《團的兒子》贈送給卡達耶夫。16日，茅盾去拜訪兒童文學作家馬爾夏克，馬爾夏克是個老作家，他對中國的情況十分感興趣，並贈送茅盾一本《馬凡陀山歌》。17日，茅盾又去訪問西蒙諾夫。19日又訪問吉洪諾夫。這些作家的努力和勤奮，都給茅盾留下了深刻的印象。

在忙於參觀訪問時，侄女瑪亞又來看望茅盾夫婦，並帶了陳昌浩的兒子作翻譯。茅盾夫婦興致勃勃地和瑪亞一起上街，拍了幾張照片，留下一份溫情。

2 月 22 日，中國大使館舉行宴會，對蘇聯這次邀請茅盾夫婦訪問表示感謝，蘇聯對外文協的朋友和作家藝術家朋友都就應邀赴宴，大家歡聚一堂，暢敘友情和感想。第二天，茅盾夫婦去列寧格勒。在那裡，茅盾夫婦饒有興趣地參觀了東方研究所、列寧格勒兒童宮、冬宮藝術館、紅旗棉織廠及一些有名的博物館、圖書館等。3 月初又回到莫斯科，葉洛菲也夫見茅盾夫婦精神尚好，就建議茅盾夫婦再去中亞細亞的塔什干和巴庫參觀。塔什干是烏茲別克加盟共和國的首都；巴庫是阿塞拜疆共和國的首都，茅盾在那裡訪問也同樣受到熱烈歡迎。

3 月 22 日，茅盾夫婦從阿塞拜疆又回到莫斯科，等待回國的交通工具，當時到中國最為經濟的路線，是取道西伯利亞，坐輪船回上海。但船很少，茅盾回到莫斯科時，「斯摩爾納號」剛剛開走，因此要等到 4 月 20 日才有船去上海。這樣，茅盾有幾天時間來休整。4 月 5 日，茅盾與中國大使傅先生話別，又到蘇聯對外文化協會辭行，晚上登上橫穿西伯利亞的列車，離開莫斯科。卡拉介諾夫、葉洛菲也夫、史君、胡濟邦、瑪亞等都來車站送行。茅盾夫婦在蘇聯訪問的這段時間，留下了非常深刻的印象，也建立了友誼，大家都依依不捨，揮手告別。4 月 17 日到達海參，20 日上午登上「斯摩爾納號」輪船。事後茅盾曾回憶說：

> 船行 5 天，沒有遇到大風浪。25 日下午 2 時船通過吳淞口，5 時駛抵江海關碼頭的江面，遠遠望去，只見碼頭上一大群朋友已在迎候，我激動得呼吸急促起來，又高興，又惆悵。啊，我回來了，又回來了！

回到上海以後，茅盾寫了大量的介紹、宣傳蘇聯的文章，其中有遊記、訪問記等，不久，匯集出版了《蘇聯見聞錄》和《雜談蘇聯》兩本書，記錄了他們這次蘇聯之行的感想和蹤跡。

香港揮筆，前所未有的舒暢；

炮聲隆隆，興奮中北上。

女婿喜逢又離別，天地永隔，悲從中來；

爲民族、國家，周恩來苦口婆心，力勸他當文化部長：

第二十八章　迎接新的曙光

　　茅盾回到上海，立刻被朋友們所包圍，大陸新村的家裡，擠滿了歡迎茅盾夫婦歸來的親朋好友，戈寶權、葉以群、孔另境等等，都圍著茅盾，問這問那，茅盾感慨蘇聯的發展，也感慨蘇聯作家地位之高，收入之豐。講得大家咋舌，講得大家羨慕不已。

　　4月28日晚上，即茅盾回到上海的第4天，郭沫若在家裡邀請20來位文化人，爲茅盾夫婦洗塵。郭沫若親自裁好一塊潔白的宣紙，並題上「爲茅盾先生及夫人洗塵小集」一行字，作爲來賓簽名紙。鄭振鐸、洪深、熊佛西、沈鈞儒、廖夢醒、史東山、許廣平、陳白塵、葉聖陶、葉以群、戈寶權、田漢、傅彬然、陽翰笙、丁聰等都應邀赴宴。聚餐後，大家又提許多問題，茅盾也向朋友們報告蘇聯見聞和觀感，氣氛十分融洽、熱烈。之後，茅盾又應邀去各大學和文化團體作訪蘇講演，同時，陸續撰寫訪蘇見聞，一篇篇飽含深情的文章，在茅盾筆底流淌，汩汩而來，半年之內，寫了22篇介紹和宣傳蘇聯的文章，成爲當時的「蘇聯專家」。同時，茅盾的《遊蘇日記》亦在《時代日報》上連載。這時，同鄉老友金仲華捧著一本西蒙諾夫的劇本《俄羅斯問題》來找茅盾：「雁冰兄，這個劇本麻煩你趕出來，我的《世界知識》正等

著用。」金仲華開門見山地說。

「噢，正好，西蒙諾夫先生我剛剛在蘇聯會見過。」茅盾爽快地答應了。

「你譯一節，我登一節，這又要麻煩老兄了。」金仲華急呼呼地說。

「好、好，金公的吩咐，一定抓緊。」茅盾也笑了。果然，茅盾沒有食言，不僅譯了西蒙諾夫的《俄羅斯問題》劇本，而且還寫了前記、譯後記和《K・西蒙諾夫訪問記》和《關於〈俄羅斯問題〉》。

正當茅盾在上海大力宣傳蘇聯的時候，中國人民解放軍，在戰略上已開始從防禦轉入進攻。這年的 10 月 10 日，《中國人民解放軍宣言》發表了，發出了「打倒蔣介石，解放全中國」的號召，同時宣布八項基本政策，這消息，猶似和煦的春風，給茅盾莫大的鼓舞，而茅盾那些充滿激情和好感的訪蘇文章，彷彿在為新中國文藝大廈的建設提供一個藍本。而 11 月 7 日發表在《時代日報》上的政論《祝偉大的蘇聯人民更大更多之成功與勝利》，似乎是站在更高層次，歡呼著新中國的未來。

然而，國民黨政府面對江山的失落，人心的喪失，變本加厲地實行白色恐怖。10 月 26 日，浙江大學學生自治會主席于子三等 3 位同學突然被捕，旋即被殺害於獄中。同時，國民黨政府以「民盟參加匪方叛亂組織」的罪名，悍然宣布民主同盟為「非法團體」，下令解散。

對此，中共很快有了反應，黨決定把茅盾、郭沫若等無黨派知名人士陸續轉移到解放區去，第一步先去香港，作為過渡，免得他們遭國民黨綁架和殺害。中共的這個舉措，有力地保護了茅盾等一大批左翼文化人。茅盾依然在葉以群的精心安排下，秘密獨自離開上海去香港，妻子孔德沚則留在上海，放出風聲，對人說「雁冰去桐鄉烏鎮了。」半個月後，孔德沚也秘密到了香港。

1948 年元旦，茅盾夫婦是在香港度過的。這次在香港，茅盾沒有孤獨感。上千的文化知名人士，在中共的安排下，齊聚在這裡，大家感到建立新中國曙光已近在眼前，都異常興奮。尤其使茅盾感到興奮的是，香港有一種前所未有的自由度，左翼進步文化人，都可以不必忌諱，敞開心扉，大談政治。後來回憶那段生活時，他說：

> 1948 年的香港，在我們這些政治流亡者的眼裡，又是個小小的自由天地。在報刊上，只要不反對港英當局，不干涉香港事務，你什麼都能講。包括罵蔣介石和美帝國主義。經歷了第二次世界大戰

　　的大英帝國，元氣大損，自顧不暇，對中國的內戰採取了中立的不
　　介入的態度。因此，我們可以在《華商報》上，《文匯報》上大登新
　　華社的電訊，可以大張旗鼓地報導解放軍在各個戰場上的勝利，可
　　以把「國軍」直呼爲蔣家軍隊或國民黨軍隊。這樣便利的條件，對
　　於我們這些握了半輩子筆桿卻始終不能想寫什麼就寫什麼的人來
　　說，眞像升入了「天堂」。

這種寫作環境以及寫作心境，給茅盾提供了十分舒暢的條件。當時因文化人
突然湧到香港，一時，這個彈丸之地，人滿爲患，住房十分緊張，後來在周
鳴鋼的幫助下，在九龍彌敦道租到了住房。於是茅盾又全身心地投入文藝活
動中去，擔任了文協香港分會的常務理事。同時，又把《蘇聯見聞錄》寫完，
接著又寫了《雜談蘇聯》，後由致用書店出版。

　　寫完《雜談蘇聯》以後，茅盾又把在東江游擊隊保護下脫險經過，寫成
《脫險雜記》。之後，茅盾又投入相當精力，創作長篇小說《鍛煉》，主編《文
匯報》副刊《文藝週報》；擔任《小說》月刊的編委等。這樣，1948 年下半年
的茅盾，又忙得不可開交。

　　《鍛煉》是茅盾的最後一部長篇小說，這部小說早在 6 年前茅盾就有這
個設想，打算寫一部反映抗戰全貌的、規模宏大的長篇小說。後來在重慶
時，曾把部分素材寫成《走上崗位》，現在香港有相對安定的生活，茅盾就再
發宏願，寫一部連貫五卷的長篇，預計 150 萬字，3 年完成。現在茅盾著手寫
第一部《鍛煉》，這部作品以上海八一三戰爭爲背景，寫出了各個階層在抗戰
初期的心態，愛國與賣國，抗戰與投降，反映了中華民族在這血與火中經受
考驗。書中也塑造了蘇辛佳等一批出身於知識分子乃至資產階級家庭的愛
國青年形象。也塑造了一批工業家的形象。這部長篇小說在《文匯報》上連
載了 110 天以後，才全部登完。但此時，因解放軍的節節勝利。茅盾又面臨著
新的任務，打算寫 5 部長篇的計劃，又落空了，又成爲《霜葉紅似二月花》
第二。

　　接著，茅盾的蘇聯情結和被不斷傳來的解放軍勝利的消息所鼓舞。寫了
一篇《春天》的短篇小說，這篇小說用預言的方式，憧憬新中國成立以後的
種種情景。但小說中的蘇聯情結影響印痕太深，似乎是蘇聯革命後的場景。
這篇小說發表後，在國內似乎反響不大，因爲中國廣大讀者對蘇聯的感性認
識太淺，也想像不出如此這般的情景，相反，國外的反響倒十分敏感，日本

文學評論界把《春天》稱爲茅盾的「幻想小說」。但茅盾後來自己則更正說：它不是我的「幻想」，而是我的「預言」。

當茅盾這個《春天》寫完時，在香港的民主人士已得中共方面的通知，決定分期分批地秘密進入東北解放區，參加新政協的籌備工作。沈鈞儒是第一批乘船北上的民主人士；11 月下旬，郭沫若等是第二批離開香港的民主人士。等第二批人秘密北上以後，整個香港又似乎冷落起來，茅盾夫婦也似乎焦急起來，翹首盼望北上的日子早日來臨。12 月下旬，終於得到通知，與李濟深、章乃器、鄧初民、朱蘊山、盧緒章、洪深、彭澤民、梅龔彬、施復亮、吳茂蓀、孫起孟等 20 多人，於 1948 年除夕晚上，秘密上了香港直航大連的蘇聯船。此時此情，大家心情都十分激動，在北上的船上，大家歡度元旦。茅盾在船上過元旦已是多次，有一次是在去香港途中，那時是帶著惘然和憂慮的心情去的，而今天則是北上，參加籌備新中國，大局已定，走向光明，幾十年來追求的，女兒、胞弟爲之獻身的偉大事業，即將實現了，心情十分激動。茅盾拿出筆記手冊，請李濟深題詞，李濟深頷首微笑，提筆在茅盾送過去的手冊上題道：

> 同舟共濟，一心一意，爲了一件大事，一件爲著參與共同建立一個獨立、民主、和平、統一、康樂的新中國的大事。……前進前進，努力努力。

船在萬頃碧波的中國大陸東部海面上航行，風浪的顛簸，無所畏懼，勇往直前，1949 年元月 7 日，船平穩地馳往大連港，人們都蜂擁到甲板上，眺望這片神聖的自由的土地。船徐徐攏岸，岸上一大堆歡迎的人群，眼尖的夫人孔德沚興奮地對茅盾說：「快看，聞天，聞天在迎接我們！」隨著夫人的手望去，茅盾也發現了人群中頎長的張聞天的身影，他正揮動雙手，向這些來自香港的民族精英致意。茅盾眼眶裡噙滿了淚花。

中共對這批知名人士十分器重，在大連稍許休息後，立刻組織他們去哈爾濱、小豐滿水電站參觀，然後送到瀋陽。27 日那天，瀋陽市舉行歡迎會，歡迎李濟深、茅盾等知名人士抵達瀋陽，茅盾作了《打到海南島》的講話。1 月 31 日，北平和平解放的消息傳來，茅盾等更加興奮。

2 月下旬，茅盾等 35 人終於登上中共中央派來的專列「天津解放號」，滿懷喜悅地進京。2 月 25 日，抵達北平。茅盾、李濟深、沈鈞儒、郭沫若等知名人士的到來，在車站受到熱烈歡迎，羅榮桓、林彪、聶榮臻、葉劍英、彭

真等將領親自到車站迎接他們，並接到北京飯店住下。

在北京飯店住了沒有幾天，一天，兒子沈霜突然出現在茅盾夫婦面前，夫婦倆十分驚喜。原來，沈霜已在《東北日報》工作，知道父母已來北平，便來看望父母。

此時，茅盾夫婦還未見過女婿蕭逸，只是通信和照片上見到過。正當茅盾夫婦盼女婿來時，女婿蕭逸真的來了，他來拜見從未見過面的岳父岳母，孔德沚見到女婿，想到女兒，立刻哭了起來，茅盾心情也十分傷感，茅盾十分疼愛女兒，見到這位身著解放軍服裝的英俊女婿，又十分喜歡。在交談中，茅盾更確切地知道了女兒生前的一些情況，以及犧牲的經過，談到難過處，蕭逸也抑制不住自己的對愛妻的感情，眼眶裡噙滿了淚水。蕭逸表示希望能留在岳父岳母身邊，照顧茅盾夫婦，並打算在岳父的指導下，把自己這幾年的戰鬥生活用小說形式再現出來。

茅盾十分讚許女婿的才華和志向，但同時又替女婿分析了整個國家的形勢，鼓勵女婿：「你最好是參加完解放戰爭的全過程，然後再進行創作，這樣視野會更開闊，經驗會更豐富。」

蕭逸含笑點頭。聽從岳父的指點，愉快地奔赴太原前線。臨行，蕭逸為岳父母拍下了幾張珍貴的照片。詎料，這竟是最後的一次見面！蕭逸告別岳父母后，隨中國人民解放軍第二十六兵團開往山西，參加解放太原的戰鬥。作為記者，蕭逸隨軍採訪就可以了。但蕭逸直接上前線陣地，參加戰鬥，英勇無畏。4 月 15 日那天，他站在新佔領的水泥碉堡裡，參加對敵喊話，不料，敵人詐降，一梭冷槍打來，蕭逸光榮地犧牲在陣地上。

蕭逸犧牲後的第二天，他的戰友張帆把他的遺物和照片寄給茅盾，茅盾夫婦得到這個噩耗，又大哭一場。茅盾內心覺得更加難過，感到自己沒有保護好他而悔恨萬分！

在蕭逸犧牲後 17 天的 5 月 2 日，茅盾給張帆寫了一封信，傾訴自己欲掩還露的悲痛心情：

> 張帆先生：
>
> 　　4 月 16 日來信收到了。感謝你不怕麻煩，把蕭逸為我們拍的照片寄來。蕭逸此番在前線犧牲，太出意外，我們的悲痛是雙重的：為國家想，失一有為的青年，為他私人想，一番壯志，許多寫作計劃，都沒有實現。張帆（恕我直呼大名），我想你也和我一樣，覺得

蕭逸如果死後有知，一定也恨恨不已，因爲他不是死在總攻時的炮火下，而死在敵人假投降的詐謀中。正如昔年小女沈霞爲魯莽之醫生所誤，同樣的死不瞑目罷？我已經多年來「學會」了把眼淚化成憤怒，但蕭逸之死卻使我幾次落淚。蕭逸的朋友在此間都來看我，這給我很大的感動和安慰。你的來信也同樣給我很大的感動和安慰。感動的心情你當然瞭解，至於安慰則是代蕭逸感到安慰。一個人死後，有他的戰友來悼念他，他在地下一定感到安慰的！我和你雖然不識面，但我覺得我們好像相知已久，朋友，爲國珍重，爲賫志而沒的您的戰友珍重！日來事冗，恕不多談。順祝

健康

茅盾上

5 月 2 日北平

　　茅盾寫完信，把悲痛深埋在心底，淚水往肚裡咽，而全身心地投入到國家的建設，中國文化大廈的建設，迎接新中國的曙光裡。在工作中忘卻家庭中的煩惱，忘卻失去愛女愛婿的創痛，他和郭沫若、周揚等一起，把來自新老解放區的文藝工作者組織起來，籌備全國性的文藝家組織。與此同時，茅盾於 5 月 22 日和 30 日，兩次主持《文藝報》（試刊）主辦的座談會，聽取文藝界各方面的意見。1949 年 7 月 2 日至 19 日，在北平召開了中華全國文學藝術工作者代表大會，茅盾在大會上作了題爲《在反動派壓迫下鬥爭和發展的革命文藝》的報告。成立了中華全國文學藝術界聯合會，郭沫若當選主席，茅盾、周揚爲副主席，中華全國文學工作者協會也同時成立（即中國作協前身），茅盾當選爲主席。擔起全國文藝領導工作的重擔。

　　同時，茅盾參加了新政協的籌備工作，爲建國大業盡心盡力。9 月 7 日，新政協籌備會召開第二次會議，會議通過將即將召開的新政治協商會議改稱爲「中國人民政治協商會議」，通過《中國人民政治協商會議共同綱領》。9 月 21 日，中國人民政治協商會議第一屆全體會議在北平召開，會議通過了《中國人民政治協商會議共同綱領》等文件，決定定都北平，改北平爲北京，會議選舉政協第一屆全國委員 180 人，毛澤東當選爲全國委員會主席，茅盾被推選爲全國委員會常務委員之一。新中國的曙光已經照耀中國大地，面對這曙光，茅盾內心十分興奮和激動，在政協大會上發言時，他曾激昂地說道：「中國人民政治協調會議揭開了中國歷史全新的一頁。帝國主義、封建主義和官

僚資本主義長期的統治從此結束。獨立、民主、和平、統一的新民主主義的、實行人民民主專政的新中國，像初升的太陽照耀著亞洲、照耀著世界」。

在政協第一屆全體會議召開前夕，周恩來受命組閣新中國首屆政府，便動員茅盾出任文化部長。當時，茅盾婉言推辭，說自己不會做官，打算繼續他的創作生涯。後來，毛澤東親自出面，找茅盾談話，說文化部長這把交椅是好多人想坐的，只是我們不放心，所以想請你出來。茅盾舉薦郭沫若：「那為何不請郭老擔任？」毛澤東說：「郭老是可以的，但他已經擔任了兩個職務，一個是文化教育委員會主任，一個是中國科學院院長，再要他兼文化部長，別人更有意見了。」又說：「聽說你不願做官，這好解決，你可以掛個名，我們給你配備個得力的助手，實際工作由他去做。」這樣，茅盾也就不好再說什麼，只有同意了。

新中國的曙光，普照中華大地。茅盾是沐浴在這曙光裡，走進新中國的。

對電影《腐蝕》的禁映，保持沉默；再版時不改一字。

春夏秋冬，他竭盡全力扶持新人，關注老百姓的文化生活。

保護文物，弘揚國粹，爲後人添磚加瓦。

一部《夜讀偶記》，見大國文化部長的功底，任後人評說。

第二十九章　文化部長

　　還在毛澤東、周恩來動員茅盾擔任文化部長時，茅盾已在爲繁榮中國文化事業而操心了。茅盾當選中華全國文化工作者協會主席後，爲創辦《人民文學》給毛澤東主席寫信，請求毛主席爲《人民文學》題詞和寫刊頭。9月23日，毛澤東回了一信，信中說：

雁冰兄：

　　示悉。寫了一句話，作爲題詞，未知可用否？封面宜由兄寫，或請沫若兄寫，不宜要我寫。

毛澤東

9月23日

題詞寫在另一箋宣紙上：

　　希望有更多的好作品出世

毛澤東

　　毛澤東的鼓勵，茅盾自然更加興奮。1949年10月1日下午3時，茅盾接到通知，出席天安門的開國大典。禮炮聲、歡呼聲，響徹天安門廣場。毛澤東那宏亮的「中華人民共和國中央人民政府成立了！」久久回蕩在廣場上空，

歡聲雷動。茅盾沉浸在這喜悅之中，噙著淚花，這一天終於來到了！可以告慰早逝的女兒、女婿和胞弟了。

開國典禮後，茅盾被毛澤東主席任命為中華人民共和國第一任文化部長，經過一個多月的緊張籌備，新中國文化部於 1949 年 11 月 2 日召開了隆重的成立大會。從此，茅盾開始他那長達 15 年的篳路藍縷，殫精竭慮的文化部長生涯。

天下底定，新中國開創之初，國民黨留下的一個千孔百瘡的舊中國。許多工作已是到了百廢待興，百業待舉的程度。文化工作方面也同樣，茅盾和他的同事，都是夜以繼日地工作。同時，開國之初那種熱火朝天的幹勁，也深深地感染著茅盾的夫人孔德沚，她見許多女同志都走上革命工作崗位，為新中國的社會主義建設大顯身手，羨慕不已。一次，她見到周恩來總理，當面要求工作。周恩來聽了以後，點點頭，沉吟一會兒，認真地對她說：「好，我給您安排一個對您最重要也是最合適的工作——照顧好茅盾同志。他是我們國家的寶貴財富，今後要他為新中國描藍圖，為新中國作出新貢獻。你要好好照顧他，這是黨交給您的任務，這比您做任何工作都重要！」

在一旁的茅盾聽了以後，謙虛地笑了一笑。孔德沚卻認真地記住了總理交給的任務。從此，她再也沒有向組織提出要求工作。牢記周總理的囑託，新中國的部長夫人，依舊保持過去革命戰爭年代的作風，親自上菜場買菜，她一邊料理家務，一邊帶孫女、孫子，毫無怨言地過著平民生活，竭盡全力照顧茅盾，讓茅盾全心身地投入新中國的文化建設大業中去。

但是，新中國的建設，尤其是文化建設，並非想像和憑熱情能夠做好的。前進的路上，還有風風雨雨，還有霜和雪，有春天，也有寒冬。茅盾，作為一個大國的文化部長，總是兢兢業業地為構建這個共和國的文藝大廈，貢獻自己的一切，甚至勞和怨，委屈和代人受過。

解放了，許多藝術家的積極性非常高漲。1950 年元旦剛過，劇作家柯靈、導演黃佐臨來拜訪茅盾，他們打算把《腐蝕》改編成電影，想徵求茅盾意見。茅盾的小說改編成電影，30 年代夏衍將《春蠶》改編後，還沒有拍攝過，茅盾聽了改編者柯靈的想法後，欣然同意了。

1950 年 6 月 25 日，美國悍然發動侵朝戰爭，茅盾和一批文化界知名人士紛紛發表文章，譴責美國的侵略行為。10 月 25 日，中國人民志願軍開赴朝鮮前線，抗擊美帝。11 月 16 日，茅盾和丁玲等 145 名文藝界人士聯名發表《在

京文藝工作者宣言》，號召全國文藝工作者積極動員起來，爲抗美援朝、保家
衛國而鬥爭。

　　這時，上半年柯靈來談過的電影《腐蝕》已由香港文華公司拍成影片，
在全國各地上映，觀眾踴躍，盛況空前。然而，剛剛熱鬧一陣子，忽又風聞
這個影片禁映了。而且作爲文化部長的作者茅盾，不知此事。柯靈去打聽，
答覆是這個影片有問題，認爲特務應該憎恨，而《腐蝕》這個特務女主角卻
讓人同情。

　　當茅盾得知這情況後，卻保持沉默，沒有當場表態，他知道新中國的創
建過程中，這種情況出現，恐怕是意料之中的，只是降在茅盾頭上，有些意
外，感到不公正。但他心裡卻有個尺碼在衡量著社會是非標準。對這種莫名
其妙的指責，茅盾自有準則，相信歷史是公正的。所以，停映《腐蝕》事件
發生兩年後，1954 年，人民文學出版社決定重印《腐蝕》時，出版社徵求茅
盾意見，是否需要修改，茅盾經過愼重考慮，決定「不作任何修改」。實際上，
這是茅盾公開表明對《腐蝕》電影停映的態度。

　　《腐蝕》電影的停映，並未影響茅盾的工作熱情，作爲文化部長，國家
利益、民族利益在茅盾心裡天平上，總是放在第一的。1951 年 1 月 8 日，茅
盾欣然出席中央文學研究所大會並講話，建立新中國第一個培養自己作家的
搖籃。3 月的北京，正是風的季節，茅盾剛剛出席「國營電影廠出品新片展覽
月」開幕典禮，以文化部長的身份主持會議並致開幕詞，緊接著，又欣然擔
任開明版「新文學選集編輯委員會」的主編，爲五四以後的文化積累，爲新
中國的文學事業建設提供一個借鑒。

　　文化部的工作千頭萬緒，牽涉方方面面，這對辦事向來一絲不苟的茅盾，
眞是忙著團團轉。1950 年上任伊始，茅盾以文化部長的身份，前往北京團城
參觀「虢季子白盤」特展，並向捐贈者劉肅曾頒發獎狀。中國是個有五千年
歷史的文明古國，保護文物的任務十分繁重，茅盾十分注重祖國文物遺產的
保護。1951 年 5、6 月裡，茅盾先是出面招待各國駐華使節參觀在北京的敦煌
文物展覽，之後，又出席政務院文教委員會嘉獎敦煌文物研究所全體工作人
員會議。爲文物保護傾注了一腔熱血。在文化部內專門設立國家文物局，在
好友鄭振鐸先生的主持下，取得斐然的成績，防止文物流失，保護文物方面，
作出不可磨滅的貢獻。

　　作爲文化部長，做好群眾文化工作，茅盾也是不遺餘力。中國一方面老

百姓的文化素質不高，文盲半文盲的佔大多數，尤其是農村，文化生活更是枯燥；另一方面，中共創立的解放區或根據地，對群眾文化創造了許多好經驗、好辦法。因此，茅盾在新中國的文化工作中，把豐富群眾的文化生活放在共和國文化部長的議事日程上，從其簡略的「年譜」看，在百廢待興、百業待舉的時候，群眾文化工作始終沒有放鬆。1949 年 11 月 2 日文化部成立後第三天，即 11 月 4 日，茅盾就出席歡送出國文工團的宴會，並發表講話。1958年，作為一個 63 歲的老人，茅盾赴東北調查訪問。在瀋陽，茅盾出席青年業餘作者大會，並作報告；他又深入哈爾濱工人中間，與工人文學小組進行座談，在哈爾濱第一工具廠，茅盾為工人中的「萌芽」文學小組題詞：「前年萌芽，去年開花，今年結果，在黨的陽光照射之下，在廠黨委的辛勤培養之下，萌芽將在全廠廣播種子。」東北調查回來，茅盾在文化部部務會議上作了《文化大普及中的提高問題》發言。1959 年 3 月，茅盾寫詩祝賀內蒙草原上的賽詩會。儘管這種做法實踐行不通，違反藝術規律的，但在當時形勢下，牧民中有此努力，茅盾仍然感到十分欣慰。對普及牧民的文化，還是有裨益的。1960 年 6 月 1 日，中央及時召開了全國文教群英會，推動群眾文化的普及工作，茅盾在群英會上作了《不斷革命，爭取文化藝術工作的持續躍進》的專題報告，繼續為文化的普及工作鼓與呼，1959 年 1 月，作家出版社將茅盾在建國後十年間寫的評論、言論收集成一冊，題書名為《鼓吹集》，茅盾在書的後記中，對書名作這樣的解釋：宣傳黨的文藝方針的小冊子。在這個小冊子裡，可以看到茅盾為新中國文藝大廈建設的心血。

新中國的文化工作，和整個國家的政治生活是密不可分的。而且，許多政治運動往往從最為敏感的文藝界著手。因此，茅盾作為文化界的最高行政長官，往往要分心應付那些運動和人事，而不能專心致志地為繁榮文化而努力。但茅盾在變幻莫測的政治風雲中，仍感受到了新中國的人民，在共產黨堅強有力的領導下，意氣風發地工作著，茅盾作為文化部長，也為人民百姓那種精神所感動，於是，在無法進行寫作的情況下，他選擇了培養青年作家的辦法，甘當人梯，事後，事實證明，茅盾這一選擇，是一種聰明的做法。儘管剛解放時，茅盾為部隊作家白刃的《戰鬥到明天》寫了序而遭到不公正待遇。但他仍執著地為培養文學新人而不遺餘力。

作為作家，作為文化部長，茅盾不時流露出作家本質，對一些青年作者寄來稿件，他總是認真閱讀，並給予指導。1954 年春天，一個叫聶繼三的作

者寫了一篇小說《期望》，儘管這個小說不像小說，但茅盾還是看了，並具體地給作者寫了一封信，指出這個稿子的毛病所在。1956 年，茅盾在與作者孟繁瑤通信中，仔細地指出其作品的不足之處，又給怎樣提高指點迷津，「學習寫作沒有秘訣。要多讀多寫。看來你是勤寫的，但還應當多讀各種的文藝名著，讀完一篇或一本後，要自己問自己：好在哪裡？要分析它的結構和人物描寫等等。」

在指導青年作者寫作過程中，茅盾努力摒棄概念化的東西，努力按照藝術規律去指點，1956 年 6 月茅盾收到一個叫劉或的作者來信，信中對茅盾說，他打算以合作化初期為背景寫小說，問是否過時。茅盾在幾天後即覆信說：「我認為這就要看你寫來的作品是否真實地反映了現實（當然這是包括了藝術的概括）。如果把寫作和配合當前中心工作看得太機械，那就縮小了文藝作品的教育作用，所以『過時』的題材也可以寫。」同時又提醒這個作者：「我想提出一點來請你注意：就是關於人物個性的塑造。如果人物寫不好，弄成概念化，那麼小說就可以變成政策的圖解，那就沒有意義了。」這在 1956 年的夏天，茅盾還充分注意到藝術個性問題，實在難能可貴。

在指導文學愛好者寫作的同時，又給那些好高騖遠的青年以人生的指點。1957 年，一個叫袁家銑的青年，因為想當作家而要求到北京來，茅盾認真規勸這個青年，「你只有 19 歲，應當好好地勞動鍛鍊七八年，然後再談什麼『作家』。現在許多成名的作家（比你年齡大了一倍多，生活經驗豐富得多，寫作有成績）都紛紛下鄉勞動鍛鍊，而且長期在農村落戶。……我勸你……安心在農村勞動。」

茅盾這種關懷和關心，在新中國的成名不成名的作家作者中，都留下極佳的口碑。康濯原在《華北文藝》工作，在向茅盾約稿時，茅盾給予他極多的鼓助，從而堅定了康濯的文學道路。新中國成長起來的作家中，王願堅、王汶石、吳強、管樺、陸文夫、茹志鵑等等，有不少作家在茅盾的指導下，取得好成績的。《百合花》的作者茹志鵑，是一個名氣不大的青年女作家，當時因丈夫右派問題，而心灰意冷，這個時候，茅盾的《談最近的短篇小說》在 1958 年 6 月的《人民文學》上發表，肯定了《百合花》，給茹志鵑以極大的生活信心，因為茅盾的高度評價，茹志鵑一個「已經蔫倒頭的百合，重新滋潤生長，一個失去信心的，疲憊的靈魂，又重新獲得了勇氣、希望。重新站立起來，而且立定了一個主意，不管今後道路會有千難萬險，我要走下去，

我要扶著那小小的卷幅，走進那長長的文學行列中去。」所以，茅盾不僅評論了一個作品，也解救了一戶人家！差不多新中國的作家都受過茅盾的惠澤和關懷。自然，茅盾把培養文學新人，作爲共和國文藝大廈的基石來看待的，只要有人，中國不愁文藝不發展。

對青年作家這樣扶持，這樣關心，對已有成就的作家，茅盾也總是盡自己的力量，給予保護和幫助。對丁玲，茅盾自然知道，丁玲是個才華橫溢的女作家，在丁玲最困難的時候，茅盾並沒有落井下石，而是盡自己的力，暗中幫助丁玲。作家陳沂在上海被錯劃爲右派，受到批評，茅盾知道後，託人帶口信給他，要他善自珍重，陳沂極爲感動。50 年代初，作家碧野的長篇《我們的力量是無敵的》受到不公正待遇，碧野思想十分消沉，十分痛苦。茅盾得知他的情況後，特地邀碧野參加作協迎春大會，並在人群中四顧找人，見碧野一個人臉色凝重地呆立在那裡，特地過去，當眾向碧野舉杯祝酒：「碧野，祝你繼續寫出好作品來！」使碧野大爲感動，並從此振作起來，又投身文學事業中。

在擔任文化部長期間，中央雖然爲茅盾配備了助手，但新中國成立後的繁重的文化工作任務，搞不完的一個接一個的政治運動，使茅盾原先想創作的念頭，早已拋到九霄雲外，茅盾站在國家高度，發現新中國文藝理論的薄弱，不利於新中國文藝建設；另一方面，茅盾又發現文藝界由於歷史原因，許多同志在社會主義時期，對文藝的認識還不盡一致。因此，茅盾帶頭讀書，在文學理論方面作出新貢獻。在茅盾當文化部長中間，可以發現，凡是茅盾自己起草的講話文稿，大多數是談文學創作和文藝規律的，很少孤立地講空話大話的。1950 年 1 月 8 日，在北京大眾文藝講座上，茅盾沒有侈談許多路人皆知的正確的大道理，而是像一個教師一般，娓娓講授「欣賞與創作」，他在講座上一開始就說：

> 我們都有過這樣的經驗：看到某些自然物或人造的藝術品，我
> 們往往要發生一種情緒上的激動，也許是愉快興奮，也許是悲哀激
> 昂，不管是前者，還是後者，總之我們是被感動了，這樣的情感上
> 的激動（對藝術品或自然物），叫作欣賞，也就是，我們對所看到的
> 事物起了美感。

乍看這段話，茅盾彷彿是一個老師，在向學生娓娓而談。給人於一種親切，而沒有一種官氣，比如在 1956 年的全國青年文學創作者會議上，茅盾講

的仍是《關於藝術的技巧》。這些後來茅盾專門出版了一本 17.8 萬字的《鼓吹集》，把自己的藝術觀點，都溶解在這本集子裡。但是，茅盾對這種零敲碎打的表述方式，不以為然，想努力系統地提出自己的理論觀點。1956 年開始，他利用點滴業餘時間，認真而系統地撰寫論文──《夜讀偶記──關於社會主義現實主義及其他》，文章長達 6 萬餘字，以中國文學和歐洲文學發展的大量事實，論證了現實主義自古有之；認為「我國的現實主義文學是從遠古開始的」。認為中外文藝的發展中始終貫穿著現實主義和反現實主義的鬥爭；同時也論述了古典主義、浪漫主義和批判現實主義產生的社會歷史條件、特點、局限性及其理論基礎；社會主義現實主義的思想、階級基礎和表現特點以及未來主義和現代派等形形色色唯心主義、形而上學流派的特點和創作方法和世界觀等關係。這部理論著作，對廓清 50 年代理論上的迷霧，為新中國文學理論建設作出了不可磨滅的貢獻。

這篇長文，發表於 1958 年《文藝報》1、2、8、9、10 期上。在這個大躍進年代裡，文化上出現這樣一部系統的理論著作，實屬不易。

1961 年，國內經濟開始調整，國家經濟形勢開始逐步走上軌道，而文藝界卻開展一場關於歷史劇的討論。茅盾針對文藝界在歷史劇問題上的理論問題、古為今用問題、歷史上人民作用問題、歷史真實與藝術虛構問題、歷史劇的文學語言問題，逐一進行論述。對歷史劇創作有著現實意義。

在進行理論指導的過程中，作為文化部長，茅盾又十分關注中國少數民族的文化事業的發展。西藏、新疆、內蒙等地的少數民族作家，茅盾一直積極扶持、幫助，蒙族的敖德斯爾、瑪拉沁夫，藏族的益希卓瑪等，都受到過茅盾的關心和鼓勵。即使茅盾在極為困難的條件下，仍不忘少數民族的文化事業。1964 年 11 月至 12 月，茅盾最後一次以文化部長身份主持並出席的會議，還是全國少數民族群眾業餘藝術觀摩演出會。11 月 26 日，觀摩演出會開幕時，茅盾以文化部長身份，為大會致詞。12 月 29 日，茅盾還出席了全國少數民族群眾業餘藝術觀摩演出會閉幕式。他在文化部長的任上，為少數民族文化的繁榮，盡到自己最後的職責。

茅盾在 15 年的文化部長的領導崗位上，為新中國文藝大廈的建立，嘔心瀝血，殫精竭慮，留下了於國於民的無量功德。

和新生的共和國共同走在艱難的創業路上；

一波一浪，接連的政治運動，使他感到困惑不解。

對批判《武訓傳》的緘口，對批丁玲的婉言，稱病不動筆。

中國傳統的知識分子的氣節和人格，演繹出一個文學巨匠的政治故事。

第三十章　政治運動中的困惑

　　茅盾在新中國成立後，身居高位，但自幼年養成的「謹言慎行」的習慣未變。作為泱泱大國的文化部長，絕沒有那些人一闆臉就變的市儈氣息，也沒有那些趾高氣昂的官僚習氣，而依然是一介書生，謹言慎行，克盡職守。

　　然而，新中國成立後，許多聞所未聞，從未經歷過的政治運動接踵向茅盾撲來，批《武訓傳》，三反五反，反右鬥爭，反右傾，四清運動，直至文化大革命的發生，這些無數從未經歷過的政治運動，茅盾有時首當其衝，有時避之不及，坎坎坷坷，風風雨雨。這些政治運動，起初茅盾總是滿腔熱情投入，但稍經歲月，便困惑起來，發現許多文藝界朋友，在莫名其妙中打成「敵人」，乃至流放。這些不能不使身在高位的茅盾陷入沉思。

　　1950 年，上海私營崑崙影業公司拍出一部電《武訓傳》，此片原來的劇本是中宣部審查通過的，影片放映後，受到廣泛的好評，但到了 1951 年 5 月 20 日，中共中央的機關報《人民日報》發表了社論《應當重視電影武訓傳的討論》，文藝界掀起一場軒然大波，因為《人民日報》的這篇社論，是毛澤東主席親自改定的。

　　然而，身為文化部長的茅盾，對武訓其事其人，並非不瞭解，也並非沒有自己的觀點，但對這場明顯帶有批判性的「討論」，後來發展到對《清宮秘史》的批判，並上昇到愛國還是賣國的政治高度的討論。對此，茅盾沒有在公開場合表態，也沒有在公開刊物上發表批判文章，從某個方面保持沉默，而照常出席「和平解放西藏」協議儀式和晚會，照常出席中國人民保衛世界和平委員會舉辦的「德中友好月」酒會。

　　10 月份秋高氣爽時，照常飛往維也納出席第二屆世界和平理事會。一切似乎和茅盾這個文化部長無關緊要似的。茅盾的一切政務活動，外事活動，都在按計劃進行之中。在安排好了的計劃中，一個個的會議，一椿椿的事務，都在有序地進行。茅盾儘管對《武訓傳》的批判表示困惑，表示沉默，但仍不能躲過政治風浪的顛簸。

　　原來，1951 年初，部隊作家白刃專程拜訪茅盾，並將自己的長篇小說《戰鬥到明天》的校樣送給茅盾，請求茅盾為這部小說寫序。茅盾在文化部長的位子上，愛才心切，愛小說更是沒有話說，便答應為之寫序。誰知，在批判《武訓傳》之後不久，作者白刃受到粗暴的批判，後來也株連到為此書作序的茅盾，雖然沒有到公開批判的程度，卻也接到幾封「覺悟很高」的讀者來信，指責茅盾為《戰鬥到明天》一書作序，對此，茅盾又重讀小說，反省自己的序言，覺得無大錯，但既然有人來信，總得對人家負責，於是，他給轉來來信的《人民日報》寫了一封信，謙虛地認為自己對序沒有寫好，是「匆匆翻看一遍，就寫了一篇序」。「序文本身亦是空空洞洞，敷衍塞責的。這又是不負責，不嚴肅的表現。」同時又說，這「又與我之存在著濃厚的小資產階級」思想意識是不可分離的。」最後，又「希望白刃同志在接受這次教訓後，能以很大的勇氣將這本書來一個徹底的改寫。因為，這本書的主題（知識分子改造的過程）是有意義的，值得寫的。」茅盾這樣一封非常謙虛，非常誠懇的回信，寄給了《人民日報》。但是得到的是另一種「回報」。過了幾天，即 1952 年 3 月 13 日，《人民日報》以《茅盾關於為〈戰鬥到明天〉一書作序的檢討》這樣的標題，登出了茅盾給編輯部的覆信，這樣做法令茅盾瞠目結舌，但也令茅盾無可奈何。這件牽涉到茅盾自己的「小事」，使茅盾這位文化界最高行政長官，也夠開眼界。從此，茅盾沒有再就此事講話。

　　但作為一個大國的文化部長，作為處在政治第一線的領導，又處在最為

敏感的文化戰線，對政治運動自然首當其衝，在某個時期，某個事件上，又不能不表態。經過對《武訓傳》和《清宮秘史》的批判，中共中央針對文藝界的狀況，發出了「文藝工作者必須徹底改造思想」的號召。此時，茅盾不能不表態了，不能再沉默了，也無法沉默了。他沒有在大會上發言，而選擇了在自己的「選集」中，給自己扣上「沒有把自己改造好」的帽子，當眾自責。但這種自責，沒有減輕茅盾內心的困惑和不解。1954年文藝界對《〈紅樓夢〉研究》及俞平伯的批判，由於涉及到對《文藝報》及其主編馮雪峰的批判；1955年從批判胡風文藝思想上昇到政治鬥爭，以及隨後開展的全國性的反右鬥爭，這些目不暇接的政治鬥爭中，茅盾只被動參加，只有招架。1954年12月8日，在中國文學藝術界聯合會主席團中國作家協會主席團擴大聯席會議上，茅盾作了《良好的開端》的總結發言，發言是代表個人的，把這幾年文藝界的政治運動儘量拉到學術討論上去，而且，一個短短的發言，還大量引用別人的講話，借用人家的觀點，讓人看了以後，有點忍俊不禁，他說：「5年來，黨中央屢次為我們敲起警鐘：從電影『武訓傳』的批判，直到此次的『紅樓夢』批評。黨這樣地鞭策、督促，都為的是關心我們，教育我們，提高我們。」「郭主席（指郭沫若）又語重心長地鼓勵我們：老年人只要『肯努力學習，同新生的力量站在一起，用馬克思列寧主義來認真地武裝自己，端正我們的立場觀點，提高我們的工作熱情，加強我們的戰鬥性，健全我們的好勝心，即使接受新鮮事物的敏感性要遲鈍一些，但總不至於過早地陷沒到麻木不仁的地步。』我願意上了年紀的人都把這幾句話當作座右銘。」因為茅盾也感到郭主席的話裡，有自己的影子。至於《文藝報》的問題，為了保護馮雪峰他們，茅盾主動承擔責任，「作為作家協會主席的我，應當負重大責任。」

隨著政治運動的頻繁開展，茅盾儘管不熟悉，不理解，但還是在一定場合下，不多不少地表態，如《必須徹底地全面地開展對胡風文藝思想的批判》、《三年來的文化藝術工作》、《必須加強文藝工作中的共產黨領導》、《提高警惕，挖盡一切潛藏的敵人》、《明辨大是大非，繼續思想改造》、《洗心革面，過社會主義關》等，都是在各個政治運動中的表態文章。如對丁玲的粗暴批判中，茅盾內心十分痛苦，丁玲是茅盾在平民女校和上大講課時的學生，對丁玲的瞭解，莫過於老師了，丁玲的每一點成績，茅盾心裡都清楚。但在1957年全國性的批丁、陳（企霞）時，一下子把丁陳打成反黨集團，對此，茅盾

大惑不解，丁玲怎會反黨？但茅盾作爲文化部長，不能不講話，又不能昧著良心講話！因此，他在 1957 年 8 月 3 日，作協黨組擴大會議上，作了《洗心革面，過社會主義的關》發言，他說：「我不明白丁玲爲什麼不願意徹底坦白交代，回到黨的懷抱，洗心革面，而寧願這樣背著沉重的精神包袱？難道她不感到精神上痛苦嗎？……對丁玲的態度，我實在很失望。她今天的講話很不老實。她還在那裡打算用抵賴的方法混過關去。她爲什麼面對著這許多鐵的事實，還企圖狡賴？她的心理狀態是怎樣的？到現在爲止，我還不能分析的很深刻。」仔細分析茅盾這篇批判丁玲的發言，很耐人尋味，實際上，茅盾對丁玲是瞭解的，因在位上，不得不發言。但是，即使像這樣的違心發言，後來茅盾也是能避則避，拒絕寫文章。在 8 月 3 日發言後，他以有病爲由，拒絕寫批判文章。並寫信給邵荃麟，請他出面給有關部門打招呼，不要來向他催寫稿子。

荃麟同志：

最近的幾次丁、陳問題擴大會議我都沒有參加，原因是「腦子病」（西醫這樣說，因其和一般神經衰弱不同）。病情是：用腦（開會、看書、寫作──包括寫信），過了半小時，就頭暈目眩，額角兩穴脹痛；於是要休息半小時多，然後再能用腦。但這次卻只能用半小時的一半或多些就不能再用了，如此遞減。因此一篇長文（萬言以上），我非分兩次看不可，不然，儘管看完了，腦中毫無印象。這樣的痛狀，表面看來能吃，能起來，不發燒，和健康人一樣，就是不能用腦──倒可以體力勞動。如擦皮鞋、掃地等。我家有一週時間沒有女工了，我自己房間就歸我掃、抹等等。我今天向你訴苦，就是要請你轉告《人民日報》八版和《中國青年》編輯部，我現在不能爲他們寫文章，他們幾乎天天來電話催，我告以病了，他們好像不相信（當然，也難怪，一般說來，不住醫院是不能稱病的；但我這病，住醫院不解決問題，徒然佔了床位，不如我不進醫院）。可否請你便中轉告：不要來催了，一旦我腦病好了，能寫，自然會寫，像現在這樣，只能用腦半小時（而只能寫一百字就必須擱筆，過了一小時再寫一百字），實在不是寫文，而是榨腦子，榨時固然苦，榨出來的東西也不會像樣（我試驗過，至多寫一百字，就寫不下去了，頭暈，額角穴膨脹，跳痛）。

好了，不多寫了，因為這封信也是分兩次寫的，中間（休息實際是偃臥）了半小時，匆此，順頌健康。

茅盾

八月廿八日

邵荃麟接到這封信後，在信末批示「請告《人民日報》等不要去催促。」從這封信中，也可看出當時茅盾對政治運動中整人的困惑和痛苦心情。這種情況，在茅盾身上並非是初次，十多年前在新疆時，茅盾為避免禍從口出，稱病不寫文章，而現在，面對這種政治運動，茅盾不理解，但又不能直說；對瞭解的人和事，茅盾又不忍心說違心話，硬把朋友往監獄裡推，於良心，於道德，於情於理，都不忍！因此，茅盾只好稱病，不出席批判會，不寫批判文章。所以，粉碎四人幫後，丁玲回到北京，趕快去看望自己的老領導、老師茅盾。

1956 年，中共中央先是召開知識分子會議，肯定他們「是社會主義建設事業中一支偉大的力量，」接著發動全民幫助中共進行整風。對中共這個舉措，茅盾舉雙手擁護。所以，到 1957 年，在一次統戰部召開的民主黨派負責人和無黨派人士座談會上，茅盾用北方人不大懂的烏鎮官話，批評了官僚主義，宗派主義及其種種表現。不料，這個一片赤誠之心發言之後，引起一些人的議論和批評。後來，茅盾也有些後悔作這樣的發言。但話已說過，已無法收回了。

在 1958 年大躍進的年代裡，文藝界也在緊跟形勢中出現浮誇風，出現違背藝術規律的事情。對此，起初茅盾是覺得新鮮的，認為文藝上的躍進，是文藝事業興旺的表現。但沒有多少時間，就發現其中的問題。但在當時的特定的政治背景下，茅盾作為文化部長，又不便反對或在公開場合提出異議。轟轟烈烈之時，茅盾離開北京，帶了中國作協李仲旺等人，去東北作社會調查和視察工作，瞭解東北業餘文化活動的情況。在東北調查研究中，充分肯定東北業餘作者的創作熱情的同時，也從另外角度，指出業餘作者的不足。茅盾像一個傳道者，到東北為文藝工作者啓蒙，為文藝工作者指點；又像一個老師，給那些業餘作者講述文藝創作的規律。這一年的 6 月 10 日，茅盾在作協瀋陽分會座談會上，專門像老師一樣，給與會者講什麼是革命浪漫主義，從理論上給予規範，告誡大家要正確認識和理解革命浪漫主義，不要「失之毫釐，謬以千里」。一片前輩心。

在長春工人文化宮大禮堂裡，茅盾專門講了文藝與勞動相結合的問題，他那濃重的桐鄉口音，在演講時還請了兩個浙江籍的吉林大學學生鄭啓幕、翁方頤作記錄，在這次講話中，茅盾同樣指導吉林的文藝工作者怎樣認識文藝與勞動的關係。在東北，茅盾還專門講了關於短篇小說創作問題。

所以，在 1958 年的大躍進運動中，茅盾確實是盡心盡責。在這樣轟轟烈烈、不著邊際的浮誇風中，茅盾處處以宣示文藝創作規律而奔走，確實難能可貴。從東北回京，茅盾在 9 月 11 日的文化部部務會議上，專門作了《文藝大普及中的提高問題》。這些材料表明，茅盾在大躍進年代裡，並沒有像反右時那樣，稱病拒絕寫文章，而在此時，茅盾在困惑中，表示出一種積極的姿態，努力想把已經調動起來的人民大眾的積極性，引導到健康正確的藝術創作軌道上來，不遺餘力地宣傳一些創作的基本方法和要求。從另一方面，保持一個五四老作家的人格和操行。

今天，儘管當時的歷史印痕，無可避免地在茅盾的文章、講話中體現出來。但從歷史角度看，仍可作這樣的歷史解釋。

茅盾對許多政治運動表示困惑，只能用曲折的方法表示，在他的現存的 67 本日記中，也表示出某種困惑。如社會上一些人對「改造思想」的庸俗理解，茅盾在 1961 年 5 月 30 日的日記中說：

> ……每日早起灑掃，原亦不壞，至少可醫便秘（恐怕這些勞動對改造思想未必有功，不但這些勞動，我曾見下放農村勞動一年者，臉曬黑了，手粗糙了，農業生產懂一點，會一點了，嘴巴上講一套，比過去更能幹了，然而思想深處如何？恐怕——不，不光是恐怕而是仍然和從前一樣）。矛盾之處在於清晨精神較好之時少讀一小時的書了。

這種困惑，茅盾只有悄悄地記在自己的日記裡，偶爾流露。

1961 年 12 月，茅盾偕夫人孔德沚去海南島避寒，在困惑中尋找輕鬆。從海口走東路，經萬泉河、東山嶺，到三亞市，後又經通什返海口，海島風光，熱帶情調，給在繁雜的政治生涯中忙碌的茅盾莫大的慰藉。在當時他給海南文聯等題的詩中，可以想見其心情：

海南之行

> 久聞寶島大名，今始得暢遊：從東路至鹿回頭，居六日，又由西路回海口。觀感所及，成俚句若干，非以為詩焉，聊以誌感耳。

海南頌

瓊崖雄峙海南疆，
氣概崢嶸五指張。
公元一九又二七，
紅旗招展滿山崗。
後來奮鬥廿餘年，
星星之火已燎原。
日寇猖狂何足數，
瓊崖縱隊力回天。
大軍南下掃煙塵，
寶島從此歸人民。
山容海色都非故，
蕉雨椰風歲月新。
八繭之蠶三熟稻，
地下蘊藏無價寶。
歸僑有家今興隆，
熱帶作物爭長雄。
敢為國防效微力，
更因外貿奏膚功。
水壩高聳稱第一，
海底奪油資源闊。
八所吐吞萬噸艦，
英歌之鹽石碌鋼。
黎苗回漢同心德，
十年建設費周章。
共產大道何蕩蕩，
領導英明全賴黨。

茅盾這首《海南頌》，也是時代之作，但其中無憂心情可見。1962 年元旦，茅盾在通什這個充滿溫馨陽光的山城裡度過，倍覺新鮮，同時也感嘆時光的流逝，記元旦，寫了兩首詩，可以見其當時的心境：

（一）六二年元旦

莫向雙丸怨逝波，

只愁歲月等閒過。

讀詩漸少多讀史，

不爲愚忠唱輓歌。

（二）六二年元旦訪通什

花鳥山城慶歲朝，

州名自治匯黎苗。

千年合畝公社化，

三級分勞幹勁高。

敢作非緣蚺膽助，

爭雄全仗赤旗招。

樹人十載宏觀在，

化雨春風多冶陶。

這在當時，確是難得的日子，據說，茅盾夫婦的海南之行，是自費的。

新中國的多難，政治風雲起伏，茅盾經歷了許多連想都想不到的各種各樣的運動，身在位上，既困惑，又無奈。

文化是人類共同的財富，地球村的情結。

飛來又飛去，爲世界和平；

文化交流遺下一個個輝煌成果。

第三十一章　和平的文化使者

在新中國的建設中，作爲首任文化部長，對外的文化交流，作世界和平的使者，自然成了茅盾這位文化部長的一項重要工作內容。據不完全統計，從 1951 年 10 月 23 日出席第二屆世界和平理事會開始，至 1962 年 7 月 1 日去莫斯科參加爭取普遍裁軍與和平世界大會爲止，共出國 16 次。其內容是爭取世界和平和文化交流兩大類。因此，茅盾在文化部長任上，在促進國際文化交流和人類進步方面作出了巨大貢獻，也是他一生中較爲輝煌的一個方面。也因此成了一個名副其實的和平的文化使者。

新中國成立後，恢復經濟，整頓社會秩序，制訂新的秩序方針政策，使一代開國元勳們夜以繼日地工作。自然，茅盾也不例外。待新中國萬業待興的工作稍有頭緒後，中共就立即參與世界和平事業。頻頻出訪，在國際事務中盡一個大國的責任和使命。1950 年 3 月 8 日，中國保衛世界和平委員會開會，茅盾當選爲中國保衛世界和平委員會副主席，1951 年 1 月，茅盾當選爲世界和平理事會理事。1951 年 3 月，中國保衛世界和平委員會又決定茅盾任理事，這一年的 10 月，茅盾受任爲第二屆世界和平理事會中國代表團理事，於 23 日早晨 6 時從北京乘飛機轉道莫斯科去維也納。在莫斯科，舊地重遊，茅盾感慨萬端，戈寶權等在機場迎接代表團成員，但公務在身的茅盾，在莫

斯科稍事休息後，於 27 日飛抵奧地利的維也納。在大會上，茅盾代表中國代表團，作了《鞏固和發展的各國人民間的文化交流》的發言。在開展國際文化交流中，茅盾感到新中國應該有刊物，作為中外文化交流的一個陣地。1952年 12 月 11 日，茅盾再度赴維也納參加世界人民保衛和平大會，會後，坐火車取道莫斯科回國。在火車上，同行的代表陳冰夷和茅盾談起辦一個刊物，專門介紹外國文學。茅盾一聽，十分興奮，與自己平時所想不謀而合。於是茅盾專門向陳冰夷介紹了魯迅當年在國民黨反動派殘酷壓迫下創辦《譯文》的艱難情景，說「今天情況大不相同了，如果辦新的《譯文》，一定能辦得更好。」在茅盾關懷下，新中國的《譯文》終於在 1953 年 7 月 1 日正式創刊，茅盾擔任主編，陳冰夷、董秋斯為副主編。

50 年代初，茅盾的出訪任務，大部分是參加國際性會議，有時剛回來，又要整理行裝，出發去國外。1953 年 4 月，北京春意盎然的時候，茅盾剛剛接待波蘭瑪佐夫舍歌舞團來華演出，第二天，即 4 月 30 日就離開北京，赴瑞典斯德哥爾摩，參加世界和平理事會常務委員會會議，5 月 14 日返回北京。6 月 9 日，茅盾又和郭沫若一起，乘機離開北京，取道莫斯科去匈牙利的布達佩斯參加世界和平理事會會議。在匈牙利，茅盾除了出席世界和平理事會會議之外，還參加郭沫若主持的「向匈牙利全國和平理事會獻禮」儀式，出席匈牙利人民共和國和部長會議舉行的招待會，6 月 19 日，茅盾又出席匈牙利布達佩斯市民為慶祝世界和平理事會召開的群眾大會。在匈牙利參觀訪問近一個月時間。回國後，茅盾又及時寫了《人民匈牙利的電影》一文，發表在 8 月 20 日《人民日報》，宣傳匈牙利的文化事業。沒有幾個月，茅盾在 11 月 17 日，又率團去奧地利維也納參加世界和平理事會。會上，茅盾作了《為進一步爭取國際局勢的緩和而努力》的發言，贏得代表的熱烈掌聲。12 月中旬返回北京，出色地完成任務，19 日，周恩來親自接見參加世界和平理事會中國代表團成員，並招待代表團成員，給予充分肯定。

1960 年 8 月 25 日，茅盾應波蘭政府的邀請，率領中國文化代表團去波蘭訪問，在波蘭訪問期間，茅盾受到波蘭人民的熱烈歡迎，所到之處，給茅盾留下深刻印象，蕭邦故里，波蘭音樂學院的少女、高材生，為中國貴賓演奏了蕭邦名曲；在凱納爾工藝美術中學裡，茅盾觀看了工藝美術中學生的傑作，欣然賦詩：

　　　　源泉藝術在民間，

　　　　　　吸取精英先著鞭。

　　　　　　古拙非緣嘩世俗，

　　　　　　詭奇最怕墜魔關。

　　　　　　創新畢竟開潛力，

　　　　　　摹效由來毀異材。

　　　　　　卓見奠基凱納爾，

　　　　　　獨標一幟更無前。

　　茅盾對於波蘭人民的智慧，給予充分肯定和高度評價。

　　1957 年 11 月，毛澤東主席去蘇聯訪問，組成龐大的中國代表團，參加蘇聯十月革命 40 週年的一系列紀念活動。11 月 2 日，茅盾和宋慶齡、郭沫若等隨毛澤東主席赴蘇。在蘇聯期間，隨毛澤東主席等拜會蘇聯黨政領導人，謁列寧墓並獻花圈，出席慶祝十月革命 40 週年大會，參加閱兵式，宴會，以及聲勢浩大、壯觀的群眾大會。同時，又和毛主席等領導一起，觀看著名的芭蕾舞《天鵝湖》。茅盾第一次看《天鵝湖》時，是 1947 年第一次訪問蘇聯時，距此時已經有 10 年，茅盾一邊看，一邊想，不勝感慨繫之。

　　在出訪過程中，茅盾平易近人的作風給大家留下深刻印象。1962 年 2 月，茅盾率中國作家代表團，去埃及開羅參加亞非作家會議，夏衍為副團長，成員有杜宣等 16 個作家，飛機轉道香港，乘英國海外航空公司的班機去開羅，抵開羅後，茅盾和夏衍下榻在一個叫「牧羊人」的飯店。代表團其他成員杜宣等住一個叫「阿塔拉斯」飯店。當時，杜宣對「阿塔拉斯」是什麼意思，不大瞭解，就問茅盾。茅盾笑笑，看了看這個店名：「這個麼，是這樣的，『阿塔拉斯』在希臘神話中是一個大力士。所以是大力士的意思。」杜宣他們一聽，都笑起來，有人忙提議，「那麼，我們不要叫它阿塔拉斯，乾脆叫大力士飯店吧。」大家一陣歡笑。2 月 16 日，代表團圓滿完成任務返國。大家登上飛機後，忽然發現茅盾的座位空著，杜宣等人忙問：「沈部長呢」，結果大家都說不知道。夏衍讓幾個青年人去找找看。結果在飛機的行李艙裡找到茅盾，原來他在同機上的服務員一起查看代表團的行李是否同機啟運，一個 66 歲的老人，在一件一件地查看行李，幾個年青人見了，十分感動。

　　1962 年，茅盾受命組團，率王力、金仲華、朱子奇等組成的代表團，去蘇聯莫斯科參加爭取普遍裁軍與和平世界大會。對這種政治性很強，業務又不熟悉的差使；加上當時中蘇友好關係已經破裂，雙方論戰已酣之際。茅盾

知道自己肩上的分量，知道這項工作的難度。臨行，細心負責的周恩來總理專門召開會議，確定代表團成員，擬定發言提綱，並指定王力執筆發言稿。在 7 月 9 日下午的大會上，茅盾宣讀了王力爲他寫好的發言稿，申述了普遍裁軍的重要意義，要求那些擁有大量軍備的國家率先裁減軍備，以利於世界和平。這個發言後來刊登在國內《人民日報》上，題爲《中國代表團團長茅盾在爭取普遍裁軍與和平世界大會上的發言》，這個發言在國內刊登以後，中央一位負責人認爲代表團的發言太軟弱，對赫魯曉夫的態度太軟弱，認爲這是一次政治上和外交上的失誤，否定了代表團的作用。因此，這次去蘇聯，成爲茅盾一生中最後一次出國，在他出訪史上，劃上一個句號。但他在國際文化交流中的貢獻，卻是有目共睹的。

回顧茅盾新中國成立後屢次出國，或訪問，或出席會議，在共和國的文藝史上、外交史上，都有這位文化部長的汗水和功勞。這裡，不妨羅列一下茅盾作和平文化使者的足跡：

1951 年 10 月 23 日，以第二屆世界和平理事會中國代表團理事的身份，乘機去莫斯科轉道維也納，出席在維也納召開的世界和平理事會。

1952 年 3 月 21 日，轉道莫斯科，去奧斯陸參加保衛世界和平理事會執行局會議。同年 12 月，茅盾又去維也納出席世界人民保衛和平大會，會後又到波蘭訪問。

1953 年 4 月 30 日，茅盾赴瑞典斯德哥爾摩參加世界和平理事會常務委員會會議。同年 6 月 5 日，又與郭沫若等同機取道莫斯科去布達佩斯參加和平理事會。同年 11 月 17 日，茅盾率世界和平理事會中國代表團，離京去維也納，出席世界和平理事會。

1954 年 5 月 15 日，茅盾赴柏林參加世界和平大會特別會議。6 月，又轉道莫斯科，去斯德哥爾摩出席緩和局勢國際會議。

1955 年 6 月 15 日，中國人民保衛世界和平委員會等團體決定組成中國出席世界和平大會代表團，茅盾爲團長，並以 15 日啓程去芬蘭的赫爾辛基，參加世界和平大會。

1956 年 12 月，茅盾與周揚、老舍率團出席在印度新德里召開的亞州作家會議。

1957 年 11 月，茅盾和宋慶齡、郭沫若等隨毛澤東出訪蘇聯，參加蘇聯40 週年國慶。

　　1958 年 10 月，茅盾率中國作家代表團赴蘇聯塔什干參加亞非作家會議，在會上，茅盾作了《爲民族獨立和人類進步事業而鬥爭的中國文學》的報告，指出：「保衛和平，維護民族獨立，反對殖民主義，已經成爲全世界人民中不可抗拒的偉大力量。亞洲各國人民和作家在這個莊嚴的偉大的鬥爭中，更進一步建立了友好的文化關係。」

　　1959 年 5 月，蘇聯作家召開第五次代表大會，茅盾又親率中國作家代表團赴會，並在會議上代表中國作協「祝詞」。

　　1960 年 8 月，茅盾應波蘭政府邀請，親率中國文化代表團，去波蘭訪問，並留下幾首訪問波蘭的詩章。

　　1962 年 2 月，以茅盾爲團長，夏衍爲副團長的 16 人作家代表團，赴開羅出席第二屆亞非作家會議，並在會上作了《爲風雲變幻時代的亞非文學燦爛前景而祝福》的發言，指出「亞非兩大洲是人類文化最古的發源地，是人類文化的搖籃」。同年 7 月，茅盾在蘇聯參加爭取普遍裁軍與世界和平大會，並在會上發言。

　　儘管茅盾丰政文化部期間，除了代表新生的共和國政府，新中國的作家出訪國外外，還在職權範圍內，大力促進文化交流，接待國外文化團體，文化界領導人，繁榮、豐富中華人民共和國的文化事業。新中國成立的禮炮，還在天安門廣場回蕩時，10 月 2 日，茅盾就前往車站歡迎新中國第一批外國文化代表團——蘇聯法捷耶夫率領的蘇聯文化藝術代表團。此後，隨著中國在國際上的地位的日愈提高，國外文化代表頻頻來訪，中國舉行世界性的文藝活動也愈增加。1952 年 5 月 4 日，中國人民保衛世界和平委員會，全國文聯等 7 個團體，聯合舉行世界文化名人阿維森納誕生一百五十年、果戈理逝世一百週年紀念大會。在這個紀念活動過程中，茅盾寫了《我們爲什麼喜愛雨果的作品》,《果戈理在中國》等文章。認爲「中國人民同情於雨果作品中的這些人物，中國人民也從自己的鬥爭經驗中看出了這些人物的優點及其時代的局限性。吸收其優秀進步的成份，而批判地捨棄其不合時代需要、不合中國現實的成分，——這就是中國人民對於世界文化的態度。」

　　1953 年 9 月，全國文聯、中國作協等 5 個團體聯合舉行世界文化名人——中國詩人屈原逝世 2230 週年、波蘭天文學家哥白尼逝世 410 週年、法國作家弗郎索瓦·拉伯雷逝世 400 週年、古巴作家何塞·馬蒂誕生 100 週年紀念大會。茅盾在紀念會上作了《紀念我國偉大的詩人屈原》的報告。指出「我

國人民和世界人民盛大紀念屈原、哥白尼、拉伯雷和馬蒂，正因這些文化巨人的貢獻都是屬於全人類的。紀念他們，將會鼓舞各國人民保衛並發揚自己的優秀的民族文化，加強各國之間的文化交流，以促進互相瞭解，同時學習他們堅持正義、奮鬥不屈的精神，爲保衛世界文化、保衛世界和平而作更大的努力。」1954 年 7 月，中國人民保衛世界和平委員會、中國作家協會等 5 個團體聯合在北京召開了契訶夫逝世五十週年紀念大會，茅盾在會上作了《偉大的現實主義作家契訶夫》的報告，號召中國作家向契訶夫學習。1955 年 3 月 5 日，中國文聯等單位舉行世界文化名人席勒、密茨凱維奇、孟德斯鳩、安徒生紀念大會。茅盾作了《爲了和平、民主和人類的進步事業》的報告。

　　50 年代，「左」的影響雖然也影響了文藝界，但文藝界在茅盾等一大批五四中成長起來的作家主持下，對外文化交流成就依然輝煌，十分活躍，差不多每年都有紀念世界文化名人的活動，每年的紀念規模都很大。這在共和國的歷史上，茅盾作爲文化行政最高長官，有著不可磨滅的功勳。

一場浩劫，雖有周恩來保護，也未免衝擊；

弟媳慘死長安街，五十多年相依相伴的愛妻，撒手西去；侄女死在
　　重光前夜。

兩個批示，一場劫難。他難以言表的惡夢。

春風吹起，老樹定能發新枝。留下了人們的期待。

第三十二章　在文革浩劫中

1963 年 12 月 23 日，是茅盾永遠不會忘記的一個日子！

在前一天，茅盾接到全國文聯通知，說有重要文件傳遞。什麼重要文件，通知裡沒有說。

23 日上午，茅盾準時出席中國文聯召開的所屬各協會負責人聯席會議。會上，中共中央宣傳部副部長林默涵傳達了毛澤東 12 月 12 日在看了中宣部文藝處編寫打印的《文藝匯報》後有關文藝工作的批示：

　　各種文藝形式——戲劇、曲藝、音樂、美術、舞蹈、電影、詩和文學等等，問題不少，人數很多，社會主義改造在許多部門中，至今收效甚微。許多部門至今還是「死人」統治著。不能低估電影、新詩、民歌、美術、小說的成績，但其中的問題也不少。至於戲劇等部門，問題就更大了。社會經濟基礎已經改變了，為這個基礎服務的上層建築之一的藝術部門，至今還是有問題。這需要從調查研究著手，認真地抓起來。

　　許多共產黨人熱心提倡封建主義和資本主義的藝術，卻不熱心

提倡社會主義的藝術，豈非咄咄怪事。

毛澤東的批示，在當時氣氛下，顯然是至高無上的。茅盾在會上聽了這個批示，如坐針氈，如臨深淵，他感到懼怕，更感到委屈。十多年來，為新生的共和國文化建設，嘔心瀝血，放棄自己的創作，全身心地投入新中國的文化建設，為中外文化交流，為培養新中國的作家群，為指導群眾文化，為保護祖國文化遺產，茅盾幾乎都是不遺餘力的，現在竟然成了「死人」？茅盾內心陷入極度矛盾和痛苦之中。但茅盾沒有在會上表現出來，表情冷冷地坐在那裡，靜靜地聽林默涵傳達。傳達完了，散會了，他又默默地走出會場，臨別，和周揚、林默涵、邵荃麟握了握手，上了汽車，一言不發，就回家去。

本來就常常失眠，靠安眠藥度日的茅盾，這天，加倍的安眠藥仍然難以入睡，他從大風大浪中過來了，他憂慮的，倒不是自己個人榮辱進退，而是中國的文化事業，也更擔心中國文藝界的一場風暴的到來，又會損失一批人啊。

過了幾天，1964 年元旦到了，劉少奇、鄧小平、彭眞以中央名義召開了文藝界座談會，茅盾也去了，坐在那邊，靜靜地聽這幾位中央領導講話，中央要求文藝界對照毛澤東的批示，整風、檢查。

於是，文藝界又開始無休止的會議、檢查、揭發、批判。在揭發批判中，茅盾、邵荃麟等 1962 年 8 月在大連開的農村題材短篇小說創作座談會，被定爲黑會，硬把「資產階級的文學主張」和「寫中間人物論」兩頂帽子套在「大連會議」頭上，對此，茅盾沒有辯解，而是用沉默來對付那些無限上綱的批判，他覺得自己在大連會議上的講話發言，儘管是前年的事，但仍沒有錯。

經過半年多對照批示的整風、批判、揭發之後，1964 年 6 月，中共中央宣傳部根據揭發出來的問題，整理了一份向黨中央報告的材料。6 月 27 日，毛澤東看了這份題爲《中央宣傳部關於全國文聯和所屬各協會整風情況報告》的材料後，又作了第二個批示，周揚、林默涵又鄭重地傳達了這個批示：

這些協會和他們所掌握的刊物大多數（據說有少數幾個好的），十五年來，基本上（不是一切人）不執行黨的政策，做官當老爺，不去接近工農兵，不去反映社會主義的革命和建設。最近幾年，竟然跌到了修正主義的邊緣。如不認眞改造，勢必在將來的某一天，

要變成像匈牙利裴多菲俱樂部那樣的團體。

這個批示連同去年 12 月的那個批示，後來史稱「兩個批示」。這兩個批示，對主管中華人民共和國文化部的茅盾來說，不啻是一記悶棍，所有的責任，罪惡都往這位大作家身上套。

茅盾在沉默中，悄悄地作著挨整的準備，一篇評論《南方日報》上杜埃的《冰消春暖》文章，成了茅盾在文革前的最後一篇評論文章，茅盾的筆，除了寫一點起居日記外，謝絕了一切約稿，開始了長達 12 年的沉默！

這時，又傳來毛澤東在與毛遠新談話中，批評文化部的消息，毛澤東說：「文化部是誰領導的？電影、戲劇都是為他們服務的，不是為多數人服務的，你說是誰領導的？」顯然是不滿意文化部的工作。

不久，江青等人又把電影《林家舖子》、《不夜城》等定為毒草，下令批判。也就在這時，茅盾在參加國務院全體會議之後，剛要走，周恩來總理走過來，把茅盾留下，和茅盾作了一次談話。剛開始，茅盾就猜出是什麼事情，周恩來說：

「文化部的工作這些年來一直沒有搞好，這責任不在你，在我們給你配備的助手沒有選好，一個熱衷封建主義文化，一個推崇資本主義文化。我知道你一開始就不願意當這部長，後來又提出過辭職，當時我們沒有同意，因為找不到接替你的合適人選。現在打算滿足你的要求，讓你卸下這副擔子，輕鬆輕鬆，請你出任政協副主席，你有什麼意見嗎？」說完，周總理用炯炯有神的目光，看著茅盾。

「好啊，我擁護總理意見。」茅盾早有準備，不假思索地回答。

周總理點點頭，又說：「新的文化部長很難找，目前尚無合適對象，只好暫時讓陸定一兼任，另外打算從軍隊調幾個人來，不過完全由當兵的人來管文化工作怕也不行，所以準備從上海調石西民來，石西民你認識嗎？這人過去也犯過錯誤，不過這幾年在上海幹得還不錯。」

茅盾笑笑，沒有正面回答，卻又向總理提出：「我這個作家協會主席也已經當了十幾年了，工作沒有做好，可不可以這次也一起調換調換？」

周恩來笑了一笑，斂起笑容：「那就不必了，作協的問題主要也不是你的責任，你不當作協主席還有誰能當？」

茅盾和周恩來兩人談話後，茅盾默默地走出國務院會議室。回家後，也沒有再說什麼。

隔了個把星期，周揚專門到茅盾的小樓裡來一次，向茅盾介紹文藝界學習和貫徹毛主席兩個指示的情形，也談了夏衍、田漢、陽翰笙所犯的錯誤。又說：「主席對文化部和各協會的批評，主要責任在黨員領導幹部，是他們馬列主義水平不高，犯了錯誤。聽說您要離開文化部，這樣也好，以後可以用更多的精力來領導作協和文聯各協會的工作了。」茅盾聽後，笑笑，沒有再說什麼。

1964 年 12 月，茅盾以山東省人民代表的身份出席第三屆全國人民代表大會，會上，茅盾被免去文化部長，國家主席 1965 年第二號主席令，任命陸定一為文化部長。茅盾被同時召開的第四屆中國人民政治協商會議選為副主席。

從此，茅盾在文藝界的活動逐漸稀少、疏遠了。應酬活動也少了許多，除了節慶、國宴等活動外，茅盾基本上過著賦閒生活。在家打掃衛生，為孫女小鋼煮牛奶，看管蜂窩煤爐。

但儘管如此，江青等人仍不放過茅盾等一大批 20、30 年代作家。在茅盾卸任不到半年的 5 月 29 日，《光明日報》、《北京日報》、《中國青年報》、《工人日報》以及天津的《大公報》等 5 家報紙在同一天，分別刊登了《影片〈林家舖子〉是一株美化資產階級的毒草》、《職工批判電影〈林家舖子〉與社會主義革命的需要背道而馳》等批判文章，將原來屬內部批判的，完全公開化了。緊接著，在全國大規模地開展批判電影《林家舖子》，全國所有的省級報刊，都發表了批判、聲討文章，據不完全統計，當時 5～9 月的 3 個月時間內，各地發表批判電影《林家舖子》的文章，達 137 篇以上。甚至有人專門到茅盾家鄉杭嘉湖一帶作社會調查，以證明電影《林家舖子》的反動和這篇小說是如何美化資本家的。當時批判的矛頭十分明顯，茅盾心裡也十分清楚。但據茅盾兒子韋韜、兒媳陳小曼回憶，「我們週末看爸爸，希望能談談這件事。我們發現爸爸仍舊像往日那樣平靜地躺在床上看書，看不出有什麼情緒上的變化，也不談外面鬧得沸沸揚揚的批判電影《林家舖子》的事，就好像這件事從未發生過一樣。我們心裡納悶，只好悄悄地問媽媽，媽媽顯得憂心忡忡，小聲說：『我覺得大禍要臨頭了，可是你們爸爸不讓我亂說，他說他還要觀察』」。

的確，茅盾對那種甚囂塵上的批判，冷眼向洋，置之不理，表現出少有的冷靜。連日記中也不記上一句。直到文革結束後，茅盾在回憶錄中，才忿

忿不平寫道：「夏衍把《春蠶》改編成電影，這是他和我的第一次合作。30 年後我們又有了第二次的合作，他又把我的《林家舖子》改編爲電影。但是這次合作卻帶來了大災難。《林家舖子》改編爲電影，成爲夏衍是『反革命修正主義分子』的罪狀之一。……而 60 年代的批判，卻成了決定一個藝術家的政治生命和藝術生命的帽子和棍子。」

這，算是茅盾對 60 年代那場圍攻電影《林家舖子》的一點看法，作爲一代文豪，僅此而已，心胸是何等廣闊！

不久，文化大革命的一場浩劫，降臨在中國大地。1966 年 4 月 18 日，《解放軍報》首先發表了《高舉毛澤東思想偉大紅旗，積極參加社會主義文化大革命》的社論。4 月 26 日，中共中央政治局擴大會議在北京召開，會議批判彭眞、羅瑞卿、陸定一的「反黨錯誤」，並決定停止和撤銷他們的職務。5 月 16 日，中央發佈《五‧一六通知》。8 月，中共八屆十一中全會在北京召開，並通過《關於無產階級文化大革命的決定》。從此，中國大地掀起一場內亂和浩劫。茅盾作爲一位已經賦閑的文化名人，從 8 月 18 日開始，常被邀去天安門接見全國各地來北京串聯的紅衛兵。自然，這種例行公事式的活動，茅盾也僅僅是出席而已。茅盾靜靜地關注著事態的發展，不斷思索。

1966 年 8 月 24 日，茅盾的老友、人民藝術家老舍先生含冤自盡太平湖，消息傳到茅盾耳朵裡，茅盾驚呆了，望了望窗外青天，長嘆一聲：「平日見老舍隨和、幽默、開朗，想不到還是一個性格剛烈，自尊極強的人。他是受不了橫加在他身上的對人格的極大侮辱啊！他自殺在太平湖，顯然，是對這種不公平的無聲的抗議。不過，自殺終究不是辦法，爲何不堅持一下，親眼看看這世事究竟怎樣發展變化呢？我是相信即使滄海桑田，最終逃不脫社會發展規律的制約。」茅盾這位年屆 70 的老人，內心是多麼蒼涼和悲憤。

社會上的大串聯，大動亂，也涉及到了茅盾家裡，8 月 28 日上午，一批戴著紅袖章的「紅衛兵」敲開茅盾家的門，撕掉了《紅樓夢》、《西遊記》兩本書，還惡狠狠地指著書架上的書，對在茅盾家做服務工作的阿姨說：「這些書全是大毒草，統統燒掉！」

8 月 30 日清晨，原來在茅盾家做服務工作的老白也造反了，他叫了紅衛兵來茅盾家掃四舊。有一個女紅衛兵指著滿屋的書架問茅盾，「這些書你都看過？」沒等茅盾回答，旁邊那個拿軍刀的頭頭進來說：「這些全是大毒草，看得越多中毒越深。我們只要讀毛主席的書，毛主席的話一句頂一萬句，毛主

席的書一本頂一萬本！」

面對這種狂熱和愚昧，茅盾只有苦笑和憤怒！這時，一個小瘦子從人群裡鑽出來，指著牆上蕭逸同志的照片，尖著嗓子問：「這個穿國民黨軍服的傢伙是誰？」這時茅盾不禁怒火中燒，冷冷地反問道：「你知道國民黨是什麼樣子嗎？」轉身又看了看蕭逸遺像，說道：「他穿的是八路軍軍服，他是新華社戰地記者，是我的女婿，他是老八路，他在前線犧牲了，是國民黨打死的！」茅盾的臉色板起來，一字一句地回答著。

那個小瘦子的囂張氣焰被噎回去了。見沒有撈著什麼東西，這些傢伙又東翻西尋，把一尊三尺多高的紫檀木雕老壽星，一些瓷器，水晶花瓶，照相機及一些小工藝品，被擺到小樓外面的書庫裡封存起來，並寫上「不准用」三個大字。又把牆上的印有文物的掛曆翻過去，寫上「不准看」三個大字。面對這些毛孩子野蠻無理，粗暴的行動，茅盾拄著拐杖，呆在一邊，嘆著氣。而茅盾夫人孔德沚，卻嚇得縮在一邊，不敢出聲，心裡呼呼直跳，她覺得今天家裡遭抄家，完全是她與服務員老白爭論引起的，心裡又氣又恨又怕又難過，而隔壁陽翰笙受到紅衛兵的衝擊，殘酷野蠻的場面，也使孔德沚驚嚇不已，神經受到刺激，以致後來憂鬱成疾。後來連一盞用煤精做的維納斯像的台燈，也做了件衣服給像「遮羞」。

不久，「最高指示」一條一條地在報紙、廣播中公佈，人們狂熱的程度，也一陣高一陣。從串聯到砸四舊，到揪鬥走資派，鬥爭在「深入」，世事滄桑，茅盾是五四以來歷史的證人，一些另有用心的人，千方百計想從茅盾那裡找一點材料，作為整人的藉口。對此，茅盾這位 70 多歲的老人，決不昧著良心講話作證。魯子俊是當年在延安為茅盾愛女沈霞做人工流產手術的醫生，由於消毒不嚴和這位醫生的責任心不強，沈霞因醫療事故而亡。對此，茅盾夫婦曾痛心疾首，悲痛萬分。20 年後，魯子俊當上了某醫院的院長，文革一開始，魯子俊首當其衝，那些造反派專門派人四出羅織罪名，也找到了茅盾，要茅盾證明，沈霞之死是被魯子俊害死的。茅盾一聽來訪者的要求，義正詞嚴地回答：「你們這個說得不對，不是這麼一回事。據我所知，是因為手術時消毒不嚴，受感染而死的。」

有一次，文藝界幾個造反派氣勢洶洶的推開茅盾家的大門，一屁股坐在沙發裡，威逼茅盾作證，30 年代《譯文》的停刊，是周揚反對魯迅的罪證。茅盾嚴正地告訴來人，「這件事與周揚毫無關係，是因為生活書店想另外出版

一套《世界文庫》，把《譯文》停了。我們請胡愈之去作交涉沒有成功。」一席正氣凜然的話，說得來人灰溜溜地走了。

有一次，幾個外調人員又來敲開茅盾家的門，硬要茅盾證明曹靖華同志在重慶期間與蘇聯大使館過從甚密。因而有蘇修特務之嫌。茅盾堅決拒絕：「我不知道，我沒看見，我不能證明。」對方沒有滿足，便惱羞成怒，竟拍著桌子吼著，威脅茅盾。茅盾也站起來，義正詞嚴地說：「毛主席說要『實事求是』你是怎樣理解的。我對一切調查所抱定的態度就是『知之為知之，不知為不知』，這條原則我決不會改變。」來人只得悻悻而去。

在抄家、來訪、大字報等輪番「轟炸」下，茅盾夫婦精神上、生活上都受到很大打擊，尤其是 1968 年 4 月底，聽到自己弟媳張琴秋被迫害至死的噩耗，茅盾夫婦震驚了。張琴秋是中國共產黨 20 年代就參加革命的老黨員，也是紅軍女將領，解放後長期擔任紡織工業部副部長，工作謙和、負責，深受群眾愛戴，但因參加劉少奇派出的工作組，並擔任組長，受到株連，又把她在戰爭中被俘歷史翻出，打成「叛徒」，後來，即 1968 年 4 月 22 日夜裡，張琴秋在紡織工業部大樓 4 樓上摔下，慘死在東長安街上。

造反派馬上宣稱張琴秋畏罪自殺。當時茅盾夫婦得到消息，孔德沚淚如泉湧，連連叫道：「不可能，不可能！琴秋不會自殺的！」茅盾也認為「琴秋性格堅強，當年再艱難的環境都挺過來了，怎麼會想不開而自殺呢？這裡肯定有文章！」表示悲痛和憤怒。

茅盾昆仲的好友，中共早期活動家徐梅坤，聽到老友張琴秋的噩耗，私下去紡織工業部大樓現場察看，後來他告訴茅盾：據他分析，張琴秋決不可能是自殺。認為張琴秋是重點審查對象，晝夜 24 小時都有兩個人在她身邊看守，她沒有自殺機會；二是她從四樓男廁所「跳樓」的，而且穿的是睡衣，這不合乎一般自殺者的心理。茅盾唏噓不已，在那無法無天的歲月裡，向誰去訴說呢？只能仰首問蒼天！

這一連串的打擊，茅盾更沉默了，而孔德沚卻受氣受驚嚇，身體垮了，除本來的糖尿病外，又有心臟病、高血壓等，她心悸，睡不著覺，老是彷彿大禍臨頭那種緊張感。沒有多久，本來偏胖的身體也憔悴起來，瘦下去了。1969 年秋後，人消瘦，下肢卻浮腫起來，不久，手也浮腫。茅盾陪她去醫院看了幾次病，服中藥西藥，仍不見效。醫院裡也在鬧革命，醫生都是問了問以後，見這兩個 70 多歲的老人，便給些常用藥，打發了。到 1970 年 1 月 24

日，孔德沚忽然覺得昏昏欲睡，吃不進東西。茅盾聽別人說，「這是酸中毒的現象！」急忙送妻子進醫院，但爲時已晚。孔德沚神智昏迷，醫生診斷爲酸中毒、尿中毒，慢性腎炎併發。1970 年 1 月 28 日凌晨 2 時 27 分，與茅盾相伴 50 多年的愛妻孔德沚，撒手離開人世。

茅盾趕到醫院時，已是人去室空，孔德沚的遺體已經移太平間，茅盾雙手顫抖著，親手替老伴揩身換衣，此時，經歷風風雨雨的茅盾，望著夫人緊閉的雙眼，熟悉而又滿臉皺紋的臉龐，悲從中來，老淚潸然，禁不住放聲痛哭起來。

1 月 31 日下午，風，刺骨地在刮，太陽淡淡的冷冷的，沒有一絲暖氣，茅盾在家人的攙扶下，邁著蹣跚的步子，在老友葉聖陶和在京的幾個至親陪伴下，爲夫人孔德沚送靈。

悲痛，勞累，茅盾在 2 月 7 日也病倒了，住進了醫院。

孔德沚去世以後，東四頭條 5 號大院那幢小樓，似乎更冷清了，青灰色磚牆上布滿了爬山虎，此時，綠葉落盡，枯枝搖曳，緊鄰的 2 號 3 號小樓上，玻璃破碎，不住傳來窗戶隨風吹動的撞碰聲，深夜裡，風聲夾雜著窗戶撞碰聲，格外讓人冷清和孤獨。此時，兒子兒媳和孫女孫子等搬來，和茅盾住一起，一時，小樓裡又熱鬧起來，給晚年茅盾一些慰藉。

1971 年 9 月 13 日事件發生後，野心家林彪摔死在蒙古溫都爾汗。政治形勢稍有鬆動，中國老百姓彷彿看到，中國政壇上林彪這個毒瘤割掉了，祈盼天下太平。1973 年 7 月，茅盾在兒子的勸說下，給周恩來總理寫了一封信，訴說了自己的遭遇和想法。信是寄鄧穎超轉送的。此時，中共中央正在籌備四屆人大。內部傳來消息，在已選出代表的基礎上，再增宋慶齡、胡愈之、沈雁冰等 20 多位知名人士爲四屆人大代表，茅盾由三屆時的山東代表，變爲四屆上海代表，9 月，全國政協李金德副秘書長來看茅盾了。寒暄後，李金德說：「告訴您一個好消息，四屆人大將在年底召開，組織上讓我來正式通知您，您已經當選爲四屆人大的代表了。」茅盾不覺一楞，馬上聯想到給總理的信，就問道：「那麼我的問題是怎樣解決的？據說我還有一個『叛徒』問題。」李金德一聽，「這個，我也不清楚，我剛剛調到政協，許多情況還不瞭解。不過，既然您已經當選爲人大代表，說明那些問題已經不存在了，解決了。」茅盾沒有再問下去。

1974 年 4 月的一天，北京春暖花開，風和日麗。胡愈之約了一些老友相

聚，茅盾、葉聖陶、楚圖南、唐弢、沈茲九、臧克家等都來了。席間，老朋友相見，茅盾顯得特別高興，神采奕奕。沈茲九悄悄地告訴臧克家：茅公今天特別高興，是因爲組織上已通知他四屆人大有他，就要見報。沈茲九的話盡管是遲到的消息，卻也許是對的，由於總理過問，茅盾能夠繼續參加人大，能不欣喜嗎？

自1969年9月到越南使館吊唁胡志明逝世活動後，整整4年沒有在公開場合露面，直到1973年，才被通知參加集會。緊接著，大參考也送來了，朋友間的信函也多起來了。許多幾十年的老朋友，也時常登門晤談，說些陳年往事，也談些外界情況。

但是，茅盾確實是一個自己站在雪地裡，還給別人送溫暖的人。已經被打倒的老朋友馮雪峰來看他，兩人多年个見，驟一見面，好生感慨，茅盾覺得馮雪峰怎麼會病成這個樣子，十分關切。後來駱賓基爲聶紺弩的冤案，託茅盾轉訴周總理。茅盾聽完後說：「聶紺弩這個人我是知道的，魯迅先生也很器重他。讓我向周恩來總理講幾句話，也是願意的。可是，總理正在住醫院，能不能在最近見到還是問題，就是有機會見著了，是不是能說上幾句話，能提出這個問題，也得看機宜。」

駱賓基又和茅盾說起馮雪峰，駱賓基告訴茅盾：「我剛去看望過馮雪峰，他已確診肺癌，吃中藥必須得配麝香，但這藥很珍貴，又難買，家裡人正爲此犯愁呢！」

「麝香，我倒是有的，是50年代尼泊爾王族代表團的貴賓贈給的禮物，我留著沒有用。等我找出來就給他送去。請你勸他安心養病，不要煩躁。」茅盾一聽，說道。

駱賓基告辭後，茅盾立刻拖著年邁的身子，讓人給找出麝香，正巧胡愈之來，就託胡愈之立即給馮雪峰送去。

1974年，姚雪垠在艱苦條件下完成了《李自成》第二卷初稿，在困境重重的情況下，寄給茅盾審閱，茅盾儘管自己右目0.3視力，左目幾乎失明的情況下，仔細辨認了姚雪垠的初稿，並記下要點和修改意見然後給姚雪垠寫信，從藝術構思，人物描寫，都提得切中肯綮，對此，姚雪垠感激得難以言表，他曾用一首詩來表達自己對茅盾的無限敬佩和愛戴之情：

> 筆陣馳驅六十載，
> 功垂青史仰高岑。

> 平生情誼兼師友，
> 晚歲書函泛古今。
> 少作虛邀賀監賞，
> 暮琴幸獲子期心。
> 手澆桃李千行綠，
> 點綴春光滿上林。

姚雪垠這種感激之情，在茅盾寂寞的晚年，添了一抹春色，也給茅盾許些慰藉。

1974 年 12 月 12 日，茅盾離開了住了 25 年的文化部小樓，遷到交道口南大街後園恩寺胡同 13 號。茅盾離開小樓時，把夫人孔德沚的骨灰盒也遷到新居，仍和往常一樣，放在自己的臥室裡，朝夕相伴。

這一段時間，茅盾在與一些老友晤談，與親戚通信外，餘暇時，也專門讀史，以寄託自己的心情。1973 年夏天，茅盾讀史有感，寫了一首七律《詠史》：

> 湖海浮沉詞千首，
> 老去牢騷豈偶然。
> 漫憶縱橫穿故壘，
> 卻憐容與過江船。
> 美芹十論徒傳世，
> 京口壯猷但隔年。
> 擾擾魚蝦豪傑盡，
> 放翁同甫共嬋娟。

這首詠南宋愛國詞人辛棄疾的詩，表露詩人茅盾憤慨心情和對國家前途充滿信心。這首詩，在身處逆境的友朋中廣為流傳，給許多老朋友於信心和力量。

1973 年 11 月，茅盾又作詩一首，以經驗之人，表露自己的心聲和信念：

> 沉舟破釜決雌雄，
> 舊恥重重一掃空。
> 正喜陣前初砍纛，
> 卻傳幕後謀藏弓。
> 仰人鼻息難為計，

自力更生終見功。

兩霸聲威朝露耳，

萬方共仰東方紅。

1976 年 1 月，周恩來總理病逝了，舉國哀痛。茅盾聽到消息，老淚縱橫，悲痛萬分，他含淚寫了《周總理輓詩》：

一

萬人號啕哲人萎，

竟傳舉世頌功勳。

靈前慟極神思亂，

揮淚難成哀挽文。

二

衣冠佩劍今何在？

偉績豐功萬古存。

錦繡江山添異彩，

骨灰撒處見忠魂。

知茅盾者，周恩來也。當年延安生活，重慶歲月，女兒意外，擔任文化部長，卸任文化部長，都得到周總理的悉心安排和關照。茅盾像敬佩毛澤東那樣，敬佩周恩來總理。因此，周恩來的逝世，茅盾萬分悲慟，詩中寄託了自己濃濃的哀思。

周恩來逝世後，「四人幫」加快篡黨奪權的步伐，文化專制更加變本加厲，天安門的四五運動，遭到「四人幫」的鎮壓，茅盾的唯一侄女瑪亞，在這年遭迫害而去世，這對茅盾身心上，又一次打擊。茅盾又深深地為國家的前途、命運擔憂。

1976 年是茅盾誕辰 80 週年，當友人提出要為他祝八十大壽時，他在深思中認為「杯酒話舊，於今不宜。」他還要看看形勢的發展。茅盾八十大壽，在這個形勢下，沒有鮮花，沒有花籃，也沒有不絕於耳的恭賀聲。茅盾和家人、幾個至親一起吃了壽麵，並寫了一首《八十自述》詩：

忽然已八十，

始願所未及。

俯仰愧平生，

虛名不副實。

昔我少也孤，

慈母兼父職。

管教雖從嚴，

母心常戚戚。

兒幼偶遊戲，

何忍便扑責。

旁人冷言語，

謂此乃姑息。

眾口可鑠金，

母心亦稍惑。

沉思忽展顏，

我自有準則。

大節貴不虧，

小德許出入。

課兒攻詩史，

歲終勤考績。

人到晚年，往事如煙，更思念含辛茹苦的母親，80 年往事，一首小詩，解剖自己，深深感謝母親的培養和管教。幾年前，茅盾在家賦閒，除了讀史，寫詩詞，寫信外，萌發了寫自己一生回憶錄的念頭。因而自己在八十大壽時，首先想到母親的功德。

不久，「四人幫」被粉碎了，消息傳來，茅盾一陣輕鬆，從心底裡感覺到，中國有希望了，中華民族有希望了，茅盾看到了這一天。

1976 年，北京的冬季，銀裝素裹，凜冽的空氣格外清新。茅盾站在自己的院子裡，望著蒼穹，望著白雪，彷彿聽到春天的腳步。

春天來了，老枝新葉倍珍惜。

撥亂反正，顯五四風采；

故鄉情結，他說：千里迢迢的遠隔，

從未遮斷過我的鄉思。

牽掛的，是一生往事如何相傳。

第三十三章　春天又來了

　　粉碎「四人幫」後，茅盾邁著蹣跚的步子，又出現在中國億萬讀者面前。經過十年浩劫，經歷愛妻逝世的孤寂，茅盾老了，鬍鬚拉碴，也許長久沒有刮了，本來不胖的茅盾，此時彷彿更瘦了。但是，茅盾在此時，依然目光炯炯，青春煥發。粉碎四人幫的消息，起先是內部小道消息傳來，茅盾聽說後，十分驚喜：「啊，有這事嗎？」過了一會，又說：「他們搞的天怒人怨，全國人民早就有此願望了，你說是嗎？」內心很不平靜。後來，粉碎四人幫的消息證實了，茅盾懷著難以遏制的興奮心情寫下了一首詩：

寰宇同悲失導師，

四人逆謀急燃眉。

烏雲滾滾危疑日，

正是中樞決策時。

驀地春雷震八方，

兆民歌頌黨中央。

長安街上喧鑼鼓，

萬里江山又重光。

茅盾對黨中央這種為黨除奸，為國除害，為民平憤的功德，表示深深的敬意。10 月 24 日，茅盾出席首都百萬軍民慶祝粉碎「四人幫」大會，目睹了群眾對四人幫的痛恨和對黨中央的擁護。隔了兩天，即 26 日，茅盾又出席首都各界愛國人士慶祝粉碎四人幫座談會，茅盾在座談會上作了發言，第二天的《人民日報》立即作了摘要發表。從此，茅盾的名字，又時不時出現在首都的中央的媒體上，人們也都驚喜地發現，這位 20 世紀中國文豪，依舊在北京，並躲過了那場浩劫；在他的家鄉浙江烏鎮，人們又記起了這位共和國第一任文化部長，記起了家鄉的驕傲。出版部門又重新記起作家茅盾，又開始醞釀出版茅盾 20、30 年代的著作，那些光彩照人的小說人物形象，給粉碎「四人幫」後那段時光帶來縷縷清風，也給新時期文學創作提供了一個融貫五四的基礎。

1977 年春節，全國政協舉行春節聯歡會。聯歡會上，燈火輝煌，歡聲笑語，雖然許多劫後重逢的朋友，大都步履蹣跚，白髮蒼蒼，但仍掩飾不住這種重逢的喜悅。茅盾以八一高齡，主持了這次春節聯歡會，並在會上致詞。王昆、郭蘭英優美的歌聲，又勾起茅盾對過去崢嶸歲月的懷念：茅盾為此，寫下一首詩：

聞歌有作
為王昆、郭蘭英重登舞臺

早歲歌喉動八方，

延安兒女不尋常。

新人舊鬼白毛女，

陝北江南大墾荒。

白骨妖精空施虐，

丹心蘭蕙自芬芳。

若非粉碎奸幫四，

安得餘韻又繞梁。

茅盾這種心情，和當時的時代氣氛有密切的關係，茅盾似乎有一種從未有過的輕鬆感，國務活動、政協活動、文藝界活動，友人往來、賦詩作詞，茅盾也特別忙碌起來。晚霞似乎特別絢麗。1977 年 7 月 16 日至 21 日，中共十屆三中全會在北京召開，全會通過了關於恢復鄧小平職務的決議；關於

開除「四人幫」的黨籍，撤銷其黨內外一切職務的決議。會議剛結束，茅盾在 24 日立即出席並主持在京愛國人士座談會，慶祝黨的十屆三中全會的勝利召開。8 月中旬，中共十一大在北京召開，大會回顧了同「四人幫」的鬥爭，宣告了「文革」已經結束，重申在本世紀內建設社會主義現代化強國為中共的根本任務，強調要恢復和發揚黨的優良傳統。會議結束，茅盾聽了傳達以後，十分興奮，填《滿江紅》詞一首，題目為《歡呼十一大勝利召開》：

> 八億神州，
> 早翹盼，
> 天下喜事。
> 百年計，
> 高瞻遠矚，
> 盱衡寰宇。
> 治國抓綱初奏效，
> 生產躍進旗高舉。
> 看風雪，
> 鍛鍊出群眾，
> 共磨礪。
>
> 三全會，
> 開先路；
> 十一大，
> 創新紀。
> 作世界革命，
> 堅強堡壘。
> 三要三不誓堅持，
> 掃除四害須徹底。
> 頌中央，
> 垂萬代楷模，
> 昭青史。

這首歌頌中共十一大的詞，儘管口號多於藝術，但作為一個五四老作家，作為在文革浩劫中被靠邊，剝奪了政治權利的共和國第一代高級政府官員來

講，應該說是由衷的，是發自內心的一種擁護。而此時，茅盾沈雁冰的名字，常常以黨和國家領導人名單見諸報端。1977 年，北京乃至全國各地，各行各業，各條戰線，都在進行肅清「四人幫」的影響，撥亂反正。文藝界受害最深、最廣、也最雜複，對此，茅盾一直是痛心疾首，希望能改變十年浩劫留下的困窘。1977 年 11 月，《人民文學》編輯部舉辦短篇小說創作座談會，茅盾欣然參加，並作了題爲《老兵的希望》的發言，希望文藝界貫徹雙百方針，希望文藝評論方面改變「一言堂」這種不正常的局面。茅盾的講話，給與會者極大鼓舞。會上，馬烽同志提了個問題，文革前 17 年，文藝界究竟是紅線佔統治地位，還是黑線佔統治地位？這個問題在 1977 年提出，還有一定風險性，中央還顧不上對文藝界的全部撥亂反正，許多評價、估價，尤其是文革中那套荒謬估價，在人們頭腦裡還存在著，儘管心中不服，但公開場合，誰也沒有來翻文革中定的調子。因此，馬烽提出這個問題後，主持會議的同志向茅盾提出來。當茅盾聽清楚是什麼問題時，淡淡一笑，毫不猶豫地說：「17 年的文藝創作成績是巨大的，當然是紅線佔統治地位了。」茅盾這個答覆，給與會者極大鼓舞，他用實事求是的勇氣，說出了大家想講又沒有講的話，會上響起了一陣熱烈掌聲。

這一年的 12 月，茅盾故鄉桐鄉縣有兩位同志來京布置農業展覽，桐鄉是個農業先進縣，應邀來北京農展館參展。這兩位同志專程拜訪茅盾，並給茅盾送上一套家鄉桐鄉及烏鎮的新貌照片，茅盾一邊看、一邊問，十分高興。後來這兩位同志在離京前，專門向茅盾要求墨寶，留作紀念，茅盾欣然答應，雪後天晴，陽光燦爛時，兩首《西江月》懷鄉詩在茅盾筆底流出：

西江月・故鄉新貌

一

大寨紅花開遍，
故鄉喜沾餘妍。
新裝改換舊壟阡，
縣委領導關鍵。

雙季稻香洋溢，
五繭蠶忙喧闐。
工農子弟競攻堅，
那怕科技關險。

二

唐代銀杏宛在，

昭明書室依稀。

往昔風流嗟式微，

歷史經驗記取。

解放花開燦爛，

四凶霜凍百卉。

抓綱治國布春暉，

又見千紅萬紫。

茅盾題寫給故鄉人的詩，並不多見。也許是唯一的一次。故鄉的情愫，魂牽夢縈，故鄉的一樹一木，對晚年茅盾來講，是極爲珍惜的。自從抗戰開始，茅盾遠走廣州香港，度天山，去蘇聯，回上海，解放後在北京，都未能回老家烏鎮去看看，因此，故鄉情，故鄉貌，哪怕從照片上，從來人介紹中，也可聊慰老人的思鄉情。所以，故鄉有什麼事情，向茅盾求字，求題簽等，都盡量滿足故鄉人的要求。粉碎「四人幫」後，茅盾在視力不佳的情況下，先後爲桐鄉的《中學生習作選》、《桐鄉地理》、《桐鄉團訊》、「石門中學」、「烏鎮中學」、「烏鎮電影院」等題字。

一段時間以來，可以說，茅盾以孱弱的身體，爲肅清四人幫在文藝界的流毒和謬論，不遺餘力。在 1977 年 12 月底，《人民文學》編輯部召開的在京作家座談會，茅盾應邀主持和講話，駁斥了「四人幫」在文藝創作上的謬論，肅清四人幫的流毒。他說：「四人幫」不承認「作協」，「我們也不承認他們的反革命決定，」他及時建議中央，盡快恢復全國文聯和各個協會。並建議《文藝報》及時恢復工作。

許多國務活動，外事活動，也和 50 年代一樣，忙碌起來。1978 年 2 月，茅盾出席全國政協會議，28 日又出席「紀念臺灣省人民二‧二八起義三十一週年政協全國委員會座談會。3 月 9 日，茅盾又隨同黨和國家領導人參加接見五屆人大代表和五屆政協委員。

1978 年 5 月，《光明日報》發表了《實踐是檢驗眞理的唯一標準》的文章，隨後掀起全黨和全國人民的關於眞理標準的大討論，這場事關思想解放，端正全黨的政治思想路線的大討論，茅盾積極參與，聯繫文藝創作實際，推進文藝界撥亂反正。他在《作家如何理解實踐是檢驗眞理的唯一標準》一文中

說：「作家的世界觀的形成以及在這種世界觀的指導下去從事創作，都一刻也離不開社會實踐。實踐是檢驗一部文藝作品是否成功，是否偉大的唯一標準，也是檢驗作家世界觀是否正確的唯一標準。」「在實踐是檢驗眞理的唯一標準面前，不存在什麼『禁區』，不存在什麼『金科玉律』。這就爲文藝事業開闢了廣大法門，爲作家們創造新體裁新風格乃至新的文學語言，提供了無限有利的條件。」茅盾的這篇文章，在《文藝報》上發表以後，引起文藝界的熱烈反響，《人民日報》在同年 12 月 5 日作了轉載。

1978 年 12 月，中共十一屆三中全會在北京召開，會議清理了左的影響，高度評價了關於眞理標準問題討論，在黨的思想上，政治上和組織上全面恢復和確定了馬克思主義的正確路線，實現了黨的工作重點的轉移，是一次具有劃時代意義的會議。茅盾爲之興奮和鼓舞。1979 年 3 月 26 日，以茅盾爲評委主任的全國優秀短篇小說評選發獎大會在京召開，茅盾看到這種熱烈的場面，十分興奮，他發獎，發言，始終漾溢著內心的喜悅。他說：「得獎的 25 位同志中，有老年的、中年的，而絕大部分是年輕人，是文化大革命以後開始寫作的，是新生力量。」說到這裡，茅盾停了一下，又提高聲音說：「我相信，在這些人中間，會產生未來的魯迅，未來的郭沫若。」這時，在茅盾身邊主持會議的詩人李季插話說：「也產生未來的茅盾。」霎時，響起一陣熱烈、興奮的掌聲。茅盾微微一笑，接著李季的話說：「李季同志把我拉上來，實際上我是不足道的，沒有寫出什麼好作品。我們應該向魯迅、郭沫若學習。」

茅盾的謙虛，令在場的文藝界朋友爲之動容。

1979 年第四次文代會籌備時，茅盾給林默涵同志寫信，要求採取措施，盡快解放老作家老藝人。後來，這封信轉送給胡耀邦同志後，中組部曾專門開會進行研究。10 月，中國文學藝術工作者第四次代表大會即將召開，籌備委員會推定茅盾作大會開幕詞，秘書處擬個開幕詞稿本，26 日那天專程送給茅盾審閱。茅盾接過秘書處起草的開幕詞，翻了一遍，對來人說：「噢，有 4000 字，太長了，1000 多字就可以了。有些問題，別的報告裡要講到的」。送稿子的人剛想說什麼，茅盾又說：「這麼吧，稿子留下，我再看看。明天來拿稿子吧。」第二天，茅盾把稿子改好，壓縮到千把字左右，他對來取稿的秘書處的同志說：「寫這類文章要乾淨、簡樸、重點突出，切忌面面俱到，同時，要有個性，表達方式和語氣要力求符合講話人的習慣。」10 月 30 日，83 歲的

茅盾，在四次文代會上作開幕詞，之後又作了「解放思想，發揚藝術民主」的發言，進一步表露了老一輩作家的心聲。

　　寬鬆的政治環境，茅盾不顧自己年邁和體衰，關心國家，關心兒童，也關心大陸臺灣兩岸的文化交流。他接見兒童文學創作學習會，並合影留念。1980 年春節，茅盾原來工作過的商務印書館在北京召開一個紀念商務印書館成立 100 週年的座談會，他們邀請茅盾、胡愈之、周建人等老編輯，舉行座談。會上，茅盾呼籲「應該與臺灣學人進行學術交流。」後來茅盾的呼籲在港台引起反響，香港《明報》月刊發表一篇題為《國共兩黨合作研究〈紅樓夢〉》的文章，響應茅盾的呼籲。中國紅學會理事會發表了《致臺灣紅學界同仁書》呼籲通過紅學研究，溝通兩岸交往。

　　春天又來了，春風駘蕩。

　　茅盾巨大的政治熱情和強烈的文學責任心，即使在他垂暮之年，依然是那樣，迎著春天，煥發著春天的活力，寫文章，會客人。在中國文壇上，荒廢得太多了，而這春天般的舒暢，又來得太遲了。一股只爭朝夕的緊迫感，時時牽掛在這位 80 多高齡的五四老人心頭，這，就是回憶錄的寫作。

　　茅盾要把自己一生所見所聞的人事，以及親身經歷，傾訴給親愛的朋友，親愛的讀者。

往事歷歷，滄桑世紀夢；

執新文學回憶錄牛耳，開新時期文學回憶錄先河。得力五四精神。

故鄉，故人，戰友、師生，共演在 20 世紀舞臺上；

煌煌鉅著，熬盡一代文豪心血。

第三十四章　回憶錄鉅著的誕生

　　還在 70 年代初時，茅盾在政治上稍稍有些鬆動，四屆人大代表的證書也送到茅盾手裡。但茅盾依舊賦閒，無來訪，也無會議，整天無事可做。於是，韋韜便持證去書店買內部讀物，如《邱吉爾回憶錄》、《赫魯曉夫回憶錄》、《艾登回憶錄》等，在讀這些回憶錄過程中，茅盾也萌發了寫回憶錄的念頭。

　　茅盾一生，經歷的事件，都是本世紀的一些重大事件。風雲激蕩的 20 世紀，許多事件，茅盾都是親身參加者，許多人，許多事，像電影片斷那樣，在茅盾腦海中閃來閃去，五四運動，五卅運動，廣東革命，武漢軍校，一二八上海戰事，抗日烽火，新疆教書，重慶歲月，一椿椿往事，一件件事情，人來人去，中共歷盡艱辛，奪取政權，解放後當新中國文化部長的酸甜苦辣等等。茅盾決心寫出自己一生的經歷。

　　起先，茅盾在兒孫們的幫助下，從 1975 年底到 1976 年底，關起門來一邊口述，一邊錄音，用近一年的時間，錄製了 20 多盤磁帶。對解放後的回憶，茅盾只講了怎樣當上文化部長，1957 年隨毛澤東去蘇聯訪問等重要事件。

　　1978 年 3 月，人民文學出版社籌備出版《新文學史料》季刊，旨在保存

五四以來的新文學史料。編輯組的同志專程登門拜訪茅盾，並希望茅盾寫點「文壇回憶」之類文章。編輯組此時還不知道茅盾已為寫回憶錄做了大量準備工作。茅盾一聽，爽快地答應為《新文學史料》寫回憶錄。

五四以來，中國名作家群星燦爛，數以千百計，但個人寫回憶錄以存世傳世，似乎還不多見，特別是解放後歷次政治運動之後，許多人都是視回憶錄為望而生畏的東西，不敢冒險動筆。而此時茅盾答應並率先寫回憶錄，又屬開中國新文學史料之先河，茅盾向《新文學史料》編輯同志講了自己的想法，打算從進商務印書館寫起，重點放在30年代，一直寫到中華人民共和國成立，來的編輯同志一聽，也大喜過望，十分興奮。當時的《新文學史料》雜誌，只能內部發行。而且只發行到那一級都有規定。

茅盾開始著手整理史料，動手寫自己的親身經歷。但要整理，談何容易？已經80多歲高齡，長期患哮喘，左眼幾乎失明，右眼也只有0.3的視力。他想到對自己一生最瞭解，對自己生平史蹟、交往最為熟悉的兒子韋韜。當時，韋韜在部隊解放軍政治學院校刊當編輯，如果能讓他來當自己寫回憶錄的助手，再適當沒有了。茅盾考慮再三，便給中央軍委秘書長羅瑞卿寫信，希望羅秘書長同意借調韋韜到自己身邊工作。給羅瑞卿的信發出後，茅盾在1978年7月19日又給周而復寫信，訴說寫回憶錄情形：「動手寫回憶錄（我平生經過的事，多方面而又複雜），感到如果不是浮光掠影而是具體且正確，必須查閱大量舊報刊，以資確定事件發生的年月日，參與其事的人的姓名（這些人的姓名我現在都記不真了），工作量很大，而且我精力日衰，左目失明，右目僅0.3的視力，閱寫都極慢，用腦也不能持久，用腦半小時必須休息一段時間，需要有人幫助搜集材料，筆錄我的口授。恐已往的經驗，從外找人，都不合適，於是想到我的兒子韋韜（在延安時他叫沈霜，也許您認識）；他是我大半生活動中以始終在我身邊的唯一的一個人了。有些事或人，我一時想不起來，他常能提供線索。我覺得要助手，只有他合適。他現名韋韜，在解放軍政治學院校刊當編輯，我想借調到身邊工作，一二年。為此，我已寫信給中央軍委羅瑞卿秘書長，希望他能同意借調。為了盡快辦成此事，希望您從中大力促進。……。」

不久，中央知道茅盾將寫回憶錄，十分支持和關心，於1978年秋，派胡喬木前往茅盾家中，看望茅盾，並代表中央，對茅盾寫回憶錄表示支持。同時，羅瑞卿也同意茅盾的要求，借調韋韜到茅盾身邊工作。此時，領導上還

決定將在人民文學出版社工作的茅盾的兒媳陳小曼派到茅盾身邊，協助茅盾寫回憶錄。中央創造的這些條件，茅盾信心更足了。

由於有兒子兒媳的協助，茅盾的寫作工作，開始走上正軌。生活與寫作，會客等也開始較有規律，他在臥室邊上，放上一隻書桌，這樣可以少走動。一般情況下，他堅持早上 7 時起床，用過早餐後，9 時開始寫作，一直寫到 11 時。午睡到 3 時，再寫兩個小時。有時看看舊雜誌舊報紙，從一些蛛絲馬跡中找回往昔的情形。從這些逝去的歲月裡，又尋到了昔日的輝煌。

1978 年 11 月出版的內部發行的《新文學史料》創刊號上，開始發表他的回憶錄《商務印書館編譯所生活之一》，這個刊物是季刊，以後，編輯部及時收到茅盾的稿件，打出校樣後，他又親自仔細地閱改校樣。回憶錄的還極稀罕的情況下，茅盾的回憶錄彌足珍貴。許多 20、30 年代的作家，也從茅盾回憶錄中喚起對往日的回憶，也從茅盾回憶錄的發表中，得到自我清除束縛的勇氣，也從茅盾回憶錄中得到某種啓迪，之後，陸續有些老人也開始回憶自己往昔的經歷。所以，80 年代初回憶錄的繁榮，應該說，歸功於茅盾率先突破左的框框，以及他的率先示範作用。

在寫作過程中，往事如煙。茅盾從浩瀚的資料中，尋找自己昔年的身影，尋找戰友，尋找師友和親人。但茅盾惟恐記憶不準，便向每個來訪的老友詢問當時當事，印證自己的記憶和判斷。

有一次，陽翰笙去茅盾家拜訪，茅盾和陽翰笙敘談起來，陽翰笙剛說了幾句，茅盾突然問起 1926 年北伐軍打到漢口時的事情，並問道：

「那時是不是有一個人叫陳啓修？」

「有的，是《民國日報》的主編。」陽翰笙回答說。

「他的另一個名字是不是叫陳豹隱？」茅盾又忙問。

「是啊，是一個人。」陽翰笙肯定回答。當時陽翰笙覺得奇怪，茅盾怎麼突然打聽這個人。

茅盾「噢」了一聲。又講起其他的事了。原來他在詢問知情人，印證當時情況和自己的記憶。

有時，孔羅蓀去看望茅盾，茅盾也曾托羅蓀去代為查一下資料，查黎烈文是什麼時候接手主編《自由談》的，什麼時候離開，什麼時候去主編《中流》的？後來孔羅蓀在向唐弢瞭解了情況後告訴了茅盾，茅盾十分高興。

有一次，葛一虹去拜訪茅盾，茅盾看了葛一虹帶來的當年的遊西湖的照

片,很感興趣,和葛一虹詳細回憶了 40 年代遊西湖的情景。葛一虹臨走時,茅盾突然記起什麼似地問道:「記得在桂林時曾經有一封信託你帶往重慶,是不是?」

葛一虹想了想說:「是的,那信是我面呈總理的,諒必傳送到延安無疑。」

這時,茅盾似釋重負,笑道:「我一直不能確定帶信的人是以群還是你,現在總算弄明白了。」

茅盾就是這樣,一絲不苟。甚至發表以後,一些知情人給茅盾來信,指出某些錯誤,茅盾立即改正。商務印書館生活回憶中,茅盾記得有個茶房是南潯人,好像叫來寶。結果回憶錄發表後,熟人告知,此茶房是南潯人沒有錯,但不叫來寶,而叫通寶。所以,茅盾後來在結集出版回憶錄時,及時作了更改。這麼一樁小事,茅盾也不輕易放過。

正當茅盾爭分奪秒地寫回憶錄時,畢竟不是當年一人主編《小說月報》的時候了,80 多歲高齡和虛弱的身體,也時時折磨和困擾著他。他必須爭分奪秒地工作,他知道,再不抓緊就無法完成這個宏願。其實,當時茅盾已經虛弱得雙手發抖,無法執筆。但來求他題字題詞,求教的人絡繹不絕,但素來不使人家失望的茅盾,也勉力為之,耗去茅盾不少精力。

有一天,茅盾半夜裡起床小解,腿一軟就跌倒在床前地上,他想爬起來,兩條腿卻不聽使喚,不屬於自己似的。怎麼也不能動彈,周圍又沒有人,想爬過去撳電鈴叫人,電鈴按鈕又夠不著,他只好在床前地上喘息一會兒,一點一點地掙扎著扶著床柱,爬在床上。此時,天已蒙蒙亮了。第二天,兒媳陳小曼來了,她得知公公昨夜跌跤的情形後,急得哭了起來。兒子韋韜聽說後,也急忙表示要搬進父親的房間,陪伴茅盾。可是,茅盾淡淡一笑,反而寬慰兒子兒媳,說:「不要緊的,我沒有這個習慣,你們在我旁邊,我反要睡不著」。

上午,茅盾照常寫回憶錄。

1980 年 9 月,人民文學出版社決定將茅盾寫好的一部分回憶錄結集出版,並請茅盾為回憶錄題書名和為回憶錄寫序言。

茅盾同意了。

他為自己的回憶錄題名為《我走過的道路》。他沒有用《茅盾回憶錄》這樣又俗又無味的書名,他一向喜歡自己的書名新穎別致一些。並用毛筆

習慣地題了字。接著，他又寫了序言，作爲回憶錄的一個交代。序言是這樣
寫的：

> 人到了老年，自知來日無多，回憶過去，凡所見所聞所親身經
> 歷，一時都如斷爛影片，呈現腦海。此時百感交集，又百無聊賴。
> 於是便有把有生以來所見所聞所親身經歷者寫出來的意念。

> 但行年 50 而知 40 之非。我今年實足年齡 84，如果 10 歲知人
> 事，則 74 年的所作的爲，實多內疚。幼年稟承慈訓，謹言慎行。青
> 年時甫出學校，即進商務印書館編譯所，4 年後主編並改革《小說
> 月報》，可謂一帆風順。我是有多方面的嗜好的。在學術上也曾讀經
> 讀史，讀諸子百家，也曾學作詩填詞。中年稍經憂患，雖有抱負，
> 早成泡影。不得已而舞文弄墨，當年又有「避席畏聞文字獄，著書
> 都爲稻粱謀」之情勢，其不足觀，自不待言。然而尚欲寫回憶錄，
> 一因幼年稟承慈訓而養成之謹言慎行，至今未敢怠忽。二則我之一
> 生，雖不足法，尚可爲戒。此在讀者自己領會，不待繁言。

> 所記事物，務求眞實。言語對答，或偶添藻飾，但切不因華失
> 眞。凡有書刊可查核者，必求得而心安。凡有友朋可咨詢者，亦必
> 虛心求教。他人之回憶可供參考者，亦多方搜求，務求無有遺珠。
> 已發表之稿，或有誤記者，承讀者來信指出，將據以改正。其有兩
> 說不同者，存疑而已。

> 出版社今將已發表部分出單行本，囑寫序言，因草此數行以
> 答，並將回憶錄題名曰：《我走過的道路》。此道路之起點是我的幼
> 年，其終點則爲 1948 年冬我從香港到大連。

茅盾這個「百感交集」的序言，也同樣令人叫絕，同樣令人感慨萬端！

1980 年下半年，桑弧準備把《子夜》搬上銀幕，寫出初稿以後，專門去
北京聽取茅盾意見，桑弧向茅盾講了自己的構思和設想。茅盾非常認眞地聽
桑弧的匯報後，鼓勵桑弧根據電影特性的要求，放開來寫，不必太拘泥原作。
同時，他提醒桑弧，出場人物不宜太多。太多，觀眾在有限的時間裡弄不清
楚。桑弧聽了以後，大爲感動。回到上海後，很快又拿出《子夜》電影劇本
第二稿，並讓茅盾審閱後，立即投入拍攝。

有一次，茅盾寫回憶錄累了，兒子兒媳便勸他休息一會兒。茅盾躺著，
兒子兒媳和茅盾說些外面的情況。講著講著，講到現在社會上一些年輕人，

思想方法片面，更多的是看到社會上的黑暗面，加上 10 年浩劫的影響，他們對黨的信念產生了動搖，甚至不那麼信任了，甚至有人不願入黨。茅盾聽了以後，十分痛心。他向兒子兒媳談了自己青年時代對共產主義的追求，以及對共產主義信仰的奮鬥。末了，他十分感慨地說：看來，在今天這種形勢下，自己應該站在黨的行列裡。並說要再次考慮自己的黨籍問題。

1981 年 2 月 8 日，茅盾寫完《1934 年的文化圍剿和反圍剿》一章後，身體虛弱，不得不中斷寫作，躺在床上休息。這時，兒子韋韜發現《小說月報》有一封關於《虹》等創作及計劃寫《霞》的構想致鄭振鐸的信，韋韜把這個材料送給茅盾看了，茅盾看後，覺得有價值。可以補進《亡命生活》那一節裡。並提信中那一節話錄進回憶錄裡：「『虹』是一座橋，便是春之女神由此以出冥國，重到世間的那一座橋；『虹』又常見於傍晚，是黑夜前的幻美，然而易散；虹有迷人的魅力，然而本身是虛空的幻想。這些便是《虹》的命題；一個象徵主義的題目。從這點，你尚可以想見《虹》在題材上，在思想上，都是『三部曲』以後將移轉到新方向的過渡；所謂新方向，便是那凝思甚久而終於不敢貿然下筆的《霞》。」

茅盾補寫完這段文字時，已是 1981 年 2 月 18 日。早春的北京，依然春寒料峭。茅盾補寫完後，再也無力提筆了。又躺倒床上。第二天，由於過度勞累，開始發燒。20 日那天，實在無力支撐了，這才同意住院治療。這次住院，茅盾本想和往常一樣，住一段時間，身體穩定了，再回來，繼續寫回憶錄。但是萬萬沒有想到，這次去住院，離開交道口家裡那張熟悉的書桌後，再也沒有回來！

茅盾為寫回憶錄，耗盡了自己的精力，耗盡了自己的一切。茅盾，是用生命在寫回憶錄，是用生命在記錄他光輝而坎坷的一生。在這部煌煌鉅著中，我們看到了這位巨匠畢生的心血。

奮鬥到最後一息，夢囈中仍是筆和紙。

兩封信，寄寓了他一生的追求和精神。

80 年代的黨中央：恢復他的中共黨籍，黨齡從 1921 年算起。

1400 萬字，40 卷全集，他一生無愧，亦當含笑於九天。

第三十五章　最後的奉獻

茅盾住進了北京醫院 119 病房後，大夫立即進行檢查，發現茅盾病得不輕，並馬上給茅盾輸氧，輸液。第 3 天，老朋友孔羅蓀來看望茅盾，茅盾對羅蓀說：「老年病，氣喘，肺氣腫，缺氧，現在每隔一刻鐘就吸一次氧。但這次還有低燒。」

「大夫們正在給您想辦法，低燒會降下來的。」孔羅蓀握著茅盾那枯瘦的雙手，安慰道。

「低燒退了，我就可以出院去寫回憶錄了。」茅盾目光裡露出一種焦灼的神色，「不寫完，對我精神上是個負擔。」茅盾喃喃地說。

茅盾人在病房，但仍非常關心國家大事，常叫兒媳在他病床邊讀《參考消息》。有一次，陳小曼怕茅盾累，念了一段全國政協常委討論陳雲講話的反映後，停了下來，沒想到，茅盾睜開眼睛，問道：

「剛才讀到那個常委發言，還沒有完哩，怎麼不讀下去？」

但是，住在醫院裡後，茅盾的病情，仍舊一天一天嚴重起來。北京醫院立即組織專家會診，劉梓榮、裕東結、吳階平等專家來會診了，並進行全面檢查，發現茅盾的身體正在全面衰竭。新的治療方案出來後，茅盾的病情有

所好轉。

此時，茅盾知道自己這次病得與以往不一樣，就乘自己清醒時，向兒子韋韜交代回憶錄的整理情況，並又提起他的黨籍和捐獻稿酬等事。3 月 14 日，他讓兒子拿筆和紙來，筆錄他的口述。他想了一會兒，先口述給胡耀邦暨黨中央的一封信：

耀邦同志暨中共中央：

親愛的同志們，我自知病將不起，在這最後的時刻，我的心向著你們。爲了共產主義的理想我追求和奮鬥了一生，我請求中央在我死後，以黨員的標準嚴格審查我的一生的所作所爲，功過是非。如追認爲光榮的中國共產黨員，這將是我一生最大的榮耀。

韋韜筆錄完後，茅盾又讓韋韜筆錄另一封給作家協會的信：

中國作家協會書記處：

親愛的同志們，爲了繁榮長篇小說的創作，我將我的稿費 25 萬元捐獻給作協，作爲設立一個長篇小說文藝獎金的基金，以獎勵每年最優秀的長篇小說。我自知病將不起，我衷心祝願我國社會主義文學事業繁榮昌盛。致最崇高的敬禮！

兩封信筆錄抄清後，給茅盾過目，茅盾看過後，用顫抖的手，在給中共中央的信上，習慣地簽上「沈雁冰」三個字，給作協的信上簽上「茅盾」。

簽上名，茅盾又關照兒子兒媳，請他們在他身後交給中央和作家協會。

寫完遺囑的當天晚上，茅盾又陷入昏迷狀態。經搶救以後，才有所好轉。3 月 20 日，茅盾又呈亢奮狀態，並出現幻覺，斷斷續續，訥訥自語：

「總理的病怎樣？……好一些了吧……他身體很好……姐姐，唉，……她的手術沒搞好……作家……他是誰？告訴他，我不能見……」

過了一會兒，茅盾又轉過頭來，目不轉睛地看著牆上，用抖瑟的手指著，語無倫次，問「那牆上寫的什麼？一張張紙上……很多字……？」

「爸爸，牆上什麼字都沒有寫。」兒媳陳小曼輕聲回答。

「哦。」茅盾似知非知地應了一下，又昏睡過去。

隔了一會兒，茅盾又醒來，護理人員勸他休息，茅盾卻問：「晚上了嗎？是睡覺的時候嗎？」

護士順著他：「是的，晚上了，沈老，你睡吧。」

「那大家睡覺去吧。」茅盾又想到辛苦侍候他的護理人員。

　　茅盾病情嚴重！消息傳進中南海。牽動了中央領導的心。日理萬機的胡耀邦來看望茅盾了，彭眞來了，周揚來了。

　　有一次，昏迷後的茅盾突然醒過來，兩隻手不住地在身上摸著，「筆，筆，鋼筆呢？」他自言自語地說。他離不開那枝筆，他要筆來寫作。過了一會兒，茅盾在嘴裡反覆嘀咕著：「四月差不多了，……可以出院……五、六、七、八、九，九月寫完，一定寫完……。」

　　在床邊的兒媳陳小曼見狀，俯身安慰道：「爸爸，4月可以出院，9月寫完回憶錄，你該到南方休養休養。」

　　「一定到南方去休養……。」茅盾神志迷糊地自語道。又進入昏迷狀態。

　　甦醒後，茅盾神志又清醒了。

　　曹禺來看他了。茅盾聲音微弱，喃喃地說：「曹禺，謝謝。」

　　趙清閣來看茅盾了，她見茅盾那痛苦狀，難過得啜泣起來。茅盾睜眼見趙清閣在垂淚，便喚道：「清閣！」趙清閣轉身拭淚，坐在茅盾身邊，看護士給茅盾餵飯。

　　法國研究中國文學的于儒伯先生來了。

　　日本的茅盾研究專家松井博光來了。

　　茅盾忽而亢奮，忽而昏迷。醫生大夫們也千方百計救治。3月26日晚上10時40分。茅盾的病情急遽惡化，一分鐘只有幾次呼吸，這時，院長來了，內科主任來了，醫務人員連夜進行緊急搶救……然而，藥石無靈，1981年3月27日早晨5時55分茅盾的心臟停止了跳動，一代宗師撒手人間，走完了他那坎坷而又輝煌的85年人生歷程，留下了巨大的精神財富。

　　周揚同志聞噩耗，首先趕到北京醫院，韋韜含著眼淚，忍著悲痛，將父親茅盾的兩份遺囑鄭重地交給周揚同志，請他轉呈黨中央和中國作協。

　　茅盾的逝世，舉國哀悼，幾代作家們，都含著淚，追思哀悼茅盾這位宗師的功德和偉績。

　　3月31日，中央中央迅速出決定：

　　　　我國偉大的革命作家沈雁冰（茅盾）同志，青年時代就接受馬克思主義，1921年就在上海先後參加共產主義小組和中國共產黨，是黨的最早的一批黨員之一。1928年以後，他同黨雖失去了組織上的關係，仍然一直在黨的領導下從事革命的文化工作，爲中國人民

的解放和社會主義建設事業奮鬥一生，在中國現代文學運動中作出了卓越貢獻。他臨終前懇切地向黨提出，要求在他逝世後追認他為光榮的中國共產黨員。中央根據沈雁冰同志的請求和他一生的表現，決定恢復他的中國共產黨黨籍，黨齡從一九二一年算起。

4 月 10 日，中共黨和國家領導人鄧小平、胡耀邦等和首都各界人士兩千人前往北京醫院，向茅盾遺體告別，茅盾安臥在鮮花翠柏叢中，遺體上覆蓋著中國共產黨黨旗。4 月 11 日下午，茅盾追悼會在北京人民大會堂隆重舉行。鄧小平主持，中共中央總書記胡耀邦致悼詞。

茅盾被公認為「我國現代進步文化的先驅者，偉大的革命文學家和中國共產黨最早的黨員之一。」他又是「在國內外享有崇高聲望的革命作家、文化活動家和社會活動家。他同魯迅、郭沫若一起，為我國革命文藝和文化運動奠定了基礎。」

茅盾精神不死。茅盾的最後奉獻，永遠記在人們心裡。

後 記

　　茅盾是世界的，也是中國的。他也是我所景仰的鄉里先賢。寫一部較爲全面的茅盾傳記，是我十七八年來一直縈繞心頭的夙願。在人民出版社副總編、出版界老前輩吳道弘先生的關懷和支持下，給我實現這個夙願的機會，在完成這個夙願過程中，茅公的兒子韋韜先生一如既往地關心關懷我，在百忙中審讀初稿並提出不少寶貴意見。我深深地感謝他們，並永遠記在心裡。

　　茅盾是人不是神，他也生活在芸芸眾生的大千世界裡，時代風雲，歷史的際遇，他爲人類作出了巨大貢獻，人們尊他爲巨匠；然而他早年喪父，嘗過人生的苦澀，培育了那種謹言愼行，百折不撓的個性。他亡命日本時的那種孤寂和浪漫，顯示了作爲一個被通緝文人的眞實生命；成熟而又輝煌的文學家和中華民族的命運始終連在一起，一起走過 20 世紀那些輝煌而又艱難的歲月；新中國成立後的喜悅和沉默，包括那些自慰方式，在今人看來，似乎不解，而在當時熱度很高，壓力很大的背景裡，也多少能看出文學家的政治水平。在那場災難裡，茅盾被迫過著隱居的生活，爲兒孫講古詩，早起生煤爐，這些生活，本身耐人尋味，然而卻是生活的眞實。這種眞實也同樣給我們留下無盡的思索。

　　茅盾也是一個不一般的人，他的早慧，他對生活的敏感、深刻，似乎又異於常人。少年時代的那些光彩奪目的作文，一種對世俗的反叛，包括對社會的反叛，顯得老氣橫秋，卻也是那個時代的一個特徵。不一般的作文，回報的又是不一般的鼓勵和激賞！茅盾在加入中國共產黨及參與創建中國共產黨過程中顯示出來的那種銳氣，翻翻少年時代那些作文，或許能尋到某種淵

源。茅盾年輕時即成爲中國共產黨高級領導人一，成爲五四新文壇風雲人物。政治上遭挫折後，卻成爲一個小說大家，頓時，中國知識界都傻了眼：「茅盾」是誰？歷史的際遇，讓茅盾從一個舞臺轉到另一個舞臺，並成爲這後一舞臺的主要角色。茅盾繼續發揮他那不一般才氣，青睞時代生活，用預見性的目光，審視生活，審視時代，寫出了幾百萬字的不朽的小說。然而，當他在文學這個舞臺發揮不一般的非凡才華時，新中國來臨，但此時、彼時，茅盾又顯得異常興奮異常努力，回報的有喜悅，也有困惑。即使這樣，青年時代確立的那種信念，那種追求，依然沒有變。直至臨終，他把重新回到中國共產黨的懷抱，視爲一生中最大榮耀！這，也是他不一般之處。這不一般也是眞實的。

在寫作中，我追求眞實。利用業餘的業餘時間，努力從他自己的介紹，別人的回憶中，尋找回原來的茅盾，把一個受器重，遭誤解，受通緝，走過輝煌，被賦閒以及晚霞絢爛、向親愛的讀者奉獻自己一生的茅盾重寫出來，獻給這個世紀熟悉、敬愛他的人，也獻給下個世紀依然喜歡、依然懷念他的人。繁星布滿了西子湖上空，城市的喧囂漸漸靜寂下來了，我細細回想過去這一切，眞要謝謝天時地利給我的厚愛，也謝謝英雄輩出的 20 世紀。

1995 年 11 月　杭州